FRANCOMORIBUNDIA

FRANCOMORIBUNDIA
Juan Luis Cebrián

ALFAGUARA

© 2003, Juan Luis Cebrián
© De esta edición:
2003, Santillana Ediciones Generales, S. L.
Torrelaguna, 60. 28043 Madrid
Teléfono 91 744 90 60
Telefax 91 744 92 24
www.alfaguara.com

ISBN: 84-204-6669-7
Depósito legal: M. 17.346-2003
Impreso en España - Printed in Spain

© Cubierta:
Inventa, basada en la obra *M136* (1971)
de Juan Genovés.

A mis padres,
testigos de las dos Españas

I

*El dragón le dio su poder y su trono,
y grande autoridad.*

(San Juan. Apocalipsis, XIII, 2)

Uno

¡Qué duro es morir!, le dije a Pozuelo cuando
me bajaban a esa especie de quirófano de campaña
montado de urgencia en el cuerpo de guardia, trans-
portándome como si fuera un herido de guerra, envuelto en una alfombra, entre frazadas y gritos, órdenes contradictorias, angustia, miedo, mientras él
luchaba contra mi insistente empeño en agarrarme
el bajo vientre porque yo sabía que me estaba desangrando, tengo experiencia de estas cosas y quería
evitarlo. Notaba la sangre bullir en mi cuerpo, buscando todos los desagües, mojando las sábanas, derra-
mándose en espesas babas por mi mentoncillo recién afeitado, con ese sabor agridulce que tienen los
fluidos de los viejos, era como si la fuente de la vida se
marchara por el manantial rojizo y apestoso en que
se habían convertido mis vísceras y me venía el Rif
a la memoria, aquel estrépito de tripas rotas bañado
en pólvora, tan diferente al de ahora, aunque también entonces pensé que me iba por la herida y fue lo
mismo, no me interesaba sino dejarlo todo en orden, atado y bien atado, los sueldos de la tropa, la
sucesión en el Estado, cualquier cosa, lo importante
es prolongarse, sobrevivirse a uno mismo, los hombres como yo tenemos vocación de eternidad, es el
orden natural de nuestra existencia. Es muy duro
esto, pude apenas susurrar al oído del médico, y él

me estrechó la mano entre las suyas, sin decir nada, quizá ni siquiera me oyó, la voz me falla desde siempre y más aún en los últimos tiempos, pese a los ejercicios de foniatría, las irritantes vocalizaciones, labiales, dentales, guturales, las complicadas gimnasias a las que se empecinaron en someter meses atrás a mi garganta, no se daban cuenta de que no es ahora cuando me hubiera gustado tener una voz potente, como de barítono, o de tenor (no distingo muy bien los tonos), ya no la necesito, antes sí, siempre he sufrido por culpa de ese timbre aflautado, de pollito capón, según me decían en la escuela los rapaces, de señorita, como osaban insinuar los cadetes, durante años pensé que mi abulia amorosa tenía que ver con la fragilidad de mis cuerdas vocales e incluso mantuve algunas discusiones con Puigvert sobre este punto, las únicas que él se permitió conmigo, como dando a entender que de política no hablaba, pero era republicano sólo de boquilla para fuera, muchos hay así, tan catalanista, tan de izquierdas, y le encanta el poder, quizá porque lo ve desde la perspectiva miserable de su especialidad, reducido a charquitos de orina incontenible, sustanciado en hedores domésticos y añejos, y disfruta humillando a los más fuertes y temibles generales de la tierra sólo a base de denunciar la esclerosis de su próstata. Lo mío no afecta al uréter, las glándulas que nunca me funcionaron bien son las endocrinas. El caso era que me estaba desangrando, me dolía el cuerpo entero, como ahora, que no es ya mucho doler porque he adelgazado hasta la desesperación y las enfermeras encuentran con dificultad una vena en la que hincar esas terribles picas que me mantienen vivo entre cánulas, drenajes, electrodos, catéteres, cables y monitores, debo parecer el monstruo de Frankenstein —siempre me entretuvo esa película—, aunque mucho más pequeño y adolorido.

No soy dado a las confidencias y me avergüenza esa debilidad mía con Pozuelo. Estamos aquí para morir, la muerte nos libera del dolor, no es una dama tan terrible como parece y no es ella la que me amedrenta sino esta tortura infame que se empeñan en aplicarme quienes se supone que me quieren, evitándome un fin glorioso, como hubiera deseado y sería de justicia, experimentando a cada minuto con mi cuerpo, reduciéndome a mi condición humana los mismos que hasta hace poco me alababan como elegido por la Providencia, Generalísimo, Caudillo, Jefe, César, Centinela de Occidente, Genio de la Raza, Dedo de Dios, ¡hay que ver en lo que he sido convertido!, una especie de guiñapo sanguinolento, un apretujado montón de pellejos y vendas, un coágulo viscoso del que surge el silencioso alarido del dolor, sometido como estoy a sufrimientos inefables. De ninguna manera merezco este purgatorio, nadie podría descubrirme el alma de un gran pecador que haya de pagar sus culpas, mi vida entera ha sido puesta al servicio de los españoles y, aunque estoy siempre dispuesto a arrepentirme de toda falta, me cuesta trabajo reconocerme en las semblanzas que contra mí difunden los enemigos de la patria, los masones y los comunistas, o esos recalcitrantes exiliados, incapaces de perdonar ni de olvidar, de admitir hasta qué punto ha mejorado nuestra España, nunca me atrajeron los placeres mundanos, he vivido sin ningún desenfreno, sometido a la doble disciplina de la religión y la milicia, aunque de la primera he sabido siempre distinguir entre sus ministros y sus ideales, jefes provinciales hay que disfrutan de mejor residencia y más refinada vajilla que la mía, no he utilizado el poder para enriquecerme, no desmesuradamente, yo sabía que ésa era una condición si quería durar, por eso preferí que se envilecieran los demás, Nicolás, por ejemplo, al que tuve que destituir por su ambición desmedida y desvergonzada, o Villaverde, tan atolondrado y rijoso que no hace sino gastarse en juergas todo lo que con malas artes se lleva, me extraña que Nenuca lo quiera, no lo queremos nadie, pero en este trance no tengo otra opción que dejarme hacer por él, pues dicen que es un buen cirujano. O sea que me cabe cierto orgullo por agonizar en la habitación de un hospital público, recuerda a las enfermerías de los cuarteles, me gustan la sobriedad de sus paredes, lo parco de la estancia, el tacto rudo y el olor alcanforado de los paños, los tonos neutros de la pintura, este ambiente de asepsia un poco rancia... Si no hubiera sido por Carmen habría elegido para vivir un lugar más austero que El Pardo —ahora, sin embargo, siento nostalgia de mi dormitorio, el hombre es un animal de costumbres—, me hubiera convenido algo comparable en sobriedad y aspereza a lo del emperador Carlos en Yuste, o a los aposentos privados de Felipe II en El Escorial, soy, en definitiva, su heredero, como ellos viví la pasión del imperio y mi destino ha sido marcado repetidas veces por el mandato de Dios, por eso acuden los validos del cielo a los atrios de las catedrales para recibirme bajo un palio bordado en pedrería, por eso han permitido que me acompañe durante décadas esa reliquia misteriosa y severa del brazo incorrupto de la santa y por eso, también, en esta tribulación final, han enviado un manto de la Pilarica para envolver mi lacerado cuerpo, cuyo solo roce sobre mi piel gastada, purulenta de eccemas, me evocó los días felices y prometedores de Zaragoza antes de que la República cerrara la academia. Salvo estos momentos de cierta devoción, en los que logro ausentarme del dolor persistente y cruel que me consume, mi agonía carece de toda grandeza y me sorprende que ni siquiera mi propia muerte sea capaz de emocionarme, será porque he convivido tanto con la ajena. Sólo contemplo con desasosiego la dificultad ímproba que estoy teniendo para que el alma me abandone, quizá alberga dudas sobre su destino, me asombra saber que, habiendo yo decidido tantas veces sobre las vidas de los demás, nadie se digne acabar conmigo discretamente, desenchufando al fin ese embrollo de conexiones que me tienen atado al aire insalubre de la clínica y permitiéndome un descanso que apetezco. ¿A qué tanto ensañamiento?, yo nunca lo tuve con mis víctimas, nunca hice alarde de crueldad, de hecho nunca las consideré víctimas mías, sino de las circunstancias (creo que hasta Ortega y Gasset estaría de acuerdo con esta frase). En los momentos de insomnio, durante las largas duermevelas que me asaltan cada noche desde que la enfermedad se desató con toda su crudeza, he pensado horas y horas acerca de lo mismo, jamás albergué odio a mis enemigos, antes bien, pienso yo que eran gente equivocada, presa de los errores del siglo y de la conspiración de los de siempre, y me he sentido muchas veces inclinado a la clemencia, aunque desde mis tiempos en el Tercio la muerte me ha parecido un hecho natural e inevitable. No es preciso jalearla, desde luego, ni vitorearla, como Millán Astray hacía, yo nunca incurrí en semejante exageración, o no tengo ahora conciencia de ello, pero hay que reconocer que aquella arenga surtía efecto y los muchachos entraban en batalla a pecho descubierto, ofreciendo sus cuerpos a las balas, bautizando con fuego su existencia, antaño depravada e inútil. Sin la Legión, como sin la aguerrida e impetuosa milicia de marroquíes que pudimos utilizar como fuerza de choque, no hubiéramos ganado la Cruzada. ¡Caballeros legionarios, novios de la muerte! Lo único que no le perdoné a Astray, al que he amado más que a un padre si bien esto, en mi caso, no es mucho decir, fueron sus intentos de apartarme de Carmen. Me llamó a sus órdenes, tentó mis ambiciones de joven comandante —¿por qué siempre he tenido que padecer las alusiones a mi tamaño?, el comandantín, Franquito, ¿por qué siempre sufrí en silencio los diminutivos que me aplicaban con afán de menosprecio?—, y me ofreció ser su mano derecha, suplir el brazo que luego le arrancó un obús, sustituir el ojo cuyo globo estalló la metralla, pero lo hizo no sólo, ni principalmente, debido a mis dotes de mando, sino por complacer la intriga de quien después resultaría mi suegro, tan opuesto como era a nuestro matrimonio, a él le gustaba su otro yerno, familia adinerada y educación universitaria, guapo, alto, distinguido, si le dejamos hacer a Ramoncito Suñer, nos hubiera llevado a todos a la catástrofe cabalgando sobre el cadáver de Mussolini, a Ramoncito, no, pero a Astray le he perdonado todo, sin él hubiera sido impensable mi carrera.

Es curioso que me acuerde ahora de estas cosas, me vienen a la memoria con absoluta nitidez hechos de hace más de medio siglo, mientras soy incapaz de recordar lo que sucedió hace sólo unas semanas, Pozuelo tiene que explicármelo, aprecio su talante, es buena persona y un gran científico, aunque a veces añoro los días en que me cuidaba el fiel Vicente, sin necesidad de esa pléyade de galenos pretenciosos y arremangados que estiran inútilmente mis horas, el equipo médico habitual, lo llaman. La muerte me acompaña desde joven, desde que me visitó en El Biutz nunca me ha abandonado su aliento, huele caliente y seca, como la pólvora, y tanto me he acostumbrado a ella que me parece imposible temerla e incluso me parece imperdonable no desearla, en cambio no soporto el dolor físico, no soy capaz de sobrellevarlo y por eso muchas veces lloro, aunque las gentes no lo sepan, si no hubiera perdido el conocimiento poco después de que aquel proyectil me perforara el estómago, posiblemente hubiera gritado con mi vocecita de jilguero, y también me hubiera gustado hacerlo el día que me estalló la Pultry en la mano, todo buen cazador sabe que una auténtica Pultry no estalla nunca, aquello fue un atentado aunque nadie quiso o supo decirme quién lo organizó, cómo trucaron el mecanismo de la escopeta para que reventara en mi rostro, quién estaba detrás de la conspiración, pero marraron, fallaron todos cuantos quisieron acabar conmigo, será por eso que se necesitan dos docenas de médicos para lograr firmar mi certificado de defunción. Yo lo estoy anhelando, la muerte es la razón de todas las cosas, no me arrepiento de mis tratos con ella, no me duelen las vidas que me vi obligado a segar, lo hice por un bien superior, porque la patria estaba en peligro o porque lo exigía la moralidad general, fui benevolente cuantas veces pude, como en ocasión de aquellos tres desdichados quincalleros que atracaron la joyería a lomos de una vespa, se les juzgó por la vía sumarísima según dispuso la autoridad militar, aunque yo no estuve de acuerdo, reservaría esta clase de procesos para los políticos, callé, como en tantas ocasiones, y no supieron interpretar mi silencio, el mando exige renuncias y no convertir automáticamente en decisiones los caprichos volubles o las discutibles opiniones que uno pueda tener, a mi juicio la gente que roba y atraca por hambre debe ser castigada, pero no podemos permanecer insensibles ante la convicción de que si hubieran recibido una educación como es debida, si se les hubiera dado una oportunidad, no se habrían visto arrojados al arroyo. Por si fuera poco, uno de los sentenciados ha acabado siendo una especie de héroe popular, de bandido generoso, poco menos que el Tempranillo, gracias a sus habilidades de fuguista, mitificadas hasta el absurdo por los periódicos, desde que Fraga fue ministro la prensa se ha desbocado sin remedio. Otra cosa son los que matan por odio, por subversión pura, por revanchismo y ceguera política. Me equivoqué indultando a los vascos condenados en Burgos, fue un error, cedí a las presiones de la propaganda y a los temores de mis ministros, casi todos muy jóvenes, sin experiencia de los años difíciles, no supe escuchar la verdadera voz de mi conciencia que nunca se ha equivocado en momentos trascendentales, iluminada por el Altísimo. No tengo miedo, por eso, de comparecer ante Él con las manos manchadas, la sangre puede a veces ser una denuncia, pero es también una prueba de amor y de entrega formidable, la sangre vertida fue precisa para la redención de España, es como la de Cristo, como la de los mártires, fecunda, feraz, vibrante de energías, por eso luce su color en nuestra bandera. Fusilé a un legionario cuando protestó por el rancho, escupiendo sobre él, y aun tuve que tomar decisiones peores, dos caballeros del Tercio osaron retirarse a sus tiendas después del toque de silencio y pagaron la desobediencia con sus vidas, ¡cuántos más les habrían imitado, de no atajar su conducta a tiempo! Siempre he sido un experto en materia de disciplina, de otro modo no habría podido mantener la bravura de la tropa enfrentada a las impías matanzas que perpetraba la soldadesca de Abd el-Krim. En sólo una década cayeron más de dieciséis mil militares de toda clase y graduación, cientos de jefes y oficiales dieron su vida por defender la España africana, que se deshacía entre las manos de gobiernos corruptos e ineptos mientras los políticos discutían como petimetres, robaban como salteadores, entregaban nuestra historia gloriosa y nuestro glorioso e irrenunciable porvenir a manos del capital y de los intereses extranjeros. Ante cuestiones de este jaez, no podemos permitirnos ni un leve pestañeo, cualquier subversión del orden establecido es un crimen de lesa humanidad, y es justo que paguen pecadores por pecadores. La guerra exige sus renuncias y entre ellas está la de saber acallar el corazón a la hora de arrancar las malas hierbas: destruyendo los cuerpos de nuestros enemigos, ganamos sus almas. Cuando llega el momento de firmar el enterado de las condenas a muerte, un jefe al que le tiemble el pulso no merece el respeto de sus colaboradores ni el aprecio de su pueblo, mucho me han criticado por mi entereza en esas ocasiones, confundiéndola aviesamente con crueldad y olvidando, además, las abundantísimas muestras de piedad que ejercí con todo orgullo en nombre de los vencedores, hubo que fusilar a miles de paisanos pero todos tuvieron un juicio previo y la oportunidad de su defensa, tan imparcial me mostré que aprobé, incluso, la ejecución de mi querido primo Ricardo, quien todavía se me aparece en sueños jugando a corsarios en las luminosas mañanas de la playa, y la de Batet, al que mucho admiraba, pero no quiso sublevarse pese a ser tan obvio que el ejército tenía el derecho y el deber de hacerlo, estando amenazada, como estaba, la causa de la patria. Desde entonces, desde los tempranos momentos de la contienda, no he cesado de preocuparme por la vuelta al redil de los descarriados, sabiendo que un talante magnánimo resulta el mejor de los argumentos en la construcción de la concordia. No digo que no se cometieran excesos, ¿en qué batalla no se causan estragos?, aunque siempre podemos encontrar una explicación lógica que los aclare, los ponga en su contexto. Todavía, por ejemplo, siguen con la cantinela de García Lorca. Era un gran poeta, desde luego, nunca me preocupó su homosexualidad, soy tolerante en eso, pero cuando lo mataron la guarnición de Granada se encontraba muy acosada, incomunicada del resto de España, y las autoridades tenían que prever cualquier acción en contra del Alzamiento, sólo teniendo en cuenta esas circunstancias se puede juzgar su ejecución. Más tarde, para probar mi imparcialidad, autoricé que se editaran sus obras y se hiciese su reclamo, pese a que era un izquierdista reconocido. También prohibí a la hueste moruna que castrara a los rojos e hiciera ademán de tragarse sus genitales y si no quise impedir, eso no, que algunos legionarios rindieran honores con las cabezas de la moriscada rebelde ensartadas en las bayonetas, fue porque necesitaba dar una lección a Primo, le llamaban el Pacificador de África y lo fue, aunque cuanto allí se hizo a nosotros lo debía. Aquéllos no eran actos de crueldad sino de exaltación, de otra forma hubiera sido imposible evitar que los moros arrasaran cuanto encontraban a su paso, a los del turbante hay que entenderlos, sólo los que estuvimos allí sabemos hacerlo. Mi corneta Charlot me obsequió un día con la oreja de un prisionero, le he rebanado el cuello, dijo complacido, tentado estuve de recriminarle pero cuando comprendí que aquel trofeo mostraba la primera proeza del muchacho, preferí no desanimarlo. No me atormentan estos recuerdos, he cumplido buenas penitencias amén de la que ahora me está tocando pagar y por cada error cometido en esa dirección podría yo citar el doble de horribles equivocaciones en sentido contrario. Las consecuencias del perdón son a veces más horrendas que las de la justicia por dura que ésta resulte, si no hubiera mostrado tanta fragilidad para con los vascos el almirante seguiría hoy con vida, este pueblo se habría ahorrado no pocas lágrimas y no se abrirían las enormes dudas y los interrogantes que a todos agobian. De esas cosas sí me arrepiento, de haber mostrado debilidad o flaqueza en momentos decisivos, de haber confundido a nuestros compatriotas con acciones u omisiones que muchos pueden haber interpretado como fruto de un sentir pusilánime y poco viril, porque ahora ya no sé si fue verdad o mentira, se me nublan las ideas y la memoria me tiembla casi tanto como la mano, pero mientras la izquierda se quejaba de las ejecuciones sumarísimas en Asturias, al cura de Sama lo colgaron los anarquistas de un gancho de carnicero, «carne de cerdo», escribieron en un cartel, y sus compinches violaron a las Adoratrices de Oviedo, mientras en Trubia arrancaron los ojos a los hijos de los policías. La del Rif fue una guerra romántica, nos jugábamos el pellejo a cada paso por la supervivencia de España en África, la Cruzada resultó algo más urgente y necesario, luchamos por una España española, vencimos al comunismo, al socialismo, a cuantas doctrinas subversivas pretendieron reducir la civilización a la barbarie. Donde yo esté, no habrá sitio nunca para los marxistas, y espero que lo mismo suceda tras mi tránsito.

La muerte se fue haciendo una costumbre desde los días de África, en realidad las guerras son iguales en todas partes, nunca vi mucha diferencia entre disparar contra una chusma de moros revoltosos o hacerlo contra los mineros asturianos cuando fueron presa de las turbas revolucionarias. La defensa de la patria exige estas actitudes, jamás experimenté el menor placer en matar, tampoco pesar, placer y dolor sólo pueden hallarse verdaderamente en la muerte de uno mismo pero no logro concentrarme lo suficiente en ello, sólo noto que me abandono, me adormezco como si me entrara una morriña universal y caótica, es una sensación absolutamente novedosa esta de sentirme manejado por los otros, de no poder ordenar mi propio fin, sin duda es la última prueba que Dios me manda. Mi fe se tambalea ahora con una redundancia que me asusta, no entiendo tanta expiación, siempre he creído en la redención por el castigo, el culpable se convierte así en un hombre nuevo, pero ¿dónde encontrar pecado tan grande que justifique tamaño desconsuelo como el que padezco?, Jesús mismo se vio abocado a una pasión cruenta y me estremece la idea de cuánto se asemejan a sus espinas las lanzas que asaetean mi cuerpo, inundándolo de sueros que soy incapaz ya de retener entre mis carnes entecas, sin embargo no logra conmoverme esa imagen mía de penitente pese a que debería confortarme en mi actual infortunio, sabedor de que Dios me escoge como escogió a su Hijo para purgar las culpas de otros.

Todo aquello me viene a la mente con espeluznante precisión, con la misma claridad con que oigo ahora las voces de mi familia, confundidas con las de algunos amigos, piensan que estoy dormido, no falta quien asegura que soy ya un vegetal, un ser inanimado, y discuten sobre la oportunidad o no de apagarme, como si se tratara de un robot al que hubiera que privarle de energías, ¿se atreverán a hacerlo hoy? Ojalá. Cuantas veces presiento las dulces manos de las enfermeras acariciar mi frente, atusar con dulzura mis lánguidos cabellos, el tacto de sus dedos sobre mi piel me produce una extraña y tierna sensación, sueño que he vuelto al regazo de mi madre, imagino sus besos nocturnos en la ausencia del marido, su fortaleza ambigua, como de seda, incapaz de quebrarse ante la adversidad, y me miran sus ojos misteriosos y grandes como si quisieran adueñarse de mí, prestar a mis pupilas el brillo de las suyas, reclamarme a su cielo de brumas, confundiéndose el llanto con el orvallo fino de nuestra tierra. Ya sabes, Paquito, me decía, paso de buey, piel de lobo. Heredé de ella su retranca y su obstinación, su admirable pasión por la familia, tan fuerte que no encontró fronteras ni en la humillación ni en el desprecio. Me enseñó a rezar, me enseñó a perseverar, me enseñó a callar. Ahora estos de aquí creen que porque no hablo no escucho, pero distingo prístinamente sus voces, algunas me llegan desde el pasillo, deduzco que hoy debe ser domingo porque hablan de la misa que el padre Bulart tiene intención de oficiar en la clínica, Vicky ha entrado en la habitación y se ha inclinado sobre mí, el aliento le olía a mar y de un golpe me han venido a la memoria los paseos por el puerto de El Ferrol, los juegos de piratas en La Graña, ¡ay, Ricardito!, ¿por qué tuviste que ser fiel a la República?, de no haberte obcecado habrías llegado a ministro, a teniente general, a lo que hubieras querido, como Camilo, como Araujo, como Pedrolo, y en vez de tener que enfrentarte a él hubieras tú mandado el pelotón de fusilamiento. De todas las enfermeras que me atienden, ¿siete, ocho?, la que más me gusta es Vicky porque me recuerda a madre, le han dicho que no debe recostarme, mis pulmones podrían encharcarse, ¿más todavía?, y a veces permanece largos ratos a mi lado, proporcionándome un consuelo que no llega, cuando me retiró la mascarilla de oxígeno y permitió por unos minutos que respirara sin asistencia pensé que había llegado mi hora y experimenté una honda satisfacción previendo el final inminente de la tortura, el fusilamiento es una forma de morir más digna que esta inmolación. ¿Por qué las malas gentes

tienen tantas veces una buena muerte? Todos dicen
que me acabo, hablan como si ya no estuviera aquí, y
me ha parecido oír los comentarios tristes de Nicolás.
Todavía me acuerdo del terror inusitado que nuestro padre le producía, cómo andaba a esconderse tras
el sofá huyendo de su rabia desatada por el alcohol y
recorría a gatas todo el piso, entre denuestos y amenazas. Aprendí entonces a callar y a defenderme por
sorpresa, utilizando la astucia frente a la superioridad física aunque, raquítico y solitario como yo era,
apenas tenía tiempo el viejo de reparar en mí, además me despreciaba por mis aficiones de artista, si
no hubiera escogido la vida militar, me habría gustado dedicarme a la pintura, también Luis Carrero lo
habría hecho, dibujaba sin cesar durante los consejos,
incluso en algunos despachos, era un buen observa-
dor de la realidad y sabía cómo describirla, no deja
de obsesionarme la idea de que fui yo el responsable de que lo asesinaran por no consumar las ejecuciones. A partir de entonces, vivimos una especie de
pérdida de control, la podredumbre extranjera nos
declara de nuevo el boicot y se repiten escenas dig-
nas de la leyenda negra. Conviene, no obstante, enfriar las pasiones porque, de otro modo, se puede
desmoronar el trabajo de décadas. Esto de enfriar, por
cierto, vale para casi todo, hasta el punto de que he
escuchado decir a una de las monjitas que me iban
a congelar o poco menos, hipotermia ha sido el término empleado, por lo visto, tratan con eso de que no
mane la herida del estómago, pero yo me siento como un *ecce homo,* las fuerzas me abandonan de tal forma
que soy incapaz, incluso, de sublimar el sufrimiento, en vez de perecer como un soldado me están apun-

tillando como a un becerro de mal morir, cuando quieran embalsamarme —así lo tengo dispuesto y al menos en esto han de hacerme caso—, no me quedarán líquidos en el cuerpo, ya estoy seco del todo, amojamado, útil para la Historia.

Madre murió el mismo año de la revolución de Asturias, en tiempos de la República, una simple pulmonía era letal de necesidad, hasta en eso ha prosperado España, los cuatro hermanos estuvimos de acuerdo en no poner el nombre de padre en la esquela publicada en el *Abc,* seguro que la mía ya está preparada, será la esquela más grande de la historia del periódico. En cambio él no sufrió, sufrimos más nosotros, la familia, ante la vergüenza y el oprobio añadidos de que fuera a morir en casa de su barragana, es cosa de marinos esa tendencia suya al juego y el alcohol, ser mujeriego resulta pecado habitual entre la oficialidad de la armada, pero ¿por qué afrentarnos haciendo a la chacha Agustina su manceba?, nosotros siempre fuimos una familia bien, y nunca he pensado que la manera de ayudar a las clases bajas sea descender al nivel que ellas ocupan. Cumplí como buen vástago cuando murió, velé su cadáver en El Pardo, donde me gustaría que me instalaran a mí, en el mismo sitio en que se oficiaron exequias por don Alfonso XII, y una compañía le rindió honores en la Almudena, de acuerdo con su rango de intendente general. Fui mejor hijo que él padre o esposo, siempre he respetado a los míos por encima de todo, también he querido ser buen abuelo de mis nietos, me he ganado su respeto y su cariño y me ilusiona saber que alguno de ellos elegirá la milicia, me hubiera gustado tener más hijos pero está claro que Dios no lo permitió, seguramente para que pudiera dedicarme con mayor ahínco y tesón a la obra que me había encomendado. No es verdad que Nenuca no fuera de mi sangre, me dolieron mucho los rumores sobre si era adoptada, o que si, en realidad, mi hermano Ramón me había puesto los cuernos con Carmen... yo quería mucho a Ramón, tarambana, cabeza loca, he querido a Nicolás, astuto y pérfido, aunque en realidad sólo me he llevado bien con la chica, sólo con Pilar he podido sentir la complicidad y el aprecio que se demanda entre hermanos, a Ramón, con todo y eso, no creo que le hubiera absuelto de haberme traicionado con mi esposa, una cosa es que yo sea un apático y otra que tuviera que pedir ayuda a la aviación para procrear, simplemente no me siento interesado por el refocilamiento, me parece algo sucio, un punto pecaminoso, vergonzante. Imagino las grandes manos de aquel marino de tierra adentro, ávidas por descargar golpes y caricias sobre la recia anatomía de nuestra madre, recorriendo a trompicones la arquitectura de su cuerpo en medio del silencio sacrificado de la mujer, y abomino de mí mismo ante la sola idea de practicar semejante violencia. En esto he criticado a Trujillo, más que en cualquier otro desvarío, que comprendo como contribución a la forja de su país, por lo visto, el Caribe produce ardores que no llegan hasta la meseta, pero fue un gran hombre Rafael Leónidas, gran amigo, discípulo fiel. Él, como yo: todos tenemos una misión que cumplir en esta vida, y no presumo de haber sido elegido por la Gracia para dirigir a España sino que lo acepto, como siempre lo he aceptado, y lo agradezco con toda humildad, con el espíritu de obediencia que me inculcaron en Toledo. ¿Para qué empañar entonces nuestro destino con placeres itinerantes e inútiles? ¡Pero quién sabe qué no habría hecho si me hubiera tocado gobernar en la Dominicana! Al doctor Hidalgo se le ha escapado un comentario acerca de que me han intervenido en el antro, debe ser una parte del intestino o del estómago, yo he esbozado una risita que no sé si me ha visto nadie, a lo mejor pienso que fui capaz de componer la mueca y en realidad sólo sucedió en mi imaginación, me río porque, en cualquier caso, ése será el único antro que conozco. Padre compensó con creces mi aversión a los lugares de ocio. Han corrido leyendas de que prohibí el juego en España porque un compañero mío se suicidó después de arruinarse a las cartas, pero en realidad lo hice porque padecí desde niño las secuelas de un progenitor devorado por los vicios, quizá yo sea la cara de su cruz, la lucha por la virtud, el amor del hijo contra la iracunda violencia del macho febrilmente apareado, quien es incapaz de gobernar una familia es como el que no tiene creencias o espiritualidad, no puede ser calificado ni de hombre, ni de español, ni de nada. Me porté bien con padre, mucho mejor que él con todos nosotros, me molestaban, claro está, sus correrías nocturnas, sus desplantes públicos ante mi retrato oficial tan profusamente colgado en tabernas y centros de esparcimiento en los cuarenta, una moda que se empeñó en difundir Serrano Suñer, no me preocupaba por mí, ¿qué subversión podría generar el desfachatado insulto de un viejo borracho y putero contra todo un jefe de mi naturaleza?, sino por el respeto a la memoria de mi madre, a la que todavía me esfuerzo en merecer pues ninguno hemos hecho lo bastante en ese sentido. Ahora la mano huesuda de Carmen se posa sobre mi frente y percibo el suave tintineo de su collar, como si fueran campanillas o cascabeles, he tenido suerte con ella, ha sabido representar al Estado con dignidad y grandeza poco comunes, comprendo que los leales la llamen la señora, porque lo es en todo y con excelencia, y abomino de cuantos bulos han corrido sobre su integridad, ¿qué de malo hay en revender algunos regalos, antigüedades, monedas, pequeñas joyas, cosas por el estilo con las que constantemente nos atosigan los aduladores de turno, los visitantes de los miércoles, las legaciones extranjeras?, somos una familia media española, común y corriente, educada en la sobriedad castrense, casi en la escasez, y en las excursiones a la almoneda y al Monte de Piedad, revender es para nosotros una costumbre, mucho más siendo militares, con tanta mudanza y azacaneo, la Historia se asombrará de lo poco que he guardado para mí, tan poco que a la hora de redactar testamento sólo he pensado en el futuro de la patria, el porvenir del príncipe, la tranquilidad de todos. Otros amasaron fortunas fabulosas... Perón, Batista, Pérez Jiménez... no encontrarán a mi nombre ninguna cuenta en Suiza, ni tendrán que hacer grandes esfuerzos para confiscar mis propiedades, aunque si los míos se han enriquecido es otro cantar, la verdad es que mis hermanos han tenido acierto en los negocios. Yo he sido un militar de verdad, un general ascendido por méritos de guerra, no como todos esos sargentones encumbrados al mariscalato de la noche a la mañana con el apoyo de los americanos, la CIA y todo lo demás, el precio de mi poder ha sido mi aislamiento, el del suyo, su fugacidad, ¿sobre cuál otro como yo podrá narrar la Historia que falleció en su lecho?, aunque éste no es del todo mío y ya digo que hay momentos en los que anhelo retornar a las recoletas estancias de El Pardo, el olor tempranero de la jara filtrándose por la ventana, añoro el renqueante navegar del *Azor* a la búsqueda de los cachalotes, las noches de espera en la montería, avizorando el cochino furibundo y brutal que nos husmea, la remontada río arriba del Eume, las horas interminables del golf en Tacoronte, en la Zapateira, ésos han sido verdaderos y lícitos placeres, suficientes para mantener la entereza del cuerpo frente a toda adversidad.

Me sube la fiebre y la tiritona aumenta hasta el punto de no poderla controlar, no sé si es el párkinson, que ya se apodera por completo de mí, o la visita final de la parca, noto mucho ajetreo a mi alrededor, otra vez Vicky, Nenuca, distingo algo parecido a un responso en las palabras de Bulart, no he muerto todavía, soy duro de pelar, carallo, de repente me sale el gallego, he perdido ya todo dominio, ¿será esta noche la última?, siempre hay un final para todo, *sic transit gloria mundi,* pero nuestra obra perdurará, lo he dicho muchas veces, atado y bien atado, como lo estoy yo a esta cama, encadenado también a mis recuerdos, a mis abundantes sollozos de hombre débil y tímido, lloré en público cuando se fue Gil Robles del Ministerio de la Guerra, lloré en privado cuando el tren que me llevaba hasta Hitler era incapaz de andar más rápido, ¡vaya bochorno, faltar a la cita con el emperador de Europa!, y sé que he llorado con abundancia en el pasado reciente, aunque sólo puedo recordar mi emoción el día de la boda de Mari Carmen y mis gemidos incontenibles en el funeral del almirante, no lloraré ahora, aunque quisiera, porque no me queda una gota de líquido en el cuerpo, el Altísimo aguarda que me presente a él con la marcialidad debida, la espada más limpia de Europa, Caudillo de España por la Gracia de Dios, sólo responsable ante Él y ante la Historia, ¡Señor, Señor!, tú sabes mejor que nadie lo duro que es morir. Es mucho más difícil que matar.

Dos

En Manila servían comidas rápidas, meriendas y tapas a precios asequibles. Mientras esperaba acodado en la barra, saboreando una caña de cerveza bien tirada, Alberto Llorés miró distraído a su alrededor, quizás buscaba una cara conocida, un amigo con el que pasar el rato hasta que Ramón llegara, un compañero con el que comentar cosas del ministerio, o simplemente una sonrisa femenina que le alegrara el ánimo. Recorrió paso a paso, mesa a mesa, los clientes que abarrotaban el local y se entretuvo imaginando historias posibles, incluso probables, sobre aquellos espectros humanos tan indiferentes, por su parte, a la indagación a que estaban sometidos. En la esquina del fondo, dos viejecitas de aire aseado mojaban el cruasán en un café con leche mientras hablaban con una vivacidad que, con frecuencia, las conducía al sonrojo, debían de ser hermanas, pues se parecían, por un momento supuso que comentaban sobre cuestiones domésticas, las enfermedades de unos y otros, los estudios de Fulanito, o que Menganita se ha casado de penalti, pero los temas familiares no podían bastar para encender los visibles sofocos entre los que se debatían, sólo la política o el sexo. Estaba claro entonces, se contaban entre ellas, una viuda, la otra soltera, sus experiencias, sus fantasías, sus frustraciones, cuántas veces, con cuántos hombres, qué cosas sintieron, o si no sintieron nada, aunque a lo mejor la solterona es virgen, se lamenta ahora de su castidad ya irrenunciable, tarde para remediarla, tarde para ofrecerla a Dios, definitivamente tarde para cualquier cosa porque la membrana se me ha esclerosado y moriré doncella, lo mismito que llegué al mundo, de lo que me arrepiento, ¡vaya si me arrepiento!, aunque no de no haberme casado, los hombres sólo sirven para lo que sirven, y en mi caso, ni eso. Las chicas de al lado fuman sin cesar, últimamente fuman mucho más las mujeres que los hombres, será por lo de la liberación, *women's lib,* abajo los sostenes, arriba las tetas, o porque ellas tienen más problemas que nosotros, la de la derecha me recuerda a Marta, sensual, intimidatoria, seguro que es igual de protestona, parece llena del mismo ardor insoportable, de esa sagacidad cruel que tanto me atormenta y que se manifiesta a cada rato, a cada pretexto, a cada discusión, pero Marta engordó después del parto, o por la lactancia, no sé, no le sienta bien la maternidad, ha abandonado los estudios y se dedica a deambular por la casa como un fantasma, siempre quejándose de que si llego tarde o de que se aburre, cuando no echándome en cara mi trabajo, dicen que la mejor defensa es un ataque, a lo mejor me anda poniendo los cuernos y no me he enterado, me gustaría ser más celoso, cabrearme ante cualquier insinuación de ese género, a lo peor lo soy y no siento nada porque nada debe hacérmelo sentir. Pocos pasos más allá, un ciego contempla la nada sentado ante un vaso de leche mientras acaricia con fruición al lazarillo, el hombre, piensa Alberto, es mutilado de guerra, de los perdedores, o quizás no, quién sabe si estuvo en la toma de Teruel, se gana la vida como puede vendiendo el cupón, éstas son las cosas del Estado social, los caballeros mutilados tienen sitio reservado en los asientos del metro aunque los republicanos sin pensión no encuentran otro trabajo que el de guardacoches o el de vocear los iguales. Junto a la puerta de cristal, pegada al escaparate giratorio plagado de merengues, pestiños, picatostes, suizos, ensaimadas con y sin cabello de ángel, torteles, mejicanas, medialunas, petisús y tejas almendradas, vislumbra el sollozo tímido de un joven opositor que implora los perdones de turno a su enamorada, ella le pilló en un renuncio, o a lo mejor sólo llegó tarde a la cita, pero estaba bien justificado porque los exámenes se acercan y todavía tiene que memorizar cuarenta temas. En resumen, se dice, una tarde de viernes como cualquier otra, la mayoría no irá a trabajar mañana porque en este país ya se hace semana inglesa, un nuevo indicador del desarrollo, y ¿qué mejor símbolo de la civilización del bienestar que una merienda de chocolate con picatostes en Manila o en California?, el chocolate caliente, como en el libro de García Márquez, puede hacer levitar a las personas, hacer olvidar las preocupaciones, los temores, las incertidumbres, y en todas las cafeterías de España a las siete en punto de la tarde, con comedida puntualidad taurina, las señoritas de la clase media, los opositores en busca de sosiego, las modernas modistillas en que se han convertido tantas secretarias y azafatas del servicio de vuelo, devoran a dos carrillos la prosperidad reinante, de espaldas al cabildeo político que roe los despachos y abarrota las comisarías. Parece la tarde de los muertos vivientes.

Ramón le sacó de tan severa meditación excusándose por la tardanza, no es nada, le tranquilizó, me lo estaba pasando pipa mirando, rumiando lo que veo, a lo mejor me hago *voyeur,* me encanta mirar. Rieron, comentaron las probables aventuras sexuales de las ancianitas, mascullaron palabras lascivas sobre las jóvenes de al lado, musitaron acerca de la vulgaridad de la vida al contemplar el beso de reconciliación de la pareja y convinieron en que el perro del invidente era un chucho sin categoría, hasta que Alberto fue directamente al grano.

—Te piden un favor.

—No serán...

—... Se mueren por salir agraciados. Quieren una crónica, algo que les elogie, que diga que el régimen tiene solución, que no es una dictadura al uso.

—¿La tiene?

—¡Yo qué sé! A mí me han respetado, aunque sigo siendo sospechoso para ellos. Todos lo somos.

—Ya no escribo casi, y nunca hablo de política, sólo cultura, o deportes... —dudó unos instantes—. Tú sabes, Alberto, que esto no hay quien lo arregle. ¡Ni quien lo mueva! —añadió con un rictus de exagerada desesperación.

Desde que volvió de América, con el título de empresariales en el bolsillo, le interesaba organizar su vida pero no resolver la de los demás. Comenzó a escribir para el periódico por casualidad, aunque ya no tenía tiempo, su padre estaba enfermo y tenía que atender las finanzas de la familia. Cuando rompió con la política, rompió del todo. Desengañado no estaba, él sabía que antes o después la izquierda ganaría protagonismo, pero no podía quedarse atrás mientras los demás hacían futuro. ¿Por qué iba a escribir nada que favoreciera a esos cabrones del ministerio?

—Porque algunos quieren la democracia, pero para que llegue hace falta que se muera Franco.

—Que lo maten, entonces.

—No digas chorradas. Franco morirá en la cama.

Sacó del bolsillo del abrigo unos folios mecanografiados y le dio a leer.

—Si muere en la cama, ¿por qué nos quejamos?, tenemos lo que merecemos —murmuró Ramón escrutando a distancia los papeles, tenían un texto compacto, lleno de correcciones.

—El discurso del presidente para la semana que viene, lo pronuncia el próximo 12 de febrero. Una bomba política: entre otras cosas, anuncia la elección de los alcaldes por sufragio, ya no serán nombrados a dedo.

—Será una bomba, pero de las fétidas. No me jodas, Albertito, señalarán quiénes tienen que salir elegidos y en paz. Eso no es el dedo sino el dedazo, igual que en México, todo está inventado. La democracia es como el folleteo, o la metes o no la metes, ¿quién va a creerse lo de la puntita nada más?

Alberto porfió moderadamente. Liberales, intelectuales independientes, socialdemócratas de orden... se había consultado a mucha gente, en el gobierno habían entrado algunos modernos, querían abrir la mano, algunos cavernícolas también, un poco de todo, era natural porque la dictadura se acababa, Franco moriría pronto y cada cual barría para su lado, en cuanto a él, ya sabía que era un posibilista, aunque en cualquier caso estaba por la libertad.

—¿La libertad? —se burló el otro—. Marta ha incendiado tu vocabulario. Con la democracia sería suficiente. La libertad no existe, es un sueño, como en Calderón, una patraña de los de arriba para tener contentos a los de abajo.

Pero libertad o democracia, ¿qué más daba?, ¿iba a traer nada de eso un fascista de tomo y lomo, un represor sangriento, un cursi autoritario como Carlos Arias que sólo había subido al poder por su servilismo hacia la familia del dictador? El caso, argumentó Alberto, es que había incorporado a su equipo a demócratas decentes, Fernández Ordóñez presidía el todopoderoso Instituto Nacional de Industria, que controlaba la mayoría de las empresas públicas, y Enrique Fuentes Quintana, maestro de varias generaciones de economistas de izquierda, era hombre fuerte en Hacienda, asesor del ministro o algo así. Democracia, libertad, justicia, ¿las iba a traer Arias, con tanto cocodrilo merodeando por las cloacas de palacio?, quizá había decentes, sí, pero el gabinete estaba repleto de falangistas duros, obedientes a Girón, el León de Fuengirola, un energúmeno que había sido jefe de las partidas de la porra y se casó con su querida obligado por Franco, sólo para poder ser ministro de Trabajo, la policía la dirigía un alcarreño siniestro con gafas oscuras y faz imperturbable, reencarnación temible de Bela Lugosi, la política educativa estaba en manos de un autoritario procaz que exhibía su juventud en plan certificado de garantía, como si ser joven le diera a uno patente de demócrata, y el ejército seguía trufado de meapilas del Opus y alféreces de la guerra ascendidos a generales. ¡Vaya mimbres para la cesta del aperturismo! En cualquier caso, insistía Alberto, en los segundos niveles había personas cabales, profesionales de lo suyo, dispuestos a hacer el cambio en cuanto alguien diera la señal.

—¿A qué cambio te refieres? ¿Al de que nos den gato por liebre?

—A que éste sea un país normal, a que podamos viajar, movernos, leer, hablar, ir al cine, como cualquier ciudadano de Europa. A que acepten que los españoles somos mayores de edad, y a que dejemos de discutir las pamplinas de si el franquismo se sucederá a sí mismo o no. Lo importante no es el cómo, sino el qué.

—El cómo es el qué también. Éste sigue siendo un país partido en dos, los que ganaron y los que perdieron.

—A algunos perdedores no les ha ido tan mal, tienes ejemplos en los que fijarte.

Pensó que no debía haberlo dicho, amaba a Ramón, era su amigo y le debía mucho, pero le irritaba aquella soberbia seguridad en sí mismo de la que tanto hacía gala y el reproche recóndito que encerraban sus palabras cuando se refería a los dos bandos de la guerra civil. Nadie tenía la culpa de que su familia se hubiera dividido. Bien mirado, lo hicieron todas, hermanos contra hermanos, hijos contra padres, pero mientras el de Alberto había malvivido durante décadas de una pensión como herido de guerra, hasta dar con los huesos en la tumba, su tío el republicano había hecho las Américas, por muy obligado que se hubiera visto a ello, de modo que Ramoncito Llorés siempre pudo predicar la revolución con un Ballantines en la mano y abrazado a una rubia de campeonato, tenía dinero, hablaba inglés y había estudiado en los Estados Unidos, ¿por qué no en Moscú, si tan comunista era?

—No digas, hombre, con el frío que allí hace, además hablas de una novia a la que no veo hace mucho —bromeó el otro, hurtándose a unas críticas que tenía muy oídas, luego se puso serio—. Pero lo que yo haga o deje de hacer no cambia para nada la verdad de las cosas, sigue habiendo gentes dispuestas a sufrir por sus ideas, sigue habiendo quien piensa que la explotación de los hombres por sus semejantes es una injusticia inadmisible y sigue habiendo cientos, miles de españoles, en la cárcel por el simple hecho de criticar al de arriba. ¿Me quieres convencer ahora de que sus propios cancerberos les van a franquear las rejas?, pase usted, don Oposición, adelante doña Protesta, perdonen las molestias causadas, estábamos equivocados, repararemos los males, en seguidita nos ponemos a construir la democracia...

—Están muertos de miedo desde que ETA mató a Carrero Blanco —atajó Alberto—, saben que o ellos mismos cambian esto u otros vendrán que se lo cambien.

—¡Hombre, a lo mejor las revoluciones siguen sirviendo para algo, aunque las prediquemos en las barras de los bares!

—Pero siempre acaban devorando a sus hijos. Fíjate en Fidel Castro, ¿merecía la pena tanta sangre para terminar donde está?

—¿Quién te dice a ti que ha terminado?

Sin esperar contestación, volvió a posar la vista sobre las páginas mecanografiadas que Alberto le había tendido, leyó y releyó varios párrafos, apuntando a veces una sonrisa, una mueca de desagrado en ocasiones.

—Me temo que no puedo hacerte ese favor —comentó al fin.

Le dijeron que podía pedir a su primo, el rojales ese que escribe para la prensa norteamericana, una ayudita de algún género, el presidente y los que le rodean se encuentran preocupados, la imagen en el exterior es esencial para el comercio, para la creación de riqueza, para el desarrollo y, aunque los gringos nos apoyan, ahora presionan con la renovación de las bases, quieren pagar una miseria y enviarnos material bélico de desecho, no vale ni para desfilar, además sus periódicos están en manos de los judíos, ya se sabe que no nos quieren, de modo que una crónica de ese tenor sería bienvenida. Les previno de que Ramón se negaría y no le criticaba por ello, era un individuo con recursos, a poco que hubiera bajado la cerviz, la sociedad le habría abierto las puertas, para los de su clase no era un *enfant terrible* sino un traidor, con sus aires de conquistador, su pelo a la brillantina y sus dotes de donjuán siempre había estado donde pensaba que tenía que estar, aunque su paso por América le había hecho más pragmático, más cínico.

—Cínico, no —puntualizó el otro, sin aparentar molestia—, lo que pasa es que, desde Checoslovaquia, a nosotros no nos queda nada y, desde Vietnam, no les queda nada a ellos.

—¿Quiénes somos... quiénes sois nosotros?

—Por lo menos tenemos claro quiénes son ellos. En cuanto a nosotros... míranos: los huérfanos de una revolución que no ha podido devorar a sus hijos, como tú dices, porque nunca existió, se desperdigó en frases y gestos arrogantes. Mientras apedreábamos a los guardias en París, los rusos metieron los tanques en las calles de Praga. Nuestra revolución no murió a manos de nuestros enemigos, fue un aborto. Al final, como todas las revoluciones, se redujo a un juego de palabras.

—¿Por eso te marchaste?

¿Cómo le iba a decir que no sólo fueron razones políticas, que éstas no pasaban de excusas, de pretextos para tapar la decepción que le causaba el eclipse de Marta, tapada por el sol de su amistad? En el partido todo eran promesas vagas, anuncios de un apocalipsis que nunca llegaba, la Huelga Nacional Revolucionaria, la Huelga Nacional Patriótica, el Gran Pacto por la Libertad, eslóganes aprendidos en las escuelas de líderes moscovitas, engañabobos para ir tirando que se inventaban los de fuera, desde allí se podía dirigir la cosa sin riesgos, mientras eran otros los que aguantaban los palos, las detenciones, las campañas de difamación, pero, al fin y a la postre, uno podía convivir con todo aquello sin dificultades, formaba parte de la farsa, del aprendizaje de la política. Se marchó porque no hubiera querido renunciar a Marta ni podía traicionar su intimidad con Alberto y el tiempo, lejos de curar la herida, la había profundizado, horadando nostalgias, derrumbando prejuicios altruistas, pero ¿cómo confesar su error, su inconmensurable torpeza, al causante de sus males?, ¿cómo culpar a Alberto cuando él mismo les había animado, había sido el inductor de su aventura, convirtiendo en un juego su pasión, desoyendo los lamentos inequívocos de Marta, despreciando su anhelo, empujándola de golpe a que ingresara en la edad de la razón? Ya no se le había perdido nada aquí, ni aquí ni en ninguna parte, prefería fugarse a buscar y, al final, acabó asfixiándose entre la mediocridad y el estupor de la vida de España. Se fue porque la memoria de Marta le abrasaba el aliento y no estaba dispuesto a reconocer su derrota. Y se fue también por él, por su amigo del alma, su confidente, su cuate, alguien con quien discutir y con quien discrepar, alguien para gozar con la conversación, para comparar sus vidas, para reír o llorar con franqueza, y con el que ya no podía ser sincero porque no podía abrirle el corazón sin hacer sangrar las cicatrices del suyo. Pero se hubiera ido por lo que se hubiera ido, estaba otra vez de vuelta y no escribiría nada que ayudara a los herederos de los verdugos de España, a los flatulentos y rijosos funcionarios de un régimen agonizante que ya estaban buscando seguir en el machito cuando se diera la vuelta a la tortilla. Y Alberto que le pide disculpas, que no se preocupe, que lo comprende más que mejor y que él está igual de convencido de que la política del gobierno no desembocará en nada digno, porque también él aspira a la democracia, no a un lavado de cara del neofranquismo reconstruido sobre las cenizas del almirante, sólo aventando éstas —¿cómo y cuándo?— conseguirán que España sea un país moderno, no se vaya a creer que ha cambiado de chaqueta, su puesto en Presidencia es estrictamente profesional, siempre es mejor que lo ocupe él en vez de un troglodita.

—A mí no me importa que trabajes ahí —aclaró Ramón en seguida—. Eres funcionario, es tu vida, pero esto se va a caer antes o después, mejor si lo empujamos que si tratamos de sujetarlo, aunque sólo sea un poquito, ¿no piensas?

Claro que pensaba, como tantos otros cuyo ejemplo seguía, como todos los que, infiltrados o curiosos, se avenían a ser tachados de colaboracionistas, cuando lo que trataban era de preparar el futuro desde dentro, el entrismo no podía patentarlo únicamente la izquierda para sus intereses. No quiso reconocer, sin embargo, que estaba cansado, la sospecha le perseguía por cada rincón del ministerio y, pese a las promesas que avizoraba en aquel discurso, la presión de la ultraderecha se hacía sentir de forma nada sutil, como si sus esbirros permanecieran al acecho de cualquier traición al sistema, de cualquier media tinta, de cualquier vergonzante aperturismo.

Todavía hablaron un rato más, apurando los recuerdos pero resistiéndose a las nostalgias. Se despidieron en la calle, bajo un aguanieve impertinente. Al salir, Alberto volvió la cabeza para echar una última ojeada a la morena de las *women's lib,* aunque a lo peor no, a lo peor, ni liberada ni nada, hija del Corazón de María, comunión diaria y cinturón de castidad, o sea que de momento me quedo con Marta, se alegrará cuando sepa de este encuentro, cuando le diga que mi amistad con Ramón es ahora más fuerte tras la ausencia, nada se interpone entre nosotros, ni el tiempo ni las cosas, no hay personas, ni ideas, ni discursos que puedan empañar nuestra complicidad, porque es lo que dice él, a los amigos, hasta el culo, y a los enemigos, por el culo, pues que les vayan dando a los fascistas del ministerio, si quieren apertura que la hagan como es debido y, si no, que dejen de empujar.

Tres

—Si los vascos no se cargan a Carrero, no los habrían ajusticiado, esos dos también son víctimas de ETA.

Mirandita se limpió las recién estrenadas gafas con fruición, utilizando para ello la esquina de su corbata, mientras escrutaba la cara de los contertulios y meditaba las palabras de Ataúlfo Sánchez. Luego esbozó sus dudas.

—Pero ¿quién se va a creer lo del 12 de febrero tras estas ejecuciones?

—Se lo creerá todo el que quiera creérselo, todo el que piense que el régimen no puede seguir así —atajó en tono sentencioso don Epifanio Ruiz de Avellaneda—. O sea, nos lo creeremos muchos porque nos apetece que sea verdad, no porque vaya a ser verdad.

Habían trasladado su tertulia a El Comercial, en la glorieta de Bilbao, donde recalaban también pequeños grupos de jóvenes conspiradores, desde militantes de la extrema izquierda hasta conspicuos activistas de la Falange Auténtica, pasando por algunos periodistas con ínfulas de enterados que fumaban en pipa, se teñían el pelo o se anudaban un pañuelo al estilo canalla de Pigalle, como si escribieran mejor o fueran más influyentes por exhibir su excentricidad, pensaba Eduardo Cienfuegos, que procuraba evitar el local, convertido en una especie de microcosmos, un remedo del complejo panorama político del momento, con todas aquellas gentes operando en sus cerrados círculos, ignorándose unos a otros, escrutándose a lo más con el rabillo del ojo, murmurando a media voz los disidentes, fanfarroneando a cada rato los fantoches como Primitivo Ansorena, que atufaba el ambiente con sus colonias pretenciosas y su vozarrón de chusquero, y cuya asidua comparecencia era otro de los motivos de la deserción de Eduardo, ahíto de la arrogancia y la mala educación del un día temido coronel y ahora vendedor por horas en la empresa familiar de los Cienfuegos. Ansorena había invitado esa tarde a un funcionario de la Modelo, colega suyo en la División Azul, de permiso en Madrid, para que les narrara los detalles de la ejecución del anarquista. Era un individuo insignificante, atildado y un tanto redicho, que se esforzaba en trufar su relato con opiniones personales sobre la vida y la muerte, la política y la religión.

—El día que voló el almirante Carrero por los aires, Salvador ya se malició que su gaznate peligraba, pero como pasaban los meses y nada sucedía llegó a pensar, incluso, que se habían olvidado de él o que todo eso prometido por Arias iba en serio. Me alegro de que se hayan puesto las cosas en su sitio.

Estaba claro que el nuevo presidente no era de su gusto, ¿cómo lo iba a ser si, encargado como estaba de la seguridad del Estado, no había podido evitar el atentado contra Carrero Blanco?, encima premiaron su mediocridad con el ascenso al cargo de primer ministro, don Epifanio le interrumpió para explicar que Franco había saldado las intrigas sobre la sustitución del almirante rindiéndose a los consejos de sus parientes y, muy especialmente, a los de su médico de cabecera, el doctor Vicente Gil, un galeno de cara arrugada con más labia que ciencia, antiguo amigo de la familia del dictador, aficionado al boxeo, cuya federación había presidido durante años, y que acudía a darle masajes al Caudillo cada mañana. Tendido sobre la mesa, el torso al aire, el Generalísimo se dejaba hacer por aquellas manos recias, como de hombre de campo, al tiempo que no podía evitar escuchar los consejos, proferidos en medio de intermitentes susurros, de quien tanto parecía preocuparse por su salud, no apriete tanto ahí, Gil, que me acabará haciendo daño, suba un poquito hacia el omoplato, pero, salvo para quejarse, Franco no hablaba casi nunca, se limitaba a escuchar la retahíla de comentarios del otro, expresados con la misma contundencia con la que hundía sus dedos en aquella espalda octogenaria, en la que los huesos comenzaban a mostrarse agrupados en pequeñas protuberancias y la piel, cada día más descarnada, amarilleaba a ratos entre manchas de color marrón, anunciando con sus tinturas la decrepitud del animal que protegían, porque está claro, concluía Ruiz de Avellaneda, que este hombre no da ya para mucho, y que a base de masajes no hay quien le arregle las tuberías viejas. La corte de El Pardo, la primera dama, los ayudantes, el jefe del Patrimonio Nacional, los allegados, veían en el antiguo ministro de la policía el mejor valedor de sus intereses y, entre los íntimos, sólo Pedrolo había expresado sus reservas, pero es que a Pedrolo le gusta llevar la contraria, Excelencia, argumentaba el masajista para demostrar que él sí era capaz de salir-

le respondón al Caudillo, y se empeña en proteger
a Fraga Iribarne, como si fuera poca protección el retiro dorado de la embajada en Londres. Franco, que presumía de anglófilo para sus adentros, tendría que
convenir en que aquél le parecía un estupendo destino, la sede diplomática era un buen edificio, situado en pleno corazón de Belgravia, decorado por
el mejor interiorista de su tiempo para los esponsales de Alfonso XIII con doña Victoria Eugenia, era
preciso que la monarquía española tuviera una digna representación en la capital del Imperio, Franco
la conocía bien, había tenido ocasión de visitarla con
motivo de las exequias del rey Jorge V, en las que el
protocolo le situó justo detrás de una delegación
bolchevique, ¡a él, que era suscriptor del Boletín de
la Entente Internacional Anticomunista desde su fundación!, o sea que lo de Iribarne estaba fuera de lugar
y, por otra parte, Arias resultaba bastante popular
entre los periodistas desde sus tiempos de alcalde,
era tan hábil que no sólo había logrado hacer olvidar su pasado de matarife, sino que le perdonaran,
incluso, los atentados urbanísticos que había perpe-
trado contra la capital. Fiscal de carrera, casado con
una leonesa de posibles, no tenía más familia directa que su mujer y sus perros, le sobraba el tiempo
para dedicarse al puesto y no habría de fallar ni en
la lealtad ni en el tesón con el que prometía hacerlo.
Al principio, despistó un poco el gobierno que for-
mó, compuesto a medias por integristas reconocidos
y otros que llegaban con la aureola de cierto aperturismo, y lo mismo sucedía con el discurso que pronunciara ante las Cortes, prometiendo la legalización
de las asociaciones políticas que acataran la ortodoxia

del sistema. Al hilo del señuelo, algunos conocidos disidentes, neoliberales, socialistas desgajados del partido histórico, democristianos de dudosa ubicación, falangistas que reclamaban la revolución pendiente, hicieron pública su disposición a colaborar, siempre y cuando ello condujera a una salida más o menos democrática. El gobierno, como queriendo dar a entender que la cosa iba en serio, se había decidido además a soltar a prominentes sindicalistas encarcelados. Había que dar signos de modernidad, ahora que este mal trago de las recientes ejecuciones parecía superado. Claro que don Epifanio, que al fin y al cabo lo había sido casi todo en el régimen, recelaba de tanto optimismo, porque conozco bien a los míos, y en eso se mostraba de acuerdo con Mirandita, al que últimamente veía más aseado que de costumbre y oliendo a limpio como nunca, como no solían oler los democratacristianos de su ralea, pero no entendía por qué se empeñaba en ponerse a discutir sobre la pena de muerte con el invitado de Ansorena que estaba convencido de que las sentencias capitales formaban parte de la naturaleza de las cosas, y eso lo sabía Puig Antich mucho antes de tirarse al monte, aunque las glosas sobre el famoso discurso de Arias, el cierto aire de distensión que se produjo en la escena política, tan atribulada por el magnicidio, le llevaron a suponer que podría evitar el cadalso.

A Salvador Puig Antich, fundador del Movimiento Ibérico de Liberación (MIL), lo habían encerrado en la cárcel barcelonesa después de una larga estancia en la clínica adonde le condujo la policía con un tiro que le había atravesado la cara, destrozándole el maxilar. Pudieron habérselo dado después de detenerle, porque le encontraron en lo oscuro de un portal, junto al cadáver del inspector que le echó el alto, muerto de un balazo que el chico siempre dijo fue fortuito, no existían testigos oculares fiables, pero el tribunal militar le sentenció a la pena capital. Cuando ingresó en la Modelo tenía la boca cosida, apenas podía hablar y para alimentarse debía hacerlo a través de una cánula por la que los celadores le introducían el rancho del día después de majarlo, pues apenas se podía valer por sí mismo. Anduvo muy deprimido tras los sucesos de diciembre, asumiendo que la acción de ETA contra Carrero equivalía a la confirmación inapelable de su sentencia, pero el paso de los días logró tranquilizarle. Embutido en su celda, mataba las horas jugando al ajedrez contra sí mismo, tres veces por semana, descorrían los cerrojos del portón de metal que daba a un patio angosto por el que se vislumbraba el cielo encapotado, envuelto en la calima que subía desde el puerto, esa mezcla de olores salados y brea apestosa hurgando en su nariz semidestruida, y podía entonces desparramar las piernas durante un par de horas, hacer flexiones, echar pequeñas y cortas carreritas para desentumecer el alma, e incluso entrenarse en la cancha de baloncesto. A uno de los funcionarios le metieron un paquete de quince días por jugar con él a encestar pues no se podía romper el aislamiento obligado del reo, al que la justicia militar controlaba día y noche, se jugaban mucho los militares en este caso, no fueran a indultarlo también como a los etarras de Burgos. Apenas recibía visitas Salvador, ni amigos, ni parientes —aunque sus hermanas aparecían de vez en cuando por allí—, ni camaradas de ese movimiento revolucionario por cuyas ideas podía haber matado y estaba a punto de morir. Al anochecer del 2 de marzo, aparcó ante la puerta de la prisión un coche negro con matrícula oficial, de él descendió un hombrecillo enfundado en un abrigo gris, iba tocado con una boina diminuta y miró con indiferencia a los guardias que le franquearon la entrada. Esa misma mañana, en una habitación contigua al vestíbulo, en la que se acostumbraba a recoger los envíos para los presos, un albañil de confianza había cavado un agujero de un palmo de ancho por dos de profundo, descargando con saña el pico sobre las gastadas baldosas de la estancia. Luego introdujo en el orificio un trozo de viga vieja, producto de cualquier derribo, o quizá del desguace de un barco. El poste, apuntalado con cuñas de madera y algunos pequeños escombros, se erguía ahora a la altura de los ojos del recién llegado, que lo inspeccionó con minuciosidad. ¿Servirá?, preguntó a media voz el subdirector de la cárcel, sin obtener de momento otra respuesta que un gruñido, el hombre zarandeó el mástil con una fuerza incomprensible para su mermada anatomía, y comprobó la solidez de sus anclajes, servirá, afirmó con su voz de burócrata cansado, luego arrimó una silla de madera, desechando la Tonet que le ofrecía el subdirector, pues el respaldo del asiento debía ser recto, de otro modo la nuca quedaría muy lejos del lugar adecuado, explicó con aquel aire insustancial que desprendía su figura, se acercó a una mesa, al fondo de la habitación, y abrió el maletín de cuero negro que había depositado sobre ella. Parecía un profesor presto a comenzar su clase o un médico que buscara el estetoscopio. Del fondo del estuche sacó, envuelto entre paños, un artilugio de metal oscuro sobre el que brillaba la grasa, lo desplegó encima del tablero de pino, mil veces raído por la acción del estropajo, y contempló las piezas como si de un aparato de precisión se tratara, haciendo memoria sobre cómo proceder a su ensamblaje. Mientras instalaba el garrote vil en el improvisado patíbulo, pensó que él debía de ser el único verdugo del mundo que viajaba con el instrumental a cuestas, ¿se imaginaba uno a los ingleses con la horca a hombros, o a los franceses con la guillotina?

Salvador se sorprendió de lo fácil que podía resultar morir, pese a las dudas morales que le habían asaltado tras el disparo que segó la vida del inspector. Como buen anarquista entendía que la violencia era necesaria, pero una cosa es pensar en ella en abstracto y otra que te salpique en la cara la sangre de tu víctima. Le comunicaron la noticia de su inminente ejecución apenas unas horas antes de que se produjera; el director irrumpió en su celda, para avisarle, cuando estaba a punto de ganarle un alfil a su carcelero; le regalaron con una cena temprana y especial, que él comió sin apetito —todavía le dolía la mandíbula y seguía masticando con dificultad—; el cura no le insistió demasiado sobre la conveniencia de convertirse a un credo que no era el suyo; más tarde se adecentó y vistió con parsimonia, en silencio, la esperanza le había abandonado ya hacía mucho y comprobó con satisfacción que podía controlar sus esfínteres, contra lo que la leyenda narraba sobre los ajusticiados. A lo peor luego no, pensó, dicen que a la mayoría se les derraman los excrementos, pero será a la hora de morir, cuando uno deja de ser persona. Esperó las noticias del imposible indulto junto a una hermana suya y su abogado, ya sabía que el MIL no habría de sobrevivirle, aunque estaba seguro de que no faltarían las protestas, los telegramas del extranjero, las manifestaciones callejeras, eso le confortaba el ánimo, no anhelaba su fin pero se había acostumbrado a suponer que no podía estar muy lejos y prefería ilusionarse con la idea de que su sacrificio serviría para algo.

—Murió con dignidad —comentó el amigo de Ansorena, de pronto impresionado por la imagen del desenlace.

—Debe de ser lo único que haya hecho en su vida de esa forma —apostilló el militar.

—La cuestión es que al ejecutar, además, a ese perturbado checo, un salteador que se llevó por delante a un guardia civil, el gobierno trata de dar la impresión de que nada es político, que él y Puig Antich eran penados por delitos comunes. A mí me parece una chapuza innecesaria —arguyó don Epifanio, haciendo caso omiso de las otras apreciaciones.

—Pues si esto sigue así, muy pocos van a dar por buena la apertura del régimen —remachó Mirandita.

Desde que a su hermano le expulsaran como secretario del ayuntamiento de una gran villa, a raíz de un escándalo provocado por la compra de autobuses de transporte urbano, Sebastián Miranda, Mirandita para los amigos, había sentido cómo, a sus más de sesenta años, nacía en él un sentimiento creciente de aversión hacia el régimen, encarnado de paso en una actitud de reproche permanente hacia sus compañeros de chamelo. A ello contribuía, sin duda alguna, la inequívoca actitud de su hijo Carlos, que no cesaba de aleccionarle en casa sobre lo divino y lo humano, pero también le animaban las opiniones y pastorales de algunos obispos más o menos audaces, como el de Bilbao, al que a punto había estado el gobierno de expulsar del país, y si no lo hizo fue porque Roma amenazó con excomulgarlos a todos, con Franco a la cabeza, pero ¿cómo iban a excomulgarle a él, Caudillo por la Gracia de Dios?, ¿a quién se le había pasado por las mientes enfrentarse a la Iglesia?, ¿es que no conocían la historia de tantos como acabaron fulminados por cualquier estúpida confrontación con las sotanas? Por si poco fuera, Sebastián Miranda experimentaba ahora la benéfica influencia de Clotilde Sampedro, madura militante de las Hermandades Obreras de Acción Católica, con la que el viudo mantenía, desde hacía semanas, una relación que ninguno de ambos se atrevía aún a calificar de sentimental, porque no es nada serio, comentaba ella en privado, somos mayores los dos, no vamos a cometer una tontería. Desde que se topó con Clotilde en una reunión de apostolado seglar, le impresionó la reciedumbre de sus convicciones antifranquistas, que la dama compaginaba sin problema alguno con la robustez de su fe católica. Era esta férrea mujer colaboradora esporádica del grupo Tácito, seudónimo con el que firmaban sus artículos periodísticos los componentes de un conglomerado de intelectuales y políticos vaticanistas, firmemente empeñados en hacer creer al mundo que era posible una metamorfosis democrática del franquismo, que la dictadura se transmutaría a sí misma, experimentaría una gloriosa transfiguración, para hacer desembarcar la nave del Estado en la playa de las libertades. La vulgaridad de la metáfora parecía suficiente como para que Clotilde lo dudara muy mucho, pero ella no perdía oportunidad de pasarles de contrabando sus ideas obreristas, todas fundamentadas, con documentación apabullante, en textos papales y escritos de los santos padres. Mirandita se sintió subyugado por la fortaleza bíblica de aquella hembra, no mal parecida, poseedora de unas piernas que remedaban a las columnas de Hércules y de un poderoso busto, cuyo solo volumen le sugería las más obscenas de las pasiones. Al principio de conocerse, Sebastián se preocupó cuando, dedicado como de costumbre a recortar las estampas de lencería de las revistas de moda, comenzó a mezclar sus ensueños con la imagen de la Sampedro, hasta el punto de experimentar algo que se parecía a una erección, el miembro le latía como no lo había hecho en mucho tiempo, él hubiera jurado que la sangre se abultaba a su alrededor, impulsándolo levemente, haciéndolo palpitar e incluso hinchándolo un poquito, amorcillándolo, se azoró mucho, tanto que, por un momento, llegó a pasársele por la cabeza la oportunidad de masturbarse, pero luego pensó que, puesto que las emociones le habían sido provocadas por el recuerdo de su enamorada, lo correcto era orientarlas hacia ese mismo fin, reservando las fuerzas de la carne y agudizando las de la inteligencia a la hora de cortejarla. Era por lo demás la Sampedro muy comedida de formas, quizá para compensar lo aparatoso de su anatomía y lo radical de sus opiniones, y alambicaba dulzura y sequedad con maestría tal que permitía a sus interlocutores sentirse tan seducidos como sometidos, según demandara la ocasión. Por último, siendo verdad que en pocas cosas parecía dispuesta a transigir con el gobierno, había una que la sublevaba hasta el extremo, la pena de muerte, de modo que la vehemencia de Mirandita en combatir ésta se veía respaldada no sólo por argumentos, sino sobre todo por la fortísima emoción que le producía alinearse con su enamorada en la defensa de causa tan noble como el abolicionismo.

—Yo comprendo que la aplicaran en guerra, y no sé si lo comprendo, pero bueno, la guerra es la guerra. Fusilar a la gente en estos días no tiene, en cambio, ningún sentido.

—¿Ni siquiera a los terroristas?, los terroristas dicen que están en guerra contra el Estado —terció Ansorena, haciéndole dudar.

—Bueno, Puig Antich no era un terrorista, mató en defensa propia, además, no digo que no lo mereciera, sino que no se arreglan así las cosas.

—Lo peor de la pena de muerte es cuando se equivocan, porque no tiene remedio —dijo Ataúlfo Sánchez, adoptando un aire de triunfo—. Vosotros tampoco lo tenéis, cierro a blancas.

—Y lo que añado —Mirandita, erre que erre, haciendo caso omiso del dominó— es que es un muy mal síntoma respecto a lo que Arias pretende.

Lo que pretendemos, explica el ministro a esa misma hora, y en un lugar no muy distante, a un grupo de corresponsales extranjeros, lo que el presidente del gobierno persigue a corto plazo, no es la democracia, no todavía, pero sí algo que se le parezca, no es la libertad, aún no, pero sí algo que conduzca a ella, no es destruir el franquismo, a lo mejor algunos piensan que es desfigurarlo, pero sólo para mejorarlo, para abrirlo al futuro, las ejecuciones han sido un desgraciado mal necesario, no son de mi gusto, pueden entenderlo, y no volverá a haberlas, no es lícito que resuciten el asunto de Grimau, yo era subsecretario entonces y les aseguro que aquello fue distinto, eran otros tiempos, ustedes me entienden, ¿no?, y hace un gesto con las manos, como si desenroscara un ovillo inexistente, para terminar en tono sinuoso, nada enfático:

—El espíritu del 12 de febrero sigue en pie.

Más que eso, se erguía como un fantasma por los pasillos del palacio, acosando a cada esquina las decisiones de los hombres, revolviendo los archivos, descarándose con los ujieres veteranos, porque todo el mundo sospechaba que en la escritura de aquel texto habían colaborado compañeros de viaje del comunismo, quién sabía si parte de los escasos disidentes infiltrados en la Administración, diplomáticos, técnicos comerciales, hasta fiscales y jueces, estaba claro que la oposición se había hecho con el poder, bramaba Ansorena, y en la prensa, hasta en la televisión, los despachos se llenaban de rojos, de espías, de traidores, de niñatos, de canallas, de desleales. Epifanio Ruiz de Avellaneda había aconsejado a su protegido Alberto Llorés que permaneciera en Presidencia, a lo mejor es verdad lo del febrerillo loco, le había comentado con sorna, y te ascienden, porque ahora andan a la búsqueda de demócratas... de los de fiar, se entiende, ¿era Alberto un demócrata de fiar?, mejor dicho, de fiar desde luego, pero ¿era un demócrata?, yo lo que soy es un posibilista, repetía una y mil veces a cada discusión con Marta, a cada ensayo de rompimiento, a cada intento de reconciliación, un posibilista, no, un pastelero, puntualizaba ella, si dicen que esto se va a democratizar prefiero que no me pille en orsay, concluía Alberto, el dictador se muere y aquí no hay nadie organizado, como no sean los comunistas, pero tú ya los conoces, Martita, ya sabes cuánto dan de sí, a lo peor es verdad, a lo peor todo es una invención, un embaucabobos, pero es preciso estar en el lugar adecuado, en el momento oportuno.

El lugar adecuado era aquel hotelito de la Castellana, junto a la plaza de Colón, donde sentaba sus reales el nuevo presidente del gobierno y desde el que lo mismo se decretaba el garrote vil para los anarquistas que se ordenaba tener presto un avión de la Fuerza Aérea para transportar fuera de España a monseñor Añoveros que, desde su diócesis en Vizcaya, se había permitido hablar sobre los derechos del pueblo vasco y, lo que era más grave, había salido en las pantallas de televisión luciendo una enorme chapela.

—Hay que tener mucho cuidado con lo que uno se pone en la cabeza. Lo de la chapela puede ser gravísimo, y una barretina, mortal de necesidad —sentenció don Epifanio.

Mirandita no pudo oírle porque se había marchado hacía unos minutos, camino de su cita con la Sampedro, y los demás rieron el sarcasmo. Desde su jubilación política —no completa, pues mantenía su condición de procurador en Cortes por el tercio sindical— don Epifanio se había vuelto más cáustico si cabía, más criticón, más descreído, y Ataúlfo Sánchez no acababa de digerirlo, ¿qué quería, que cayera el régimen que él mismo había ayudado a construir?

—Lo que le pasa —explicaba Primitivo Ansorena, más fatuo y petulante que nunca, ahora que había ascendido en el trabajo y ya no se dedicaba a ir por las casas vendiendo aspiradoras último modelo, abusando de su condición de militar para intimidar a las clientes— es que está cabreado porque no ha llegado a ministro y se le ha pasado el arroz. Hoy en día, si eres falangista estás con Girón, que tiene dos cojones y dice las cosas como hay que decirlas, y si no, te haces del Opus o te tiras al monte.

—Espero —puntualizó Ataúlfo— que Epifanio no se convierta en un chaquetero más, hay muchos que ya se apuntan a lo que venga, sea lo que sea, parece que Franco no durará, pero yo no me voy a pasar al otro bando por eso, a pesar de que, en cuestión de coches, no se vende una mierda, los concesionarios estamos aviados, el precio de la gasolina no hace sino aumentar, va camino de las veinte pesetas litro y, como nadie quiere darle un disgusto al general, aquí no se toman medidas.

Las únicas medidas posibles —hace hincapié en lo de únicas, aumentando el valor de la esdrújula— se resumen en ser fieles al discurso del presidente, ése es el único plan válido, puntualiza el ministro a los reporteros de todo el mundo, y vuelve a regodearse en el acento en la u, en el acento en la a, como descubriendo de pronto que una sobresdrújula sería todavía mejor, más convincente, el episodio con la Iglesia ha sido cancelado, sólo se trataba de un malentendido, no es exacto que se hubiera preparado un avión militar para expulsar al obispo de

Bilbao, no es verdad que la Iglesia del País Vasco tenga criterios distintos a la del resto de España, no puede decirse que exista conflicto alguno con el Vaticano, lo único que es verdad es lo único que puede ser verdad, ustedes me entienden, ¿no?, machaca las acentuaciones, se regodea en la prosodia, sabe que ha descubierto algo que tiene valor en política, frunce la boca con malicia y mira con ojillos chispeantes a sus interlocutores, al tiempo que enrosca febrilmente sus manitas mientras se pasea por el inmenso despacho, hermoseado con sedas y cristales de Venecia por capricho de su predecesor, que hizo venir de Italia a decoradores, interioristas y estetas de toda laya para conseguir un aspecto menos tétrico, más europeo y exquisito, acorde con las necesidades de la modernización del país, porque una cosa es dar garrote a los delincuentes y otra que los despachos oficiales parezcan covachuelas, ¿ven ustedes cómo en España se pueden decir las cosas tranquilamente cuando se saben decir?, la apertura acabará triunfando y lo demás son simples incidencias de recorrido, desgraciadas obligaciones del poder, como en el caso de las sentencias capitales, o de esos injustificados excesos del clero que hacen perder la calma y la paciencia y nos incorporan a todos al nerviosismo, yo no estoy nervioso, tampoco confundido, ni me voy a pasar de listo, podemos aceptar que en España no existen criterios homogéneos sobre la libertad con respecto a los países de Europa, pero no estamos dispuestos a admitir que los españoles no seamos libres, el señor obispo, cualquier otro de sus colegas, tiene derecho a opinar absolutamente sobre todo lo que quiera, aunque es lógico (*¡ojo!, no se me pierda la debida in-*

flexión en esta o) que el Estado no quiera abdicar de su misión de aplicar las leyes, porque éste es un país católico *(con acento en la antepenúltima, desde luego)* pero no una teocracia *(¿por qué no podrá decirse teócracia, que sonaría más culto?)*, cada cual debe aprender ahora cómo comportarse, me siguen, ¿no?, algunos asienten mientras todos contemplan ensimismados los deditos gruesos y nerviosos que hacen el movimiento de una turbina, se enrollan y desenrollan como un carrete, como una madeja liada sobre sí misma de la que, en algún instante, alguien tirará de una punta oculta para despejar el camino que conduzca a la linealidad del filamento, y el ministro piensa que hubiera sido mucho más rotundo poder decir «cómo compórtarse», con el acento pesando sobre la vocal adecuada, esdrujulando hermosa, lúcidamente *(de modo que, además de la Ley Orgánica del Estado, si queremos una democracia habrá que cambiar, también, el diccionario de la lengua).*

Cuatro

A Eduardo Cienfuegos lo mandó llamar de urgencia su jefe, el ogro Henares.

—Haz las maletas, te vas para Lisboa, esta vez la cosa es seria.

No hacía ni una semana que había regresado de Portugal y de nuevo se las veía a bordo del *Lusitania Express,* pues las finanzas del periódico estaban cada vez más acuciadas, hasta el punto de que tenían que ahorrar en los desplazamientos de los enviados especiales y era preciso seleccionar el medio de transporte más barato, aunque no fuera el más rápido. Un mes antes, en Caldas da Rainha, una asonada militar, sofocada de inmediato, pretendió derrocar al presidente Caetano, profesor de gesto híspido, impenetrable, al que algunos relacionaban con el Opus y que había sucedido al doctor Salazar en el poder. Esta vez, Artemio Henares le dijo que no agarrara el tren, ni el avión tampoco, no era por dinero, algo grave estaba pasando, una revolución, decían, se trataba de llegar antes de que cerraran las fronteras, el coche era lo apropiado, en Salamanca encontraría algún puesto todavía abierto pero, si había que apresurarse, mejor ir por Extremadura, donde la carretera no resultaba tan espantosamente mala, aunque todas lo eran y ya corría el bulo de que los españoles estaban empeñados en boicotear las vías de comunicación con Portugal de modo que los baches en la ruta, la escasez de líneas aéreas, lo interminable del trayecto en ferrocarril, evitaran la fuga masiva del turismo europeo hacia las costas del Algarve.

Al volante del Simca mil, el fotógrafo Liborio luchaba contra los obstáculos del camino mientras soportaba la verborrea permanente de Eduardo que ahora discurría por la explicación del Plan Badajoz, de cuya historia daban testimonio esos pueblitos blancos junto a los arcenes de la ruta, como si fueran gigantescos belenes animados, maquetas de artesanía, testigos mudos de la frase inaugural con que un señor ministro de Agricultura selló el solemne acto de la entrega de títulos de propiedad a los colonos: «La solución de los problemas de España consiste en construir las grandes ciudades en el campo». ¡Premio especial para el tonto!, gritó alguien entre el público, mientras al gobernante se le acumulaba la sangre en la coronilla, derramándosele luego por todo el rostro, inflamándole el gesto de vergüenza y de irritación, y daba por terminado el acto de forma apresurada.

No eran grandes ciudades, no, sino villorrios, muchos de ellos sin saneamiento y sin agua corriente, lo que el régimen había levantado en las dehesas extremeñas. Eduardo opinaba que Franco se había pasado media vida celebrando la reconstrucción de todo lo que había destruido durante la guerra civil. Primero, fueron los esfuerzos de aquella división administrativa piadosamente llamada Regiones Devastadas, que se dedicó a edificar sobre las ruinas de los bombardeos sin que nadie explicara quién las había devastado, cómo y cuándo se habían arruinado hasta el extremo esos parajes; luego, llegó el plan de previsión agraria para Extremadura, la Andalucía pobre, la Lusitania interior, una tierra que había forjado grandes conquistadores de las Américas, impulsados a la aventura por el hambre y el rigor de sus condiciones de vida, una región a la que había que separar de la pobreza y el atraso del otro lado de la frontera, la raya que marcaba las diferencias entre la España renacida y el vecino renqueante. Los habitantes de aquellos nacimientos vivientes que formaban las casitas del Plan Badajoz no eran, sin embargo, alegres pastorcillos atraídos por la estrella de los Magos sino colonos que prestaban servicio a los grandes latifundios de la zona, cuyos propietarios habían apoyado y financiado la revuelta militar franquista. Un eficaz complejo de acequias para el regadío cubría ahora esos territorios, ni tan feraces como el gobierno pretendía en su propaganda, ni tan deprimidos como lo habían estado durante la posguerra.

—Al menos ya tienen agua, aunque pertenezca a los ricos —comentó Liborio.

El agua había sido el maná de la dictadura, el Generalísimo disfrutaba descubriendo lápidas conmemorativas en presas y pantanos por toda la geografía hispana, por la que solía desplazarse en automóvil, arrastrando consigo un oscuro séquito de ministros, funcionarios y guardaespaldas. El convoy se detenía en la demarcación del límite de cada provincia, adonde acudían a recibir a Su Excelencia el gobernador civil, jefe del Movimiento, y el ordinario del lugar. Era aquél un rito ostentoso que exigía el despliegue de miles de guardias de la Benemérita, cubriendo la carrera cada cincuenta o cien metros allí por donde había de pasar el Caudillo, no se le fuera a ocurrir a nadie darle un susto, o hasta preparar un atentado, que algunas intentonas anarquistas había descubierto la policía —a los anarquistas, por eso, aunque fueran pocos, había que matarlos sin miramientos—. Una vez llegaba la comitiva, y hechas las salutaciones de rigor, los dignatarios se dirigían, en medio de gran polvareda y por estrechos caminos sin asfaltar, al dique principal de la presa, donde el jefe del Estado cortaba una cinta entre aplausos y sonrisas de los reunidos, para descorrer luego la cortinilla que ocultaba la solemne declaración, grabada en piedra, *Francisco Franco, Caudillo de España, inauguró esta obra pública en la fecha de tantos y tantos del cuarto año triunfal.* El transcurso del tiempo había erosionado el estilo literario de las inscripciones: ahora se le denominaba simplemente jefe del Estado y había desaparecido, también, lo del año triunfal, porque la derrota del Eje y el bloqueo judeo-masónico terminaron con los sueños de imperio que incorporaban a la dominación del espacio por el régimen la de la propia noción del tiempo, con la creación de un calendario propio y diferente para la nueva era.

Pues, para polvareda, ésta que llevamos, comentó Liborio al hilo de la conversación mientras evitaba con escasa fortuna los baches de la pista, en plena reparación desde hacía dos lustros, habían dejado atrás el puesto fronterizo ubicado en un paso secundario, los ensimismados carabineros no pusieron ningún reparo en franquearles la entrada al país, y ahora se dirigían veloces hacia la general, camino de Lisboa, allí, según la radio, la población se había arrojado a la calle, *o povo unido jamais será vencido,* reclamando justicia contra el pasado, pararon en un hostal cerca de Évora para llamar por teléfono al periódico, Artemio les confirmó que el golpe había triunfado en toda regla y que el general Spínola era el hombre fuerte de la nueva situación, cosa que ellos ya sabían porque la televisión del local, ante la que se arremolinaban algunos labriegos soñolientos y un par de viajantes con cara de asombro, no cesaba de emitir imágenes del singular individuo, parapetado el ceño detrás de un monóculo con minúscula montura de oro, António Sebastião Ribeiro de Spínola, héroe de las guerras coloniales en África, repetía una y otra vez lo que ya había explicado con relativa diafanidad en su libro *Portugal y el futuro,* que la metrópoli no podía ganar la contienda africana y que era precisa una salida negociada que concluyera con la independencia de aquellos territorios, si así lo quería su población, la Junta de Salvación Nacional le había elegido en seguida como presidente para abrir el proceso constitucional que habría de desembocar en una democracia, el Nuevo Estado del doctor Caetano había desaparecido casi antes de nacer y el derrocado mandatario había sido ya embarcado en un avión camino del exilio.

Con tal de que no nos lo traigan aquí, pensó Alberto Llorés, todo irá mejor para nosotros. Aquella noche tendría que volver a hacer horas extraordinarias, los despachos de la Presidencia, en Madrid, trepidaban de angustia, el único aliado tradicional que le quedaba a Franco, un régimen en el que el suyo se podía mirar casi como en un espejo, se desmoronaba nada menos que a empellones de los militares, habría que comunicárselo al Caudillo y, entre sabotajes terroristas, ejecuciones sumarias, obispos revoltosos y huelgas de la construcción, ya iban siendo muchas noticias malas en muy poco tiempo, ¿cómo era posible, además, que una cosa así les hubiera agarrado desprevenidos a los de Inteligencia?, Portugal era cosa nuestra, eso se sabía desde siempre, hermanos de sangre, hermanos de leche, habíamos sido capaces de nacionalizar a Viriato, a Magallanes, juntos supimos descubrir la redondez de la tierra y colonizar al Nuevo Mundo desde las Indias hasta el Pacífico, juntos defendimos la civilización iberoamericana, injustamente apellidada de latina por la envidia y los celos de franceses e italianos, y juntos habíamos enfrentado nuestro destino durante la última mitad de siglo, aunque ya se sabía que Oliveira y Franco no se llevaban del todo y que el primero había permitido demasiada libertad de movimientos a don Juan de Borbón, dedicado en Estoril a la navegación de cabotaje y a recibir visitas de los desafectos al régimen y de los monárquicos a la violeta. Abrumado por semejantes reflexiones, a don Carlos Arias Navarro, presidente del espíritu del 12 de febrero, le tiemblan los papos al hablar, los informes que recibe de los servicios diplomáticos, del contraespionaje militar, del Gabinete de Pensamiento, de su pariente el director general de Seguridad, son de lo más preocupantes y su interlocutor de ahora, el general Díez Alegría, jefe del Alto Estado Mayor, no le inspira ninguna confianza, en realidad no sabe por qué ese insignificante hombrecillo, con porte intelectual e ideas perniciosas, está al frente del ejército si todo indica que es un peligroso liberal, quiere nada menos que legislar sobre la objeción de concien-

cia y defiende ideas propias acerca del armamento
nuclear, pero el Caudillo parece que le escucha, será
porque no le entiende o porque piensa que es mejor
tenerlo cerca, nunca se ha fiado de sus compañeros de
armas, mucho menos si son gente que lee.

—Señor presidente, si no informa usted al
Generalísimo yo me tomaré la libertad de hacerlo.
Es necesario incrementar los contactos con la embajada americana, darles seguridades sobre el proceso
español.

¿Informarle de qué, de que las masas se han
apoderado de la calle en el país vecino, de que los
guardianes del orden se han tornado enemigos de la
civilización occidental?, si se contagia la experiencia, zozobrará la nave del Estado, Moscú ha llenado
ya de agentes las ciudades del otro lado de la frontera y ésta no podrá permanecer eternamente cerrada,
imposible de controlar, entonces, el flujo de emi-
grantes, de refugiados de la barbarie, de provocadores hábilmente camuflados entre ellos, Portugal era
nuestro, lo queríamos, lo dominábamos, lo ignorába-
mos, aunque desde que Caetano subió al poder los
periódicos decían que algo se movía en el país pero
los servicios de contraespionaje reiteraron, remacha-
ron, insistieron en que el gobierno controlaba la situación, incluso siendo palpable el descontento de los
oficiales de las colonias, el ejército se mantendría leal
a la República. Cuando le pasaron copia del informe
para su archivo, a Alberto Llorés le sonó raro leer
la palabra república expresada en tonos más o menos elogiosos en un documento oficial, el mismo en
el que el agregado de prensa en la embajada española, dedicado a trabajar como espión de tres al cuarto

bajo su máscara de *public relations,* ponía sobre aviso a quien correspondiera de que, a su juicio, había una presencia inconveniente, en territorio portugués, de periodistas e intelectuales hispanos que podían estar relacionados con movimientos subversivos, «por lo que respetuosamente sugiero a la superioridad extreme la vigilancia sobre dichos individuos, muchos de los cuales mantienen lazos personales con algunos de los más conspicuos líderes del Movimiento de las Fuerzas Armadas cuya ideología y práctica tratan, sin duda, de exportar a nuestro país aunque, al parecer, con nulos resultados por el momento», así que, en la misma tarde de aquel luminoso día de abril, Artemio Henares recibió en su despacho del periódico la circunspecta visita de un joven capitán de Estado Mayor que llegaba a interesarse, con la discreción debida que ya puede usted dar por supuesta, acerca del paradero y las actividades de uno de los redactores jefes del diario, alguien ya muy conocido de la opinión pública por sus excelentes y brillantes artículos, aunque demasiado polémicos para mi gusto, el señor Cienfuegos, se llama, a quien al parecer le ha dado últimamente por visitar Portugal con asiduidad sospechosa a nuestro juicio, habida cuenta de los sucesos que allí están pasando, si venimos a comentarle esto, añadió de inmediato el capitancito antes de que su interlocutor pudiera articular palabra, es porque no queremos molestar a su director de nuevo, al menos mientras no tengamos pruebas concluyentes, bastante lata le damos ya, pero nos preocupa un incidente diplomático, sobre todo si el nuevo golpe fracasa, como el anterior, Cienfuegos es comunista, aunque a decir verdad, hasta ahora, nos había parecido inofensivo, debe ser que hacer la revolución en Portugal cuesta más barato que en España, sentenció por último.

—Pero ¿qué revolución ni qué ocho cuartos? —bramó el ogro Henares sin que el uniformado se inmutara lo más mínimo—. Eduardo Cienfuegos está allí porque le he enviado yo.

Y, en diciéndolo, descargó un manotazo sobre la gran mesa de madera, repleta de papeles amontonados en aquellas bandejitas de plástico, *in, out, para hoy, para mañana,* de fotografías, de tiras de teletipo ensartadas en unos pinchos esbeltos, puntiagudos, parecen brochetas de noticias, informaciones a la plancha, pensó el militar, ¿por qué se irrita tanto este señor?, ¿estará, también él, implicado?

—Por lo demás, supongo que bromea cuando habla de fracaso de la revolución —añadió Artemio—. Caetano está fuera del país y el ejército ha ocupado el poder.

—La situación es todavía confusa —comentó sin mirarle a los ojos.

—Los únicos confusos son ustedes, pero no se preocupen, en España no quedan africanistas, el último fue Franco y ya tuvo su oportunidad de levantarse, como estos portugueses de ahora. ¡Si serán antiguos, que hasta llevan monóculo! Seguro que así tienen una visión de la realidad totalmente deformada.

Rieron los dos, fríamente, la chanza del periodista, un tanto incómodo el militar por la sorpresiva cordialidad del otro, sin duda para compensar su primera explosión de ira.

—Bueno, no diga que no le hemos avisado. Sabemos de la vida de Cienfuegos mucho más de lo que se imagina. ¿Conocía usted que su nombre de guerra en la clandestinidad es el de compañero Andrés? Estamos convencidos de que no es ajeno a los movimientos sediciosos en Oporto y otras ciudades. Los marxistas siempre se ayudan unos a otros.

—¿El general Spínola es marxista?, no me haga reír.

—El general Spínola es sólo un títere.

A la misma hora en que esta conversación se producía, Eduardo Cienfuegos hacía una entrada en Lisboa que a él se le antojaba triunfal, después de un azaroso trayecto que duró más de lo previsto por culpa de un motor que se calentaba demasiado y que obligó a los viajeros a detenerse reiteradas veces para darle repetidos alivios, no estallara antes de tiempo. Por si fuera poco, en la periferia de la capital les detuvo una manifestación, integrada por jóvenes arrebatados, desbordados por la alegría, que entonaban la canción de José Afonso utilizada como señal para el levantamiento:

em cada esquina um amigo,
em cada rosto igualdade...

Una vez en la ciudad, enfilaron por la gran avenida que salía de la plaza Pombal hacia la Rua do Carmo, pero un grupo de gentes excitadas les impidió continuar. Saltaron del coche a interesarse por las causas del tumulto, que crecía a ojos vista, y distinguieron a poco más de cien metros a un hombre que corría despavorido, tras él, un piquete de marineros armados luchaba por mantener la marcialidad en medio de la turba, mientras marchaba en

desigual formación, los viandantes derramaban improperios sobre el fugitivo que, inútilmente, trató
de guarecerse en un portal, de tanto en tanto veía
dificultada su fuga por la zancadilla de algún vecino
o tenía que evitar los cachivaches lanzados contra su
cabeza desde cualquier ventana, los soldados blandían grandes linternas, procurando iluminar la oscuridad de la noche lisboeta y resoplaban bajo el peso de sus armas, mientras el ruido de sus botas contra
el adoquinado y el roce de los correajes con sus uniformes desataban entusiasmos de origen recóndito entre quienes contemplaban la escena. Liborio y
Eduardo se sumaron, jadeando, al cortejo y el compañero Andrés se sorprendió a sí mismo arengando a
la tropa, por más que fuera de un país extranjero, él,
que tanto había presumido de antimilitarismo, que
abominaba de la violencia y del recurso a la fuerza,
aunque la fuerza sea el motor de la Historia, como
le decía Enriqueta, la camarada Cristina. Finalmente,
el perseguido cayó exhausto y cuantos estaban a su
alrededor lo hicieron sobre él, descargando lindezas
verbales y golpes físicos a un mismo tiempo, ¡ahora
vas a tener tú amor divino y odio terrenal!, le incre-
paban, sin que Eduardo entendiera todavía el significado de la frase, y difícilmente podía defenderse,
o quizás no quería, paralizado por el miedo, convencido de su inminente linchamiento, los soldados
apartaron, no sin dificultades, a sus agresores mientras el sujeto, de rodillas en el suelo, imploraba perdón
como un poseso, pidiendo a gritos que no le dispa-
raran, que se apiadaran de su familia, que les daría
todo de cuanto era dueño si le dejaban partir, y repetía, como un autómata, ¡todo, todo, y más que todo

información!, sus captores le obligaron a levantarse, utilizando modales que pretendían guardar un cierto respeto hacia el detenido, éste, una vez en pie, obedeció sumiso la orden de bajarse los pantalones ante el regocijo general de quienes contemplaban la escena, pero se resistió, en cambio, a hacer lo propio con los calzoncillos, unos boxer a cuadritos de chillones colores, visiblemente húmedos en la parte de la entrepierna, que sólo cayeron sobre el adoquinado cuando un marinero los empujó hacia abajo con la punta de su mosquetón, descubriendo ante la irrisión de los congregados un sexo flácido, con aspecto tan asustadizo como el de su amo, no lleva nada, dijo el oficial, al comprobar que no escondía arma ni pistola alguna, como tantos otros de sus colegas habían tratado de ocultar en la ropa interior, que se vista pues, lo esposáis y lo lleváis a Caxias con los demás, culminó sus instrucciones el teniente. Mientras esto sucedía, Liborio disparaba su cámara sin cesar, con la colaboración activa de uno de los marinos que colocaba al preso en la postura adecuada, le obligaba a voltear la cara, para que se le viera, le sujetaba el maxilar y hasta le atusaba el cabello, para que saliera algo más favorecido, y posaba él mismo detrás de la figura de aquel hombre que más parecía un despojo que otra cosa, ¡si te vieran ahora tus superiores, José del Divino Amor Pereira, tan dandi como solías acudir a los interrogatorios, tan pertinaz en las preguntas, tan decidido en las sevicias!, ninguno se resistía a hablar después de la bañera y los electrodos, salvo aquellos que se quedaban en el brete, pero tú lo hacías sólo por cumplir órdenes, por defender la República de tantos comunistas cabrones como pululaban por todas partes, ¡míralos ahora, de aliados de los militares!, ¡cosas veredes, José del Divino Amor, cosas veredes!

Eduardo Cienfuegos no cabe en sí de gozo ni de asombro, la policía política salazarista corre despavorida por las calles de la capital huyendo del ejército revolucionario, mientras grupos de jóvenes derriban a empellones las estatuas del doctor Salazar y se jiñan en público sobre la efigie del dictador desaparecido, a él, piensa, le ha tocado el privilegio de ser testigo de todo eso para podérselo contar a los españoles, menos mal que nos queda Portugal, y el teniente que mandó al policía Pereira a la prisión de Caxias, hasta esa misma noche sede de las mazmorras salazaristas, le invita a visitar el cuartel de la PIDE, una Gestapo a la lusitana, para que vea que es verdad que en Portugal no matan a los toros, pero otra cosa se ha hecho con la oposición, torturada hasta la iniquidad, tire las fotos que quiera, dice el oficial, y Liborio sin dar abasto, retratando los potros de madera, como en tiempos de la Inquisición, las celdas malolientes, las salas de interrogatorio, los grilletes, ¡mire!, con estas correas se sujetaba la cabeza al detenido para que el líquido le fuera cayendo sobre el cráneo, gota a gota, agua pesada, hasta volverle loco, este palo es como la picana de los argentinos o de los chilenos, muy pocos resisten la descarga, ¿no le parece éste el museo de los horrores?, es el museo de la iniquidad de la dictadura, seguro que ustedes tienen uno igual en Madrid, pero no lo saben todavía, en España hay mucha tradición de estas cosas, nuestro ejército, concluye el militar, no volverá a permitir nada semejante.

Los datos que hemos podido acopiar no son concluyentes, le dice el capitancito de Estado Mayor a su superior inmediato, un tal coronel Dorado, recién incorporado al servicio después de más de un año de purgatorio en un destino de armas, cosas de la vida, él, que se había dedicado desde siempre al contraespionaje, pero todo indica, añade el oficial, que las guerras coloniales han operado de fermento entre la oficialidad, desesperada con la sangría en hombres y material, y una gran parte de la milicia portuguesa, incluidos muchos generales, pertenece ahora al Partido Comunista. El coronel le escucha en silencio, de vez en vez toma algunos apuntes, no mueve un músculo de la cara, está acostumbrado a no desvelar en ningún caso sus sentimientos, mucho menos ante sus subordinados, la luz penumbrosa dificulta, aún más, vislumbrar sus facciones.

—Y al periodista ese, ¿lo han comprobado? —pregunta con tono ausente, como aburrido.

—Sí, mi coronel, parece una exageración de nuestros confidentes en Lisboa, está allí enviado por el periódico, ya han salido sus primeras crónicas.

Sólo entonces percibe el capitancito un sonido extraño a su espalda, hacia el rincón del despacho, se vuelve con disimulo y le parece ver el rostro de un individuo diluido entre las sombras.

—No le he presentado al comisario Centeno, es un viejo colaborador —comenta el coronel—, y conoce bien a Cienfuegos.

Dorado entorna los ojos, se reclina hacia atrás, abandonado a sus recuerdos, y decide que no piensa explicarle a ese mequetrefe que Cienfuegos es para ellos demasiado familiar, un borrachín inmundo, anduvo liado con una tal Enriqueta Zabalza antes de que ésta se amancebara (un rictus de dolor retuerce los labios del coronel) con Manuel Dorado, su primogénito, por cuya historia hubo de abandonar el servicio, hasta que Centeno le dijo al ministro que si el coronel hubiera seguido en el puesto que le correspondía en vez de andar mandando a reclutas, si no le hubieran castigado absurdamente por haber maleducado a sus hijos, no habrían matado a Carrero, sugerencia que el ministro captó al vuelo y por eso estaban ahora los dos allí, escuchando incrédulos al capitán, ¿qué iba a saber ese oficialito de academia que lo único que tiene es un piquito de oro en inglés?, está crudito, crudito, ¡mira que ocurrírsele ir a interrogar a Artemio Henares!, así salió de la redacción del diario, más corrido que una mona este capitán capullo, este capulloncito patán, pero lo importante ahora es lo que sucede en la casa del vecino, Lisboa se ha echado al arroyo a manifestarse, dicen que un millón de gentes abarrotan la Avenida da Liberdade, ¡vaya, ya están cambiando los nombres a las calles!, y que los tanques las escoltan en un acto de sublime estupidez, piensa Dorado, un acto que pretende sugerir algo imposible, como que los militares y el pueblo son la misma cosa, el día que tal suceda marcará el final de la existencia de los ejércitos, algunas chicas se acercan con flores a los soldados que, bayoneta en ristre, guardan el buen orden de la manifestación, y foto Liborio se acerca para tomar instantáneas de los claveles coronando la embocadura de los rifles, ya pasaba con las demostraciones hippies contra lo de Vietnam, pero en aquella ocasión Liborio no estaba allí, para un fotógrafo profesional lo que no se ha visto no ha existido. Los primeros documentos gráficos, las primeras películas con las persecuciones de los pides, han llegado al palacete de la Castellana, de modo que Centeno lleva toda la tarde tranquilizando a sus muchachos, eso no sucederá nunca en España, en nuestro país no ha habido una policía tan salvaje, tan científicamente violenta como la portuguesa y además hemos tenido el acierto de no poner un nombre definido, una marca de origen, a la represión, aquí la policía es la policía a secas, aunque exista la Político-Social, no estamos especializados, somos altamente versátiles, por eso uno de los que despeñaron —involuntariamente, claro— a Enrique Ruano por el balcón está ahora de escolta nada menos que del príncipe, ¿quién osaría poner un torturador profesional a la vera de don Juan Carlos?, por cierto, insiste Dorado, que refuercen la vigilancia en torno al Borbón, el de aquí no, el de Estoril, no se nos vaya a encabritar o a ponerse levantisco, bueno, y el de aquí también, por si las mus, que los de sangre azul se han educado en la traición.

Grândola, vila morena, canta Eduardo el himno de José Afonso, mezclado su entusiasmo con el de los manifestantes, *o povo unido, jamais será vencido,* grita un poco avergonzado de ver transformarse su papel de narrador en el de protagonista, pero es tan raro poder expresarse así en la Iberia de nuestros desconsuelos, poder cantar la *Internacional,* puño en alto y a voz en grito, sin que a uno le muelan a palos, por menos de esto la bofia te convierte en un tullido en Madrid o Barcelona, en el País Vasco... no digamos, en el País Vasco no se atreven ni a hablar, conversan en voz baja en los restaurantes, no vaya el comensal de la mesa de al lado a ser alguien de la pasma o de los terroristas, nadie quiere saber nada de política ni en un sentido ni en otro, la policía y ETA merodean por todas partes, cualquiera puede ser un informador en el País Vasco, la gente sólo se junta para ver el alarde y con precauciones, porque aunque allí desfilan con escopetas de madera, debajo de cada gabardina hay una metralleta, aquí en cambio estamos en Portugal, los fusiles llevan flores sobre las balas, ésta es la revolución de los claveles, ¡cuidado, Eduardito, no te pongas cursi!, le avisa el ogro Henares cuando discuten al teléfono cómo mandar en la primera página, ¡ni cursi, ni nada, qué caray, así es como la llama todo el mundo, no me lo he inventado yo!, o sea que titula como te digo, HA TRIUNFADO LA REVOLUCIÓN DE LOS CLAVELES.

Y colgó entre grandes risotadas.

Cinco

Dicen que lo último que se pierde es el oído, debo estar acercándome al final porque no percibo nada, sólo ese resplandor intermitente que podría resultar hermoso si no anunciara corrupciones y miserias de una vulgaridad insoportable, incluso para quienes hemos vivido la vida del cuartel. Percibo también mucha brega a mi alrededor, sé que no estoy muerto aún, Vicky, cualquier otra, soy incapaz de distinguir ese hálito que desprende salitroso y pesado, de sirena insolente, anda remetiendo las sábanas y fumiga el aire con un ambientador que ya no huelo, todos los aromas me parecen el mismo, me recuerdan al formol, a los días de colada en la academia, al zotal de la limpieza en el Tercio, no se fuera a contagiar la tropa, porque muchos no hacían caso de nuestro eslogan, ni mujeres ni curas, que yo he seguido a rajatabla. Soy buen católico pero la adulación de los clérigos no me ha doblegado, como creyente hay que desconfiar de las sotanas y nunca, nunca, ir de frente contra ellas, paso de buey, piel de lobo, combatir contra la Iglesia es un error imperdonable que yo no me he permitido, ni como cristiano ni como gobernante. Es una luz intensa y fugaz, una vez, otra, decenas de veces, fogonazos rápidos, chasquidos, supongo que de nuevo está sacando fotografías Cristóbal, apenas tengo fuerzas para reprenderle, pre-

tendo hablar y no logro articular palabra, ni siquiera un murmullo, me siento incapaz de esbozar el más
mínimo gesto. Antes las gentes me obedecían con
sólo mirarlas, les impresionaban mis ojos, los temían,
les humillaban mis pupilas cuando yo las clavaba
sobre las suyas sin decir nada, como si no hubiera
necesidad de palabras entre ellos y yo, tanto más afir-
mado en mi poder cuanto los otros hacían gala de
su debilidad, ahora se ha apagado el brillo del iris,
me pesan los párpados, diminutos pergaminos incapaces de detener los fugaces e intensos rayos que los
atraviesan, y aunque esa luz que me inunda hubiera
podido anunciar la visita del Altísimo, estoy convencido de que es sólo el flash de una Kodak. A Pío XII,
cuando agonizaba, su médico particular le tomó unas
placas que luego vimos publicadas en la prensa, Villaverde es demasiado cobarde para atreverse y eso
le pesa más que cualquier otra cosa, más que su in-
curia y frivolidad, el otro día tuvieron que sacarle de
la casa del pantano, donde andaba con alguna *miss,*
para traerle hasta aquí a toda prisa porque creían
que me moría, Cuquita hace como si no supiera de
esto, pero todos hemos sabido siempre, lo que pasa es
que la familia es sagrada, hay que respetarla incluso
frente a quienes no lo hacen, los malos padres, los malos maridos, se sienten protegidos por la reverencia
que los suyos tienen a la institución, y así debe ser:
el divorcio es el principio de todas las corrupciones
sociales. Ya con la flebitis, hace más de un año —¡caramba, cómo pasa el tiempo!, los reclutas decían que
la vida, hasta la mili, es muy larga, y desde la mili,
muy corta—, ya con la flebitis se le vieron a Cristóbal tendencias de mandamás, no creo que haya sido

un buen yerno y le hemos aguantado en casa sobre todo por su sangre azul, aunque el título se lo tuvo que prestar su hermano, el de Gotor, nunca he entendido esa obsesión de Carmen por emparentar con la nobleza, por su culpa Nenuca acabó en lo que acabó, la nobleza soy yo, yo soy quien hace y deshace ducados y marquesados, condados y baronías, la hidalguía me pertenece por derecho divino, soy un rey sin corona para mi desesperación y estableceré mi dinastía, que no será de sangre sino política, con la colaboración del Príncipe de España, digno nieto de su abuelo y mucho mejor que el padre, que no es de fiar ni para los monárquicos, entre los que me cuento de corazón. Cuando asumió Juan Carlos de forma interina, en mi primera incapacidad, demostró ser prudente y fiel, me arrepiento de haberle retirado tan pronto y por sorpresa las responsabilidades de la jefatura, no lo ameritaba, las intrigas de Cristóbal otra vez, de su primo Alfonso, se confabularon para desprestigiarle, al tiempo que servían para alarmarme a mí sobre el futuro de la patria. Como no dije nada entonces, piensan de nuevo que no andaba enterado pero, una vez que estallaron las querellas con Vicente, comprendí que las cosas habían cambiado de forma definitiva, si quería sobrevivir algunos años me tendría que dejar hacer —sin perder, por supuesto, mi capacidad de decisión, de decir la última palabra en cada caso—, habría de abandonar las prácticas terapéuticas tradicionales, los buenos masajes y el régimen de vida sano, estoico y castrense, a los que estaba acostumbrado, y olvidar la conversación con Gil, que a veces me irritaba pero me ilustraba también, de todas formas Vicentito terminó por pasarse, los bufones deben tener muy claro cuál es su sitio en la corte, yo en cambio siempre le quise mucho, me preocupé por su situación cuando hubo que despedirle, hasta el punto de que le regalé un televisor último modelo que cargué a mis gastos personales y no a los del Estado, aunque de esto no estoy ahora tan seguro, pero como dijo Carmen, médicos hay muchos y yerno sólo hemos tenido uno, por poco que a mí me guste, por su culpa me vi sumergido en el tenebroso túnel de la ciencia moderna en el que no hallo redención posible, transmutado en objeto de experimentación y en seguro de supervivencia para los mequetrefes que me rodean. Se turnaron para establecer qué cosas podía ver en la tele y qué otras no, pues algún científico sagaz tuvo la ocurrencia de que la trombosis en la pierna se produjo como consecuencia de mis largas estadías inmovilizado ante la televisión, disfrutando de los partidos del mundial, cuando me habían recomendado las caminatas, pero ya había empezado la veda y yo pensé que jugaba suficientemente al golf como para administrarme sesiones intensivas. En el hospital, el duque de Cádiz, uno de los buenos ejemplos de mi autoridad para crear títulos de nobleza, se dedicó durante días a apretar el botón del receptor a las horas adecuadas a fin de regular mis costumbres de espectador, esto sí lo ves, esto no lo ves, me trataba como a un pelele —él de peleles sabe mucho— argumentando que un consumo prolongado de televisión podría dañar mi salud, pero yo comprendía que lo que estaban haciendo entre todos era aplicarme la censura, ¡a mí, que soy el censor supremo del país!, pretendían que no me enterase de los desvaríos en los que algunos de mis ministros habían caído, sobre todo Gallas, al que tuve que dar algunas lecciones de gallego, no se fuera a creer que los de Pontevedra son más duchos y avezados que los de Ferrol. Aquella enfermedad no fue muy diferente de esta que me lleva a la tumba, sino sólo el preludio, desde entonces bien cierto es que no levanto cabeza, los negocios del Estado se han complicado de manera extraordinaria y me he visto obligado a aplicar, de nuevo, duros y tradicionales remedios, siempre bien soportados por nuestro pueblo, ya que producen innegables resultados para su carcomida salud, pero conllevan una impopularidad y un recelo de la opinión nada convenientes en trancos como el actual, cuando lo más inminente y necesario es que funcionen los mecanismos sucesorios para que la obra realizada no pueda diluirse. Me propuse elevar a España al nivel adecuado o morir en el empeño y quiero saber que mi agonía no marca el estertor final de una meta imposible, que no perecemos, como en Portugal, víctimas del monstruo marxista y la carroña de los liberales, me satisface ver que ni en los momentos más difíciles e insufribles, ni en trances como este en que no existe mano amiga capaz de consolarme, cuando el dolor se aferra a mis vísceras, consumidas en ascuas infernales, cenizas ya, carbones de lo que fue nuestra existencia, ni siquiera en la presente y horrible tribulación, se quiebra mi voluntad de mando. Bajo mi capitanía España ha resurgido, eso lo reconocen ya hasta nuestros enemigos, y es preciso mantener la obra bien hecha, yo no creo que el poder deba ser limitado o transitorio cuando de lo que se trata es de conducir a la patria hacia un destino adecuado, en eso

me he basado para decidir una restauración monár-
quica que, estoy seguro, ha de funcionar, este pueblo
no ha nacido para repúblicas, ya tuvo dos, ambas
acabaron en desastre, y la por mí fundada tampoco
será la monarquía caduca y liberal, esclava nuevamente de la lucha de clases, que desde Estoril nos
anuncian. Tendremos un rey nuevo para una España
nueva.

Debí morir hace dos años, me hubiera ahorrado así muchas amarguras y desasosiegos, pero ¿a
quién no le gusta la vida, incluso si se reduce a un
continuo y permanente acto de servicio, como en mi
caso? Algunas cosas he podido enderezar en estos últimos meses, aunque creo que lo del Sahara empeora, el traidorzuelo de Hassan trata de aprovecharse
del inminente vacío de poder que él piensa se nos
avecina, anda organizando concentraciones y manifestaciones contra nosotros, amenaza de continuo con
plantear la soberanía de Canarias ante las Naciones
Unidas y atiza al Istiqlal en la reclamación de Ceuta
y Melilla. Si algo temo cara al futuro es que el príncipe no sepa dirigir la cuestión de Marruecos. Aunque
buen militar, ha perdido, como todos los de hoy, el
espíritu del ejército de África y los que nos hemos
formado allí sabemos que con los moros no puede
haber muchas contemplaciones, son traicioneros, men-
tirosos y aviesos, aunque en coraje no los aventaja
nadie y, si sabes ganarte su lealtad, se comportarán
como perros fieles dispuestos a morir en defensa del
amo. Hassan es un depravado, un ruin cuya amistad
siempre quise cultivar porque nos conviene, pero más
vale mantenerle a distancia. No puedo dar crédito a
los rumores de que su familia anda en tratos con la

mía para repartirse los dividendos de la mafia de la
pesca, la soberanía de las aguas es algo indiscutible,
está en todos los tratados internacionales, y Nicolás,
que es marino, conoce bien el problema, me resisto
a creer que existan complicidades de nadie en las cap-
turas de nuestros barcos, a él no le han gustado nunca
los moros y sabe que puede contar con mi protección en todo, salvo si pone en peligro los negocios
del Estado, por eso metimos en la cárcel al banquero Rato, por osar presionar a un hermano del Caudillo, y solventamos con prudencia el fraude del aceite
de Redondela, en lo que Gallas se pasó de listo, per-
mitiendo que la prensa publicara toda clase de mentiras y especulaciones respecto al interés de los Franco
en el asunto —no me suena esto, Franco sólo debo
de ser yo, el resto son familia—, por eso tuvo que cesar, y también porque abrió la puerta a la pornografía en la prensa y en los espectáculos. Si me hubiera
muerto cuando debía, me habría ahorrado conocer
el triunfo del comunismo en Portugal que es fruto,
entre otras cosas, de la falta de comprensión por parte de Salazar respecto a las guerras coloniales, claro
que una cosa son los negros y otra los musulmanes,
pero ante cualquiera de ellos es preciso mantener la
fe en la supremacía de nuestra raza y en la misión
histórica del cristianismo, sin un aliento semejante
no se habría podido conquistar América ni someter
a los rebeldes indios. Y si la flebitis se me hubiera
llevado por delante, no habría tenido que soportar,
sobre todo, las intrigas palaciegas que me han rodeado durante los últimos meses ni me habrían sometido, tampoco, a los lacerantes tratamientos de que
he sido objeto. Fue especialmente degradante el em-

peño de los míos en que retornara a jugar al golf en
la Zapateira antes de que me hubiera restablecido
por completo del incidente vascular. Hacía una tarde espléndida aquel mes de septiembre, titilaba un
sol gallego, apacible y lacrimoso, yo hubiera agra-
decido un paseíto por los jardines de Meirás, quizás
un rato de conversación con Pedrolo, también algo
de tele, aunque por aquella época se estaban desbor-
dando las cosas en la emisora y tuvimos que protestar porque algunos cantantes salían obscenamente
despechugados, como si fueran legionarios, pero ofreciendo sus floridos pechos a las pasiones más torvas,
no a las balas del enemigo, ya había yo retomado el
poder y me sentía fuerte para la gobernación del país,
aunque convaleciente aún, como es lógico, pese a que
el golf ha sido una de mis grandes pasiones no me
encontraba con facultades suficientes para practicarlo,
pero no supe dar la batalla contra médicos y políticos, los primeros pensaban que me haría bien el deporte, los segundos que era necesario publicitar la
imagen de un Caudillo completamente recuperado,
al frente de los destinos de la patria, todos supusie-
ron además que así me complacerían, estoy un poco
cansado de tener tantos francólogos a mi alrededor,
yo preferí callar, como siempre hago, no protesté tampoco en aquella ocasión, vengo reservando cada vez
más mi facultad de mando sólo para las grandes decisiones, conviene que los demás hagan lo que tienen
que hacer por convicción o por la leve indicación de
un gesto, sin necesidad de órdenes expresas, incluso si
eso les lleva a cometer sublimes tonterías que, por
otra parte, a mí me regocijan (me acuerdo cuando,
de paseo por el centro de Madrid, pregunté acerca

de un edificio a medio construir, un par de torres ge-
melas que alzaban su estructura de hormigón armado, son las torres de Colón, me dijeron, pues sí que
están feas, comenté yo como si tal cosa, semanas
más tarde me enteré de que habían paralizado las
obras, que ya van para varios años detenidas). Me llevaron al hoyo uno en carricoche, ¡cuánto me hubiera gustado andar un poco!, me instalaron frente
al *tee* y avisaron a los cámaras, yo sabía que no ma-
rraría el golpe, soy bueno en el golf aun a pesar del
párkinson y de mi mano vacilante por culpa de la
explosión de la Pultry, una Pultry no falla nunca,
aquello tuvo que ser un atentado y, décadas después,
no sabemos de dónde partió la conspiración, efectivamente no fallé, la bola salió disparada con tino y
fuerza, pude percibir las caras de satisfacción de los
ministros y los doctores pero su regocijo duró poco
y se transmutó en espantado asombro cuando com-
probaron que me había quedado enganchado al final del *swing,* fuera por la abstinencia de masajes a
la que había estado sometido, o por la prolongada
convalecencia, me quedé paralizado palo en alto, la
mirada perdida, oteando el destino final de la pelo-
ta mucho tiempo después de que ésta lo hubiera alcanzado, el cuerpo tembloroso y rígido, como una
escultura en piedra que osara tiritar, un ayudante acudió solícito en mi auxilio, agarró el hierro por la punta haciendo descender suavemente mi brazo hasta
que pude reaccionar por mí mismo, entonces todos
prorrumpieron en aplausos, por las conversaciones y
murmullos comprendí que pensaban había sido una
laguna mental lo que había provocado el suceso, algo así como una falta de riego en el cerebro que no

le permitió dar las pertinentes órdenes a los órganos motores, ninguno imaginó que yo fui tan consciente como ellos, en todo momento, del bochornoso atasco en el que me hallaba metido, fueron los huesos, lo oxidado de las articulaciones, la flojera de los músculos, lo que me impidió completar la figura. Sin embargo aquello no era nada comparado con este abandono del cuerpo que ahora siento, dicen que el alma es la que viaja, debe haber marchado ya porque yo no la siento, sí padezco en cambio la pesadumbre horrísona del ser. Pese a que siento mi anatomía reducida, disminuido el cráneo, como manipulado por una de esas tribus amazónicas que cuelgan en ristras las cabezas de sus enemigos, a veces me parece que mi febril e insignificante físico pesa toneladas y que se hundirá como un fardo de gran calibre, atravesando el colchón, la cama, el terrazo del suelo, los pisos inferiores, horadando la tierra en un suspiro de su gravitación tenaz, hasta descender de lleno a los infiernos, donde es seguro que todavía nadie me espera, aunque acaso me llamen la atención o recaben excusas por los últimos fusilamientos o por las muchas y terribles decisiones que me he visto obligado a tomar a lo largo de esta vida de entrega a la patria. No tengo miedo, cumplí con mi deber, como buen militar, sólo dolor siento, me duelen los huesos, la sangre, las vísceras, me duele hasta el aire que dificultosamente respiro gracias a la mascarilla, soy un experimento en vida o, por mejor decir, un experimento en muerte, aunque ésta no termine de llegarme, no sé si los españoles están deseando que me acabe, yo lo anhelo más que nadie, mi poder se ha ajado y mi fe necesita como nunca de apoyos sobrenaturales. ¿Es un responso lo que oigo?, creo que ya vamos por la media docena en los últimos días, me marcho al cielo más que bendecido, mi corazón de buen cristiano no se ha resentido por las últimas noticias sobre los desvaríos de algunos sacerdotes y acepta de buen grado el consuelo que los curas amigos se aprestan a regalarme. Ni mujeres ni sotanas... pero en el último trance éstas son siempre bienvenidas. No sé cómo Roma no ataja la subversión en los templos y en esas organizaciones que, al socaire de la religión, se dedican a cobijar y difundir el marxismo entre los jóvenes, en cualquier caso estoy listo para comparecer ante la divina autoridad, tengo el espíritu en paz desde hace mucho tiempo e hice semanas atrás el testamento que este pueblo se merece, yo mismo lo redacté de mi puño y letra, por temblorosa que fuera, la última mañana de trabajo que pasé en El Pardo, Carmencita lo ha guardado desde entonces en su bolso y han sido muchas las veces que lo hemos leído los dos, haciendo correcciones, añadiendo matices, algunos importantes, como cuando me empeñé en especificar que los españoles deben prestar lealtad y apoyo al rey, pero al rey Juan Carlos, insistí, no a cualquier otro, pues de estos Borbones cualquiera sabe. He cumplido en vida con las responsabilidades del mando y quiero saber que, a mi muerte, todo queda, según estaba previsto, enderezado hacia la dirección correcta. El Príncipe de España que, por cierto, me debe a mí mucho más que a su padre, es un militar de verdad, morigerado de costumbres, piadoso y cazador, por lo que me dicen, pues muchas veces se ausenta de Madrid por semejante motivo, aunque a la princesa Sofía no le gustan mucho estas espantadas, con él al gobernalle, cualesquiera que sean las intrigas exteriores y las conspiraciones contra la patria, España y nuestra obra prevalecerán.

Pero ya pienso como si me hubiera muerto, y muerto no estoy, todavía hoy mismo se ha acercado a mi cama alguno de mis nietos, me ha palpado la frente y me ha dicho qué buen aspecto tienes, como dándome ánimos, sin imaginar lo que ansío el desenlace, sin intuir que lo del buen aspecto es una puñalada más contra el cumplirse de mis deseos, pues eso significa que todavía no ha llegado el fin, que aún he de atravesar la noche, confundiéndose mis gemidos con sus lamentaciones, apestando a putrefacción el aire de la sala, atronando mi conciencia las oraciones, *te Deum laudamus, te Dominum confitemur,* ¡tantas veces he escuchado ese latinajo que me viene a las mientes por sí solo!, mientras la luz se descarga a fogonazos sobre mis carnes yertas, abrasándome la piel, deslumbrándolo todo, hasta la imaginación, anunciando así que el resplandor divino puede ser una forma de castigo, que el conocimiento de Dios, al que tanto aspiro, resulta quizás tan letal como su ausencia, pues no estamos los hombres preparados para su revelación ni siquiera cuando, como es mi caso, se ha manifestado en nuestras propias hazañas.

Seis

Desde que venció a Satanás, Jaime Alvear
era un hombre con una misión. Nadie sale victorioso frente al Maligno, pensaba, si no existe una razón superior que le ampare, un destino establecido
para su existencia. Por eso había decidido ordenarse
sacerdote, pues sólo escuchando la llamada de Dios
podía ser fiel a esa encomienda, sólo la fuerza de
un poderoso aliento sobrenatural sería capaz de protegerle frente a tanta asechanza como, sin duda, le
aguardaba. Le gustó regresar a Salamanca, donde la
orden le había enviado para que terminara sus estudios, en la provincia se vivía mejor, no existía esa
tensión formidable de la capital, el tráfico era llevadero y las aglomeraciones inexistentes, fuera del griterío de la Plaza Mayor y de cuatro calles aledañas,
donde a la caída de la tarde se llenaban los bares de
tapeo, atestados de universitarios que buscaban ávidos las miradas de las alumnas de los cursos para
extranjeros. Era también la hora del paseo para Jaime. Según marcaba la regla no escrita de la congregación, acostumbraba a salir acompañado de la residencia, siempre en grupitos de tres o cuatro, o al menos
con algún novicio, para vigilarse o para protegerse,
a no ser que fuera a visitarle doña Sol, resignada ya
al hecho de que su hijo hubiera tomado los hábitos
y a verse convertida en una santurrona hipócrita, por-

que creyente sí que era, pero nada del otro mundo, y ahora extremaba el cumplimiento del calendario litúrgico únicamente para evitar maledicencias, no porque sintiera especial afición a los ritos. La viuda tenía el cuerpo todavía de buen ver, un poco desprendidos los bíceps, eso sí, debido a la falta de ejercicio, y el cuello agallinado por el paso de los años y como recocido por los vapores de la menopausia que, lejos de aplacarle la nostalgia sexual, habían conseguido liberar en ella deseos tanto más incontenibles cuanto menos capaz era de orientarlos hacia una meta definida y clara. Un día, Jaime descubrió a su madre haciéndole semejantes confidencias mientras andaban ambos por la orilla del Tormes, agarrada ella a su brazo, sin atreverse a otras efusiones que las verbales, como una noviecita joven e inexperta, se preguntó si estaba haciendo ensayos para confesarse con él o si desplegaba, aun sin saberlo, sus encantos de mujer ante aquel vástago elegido por Dios, quien, no contento con haberle arrebatado a su querido esposo, seguía reclamando diezmos a su familia, hasta el punto de que, si continuaba en el empeño, acabaría por hacerla desaparecer. El río no estaba aún muy contaminado, en las noches de otoño, cuando todavía no arreciaba el frío, algunos valerosos se atrevían a zambullirse en sus aguas con gran estruendo de su gozo por la tiritera, pero salvo esos pocos y ocasionales alborotos nada o casi nada perturbaba la tranquilidad de aquel paraje en el que las sombras de los enamorados se deslizaban furtivas y rápidas tras los matorrales, buscando una ruina o un escombro en el que apaciguar sus ánimos a cubierto de miradas inoportunas. Jaime disfrutaba con aquellos atardeceres de plomo rojizo, el rumor de las aguas se confundía con el aleteo de algún pájaro y la respiración entrecortada de los paseantes, a menudo se apartaba como podía del grupo, buscando la soledad sonora que Juan de la Cruz describía en sus versos, hacía meses que el *Cántico Espiritual* se había convertido en su libro de cabecera y meditación, frente al tedio obligado del breviario, y recitaba de memoria sus estrofas, pero aquella del mes de octubre no iba a ser la noche sosegada del poeta, Cipriano Sansegundo se había presentado de improviso en la residencia, tu hermano Francisco me dio la dirección y he pensado que era buena idea hacerte una visita, dijo, estoy aquí como desterrado, los del sindicato quieren que me quite de en medio, por seguridad, ¡vete a saber si es que les estorbo! Desde que le conocía, siempre había visto a Sansegundo en plena huida, de un lado para otro, todo en él respiraba provisionalidad, misterio, como si fuera un nómada del espíritu, un fugitivo de sí mismo antes que de cualquier eventual perseguidor, parecía que algo ocultara pero le gustaba su aspecto de hombre pausado, tan poco coherente con su forma de vida, admiraba su porte grisáceo, antipático de tan ascético, su medida distancia en el trato, tan diferente a la de otros antiguos compañeros.

—¿Ahora te relacionas con los curas? —le preguntó con sorna contenida, y enrojeció de inmediato, avergonzado de hacer observación tan ingenua.

—Con los curas, no, con los amigos, ¿seguimos siéndolo?

Se conocían poco. El paso de Jaime Alvear por la célula del partido fue fugaz, casi ocasional, y su diferencia de edad no había favorecido el diálogo entre ambos.

—Además, siempre tenías a Gerardo al quite —le dijo el otro—. Estaba enamoriscado de ti, no se lo censuro.

No protestó por la observación pero hizo un gesto con la mano, como diciendo, ¿a qué viene esto ahora?, porque Gerardo Anguita no existía ya para ninguno de ellos. Aunque lloviznaba un poco decidieron acercarse a la ribera para poder hablar a gusto, sin mirones ni espías, puntualizó Cipriano, al que buscaba la policía desde la explosión en la calle del Correo, de Madrid. Hubo muchos muertos y heridos, niños entre ellos.

—Las bombas son chifladuras de iluminados. Acusan al partido de complicidad, pero no tuvo nada que ver, estoy seguro, Carrillo, el primer secretario, está contra la violencia, por eso hay quien se le desmanda, aunque su reacción es clara, ha dejado caer a todos los sospechosos, expulsados incluso los inocentes, por si no lo son del todo, el estalinismo tiene esas ventajas. Está claro que fue ETA la única responsable, pero había camaradas involucrados, gente de Comisiones Obreras, habían construido escondrijos en algunos de sus pisos, la policía dijo que eran zulos para guardar secuestrados, un lío.

Jaime escuchaba interesado las explicaciones de su antiguo compañero de la clandestinidad, le vino a la memoria la visión del día en que mataron al almirante, aquel olor a azufre que expelía el cráter dejado por la explosión, el encuentro con Marta en el mismo lugar de los hechos, atrapada como él en la trampa de tener que condenar la violencia aun cuando se ejerciera en nombre de la paz, pero a veces es lícito, incluso necesario, que los hombres mueran para salvar a los otros hombres, los hombres, no los niños. ¿Podían ser los comunistas aliados de los activistas vascos?, impensable, se revolvía Cipriano, airado, seco, aunque comunista era el albañil que construyó las madrigueras, comunistas los intelectuales detenidos, ¿se habían metido en eso sin el visto bueno de la dirección?, ¿les habría traicionado ésta después del fracaso? Lo que en la calle del Correo tenía que ser sólo un atentado contra la policía se convirtió en una matanza indiscriminada de civiles.

—Total —concluyó Sansegundo, el compañero Lorenzo— que me han enviado a Salamanca a descansar, a hacer un poco de proselitismo también, ¿y a quién me encuentro aquí?, ¡a medio mundo!

—¿Soy yo ese medio mundo? —preguntó halagado Jaime.

—No, no, tú sólo eres cuarto y mitad —bromeó el otro—, también está Cristina. Me convocaron a una reunión para hablar de la Junta Democrática, el invento que han montado en París, y ahí andaba ella, nerviosa como siempre, sabiondilla, fea, lleva varias semanas aquí, acabando la carrera, dice, huyendo como yo, peor que yo, no se siente segura desde que le pegó el tiro al inspector, se la tiene jurada, ¡eso que apenas le rozó!, ella prefiere no dejarse ver por el foro, ese tal Trigo es una bestia con licencia para matar.

Jaime apenas había tenido tratos tampoco con Enriqueta Zabalza, la camarada Cristina, fuera de los encuentros furtivos de la célula y las excursiones ocasionales de sus miembros para confraternizar. Como mujer no le interesaba nada, no le interesaba ninguna hembra, a decir verdad, desde que perdiera a María José aquella tarde de verano, cuando le dio el recadito de enamorado y ella se lo guardó trabajosamente en el bolsillo trasero del pantalón, junto a las nalgas, en vez de deslizarlo entre los pechos, como había soñado que haría, de acuerdo con la tradición de la literatura romántica. Pero pensaba que si Enriqueta había sacado una pistola a la calle, por lo menos tenía agallas.

A Cipriano le habían dado un permiso largo en la fábrica, no pusieron objeciones, sabían que tenía influencia en el sindicato y era mejor tratarle con algún miramiento, de paso, se quitaban de en medio a un agitador. No fuera a creerse Jaime que no hacía nada, pasaba las horas conspirando, en la universidad, en los barrios obreros, también daba clases nocturnas en un instituto, además estaba buscando trabajo, pero añoraba el frenesí madrileño, los vericuetos de la corte, la incertidumbre diaria en que antes se debatía su vida. Las cuestiones del terrorismo vasco y de la violencia política habían dividido a los compañeros, desde que se llevaron por delante al jefe de gobierno, los etarras gozaban de considerable prestigio entre los sectores más radicales, surgían por doquier grupúsculos de extrema izquierda dispuestos a la lucha armada, si era preciso, con tal de lograr que el régimen no se sucediera a sí mismo, que hubiera una ruptura revolucionaria, en el ejército comenzaba a cundir el ejemplo portugués, miembros de la Unión Militar Democrática habían tomado contacto con sectores de la oposición política y sindical, la Iglesia reclamaba más y más espacios de independencia, ponía a disposición de huelguistas y revoltosos los templos, en donde podían protegerse al amparo de lo establecido en el Concordato, la subversión está en marcha, sentenció finalmente, dando muestras de un regocijo poco común en él. Jaime no estaba muy seguro de que aquel cuadro, del que no faltaban reverberaciones en la propia Salamanca, respondiera tanto a la realidad como a los deseos de su interlocutor. Mientras le escuchaba, trataba de descubrir en qué medida Cipriano estaba limitándose a contar unos hechos o pretendía interpretarlos también, solicitar de él una opinión que no estaba dispuesto a dar. Ya en el noviciado le habían puesto en guardia respecto a la necesidad de despolitizar la acción social, aunque muchos de sus profesores y compañeros parecían haber elegido el sacerdocio como una vía directa para la agitación política. No era ése su caso, pero tampoco podía descartarlo por completo, sufría con las injusticias de este mundo, se sentía llamado a hacer algo para remediarlas pero le complacía, también, refugiarse en el aislamiento místico más absoluto. ¿Era preciso escoger entre la acción y la contemplación? ¿No había sido Teresa de Jesús una activista a su modo y tiempo? Miró a Cipriano con el rabillo del ojo mientras el otro continuaba recitando sus comentarios casi ensimismado, se dio cuenta de que también él le utilizaba, como lo hacía su madre, aquella ribera del Tormes se parecía al rincón del psicoanalista, llegaban las gentes maduras a confesarse con él, un chiquilicuatro imberbe, quizá simplemente porque él les escuchaba, podía generarse la ilusión, como con Gerardo Anguita, de que ejercían de maestros o de preceptores, pero Jaime Alvear sabía ya que era él quien subyugaba a los otros, les dominaba con su aspecto de arcángel en sazón, su olor a juventud, su mirada translúcida e inmaterial gustaba a los demás, hombres o mujeres, sin necesidad de hacer nada por merecerlo, les impresionaba con su tímido silencio y con su facilidad para expresar las más radicales de las opiniones amparado en su condición de espíritu puro, sólo momentáneamente encarnado en un alma mortal. Todo eso lo asumía con naturalidad, si había triunfado sobre el diablo parecía normal que lo hiciera sobre el género humano. Por lo mismo le intrigaba en qué parte de la historia que Sansegundo narraba podría descubrirse la residencia de la Bestia, ¿habitaba las columnas de humo verde que expelía la dinamita, o era más lógico buscarla en las lóbregas mazmorras del franquismo, donde funcionaba el garrote vil entre humedades fétidas y tristes?, ¿resultaba, siquiera, preciso escoger una de dos?, ¿había que vencer la fuerza con la fuerza o renunciar a ésta como a Satanás, en la suposición de que la fuerza misma era siempre la manifestación visible de una hidra de muchas cabezas, de que la fuerza, en sí y por sí, representaba sencilla y burdamente la encarnación del mal? De la resolución de este misterio dependía descubrir, también, el destino de su vida, ¿tenía que elegir entre blandir la espada, para destruir al dragón, o enseñar la cruz, para convertirlo? Cuando era más joven, en los cursillos espirituales, había oído al padre Mario resoplar desde el púlpito, en tono mayestático y un poco impertinente que el reino de los cielos padece violencia, y sólo los violentos lo alcanzarán. ¿Sería igual en los dominios del hombre?

—A la violencia sólo se la elimina con la violencia —sentenció el comisario Centeno ante la mirada sin luz del coronel Dorado—, por eso quiero recuperar a Fernández Trigo antes de que sea tarde, se aburra de estar en oficinas y se vaya de jefe de seguridad de cualquier empresa, donde le pagarían el doble por hacer la mitad.

Dorado guardó silencio. Emboscado en el crepúsculo de su despacho, intuía los perfiles severos de su subordinado mientras trataba de descubrir algún segundo sentido en sus palabras. Pensó que, en cierto modo, apreciaba a Centeno, era un hombre razonable, un policía científico, y siempre solía decir más de lo que aparentaba.

—Sólo si nos infiltramos entre los terroristas podremos vencerlos —continuó el otro—, para eso es necesario convertirse en alguien como ellos, tener su mente, sus costumbres, sufrir sus pasiones, desear sus metas, Trigo tiene esas cualidades, un poco chuleta sí que es, pero por esa especie de inseguridad en sí mismo, no se siente querido y le gusta que le teman, que madure es sólo cuestión de tiempo.

—¿Cree usted que poniendo nosotros las bombas evitaremos que las usen los demás?

—Lo que creo es que la población es muy sensible a estas cosas, lo del bar Rolando fue una canallada pero, como dijo el Caudillo cuando el asesinato del almirante, no hay mal que por bien no venga. Los comunistas se las prometían muy felices, hace nada se reunían en Ginebra con miles de sim-

patizantes, Pasionaria cantaba la *Internacional* ante
los peregrinos de España y Carrillo profetizaba a sus
camaradas que se verían pronto en Madrid, ¡bueno!, pues ahora están debajo de las piedras, fugitivos
y avergonzados, la gente les señala con el dedo como asesinos, no pasa día sin que expulsen a alguien
de sus filas por si era, o pudo ser, amigo de los terroristas. ¡Hasta el Generalísimo ha podido hacer la
crisis del gobierno con toda tranquilidad, y echar a
Cabanillas! Todo el mundo entiende la mano dura
cuando disparan contra nosotros. En nuestro caso, la
mano dura se llama Fernández Trigo.

—De todas formas —le corrigió Dorado—,
no me gustan los métodos de ese hombre, es extremadamente violento.

—Es extremadamente efectivo, también
—puntualizó el comisario—, no tiene miedo de hacer cualquier cosa siempre que el Estado se lo deman-
de, controla los grupos de apoyo y tiene infiltrados
en todas partes. Comprendo sus reparos, mi coronel,
y aun los comparto, yo no le daría mi amistad a Trigo, pero profesionalmente es de toda confianza. En
cuanto al fondo de la cuestión, no conviene que ETA
se quede con el monopolio del terror, vienen tiempos difíciles y hay que estar preparados.

—El monopolio del terror es del Estado, como todos los monopolios, no lo olvide. ¿Teme usted
que los grupos de acción paralela se nos vayan de las
manos?

—No, si lo hacemos de forma inteligente. No,
si logramos información del enemigo.

Dorado intentó descubrir las pupilas del otro
tras las gruesas gafas de concha. Se conocían desde ha-

cía tiempo, habían vivido juntos momentos memorables, definitivamente le guardaba simpatía aunque le repugnaba su pragmatismo descarnado, que escondía con dificultades la ausencia de todo sentido moral. Frente al honor de la milicia, Centeno encarnaba los hedores de la cloaca. Las misiones que él, coronel Esteban Dorado, cumplía estaban justificadas por el servicio a la patria, las de Ismael Centeno... ¿por qué lo estaban?

—¿Qué es lo que le mueve a seguir en esto, comisario?, ya podría estar jubilado.

Le hizo la pregunta restándole importancia, como si sólo fuera por cambiar de conversación.

—Me mueve la curiosidad, mi coronel, la curiosidad por el género humano, eso me mueve.

Jaime Alvear, en cambio, era un hombre con una misión, sus actos estaban predestinados y sus decisiones respondían a un proyecto inevitable, todavía por desvelar, el sacerdocio era un pretexto, un vehículo, no un fin en sí mismo, el objetivo ni siquiera podía ser la redención de las almas, sino algo relacionado con la restauración de la justicia en la tierra antes que nada, de otro modo, ¿cómo podría existir justicia en el más allá?, consumía las horas meditando sobre el dilema de la violencia y la paz, se preguntaba de qué forma era posible cambiar una situación opresiva sin ejercer la fuerza necesaria que la modificara, Cipriano, ¿tú piensas que hace falta la espada para arreglar el mundo?, si hace falta, no seré yo el que la use, farfulló el otro, prefiero las huelgas, las movilizaciones, a eso estoy acostumbrado.

—De todos modos —atajó finalmente en la discusión— tú ya has escogido la cruz.

Exaltabo animam meam ad Deum, rezaba todas las noches en compañía de la congregación, y la congregación respondía al unísono, *ad Deum, qui laetificat juventutem meam,* había sacrificado su juventud por la de los demás, había escogido el camino de la contemplación y eso no lo podía olvidar, Dios era la razón de todas las cosas, del bien y del mal, de la lluvia y el sol, era la respuesta a todas las interrogantes y sólo preguntándole a Él podría encontrar el camino, ¿iba a salvar al mundo rezando?, se mofaba Cipriano, ¿lo vais a salvar vosotros discutiendo en los cafés?, le espetó Jaime, un poco malhumorado por las chanzas, Sansegundo fue terminante, él no quería salvar a nadie y no andaba de bares sino predicando en las fábricas, él sólo quería ayudar un poco y, de momento, lo que más le preocupaba, como a Enriqueta, como a tantos otros, es que no lo agarraran, conocía la cárcel y estaba seguro de que no quería volver a ella, de todas formas, si tan interesado estaba en descubrir el rumbo adecuado, además de rezar ¿por qué no iba a una reunión de la Junta?, eran breves, no necesitaría pedir permiso si no quería, bastaba con despistar al novicio que hacía de carabina, no tenían que enterarse sus superiores.

—Hay cosas, mi coronel, de las que ustedes, los superiores, no pueden ni deben enterarse, por necesarias que sean, le aseguro que no lo harán, pero no podemos correr el riesgo de que a la muerte de Franco todo se desmande. Atado y bien atado, ¿no lo dice él mismo?, pues si no apretamos los nudos no lo conseguiremos.

—Ándese con cuidado, Centeno —concedió finalmente el militar, al tiempo que exageraba un suspiro de resignación—, y a la hora de atar, hágalo bien corto con el inspector Trigo, no vaya a meternos en un lío.

Siete

Tuvo que aguardar más de media hora en la antesala del ministro, ante la mirada complaciente y comprensiva de la secretaria, rodeado de muebles pretenciosos y sin estilo, reproducciones litográficas del monasterio de El Escorial y alfombras de la Real Fábrica de Tapices, envuelto en un silencio de siglos, frondoso y rancio, que ni siquiera el timbre del teléfono osaba disturbar, aprovechó para hojear la prensa de la mañana, se multiplicaban columnas y comentarios sobre la destitución de Cabanillas, la paloma del aperturismo según los vates más reconocidos de la época, neodemócratas honestos que habían querido dar fe de los vientos de renovación que soplaban, asumiendo dignidades y autoridades en el seno del Estado, dimitieron de inmediato en señal de protesta, convencidos de que el significado simbólico de sus decisiones, la de antaño y la de ahora, no dejaría de conmover los cimientos de la patria, y en medio del torbellino de renuncias, contrarrestado de inmediato por incontables proclamas de adhesión, Alberto veía abrirse el cielo de su oportunidad, tras la tortura secreta a la que había sido sometido durante los últimos meses. La Revolución de los Claveles había logrado que el franquismo se topara con su realidad al mirarse en el espejo del vecino, si ni del ejército podía uno fiarse, ¿cuál sería el destino de la patria?, se

preguntaban los gerifaltes, siseantes por los corredores del palacete de la Presidencia, deslizando miradas torvas al paso de Alberto, ése es un tonto útil,
oía decir, útil, no, más bien inútil, corregía alguien
con infantil crueldad, su mujer es comunista, su primo es comunista, su padrino, don Epifanio, acomo-
dadizo, siempre hambriento de la sopa fácil, un traidorzuelo de menor cuantía que aunque va de camisa
vieja no tiene ni bienes ni ideales, y él hacía como si
no oyera porque no quería enfrentamientos, pero ganas le daban de asirlos por las solapas de sus ternos
de burócratas y sacudir sus cuerpos macilentos, apenas con apariencia de seguir vivos, atiborrados de doctrina e ignorancia, como recién salidos de un taxider-
mista, otras veces en cambio sonreía para su gañote
y pensaba ¡si supieran de mí lo que yo sé!, si averiguaran que mi hijo va al colegio de la maestra terrorista
y me vieran acompañar a Marta a Carabanchel, a llevarle paquetes, mezclarnos con Alfonso Sastre, solícito como un novio inmaduro en su visita a Eva Fo-
rest, con los demás familiares de los acusados... todo
porque habíamos dicho la mejor escuela es la que
está más cerca de casa, allí fuimos a dejar a Albertito, en el jardín de infancia más progre de Madrid, a lo
mejor no fue casualidad y Marta me engañó, habló
con los dueños y les dijo os envío al chaval a ver si le
educáis como es debido y le enseñáis quién fue Rosa
Luxemburgo, si imaginaran, siquiera en lo más mínimo, hasta qué punto mi mundo se desliza, incluso
sin yo proponérmelo, hacia la orilla opuesta a la que
siempre he nadado, me detendrían, me deportarían,
me fusilarían, dejaría de ser un compañero de viaje
para convertirme en un reo de sedición, en vez de la-

mentar las contradicciones que padezco decretarían
la evidencia de mi culpabilidad. De modo que cuando don Epifanio le llamó —a Cabanillas se lo han
cargado, no tuvo mejor ocurrencia que ir a la Mer-
ced, en Barcelona, y fotografiarse con una barretina,
lo de la barretina es mortal de necesidad—, Alberto
Llorés pensó que era el momento decisivo, la ocasión
anhelada para romper ataduras, no podía seguir en-
gañando a nadie con la cantinela del posibilismo, era
preciso elegir, o conmigo o contra mí, contra ti, Franco de mierda, Marta se alegraría, a lo mejor así salva-
ban su matrimonio, ¿o no eran sólo políticas sus diferencias? Ramón le abriría los brazos, ¡bienvenido al
infierno de la oposición, es mucho más divertido que
la gloria del poder!, hasta don Epifanio habría de feli-
citarle, andaba más cabreado que una mona desde su
jubilación forzosa, adolorido y ninguneado, veía ascender a los paniaguados, a los medrosos, a los obedientes, a los recién venidos, a los del Opus, a los monárquicos, a los de la brillantina, a los ultras, a todos
menos a él mismo, que había creído en Franco, pero
ya no creía, había luchado, había sido honesto, no se
había enriquecido especulando con su finquita de
Marbella, ni solicitando comisiones, ni traficando con
licencias de importación de las que el gobierno repartía a sus leales. Por si Alberto hubiera podido tener
dudas de lo acertado de su decisión, la noche anterior le invitó a cenar el capitán tormentas, ese ayu-
dantín presuntuoso y audaz que trabajaba para los
servicios de Dorado y que no había cesado de corte-
jarle, atosigándole, interrogándole, amedrentándole,
desde que pusiera el pie en la Presidencia, después de
esto tú estás fuera, le dijo, lo que tú significas está

fuera, la enfermedad del jefe obliga a cerrar filas, nada de debilidades, nada de liberalismos, nada de pornografía, las medias tintas están fuera, los posibilismos, las dudas, las esperanzas y las promesas, todo eso queda fuera por el momento, necesitamos un mundo de certezas y de afirmaciones, un universo de lealtades, ¿inquebrantables, te burlas?, bueno, pues a lo mejor, a lo peor, tienen que serlo, frente al enemigo no hay titubeos, el espíritu del 12 de febrero ha muerto.

—¡Hombre, qué barbaridad! —comentó el ministro al oír el relato de Alberto mientras hacía un gesto intermitente, como para sorberse las babas que se le escapaban entre los numerosos huecos de la dentadura—. ¿Eso te dijo el capitán Chaparro?, ya he oído yo decir que es un poco raro el tal capitancito, no, el espíritu del 12 de febrero no ha muerto ni morirá nunca —le gustaban la frases sonoras, indestructibles—, lo que pasa es que Cabanillas hablaba demasiado con los corresponsales extranjeros, no le hacían mucho caso, a ti tampoco te lo hizo tu primo, no quiso publicar nada, Pío no supo dosificar los tiempos, el tiempo es más importante que otra cosa en este régimen, un adecuado manejo del mismo le adentra a uno en la eternidad pero, si te equivocas, te quedas pajarito, pío, pío... je, je, je, je.

Por lo demás, aseguró mientras recomponía el gesto, comprendía la decisión y la aceptaba, lo que era más importante porque tú ya sabes, Llorés, que aquí sólo valen las dimisiones que el mando acepta, las que la superioridad permite, esto no es Francia, je, je, je, je, desafortunadamente, pensó Alberto, esto no es Francia, ni Italia, ni siquiera es ya Portugal, hasta los catetos nos tienen que dar lecciones, esto es el culo de Europa, el culo de África si nos apuran, pero se come bien, *caro mio,* hay buen clima, la vida es barata, se divierte uno mucho y se duerme poco, le corrigió Marta esa misma noche, yo adoro España, los españoles tendréis que aprender a apreciarla cuando Franco se acabe.

Se miraron frente a frente, desnudos sobre la cama, todavía jadeantes del esfuerzo, perplejos al comprobar que se amaban después de cinco años de hacerlo, ella le acarició la cara con suavidad y descendió sus manos poco a poco, recorriendo todo el cuerpo del hombre, investigándolo, hasta acabar jugueteando distraídamente con sus genitales, tendrás que buscar trabajo, le dijo, a él le sonó extraña la frase, como si finalmente se diera cuenta de que, por primera vez en su vida, no podía contar con el manto protector de don Epifanio, comprendió entonces que, efectivamente, se había quedado fuera, estaba a la intemperie, y así quedaría por mucho tiempo pues, pese a los comentarios jocosos de Ramón y los cariñosos empujoncitos de Marta para que, de una vez por todas, se comprometiera con algo, no se imaginaba conspirando en las tascas, no le gustaba suponer que su mundo ordenado y preciso podía verse arrebatado, más de lo que estaba, por la pasión de la revuelta ni por el viento airado de la disidencia. En los locutorios de Carabanchel, mientras hacía tiempo para ver a la profesora de su hijo, entretenía los minutos hablando con otros visitantes, le impresionó la historia de aquel matrimonio de ancianos que habían regresado de su exilio belga después de trabajar durante más de veinte años en la mina, España les recibió de nuevo con la cárcel y el oprobio repetido de la sospecha, fueron detenidos junto con su hija, junto con un puñado de intelectuales, obreros, sindicalistas, profesionales, estudiantes, acusados de activar la bomba, de facilitar el explosivo, de esconder a los culpables, de cooperar con información, de preparar la fuga. Dejaron la dinamita dentro de una cartera, en los servicios de caballeros del bar Rolando, contiguo a la Puerta del Sol, enfrente justo de la Dirección General de Seguridad, el establecimiento era frecuentado por policías, periodistas, y viajantes de comercio que llegaban de la provincia al corazón de la capital, desde él se enviaban con frecuencia a las dependencias vecinas los tentempiés que reclamaban a deshoras los jefes policiales, un carajillo y un sándwich mixto para el inspector de guardia, ¡marchando!, en cierta ocasión foto Liborio se disfrazó de camarero del local para llevar así la cena a un torero famoso, alojado temporalmente en los calabozos por haberse negado a matar un conchaysierra de mucho respeto, cuando se vio frente al maestro, le disparó rápido tres placas y le hizo un par de preguntas tontas sin que el otro, visiblemente apesadumbrado por la circunstancia, tuviera tiempo casi ni de reaccionar, Liborio obtuvo la exclusiva de su vida, por lo menos hasta que pudo encararse a José del Divino Amor Pereira con los pantalones por los tobillos, genuflexo ante la tropa y con cara de pánico que, desde entonces lo sabía, es la misma que la del cólico miserere, como también sabía que lo que no se fotografía no existe.

El inspector Fernández Trigo, al que algunos apodaban *Cachorro* por su aspecto aniñado y su temperamento caprichoso y fiero, solía dejarse caer por el Rolando al final de la mañana, a veces para charlar con su amigo el comisario Ismael Centeno, al que continuamente solicitaba un traslado a Presidencia, pues en la brigada no daba más de sí, el nuevo director era un cuitado de campeonato, siempre temeroso de emprender nada, siempre con la mirada puesta en los generales, los militares se acabarán haciendo cargo como esto siga tal cual va, ratificaba Centeno, y Fernández Trigo no respondía, sólo le contemplaba impertérrito, ensayando sin éxito la manera de hacer anillos en el aire con el humo del cigarrillo, soplando y resoplando con atención inaudita, como un niño que jugara a las pompas. Aquel 13 de septiembre, había quedado con José Manuel, alias Lobo, jefe de los grupos de acción que el inspector controlaba y de los que se servía para cumplir misiones especiales, quería hablarle de un par de italianos cojonudos, bien bragados, capaces de cualquier cosa, llevaban tiempo en Madrid protegidos por los de contraespionaje y convenía tenerlos entretenidos de vez en cuando, no les fuera a dar por la delincuencia común a causa del tedio. Estuvieron en el bar una hora escasa, el tiempo suficiente para devorar unos huevos con chorizo regados con vino de jumilla, desde su mesa podían divisar, al otro lado de la calle, el edificio de la central de policía por una de cuyas ventanas, en los sesenta, habían arrojado sus torturadores al líder comunista Julián Grimau, ¡y vaya tabarrón que acabó por darnos el asunto!, comentó irritado el inspector, sólo la casualidad, o tal vez la providencia, en opinión de Lobo, que creía en Dios más que su interlocutor, hizo que abandonaran el bar apenas un cuarto de hora antes de la tremenda explosión. Los cristales de mil ventanas se vinieron abajo en varios cientos de metros a la redonda mientras saltaban las tuberías, enroscadas serpientes de plomo que inundaban de agua la calzada hacia la que corrían regueros de sangre y ríos de mierda. Los guardias de la central salieron con la prisa y el miedo dibujados en sus rostros, atropellándose los unos a los otros, blandiendo atolondrados metralletas y pistolas, amagando con disparar al aire, una multitud desamparada se abría paso a empellones, corriendo sin meta ni dirección, entre alaridos y lágrimas, los gritos de dolor se mezclaban con las sirenas de los coches patrulla y las de las primeras ambulancias que procuraban inútilmente sortear el monumental atasco de tráfico para acercarse a prestar sus servicios, envueltas en la niebla de yeso y pólvora las gentes deambulaban sin concierto, muchos cojeaban por culpa de las esquirlas clavadas en sus piernas mientras otros desparramaban sobre las aceras los cuerpos que habían ayudado a rescatar y al minuto investigaban nerviosos sus ropas, sus vísceras y aun su aliento, buscándose la herida que esperaban no encontrar nunca. Cuando regresó al lugar de los hechos, Fernández Trigo fisgoneó entre los escombros la probable identidad de alguno de sus compañeros, respiró tranquilo al comprobar que la mayor parte de las víctimas eran ciudadanos comunes y corrientes pues, por alguna razón desconocida, o tal vez por decisión divina, como Lobo había sugerido, se encontraban pocos funcionarios en el bar, contra lo que era común a esas horas. Recogieron once muertos y una cincuentena de heridos, pero sólo un puñado resultaron ser policías, los más de ellos destinados en el mostrador de pasaportes. Durante su lóbrego paseo de inspección, Trigo se cruzó con el cuerpo deslavazado y yerto de una niña como de trece años que un equipo de salvamento transportaba entre sollozos, estas cosas conviene aprovecharlas, pensó, los cabrones de los vascos la van a pagar.

Alberto Llorés no podía apartar de su memoria la imagen que publicaron los periódicos de aquella adolescente destruida por la metralla, mientras escuchaba las murmuraciones de los comunistas arremolinados en los locutorios de la prisión, se quejaban del engaño que un par de visionarios desequilibrados les habían hecho, poniendo al servicio del terror la red clandestina de información y apoyo que habían construido para la acción sindical, no estaban contra la lucha armada, pero ¿para qué usarla cuando el Caudillo moriría pronto?, la Junta Democrática, el pacto con los burgueses por la libertad, eran las únicas vías a seguir. Confundido entre familiares de presos y representantes de organizaciones de apoyo, Alberto leía el dolor en la mirada de aquellos ancianos perdedores de la guerra, encarcelados sin causa ni objeto durante interminables días, presa todavía su hija, envuelta su familia de nuevo, sin explicarse cómo ni por qué, entre el ruido de la dinamita y el sabor picante y áspero de la pólvora que les evocaba los días trepidantes de la revolución de Asturias y las terribles jornadas de la mina en Bélgica, donde el cielo era tan gris y tan espeso el aire que era imposible distinguir cuándo se estaba dentro y cuándo fuera de la galería. Digiriendo, a duras penas, la paciencia que se les exigía para lograr quince minutos de comunicación con los preventivos,

Marta confraternizaba con unos y con otros, arrima-
ba esperanzas y sonrisas a un mundo que presentía
su destrucción, sobre el que se cernía la perplejidad
y el desencanto, mientras Alberto trataba inútilmente de descubrir en aquellos rostros sombríos la pasión por la violencia que parecía marcar el destino
de los españoles. La bomba de la calle del Correo, como todas las bombas, seguía produciendo semanas
después de su estallido una ola expansiva de incal-
culables e imprevisibles consecuencias, mientras la
dirección comunista de París dejaba abandonados a
los militantes sospechosos, muchos otros se aparta-
ban del partido, avergonzado el semblante, o para
abrazar causas más radicales, menos inconsecuentes
con los postulados revolucionarios, o para encami-
narse a latitudes más templadas que no significaran,
de inmediato, la amenaza de un consejo de guerra ni
la pérdida probable del empleo. El hastío y el vómi-
to que se palpaban en la izquierda democrática, por
haberse involucrado una facción de la resistencia
antifranquista en las actuaciones armadas de ETA, no
eran nada, sin embargo, comparados con la perplejidad en la que se debatían los poderes del Estado,
enfrentados desde hacía meses a una ofensiva de pa-
vura y muerte que no sabían cómo domeñar, de modo
que Alberto se sentía ahora más feliz que nunca al
comprobar que él estaba fuera, ¡qué razón tenía el
capitán Chaparro!, fuera de todo lo habido y por haber, del empecinamiento de la Historia en suceder-
se a sí misma y de la extravagancia de quienes se atreven a desconocerla. Sentado en cueros vivos sobre la
cama, frente a frente con su mujer, sudorosos y prin-
gados ambos, como primerizos en la batalla del amor,

se sorprendía de cuán fácilmente había vuelto a su regazo, de cómo su decisión de abandonar el empleo les había reconciliado a ambos, quizá porque le había reconciliado a él consigo mismo, y daba gracias al cielo, en el que bien poco confiaba, por haberle ayudado a tomar la decisión de mandar, por fin, a la mierda la brillante carrera política del ahijado de don Epifanio Ruiz de Avellaneda.

Ocho

Al principio, su ascendencia militar había unido casi más que ninguna otra cosa a Enriqueta Zabalza, la camarada Cristina, con Manuel Dorado. Se conocieron en plena calle, en medio de los fragores dispersos de una manifestación que, más que reclamar, exigía las libertades, como si éstas pudieran expenderse de un día para otro por la autoridad competente, como si después de alguna de esas exhibiciones de la muchedumbre pudiera haber alguien que decidiera, vamos a concederla, vamos a construir la democracia que nos piden unos cuantos miles de estudiantes y obreros, pongamos entonces fin al Estado nacionalsindicalista, cuyo edificio hemos levantado con tanto ahínco. Huían de aquel atropellado derrumbe de cascos sobre los adoquines, azuzados los corceles con impudor por sus extraños yóqueis que blandían en el aire defensas de goma forrada de material, como modernos caballeros andantes dispuestos a combatir jayanes, derribar colosos y redimir ultrajes, aunque más que gigantes aquellos despavoridos universitarios parecían pequeños duendecillos que se escurrían, en busca de refugio, por el soto aledaño a la Complutense. Correr delante de los grises era un deporte de aventura para muchos jóvenes que no sabrían discernir si se abismaban en la carrera por defender sus convicciones políticas o por procurarse emociones intensas, los más quizá lo hacían por necesidad, víctimas de la evidencia de que permanecer parados, o tratar de esquivar la avalancha de terribles centauros que se les venía encima, no servía sino para que deslomaran por dentro y por fuera a todo el que cayera en sus garras. Jadeantes de entusiasmo, Enriqueta y Manuel se escondieron detrás de un matorral huyendo del eructo apestoso de los gases lacrimógenos, hasta que oyeron alejarse el repiqueteo de pezuñas y órdenes, de arengas como insultos. Sus cuerpos resollaban tanto o más que los de los caballos de sus perseguidores y bien les hubiera venido dar un relincho de consolación, pero el temor a ser descubiertos les hizo guardar un perdurable silencio de tumba durante el que contuvieron no sólo el aliento, que mucho les faltaba, sino la imaginación también, medrosos de hacer un gesto, un ademán, de esbozar, incluso, una mirada que pudiera delatarles. Si esa manera de entablar conocimiento tenía que estrechar forzosamente lazos imperecederos entre cualquiera que la hubiera vivido, mucho mayores resultaron las ataduras de Enriqueta con Manuel cuando, días más tarde, en los primeros escarceos amorosos, averiguaron ambos su pertenencia a la familia militar y el rechazo existencial que les producían sus orígenes, los mismos colegios, iguales economatos, las mismas sencillas barriadas de clase media-media, habían sido el escenario de sus juegos idénticos y sus parecidas pasiones, ancladas siempre en la sumisión al mando, la necesidad de la patria, lo perentorio del deber. Aquella mañana, acurrucados bajo un arbusto de la Universitaria, el primogénito del jefe del Gabinete de Pensamiento del servicio de contraespionaje y la heredera de Bienvenido Zabalza, un decrépito general condecorado por su heroicidad en Garabitas, iniciaron una amistad que, meses y años más tarde, fraguaría en complicidades inesperadas. La primera de todas se concretó en la educación sentimental de Manuel Dorado a manos de la camarada Cristina, la curiosidad intelectual y el ardoroso empeño revolucionario que, en opinión de Enriqueta, parecían adornar a Manolito se acompasaban con un cuerpo esbelto, esculpidos sus músculos durante trabajosas horas de gimnasio, y una sorprendente falta de destreza en las artes amatorias. Cuando percibió semejante carencia, Enriqueta Zabalza tomó la decisión de colmar su vacío como si de una misión de guerra se tratara. Tanta fue su dedicación a la tarea, y con tanta aplicación se ejercitó en la misma, que Manuel Dorado terminó por despeñarse en las angustias del éxtasis, confundiendo el goce de los cuerpos con el entusiasmo de los espíritus. Sin embargo, desde que Eduardo Cienfuegos la abandonara para volver al redil doméstico, Enriqueta no lograba concretar sus sentimientos, la relación con Manuel, mezcla de amistad y de filantropía, rendía culto a la sexualidad más por atender a las necesidades didácticas del pupilo que a la satisfacción personal de la maestra y aunque ella, de forma tan sincera que resultaba hasta vulgar, se lo hiciera ver así repetidas veces entre la promiscuidad de las sábanas y la desconcertante humedad que les embargaba en sus arrebatados frenesíes, él se obstinaba en confundir para sus adentros las expresiones convencionales del erotismo con los signos de un enamoramiento genuino, el equívoco se agrandó —ante la indiferencia final de la chica— porque durante un tiempo breve vivieron juntos, pero luego, cuando las cosas de la política se pusieron peor, a Manuel lo enrolaron en un batallón de castigo y ella, huérfana de recursos económicos, comenzó a deambular de escondrijo en boquete, siempre temerosa de caer bajo la zarpa del inspector Trigo, hasta que a finales del verano de 1974 dio con sus huesos en Salamanca. En la ciudad, Enriqueta sabía con precisión dónde dirigirse, el partido le había asignado alojamiento en una pequeña comuna, instalada en un edificio cuya puerta daba a un pasadizo sin salida, medio perdido entre las callejas del centro, allí ocupó una habitación de reducido tamaño y amueblamiento escueto en donde, al hilo de los días, fue amontonando libros y enseres. Algunos clasificadores de plástico, anudados con cordeles que apenas podían contener el desbordamiento de recortes de periódicos ya amarillentos por el paso del tiempo, panfletos atrasados y cartas de Manuel, convivían irregularmente en los cajones de la cómoda con la ropa interior, un par de neceseres llenos de cosmética barata y paquetes de galletas a medio acabar. En un principio echó mucho de menos su apartamento del viejo Madrid, ahora definitivamente ocupado por los amigos del exilio chileno, pero al cabo de unos días acabó por acostumbrarse a lo que ella misma denominaba su zulo particular, por cuyo balcón, si estaba abierto, penetraba con puntualidad horaria la musiquilla de un carillón habitante de alguna torre vecina, confundiéndose a veces con el lamento de las campanas del convento de las Úrsulas. Desde hacía años, los domicilios de Enriqueta eran asediados en sus inmediaciones por toda clase de coros, escolanías, orfeones, conjuntos vocales estudiantiles, aspi-

rantes a saxofonistas y otros hacedores de ruidos que
acompañaban los días y las horas de la chica, poniendo sordina a sus pensamientos y a sus suspiros (los
primeros le advertían de que su práctica indiscriminada y un poco oportunista del amor libre comenzaba
a convertirse en una especie de adicción al coito, por
más que tenía derecho a suponer que en realidad no
era sino una buscadora empedernida de la felicidad
personal, el único cielo al que podían aspirar los humanos, los suspiros, testimonios fogosos de esa ex-
ploración iniciática, veían amortiguado su júbilo por
el tañer pizpireto que convocaba a maitines, confundiéndose el toque de las campanas con el alarido de
su iluminación erótica), la casa la ocupaban, además,
otros estudiantes, tres varones y una pareja, formada
por una andaluza con ojos melancólicos y dicción suave
y un valenciano bastante hortera y comilón, la chica,
embarazada de meses, se dejaba querer por aquel zan-
golotino cuya ostentación de mal gusto, en el vestir
como en los modales, irritaba sobremanera a Enriqueta, todos militaban en una fracción desgajada del
Partido Comunista que hacía fortuna entre los jóvenes deseosos de hacer la revolución sólo o principalmente como una forma de hallar la liberación personal, pero la nueva secta practicaba, con idéntico rigor
al de la iglesia madre, las normas de comportamiento
que se derivaban de la ciega obediencia al mando,
argumentada con altanería intelectual como inevitable consecuencia del centralismo democrático. Para
mayor convencimiento de los seguidores de la causa
acerca de la necesidad de respetar los dictados de la
organización, tantas veces arbitrarios y caprichosos,
corrían rumores sobre la extrema dureza de sus líde-

res, dispuestos como estarían a emplear la violencia
física, si fuera necesario, a fin de mantener la disciplina entre sus huestes, la leyenda aseguraba que Paquito, el secretario general, había estrangulado con
sus propias manos en una playa murciana, o quizás
finiquitado de un tiro, a un camarada del comité
central que conspiraba por el poder, probablemente
eran exageraciones, pero a Enriqueta no se lo parecieron cuando a ella misma le tocó el turno de la autocrítica, según se denominaban las actividades de
aquellos auténticos tribunales de honor en los que
se habían convertido las reuniones de célula destinadas a arrancar la confesión de quienes se hubieran
apartado de la ortodoxia, la cuestión era que la camarada Cristina había manifestado una tendencia a la
promiscuidad sexual con sus compañeros de piso que
amenazaba con debilitar la cohesión del grupo y, por
lo tanto, el compromiso revolucionario, la práctica
del amor libre, tronaba el valenciano, que había decidido erigirse en fiscal de la causa, no tenía nada que
ver con la frivolidad de los enredos de cama, sino con la
exigencia de total autonomía por parte del ser humano, disturbar la coherencia intelectual y la convivencia civilizada de los integrantes de la célula, despe-
ñándose por los caminos de un hedonismo execrable,
suponía la demostración de un auténtico espíritu
antirrevolucionario, entendía las malas circunstancias
por las que Enriqueta atravesaba, el distanciamiento
de su pareja habitual, las lógicas tendencias de la naturaleza, avivadas por la proximidad física, la escasez de la vida diaria y aun la humedad y el frío que
reinaban en aquel apartamento sin calefacción, de paredes endebles y abundantes goteras, pero los verda-

deros comunistas sabían hacer frente a cualquier adversidad sin necesidad de refugiarse en placeres efímeros que les pudieran distraer del objetivo de su militancia. El histrionismo del acusador, que vomitaba su diatriba envuelta en un aliento apestoso al tiempo que regaba a la concurrencia con una enorme abundancia de saliva escapada de entre sus fauces, causaba aún más espanto que la sustancia misma de los reproches, tan alejada de las convicciones y ensueños de los presentes que Enriqueta no podía dar crédito a sus oídos, de modo que, pasados unos minutos y ante el silencio culpable del resto, avergonzados quizá sus compañeros de las noches de felicidad instantánea que habían compartido, se levantó del cojín en el que malamente aposentaba el cuerpo e, irguiendo su escuálida anatomía, miró sin compasión al valenciano a través de sus anteojos antes de estallar a voz en grito en una frase que había escuchado a veces en boca de Marta, la compañera María, y que era de las pocas cosas que recordaba de ella con simpatía, *¡folleu, que el món s'acaba!*, espetó en catalán para mayor comprensión, abandonando apresuradamente la estancia con gesto altivo y dando por terminada la sesión de autocrítica.

La aparición en escena de Cipriano Sansegundo le evitó a Enriqueta una sanción mayor por su resistencia a la disciplina, que podría haberle acarreado hasta la expulsión del partido y la pérdida de su ocasional domicilio, la autoridad personal del antiguo camarada Lorenzo era reconocida incluso por quienes sabían que seguía optando por la fidelidad a la ortodoxia que dictaba sus provisiones desde París, Cipriano se las compuso para, por un lado, convencer al levantino inquisidor de que las normas podían relajarse en interés de la revolución, siempre que ello no mermara la efectividad y operatividad del grupo y, por el otro, persuadir a Enriqueta de que presentara tímidas excusas por el violento mutis que había protagonizado durante el juicio. Desde su encuentro casual en la Junta Democrática, Cipriano Sansegundo y Enriqueta Zabalza, el compañero Lorenzo y la camarada Cristina, habían reanudado su antigua relación de militantes antifranquistas, consolidada ahora por el hecho de que ambos fueran, de una forma u otra, fugitivos sin rumbo, quitarse de en medio era la consigna que reiterativamente fluía desde la dirigencia cada vez que las cosas se complicaban un poco, lo que sucedía con frecuencia irritante en aquella agitada época de la vida de España, pero mientras los temores, disfrazados de prudencia, que Cipriano exhibía eran más bien cósmicos, indeterminados, y lo mismo se concretaban en ser detenido por la Guardia Civil que explotado por la oligarquía capitalista, a Enriqueta sólo le preocupaba encontrarse, cualquier día en cualquier esquina, la mirada perdida y las orejas bicolor, con lóbulos cerúleos y amoratados pabellones, del inspector Fernández Trigo. Pasaron el invierno en Salamanca, lejos de las intrigas del foro, sobreviviendo malamente a base de trabajos ocasionales, Enriqueta daba clases particulares y se dedicaba a hacer de canguro por las noches, mientras distanciaba cada vez más su asistencia a la facultad, a Cipriano el sindicato le pasó algún dinero para subsistir durante un tiempo, hasta que se empleó de contable por horas en media docena de comercios, al cabo de pocos meses decidió instalarse también en la comuna de la chica, abandonada para esa fecha por el valenciano y su compañera, a punto ésta de dar a luz. Una vez por semana, de ordinario los viernes, el camarada Lorenzo no acudía a dormir en casa, solía llegar en la mañana temprano, con un aire distendido que desdecía de su habitual sombrío y triste, todos sospechaban que se había echado alguna novia pero él nunca dijo nada sobre esto, limitándose a mirar fijamente a los demás cuando le soltaban alguna frase, entre impertinente y cariñosa, interesándose por el significado de sus ausencias. El abundante tiempo libre de que disfrutaban se desperdigaba en paseos y discusiones, los comunistas de París procuraban coordinar, de forma un tanto desordenada y caótica, algunos grupos de disidentes en torno a la Junta Democrática, convocaban a intelectuales locales, profesores de universidad, líderes de las fábricas, estudiantes, profesionales, tratando de organizarles por sectores, pero Enriqueta y Cipriano se las arreglaron, después de su inicial reencuentro, para integrarse en el mismo grupo en el que coincidían algunos de sus propios compañeros de piso; los debates, al principio, versaban sobre cuestiones del momento, la salida de la dictadura o el futuro de la democracia, pero fueron desviándose rápidamente hacia el análisis de la lucha armada y el papel de la violencia política en la Historia, aunque abominaban de lo sucedido en la calle del Correo, algunos lo interpretaban como un mero tropiezo del recorrido y todos reconocían que el homicidio de Carrero Blanco había hecho gran bien a la causa de la libertad, la debilidad profunda que se apreciaba en el comportamiento del régimen, abocado cada día a posiciones más extremas y radicales, se debía en gran medida a la desaparición física del almirante, Franco había perdido a su delfín y el príncipe difícilmente podría encarnar la continuidad de la dictadura, ni siquiera contaba con el respeto de muchos franquistas, le habían tragado a las malas y no cesaban de poner de relieve su mirada cejijunta de eterno adolescente, como si sólo anduviera preocupado por las chicas y los automóviles, el ceño poblado, la sonrisa boba, el estandarte de una dentadura abusiva que se desparramaba sobre su cara en cuanto abría la boca, eran signos inequívocos de su incapacidad como gobernante, pensaban además que, si el análisis sobre la escasa autoridad del borboncito era correcto, lógico era pensar que los grupos de la derecha, los oligarcas y los fascistas, estuvieran organizándose para tomar el poder una vez desapareciera el Caudillo, convirtiendo en un pelele al sucesor, del que se desharían en cuanto quisieran en un golpe a la griega, o a la chilena, o a la argentina, porque había ya tantos ejemplos de asonadas militares en países como el nuestro, mejores que el nuestro, era ya tanta la tradición de los pronunciamientos castrenses en la cultura hispana, que sólo la revolución resultaba antídoto seguro contra la barbarie. Lo de cortejar a don Juan de Borbón, auténtico heredero del trono según los legitimistas dinásticos, que por esas fechas coqueteaba sin rubor con las izquierdas y podía concitar la adhesión de algunos generales, de la Iglesia y de los capitalistas, estaba bien para defender intereses burgueses y soluciones transitorias, pero la dictadura del proletariado resultaba todavía un proyecto posible, en Portugal triunfaba el ejército revolucionario al servicio del pueblo, se nacionalizaba la producción mientras los fascistas huían a nado por el Guadiana, hasta el propio Spínola, el héroe de las contiendas africanas, el general del monóculo, el libertador del 25 de abril, se veía obligado a pedir asilo político en España, refugiándose en Talavera de la Reina, camino hacia su exilio en el país de la samba, después de ser derrotado por sus antiguos compañeros de armas cuando esbozó un rocambolesco intento de volver por la fuerza al gobierno del que, por la fuerza, le habían expulsado coroneles y capitanes que sí creían en la Revolución de los Claveles. O sea que la fuerza seguía moviendo al mundo, pensaba Enriqueta Zabalza, renunciar a ella era renunciar a la vida, algo que habían comprendido ya los montoneros, los tupamaros, los miristas, la Baader Meinhoff, las Brigadas Rojas, ETA, el IRA, los de Acción Directa, los Panteras Negras y el Ejército Simbiótico de Liberación de los Estados Unidos que había logrado unir a su causa, después de secuestrarla, nada menos que a Patricia Hearst, la hija del magnate de la prensa, descendiente de aquel ciudadano Kane que se marchó a la guerra de Cuba, a luchar junto a Martí contra los españoles, porque antes, como ahora, las guerras las hacían tanto los periódicos como los ejércitos, las guerras las hace, sobre todo, la gente, y la gente había perdido la guerra de España, la guerra incivil entre hermanos, pero la muerte de Franco será otra oportunidad para recuperar el tiempo perdido, el momento de salir a la calle, de enfrentarse al fascismo, ahora que sus bandas se están organizando en serio, pasan al otro lado de la frontera a disparar contra los etarras y nos torturan en las comisarías, en las cárceles, nos expedientan en la universidad, nos amenazan en el tajo,

ahora que retorna el tiempo del dragón, es para nosotros, también, el de la espada.

—Ya lo dicen las Escrituras —comentó Jai-
me Alvear al hilo de las reflexiones de Enriqueta, durante un paseo por la orilla del Tormes, confundiéndose el rumor de las aguas con el fragor incierto que
descendía desde la ciudad—, el reino de los cielos
padece violencia y sólo los violentos lo alcanzarán.

—Esto no es cosa de curas, guapito, sino de
pelotas, ¿tenéis pelotas los curas? Nunca me he tirado a ninguno.

Cipriano le llamó y le dijo, ¿quieres verla?, él
dudó más de la cuenta y el otro comprendió que le
turbaba aquel reencuentro, pero luego, que sí, que
cómo no, recordarían viejas hazañas, a él la camarada
Cristina no le caía mal del todo, le irritaba su agre-
sividad pero seguro que Cipriano tenía razón y había
madurado, por lo demás no le interesaba, ninguna mujer lo hacía, al pronto se sintió un poco cohibido, ella
extremaba su desparpajo para defenderse de su propia
timidez, a ver si el curilla entraba a las provocaciones, y sí que entraba, pero al cabo de una media docena de citas, hoy en el bar de la plaza, mañana en el
patio de la universidad, ya se había acostumbrado
Jaime a las puyas sobre el papa o sobre el cuerpo místico de Cristo, se sentía superior en estas materias
desde que años atrás se enfrentara, crucifijo en mano,
a la vívida aparición de un Lucifer invisible y sin forma, del que pudo percibir nítidamente la dañina presencia y el aliento grosero, si podía utilizarse contra
Satán, ¿era también legítima la fuerza para derribar
al tirano?, la interrogante le perseguía desde hacía años
y él vivía temeroso y anhelante a un tiempo de topar-

se con una respuesta afirmativa, nadie que vence al mal, pensaba, lo hace en vano, pero eso mismo debía opinar el demonio, por lo que era preciso mantenerse en guardia y descubrir las mil virulentas formas en que podía volver a manifestársele. Los escasos ratos de ocio que alcanzaba a disfrutar, entre el estudio y la oración, los dedicó durante semanas a apurar una investigación sobre las diferentes formas de identidad que el diablo estaba dispuesto a adoptar, de donde se derivaba la frondosa y variopinta nomenclatura con que el uso popular y las descripciones científicas solían referirse a él, descubrió que había más de treinta formas diferentes de llamar a la Bicha y supuso que ésas eran sólo las formalmente clasificadas y catalogadas pues entre ellas no aparecía en absoluto la palabra más adecuada según él para definir el mal en los tiempos que corrían, el mal previsible, el que a todos y cada uno de ellos acechaba a diario y que a cada paso se revestía cínicamente de ropajes y manifestaciones ambiguas, confundiendo a las gentes y corrompiendo la propia religión, esa palabra no era otra que Franco, término que, Jaime estaba seguro, acabaría acompañando en el diccionario a otros como cachano, demontre, dianche o diantre, mandinga, patilla o diaño, sinónimos todos ellos de esa misma representación demoníaca a la que, años atrás, él mismo había sido capaz de derrotar, de modo que Enriqueta tenía razón, habían llegado los tiempos de la espada, resultaba imposible suponer que aquella política que perseguía a sangre y fuego a sus enemigos pudiera ser vencida o reemplazada por las palabras, por sonoras y justas que éstas fueran, no estaba muy seguro, sin embargo, de si era la agudeza de raciocinio de la chica o la dulce sensación de aquellas manos blancas y pequeñas posadas sobre su torso lo que verdaderamente le convenció, no se arrepentía de haber perdido la virginidad entre los lienzos austeros y gastados de la cama de Enriqueta aunque el sonido de las campanas de las Úrsulas, justo en el momento en el que le asaltó el orgasmo, le produjo una considerable confusión interna que a punto estuvo de cortarle la fenomenal avenida de líquidos y aromas en que se quedó desfondado, no sintió culpabilidad alguna por aquel generoso derramarse, pensaba que la ley de Dios no podía estar reñida con las de la naturaleza, la castidad era sobre todo un estado de la mente, o sea que no sólo no experimentó ningún sentimiento de corrupción tras el contacto carnal, no se preguntó lo que opinarían de aquello su madre o sus superiores ni experimentó estupor alguno, tampoco estaba convencido de que aquel descubrimiento de la mujer hubiera de marcarle en un futuro, más bien se consideró ungido desde entonces por una nueva sabiduría que le pertrechaba de felicidad y audacia cara a los poderosos desafíos que tendría que enfrentar. Mientras se vestía en silencio, para no despertar la duermevela de la compañera Cristina, apurándose, no fuera a llegar tarde a la oración de vísperas, contempló en la penumbra el cuerpo de la chica, desmadejado por el cansancio del placer, se inclinó sobre ella y depositó un beso en su frente.

—Lo que más me gusta de ti es cómo hueles —dijo entre dientes Enriqueta, luchando contra su lengua pastosa—, hueles a ángel.

Jaime Alvear cerró la puerta de la habitación y ella se quedó con la mirada clavada en el techo, dejando volar el pensamiento hacia la memoria de Manuel Dorado, su compañero de armas y bagajes, pronto estaré ahí, le decía en su última carta, ahora soy como le gusta a mi padre la gente, masculló ella en su interior mientras esbozaba una sonrisa pícara, mitad monja, mitad soldado, ¡por la vía vaginal, claro!, luego diose media vuelta y trató de conciliar otra vez el sueño.

Nueve

A Sebastián Miranda, Mirandita, le hubiera gustado una ceremonia íntima, lo mismo que a su hijo Carlitos, menudo rebote se llevó éste cuando le comunicó una noche, después de escuchar el telediario, su decisión de contraer esponsales, comprenderás, le dijo, que uno tiene sus necesidades, no voy a pasarme toda la vida de Dios a base de recortables, porque estoy seguro, barrunta, de que conoce mi manía de arrancar las páginas de las revistas y coleccionar imágenes de mujeres hermosas en ropa interior, aunque nunca me lo haya dicho, es un buen hijo, por eso y por muchas cosas, me encandila ver a las chicas de los anuncios de lencería fina, a mi edad me lo puedo permitir, uno sueña con lo que quiere, pero nunca se me había solivantado el ánimo hasta que conocí a Clotilde, es una gloria de mujer, está todavía lozana y reúne bastantes cualidades, católica como yo y roja como tú, le espeta a Carlos, recia de espíritu y fuerte de cuerpo, o sea que no sé por dónde le encuentras el inconveniente, desde luego la memoria de tu madre exigiría no hacer fiestas pero para Cloti ésta es la primera vez, quiere casarse de blanco, aunque sin cola larga ni nada de eso, se ha encargado un traje sastre barato y muy ponible después, habrá un agasajo en el Palace, seremos pocos, su familia es corta y yo sólo te tengo a ti aparte del tío Medardo, y Carlos que sea como ellos quieren, pero a Medardo no le puede ver ni en pintura desde que hizo el negocio de los autobuses municipales con suelo de cartón piedra, por su culpa casi muere un niño, la verdad es que es un corrupto, como Ansorena, como tantos otros, reconoce Mirandita, menos mal que yo pude escapar de eso, pero invitarles les tengo que invitar, a toda la tertulia, jugamos al chamelo casi a diario y son los únicos amigos que guardo, tú puedes convidar a los tuyos si te sientes más cómodo.

Clotilde Sampedro se había hecho mucho menos de rogar de lo que Mirandita habría esperado al comienzo de su relación y mucho más de lo que ella misma hubiera deseado. Aunque, superado el climaterio, presumía de no verse asaltada por otros apetitos que los gastronómicos ni otras pasiones que las religiosas y sociales, su prima Ambrosia, con la que convivía desde que ambas quedaran sin otra familia directa en la que apoyarse, la veía nerviosa, despendolada, después que trabara amistad con Sebastián, primero habían sido los trasnoches, a la pareja le dio por salir al cine después de cenar, entonces la última sesión comenzaba a las diez y media, incluso a las once, había tiempo de tomar algún pinchito y un chato antes de la película, luego vinieron las excursiones ocasionales, a Segovia, a Toledo, a Salamanca, procurando siempre coincidir con cualquier tipo de actividad apostólica, seminarios, congresos, reuniones, visitas concertadas, respetando ostentóreamente, según las chanzas de quienes les conocían, la bendita costumbre de alojarse en habitaciones separadas, por evitar habladurías y maledicencias, Clotilde, tú te tienes que casar, le dijo por fin Ambrosia mientras ambas

se limpiaban su mínimo maquillaje en el lavabo de
su apartamento, si no reventarás algún día, se te ve
con ganas de lo que nunca has hecho, como no to-
mes la decisión pronto se te pondrá tan dura la al-
mendra que ya no la podrás abrir de ninguna manera, si él no te lo propone asáltale tú, los hombres son
tímidos y los viudos andan siempre enredados con
la memoria de su muerta pero no se acostumbran a la
soledad, necesitan meterla en algún lado más que
ninguno, más que los curas, y sabes que de éstos me
doy por servida, más que los jóvenes que todavía no
lo han probado, seguro que te dice que sí a la mínima insinuación, Clotilde comprendía que la insistencia de alcahueta de su prima se debía a sus ansias
de quedarse sola con el piso, pues tenía una renta
asequible y muy razonable para el buen sitio en que
estaba, pero no dejaba de reconocer lo acertado de sus
argumentos y lo penetrante de sus observaciones, de
modo que un día de otoño en que Mirandita la llevó
a ver la última de James Bond se lo dijo mientras
masticaban, apresurados, una ración de tortilla con ce-
bolla y un par de croquetas en California 47, ¿por qué
no te has casado de nuevo, Sebastián?, y él, por Carlitos, por pudor, porque no me encuentro, porque
qué sé yo, por el qué dirán, ¿quién dirá qué, Sebastián?, nadie, nadie diría nada si me casara contigo,
Clotilde, pero sé que eso es imposible, tú te debes a
lo que te debes, ella se le arrimó, le quitó las gafas
nuevas que le había regalado cuando se conocieron
y le dio un beso en los labios, no se acordaba Clotilde desde cuándo no hacía una cosa así, la gente de su
edad no besaba en la boca, en su época escolar, cuando había sesión de cine, la monja operadora tapaba

131

con un dedo la proyección para evitar que se vieran en la pantalla los arrullos de los actores, yo sólo me debo a nuestro futuro, le dijo mientras apartaba de su rostro los labios húmedos de emoción, me debo a nosotros mismos y a la causa de los desheredados, quiero enseñarte mi universo, mi dedicación a los demás, que compartas conmigo inquietudes y desvelos, que te hagas solidario con el que sufre, débil con el débil y fuerte con el fuerte, te voy a enseñar a amar al mundo, Sebastián, con tal de que tú me enseñes a amarte a ti, me descubras los secretos de mi cuerpo, sacrifiques tu intimidad ante la mía y me instruyas en lo que nunca nadie ha sabido o querido hacerme, Sebastián se vio asaltado por una gran turbación, mayor aún cuando comprobó que volvía a experimentar ese hormigueo de la entrepierna que le buscaba también el bajo vientre, una desazón gloriosa que apenas le había acompañado durante sus años de matrimonio con Eulalia y que sólo de forma muy ocasional le sorprendía mientras apuraba el recorte de un minisostén de Triumph o de las últimas novedades en lencería de Playtex, no titubeó ni un instante a la hora de responder sí quiero, aunque su azoramiento subió de tono al comprender que era ella quien se le había declarado y no a la inversa, como hubiera mandado el canon, pero Sebastián Miranda sabía que él nunca habría dado paso semejante, nunca habría mancillado de esa forma la memoria de Eulalia ni suscitado así, de nuevo, el reprimido rencor de su hijo Carlos por más que ardiera en deseos de anudar su vida a la de Clotilde, era un hombre respetuoso con el pasado al que jamás se habría atrevido a desafiar por sí solo. De regreso a casa, henchido de sensaciones alegres y complejas, se abalanzó sobre el cajón de su escritorio, del que extrajo una carpetilla de cartón azul sujeta con gomas, en el interior se acumulaba una ingente colección de anatomías de papel con leyendas en francés, en inglés, en castellano, había expresiones tan sugerentes como «duerma usted el sueño de los ángeles» para definir la sensación otorgada por el uso de un camisón de seda virgen, Mirandita vertió con cierta prosopopeya sobre una palangana de zinc aquel amasijo de fantasías remotas, coleccionadas a lo largo de eternas tardes de tedio, consciente de la importancia para él de la ocasión, aplicó una cerilla al extremo de una de las páginas, en el mismo momento en que comenzaba a tornarse color café, la hoja impresa sufrió un retorcimiento, dejando ver el envés de un generoso escote publicado en un periódico de la mañana de Madrid, allí lucía, acosada por las llamas, la fotografía del general Milans del Bosch, nuevo presidente de la Junta de Fundadores y del Consejo del diario *El Alcázar,* periódico portavoz de la ultraderecha española, órgano político de la nostalgia, representante de la lealtad inmarcesible a los Principios del Movimiento Nacional, Mirandita se quedó perplejo al contemplar devorada por el fuego la efigie de tan insigne militar en compañía de un sinnúmero de pechos, caderas, pezones apuntados, depiladas axilas, ombligos como lágrimas y glúteos retadores de aquellas jóvenes valkirias con cuya silenciosa compañía había resistido tantas veces a la soledad, pensó entonces que los caminos de Dios son inescrutables y comprendió que, aunque él no quisiera nunca el mal de nadie, el sexo avergonzado y la opresión política habían sido condenados por su mano a un mismo infierno.

A varios kilómetros de distancia de la casa de Mirandita, mientras su foto ardía mezclada con anuncios de bragas y desodorantes, el general don Jaime Milans del Bosch y Ussía se subía a un carro de combate en el cuartel del Goloso, sede de la División Acorazada Brunete, tocado con una boina de tanquista y llevando anudado al cuello un pañuelo azul muy resultón que le sentaba bien a su porte de chuleta aristocrático. Nieto, bisnieto y tataranieto de generales, miembro de una saga en la que había tantos liberales y masones como golpistas, Milans del Bosch junto con Campano, primer alférez provisional de la guerra que había alcanzado el generalato sin cursar la carrera militar, era el líder castrense más respetado de la oficialidad española, sus muchos servicios de armas, su inequívoca virilidad, cualidad muy apreciada por la escala de mando, y la fortuna personal de que hacía gala, le distinguían de otros pusilánimes colegas, como Díez Alegría, al que el gobierno terminó por cesar al frente del Alto Estado Mayor, dada su complacencia con la oposición y su inveterada costumbre intelectual de preguntarse acerca del porqué de las cosas, o Gutiérrez Mellado, un individuo correoso y bajito al que sus colegas despreciaban, acusándole de haber hecho la guerra en las alcantarillas en vez de en las trincheras, agazapado en sótanos y cloacas del Madrid rojo asediado por los franquistas, a fin de transmitir mediante una radio de fabricación casera los informes de la quinta columna. Subido en la torreta de su blindado, con las gafas caladas y el pañuelo reventón a punto de sofocarle el bigotillo recién perfilado, el general Milans

del Bosch se soñaba a sí mismo como un Rommel
redivivo, cabalgando los carros de acero por las arenas del desierto africano, ese mismo, pensaba él, debía
de ser su inmediato destino ante la inconcebible ofensa que el rey de Marruecos se había permitido hacer
convocando la Marcha Verde sobre la frontera del
Sahara español, el territorio del Río de Oro había sido botín de la guerra de África a finales del siglo XIX,
después de que el general O'Donnell, cuyo apellido
foráneo en nada desdecía de su patriotismo, se em-
barcó en la prestigiosa aventura de compensar las
pérdidas coloniales en América con ganancias sus-
tanciales en el Magreb, a fin de que España pudiera
seguir siendo imperio incluso en el ocaso de su decadencia, sometidos aquellos lugares desde entonces
a la Administración española, el Generalísimo optó
por convertirlos en provincia después de la derrota
de Sidi Ifni, de la devolución del protectorado al rey
Mohamed de Marruecos y de la inevitable disolu-
ción de la Guardia Mora, la policía personal del Caudillo compuesta por marroquíes ex combatientes in-
munes a las conspiraciones domésticas españolas, pero
desde entonces y, sobre todo, desde que se descubrieron importantes yacimientos de fosfatos en aquellos parajes, las reclamaciones del trono alauita sobre ellos no habían cesado. La política africanista de
la dictadura era coto reservado de Franco y apenas
admitía en ese trámite consejos que no fueran los de
su valido, el almirante Carrero, entre ambos decidieron que convenía sostener la soberanía española en
el Sahara como muro de contención frente a las reclamaciones respecto a Ceuta, Melilla y las mismísimas
Canarias por parte del Istiqlal, el partido naciona-

lista que nucleaba el poder del trono en Rabat, por los mismos motivos, cuando la presión descolonizadora fue imparable y España tuvo que desprenderse de Guinea Ecuatorial, Madrid comenzó a apoyar la independencia o, cuando menos, la autodeterminación de los territorios saharauis, en una alianza espuria con la política del gobierno revolucionario de Argel, que prometía a cambio los réditos del gas natural hallado en su subsuelo, y con los anhelos de la mayoría de la izquierda española que de manera imprevista se vio satisfecha por actitudes y declaraciones de los jefes y oficiales españoles destinados en El Aaiún, pero la primera enfermedad del Caudillo en el verano de 1974 y el declive formidable de su anatomía en los meses recientes animaron a la corte alauita a reclamar el Sahara para su bandera y el mismísimo 20 de octubre de 1975, cuando un parte oficial anunciaba una dolencia griposa del jefe del Estado que todo el mundo interpretó como el primer aviso de su estrepitoso eclipse, su majestad Hassan II lanzó la consigna de realizar una marcha pacífica de miles, cientos de miles, de ciudadanos marroquíes sobre el Sahara Occidental, seguro de que los soldados españoles no serían capaces de disparar contra civiles desarmados, de modo que en esas mismas horas de la agonía de Franco, el general Milans del Bosch, zorro español del desierto, condecorado por su valor con la medalla militar individual, se muerde las uñas encaramado a la tribuna de su tanque y se atusa el bigote una y otra vez, reconcomiéndose de ira, preguntándose qué carajos hace él allí plantado en las estribaciones de la serranía madrileña, cuando podía estar contemplando desde su atalaya de guerrero el pedregal del Sahara, y cómo es posible que no le hayan colocado al mando de las tropas que defienden la frontera de España, el desierto de España, el África de España, frente a esa chusma a sueldo que osa desafiar a nuestras milicias.

— Lo que sucede es que ya no queda de lo que no hay —le explica Primitivo Ansorena a don Epifanio Ruiz de Avellaneda, mientras alzan una copa de cava para brindar por la felicidad de Sebastián y Clotilde—. Hemos sido valientes para fusilar a los terroristas del FRAP y de ETA y nos tiembla el pulso a la hora de disparar al moro, está claro que, como Franco se muere, nadie sabe ya dónde poner el culo para ver si lo salva.

—Lo que me gusta de ti, coronel —interrumpe Ataúlfo Sánchez—, es que no tienes pelos en la lengua, yo también creo que Arias Navarro está llevando lo del Sahara fatal, pero es que lo lleva todo mal, nos deberíamos organizar para la que se viene encima.

—¿Os parece que está poco organizado?, ¡pues sólo nos falta que nos pongan a todos a marcar el paso! —tercia, socarrón, don Epifanio—, lo que no entiendo es esa manía de apoyar a los argelinos frente a los marroquíes, será por lo del gas, supongo, en lo que hay muchos intereses catalanes.

—El Caudillo es el único que sabe cómo tratar a los moros, con él enfermo nadie es capaz de tomar decisiones —sentencia Ansorena.

La pequeña fiesta que Mirandita prometió por sus nupcias se ha convertido en un banquete para cerca de cien comensales, no faltan la música de violín del conjunto del hotel, la tarta con la parejita

de novios coronando la cumbre de nata y espuma de
limón, ni el baile que han de abrir los recién casados
a los compases del *Danubio Azul*, un día es un día, se
habían dicho Sebastián y Clotilde a la hora de dise-
ñar los fastos, al fin y al cabo nunca más volverían a
casarse en la vida, comentó ella, Mirandita dejó caer
avergonzado los párpados al oír tamaña aseveración,
luego pensó que siempre existen causas de fuerza mayor en nuestra existencia, que el hombre propone y
es Dios el que dispone, no tenía que arrepentirse de
nada de lo hecho, ni de lo pasado ni de lo porvenir, sentadito en la presidencia de la cena, contempla ahora el panorama de su vida futura, al fondo de
la sala, una mesa llena de curillas progres, amigos o
conocidos de las aventuras apostólicas de Clotilde,
degluten con fruición su magret de pato mientras
escuchan el verbo vehemente de Jaime Alvear, recién nombrado coadjutor en un barrio dormitorio
de Madrid y al que la Sampedro conoció, hace apenas semanas, durante una visita apostólica, quedan-
do subyugada de inmediato por ese olor especial que
desprendía su cuerpo, inundando todo cuanto su halo era capaz de alcanzar, Jaime explica ahora las contradicciones inherentes a las actuales relaciones Igle-
sia-Estado, protesta por el silencio ominoso de los
prelados tras las ejecuciones, en septiembre, de cinco
activistas pertenecientes a la extrema izquierda y el
nacionalismo radical vasco, aunque a éstos les fusilaron, que dicen que es más elegante, no les dieron
garrote como a Puig Antich, les hicieron juicios militares, sin garantías ningunas, estaban condenados
antes de comparecer ante el tribunal, lo único que
pretendía el régimen con aquella carnicería era un

escarmiento fuerte en momentos de debilidad como los que atraviesa, lo único que se persigue es la
política del miedo, a la que es preciso no sucumbir
porque ya todo está cambiando, él puede dar testimonio personal de que la fuerza de la fe es capaz de
vencer al peor de los demonios, de pronto sus ojos
se cruzan con los de Enriqueta, sentada con modosa
compostura a una mesa cercana, aquí situaremos a los
amigos de Carlos, había dicho Mirandita a la hora
de organizar el protocolo, para que le sea menos abu-
rrida la velada, con lo que la camarada Cristina se
encuentra ahora rodeada de Alberto Llorés y su mujercita, Marta, de Eduardo Cienfuegos y la suya,
Carmen, y de Carlos Miranda, el hijo del novio, que
la convenció con argumentos banales para venir de
Salamanca y no cesa de acosarla, demasiado para el
cuerpo, incluso para el mío, piensa Enriqueta, no
veía a Jaime desde que se ordenó y le enviaron a
Orcasitas, parece que hoy en día los curas se fabrican
más rápido que antes, se burló de él cuando le dio la
noticia de su ascenso al sacerdocio, pues si te mandan fuera dejarás de joder con Cristinita, porque no
estoy para seguir a nadie, ya te saldrá al paso una
feligresa cachonda, concluyó, Jaime recuerda con nitidez aquellas palabras, las últimas que había oído
de la chica hasta que se topó con ella a las puertas del
hotel, ¿tú también en esta boda de burgueses?, burgueses ya no quedan, replicó ella con su rapidez
acostumbrada, sólo fachas o demócratas, ¿sabes?, no
encontré a la feligresa que me augurabas, ironizó el
sacerdote, no encontré a nadie, tampoco lo busco...
Era mentira, es mentira, la busca a ella, desde detrás
de la cortina de humo que levantan los cigarros y las

139

velas, desde detrás de la historia del tiempo y del futuro, desde detrás de su imborrable recuerdo, las campanas de Santa Úrsula sonando al compás de sus gemidos, aquel descubrimiento de la luz, del imprevisible olor a sal de su cariño, Jaime buscaba y busca a Enriqueta incluso sin saberlo, sin proponérselo, ella le sonríe, es la segunda vez que lo hace en esta noche, mientras Eduardo Cienfuegos se revuelve incómodo en su silla y sujeta la mano de Carmen, se está portando bien, aguanta el tipo frente a la antigua amante de su marido, es que Carmen ha madurado, todos maduramos en la vida, todos acabamos aceptándonos a nosotros mismos y, ¡qué caray!, a nuestra edad no va a pretender que me pase la vida entera sin mirar a ninguna otra, Mirandita ha colocado en la presidencia al padre de Eduardo, propietario y gerente de La Comercial Abulense, y a doña Amelita Portanet, aquí mi señora, más que nada para que se hagan mutua compañía con su hermano y con el coronel divisionario Primitivo Ansorena, empleado de La Comercial y coautor de la fechoría aquella de los autobuses con suelo de cartón piedra importados del Este, el caso le costó su puesto en un ayuntamiento de provincias al infeliz ambicioso de Medardo y un enredo judicial, que todavía dura, a Ataúlfo Sánchez, movido por su avaricia no tuvo mejor idea que prestar su nombre y su prestigio como representante de una firma de automóviles para obtener el permiso de importación de los vehículos, Ataúlfo es tan maleducado con las señoras que si son feas no les hace caso, ni mira a la que tiene a su lado, la prima Ambrosia, muy acicalada ella, nerviosa en la actitud, esparciendo constantemente la vista a su alrededor en procura de alguien o algo que, de antemano, sabe no habrá de encontrar por lo que, al final, su mirada recala en Sebastián Miranda, Mirandita para los amigos, que en ese momento entorna los ojos y se deja arrastrar por una inopinada sensación de felicidad, hasta Carlitos parece haberle perdonado la traición a la memoria de su madre, el chico está ahora enfrascado, ensimismado, en agitada conversación con su compañera de cena, una joven esmirriada y de gesto abrupto de la que ocasionalmente ha oído hablar como militante de alguna de las izquierdas por ahí desperdigadas, feúcha de cara, con gafitas de sabelotodo y aire insumiso, a lo mejor, supone Mirandita, se transforma en la cama, luego se avergüenza de tan lascivo pensamiento, impropio de él, más impropio todavía el día de su boda, y acaba sublimándolo en una frase con la que implora secretamente el perdón de su flamante cónyuge, todas las hembras se vuelven hermosas en el éxtasis del amor, recita sorprendido de su capacidad literaria, la sonrisa templada que le devuelve a hurtadillas Clotilde Sampedro así se lo confirma, y a Sebastián Miranda, Mirandita para los amigos, le entra entonces una especie de apretón, como una cagalera del alma, y siente unas enormes ganas de ponerse a recortar fotografías de mujeres desnudas.

Diez

Ajustose el pantalón y comprobó que tenía subida la cremallera de la bragueta. Desde que Caobita le dejara para aparearse con un comisario de policía, Cipriano Sansegundo rondaba los burdeles sin éxito, en busca de una suplente que pudiera emularla, durante su estancia en Salamanca dio con una filipina diminuta y simpática, que había llegado al país de la mano de las Hermanas de la Caridad con destino al servicio doméstico, sodomizada por el señor de la casa, esclavizada por la señora y abusada por los señoritos, optó por abandonar su trabajo en el seno de aquella cristiana familia y se dejó hacer por un gitano de Córdoba que, al lema de «ancha es Castilla», la paseó por varias capitales de provincia, atrayendo la atención de estudiantes universitarios y obreros del metal, Flor de Lis era activa en la cama y en la conversación, le gustaba la música de los Beatles, que en realidad descubrió gracias al propio Cipriano, y no tenía convicciones políticas, aunque pensaba que los pobres deberían levantarse, algún día, contra los ricos y ganarles, de modo que Sansegundo se encontraba a gusto en su compañía a pesar de que, durante los meses que mantuvieron relaciones, la chica se opuso tajantemente a regalarle el pis, desoyendo las insistentes demandas del sindicalista, y argumentando con la muy débil excusa de que,

según no se sabía bien qué tradición oriental, uno sólo debe beber de su propia orina, a fin de evitar infecciones y no impregnarse de aguazas raras. De vuelta
a Madrid, otra vez por indicación del partido, que
rivalizaba con el sindicato en cuanto a órdenes, ahora te vas y te escondes, ahora vuelves y te dejas ver,
Cipriano se instaló en su pisito de la Guindalera y
decidió no pisar nunca más el bar donde había frecuentado a Delfina Ngó, la Caoba, después de que
una noche empujó su puerta y el barman, entre compungido y contrito, le puso al tanto de que se había
esfumado hacía tiempo, añadió que el local era otro
sin el aliento de sus fauces inmensas y su sonrisa en
cinemascope, sorprendido por la cursilería con que
el camarero intentaba drenar el dolor de su cliente,
Sansegundo comprendió que, sin Delfina, nada se le
había perdido allí, desde entonces se dedicó a vaga-
bundear por los cafetines del barrio viejo, en procura de busconas algo exóticas a las que no importara
mojarle un poquito y disfrutaran cantando *Yellow
Submarine* mientras lo hacían, pero el precio de la
lluvia dorada había crecido mucho más que la inflación con lo que sólo muy ocasionalmente podía permitirse tales goces, de resultas de lo cual aumentó
en gran medida su productividad política, le sobra-
ban tiempo y ganas en el servicio al partido y al sindicato. Una vez seguro de que la cremallera estaba
arriba, duda que le asaltaba con frecuencia cada vez
que salía del prostíbulo, fijó la vista en la placa de la
puerta, D. F. podía significar Dámaso Fernández, o
Distrito Federal pero las siglas correspondían a la
sociedad de estudios Democracia Futura, que había
asentado sus reales en plena calle de Claudio Coello,

apenas unos metros más arriba de donde mataron al almirante, en su camino, Cipriano Sansegundo dio un breve rodeo para pasar frente a la iglesia de los jesuitas, no había ramos ni coronas de flores en el lugar del bombazo, recordado sólo por una escueta placa que campaba en la pared de ladrillo en homenaje al presidente del gobierno asesinado por ETA, la sociedad española, pensó Cipriano, era más que desmemoriada, había echado borrón y cuenta nueva sobre aquellos hechos de los que se responsabilizaba a un joven con cara de niño y gafas de empollón, ahora todas las preocupaciones, todas las miradas, confluían, en cambio, hacia la ciudad sanitaria de La Paz, un complejo hospitalario de las afueras de Madrid que constituía el orgullo del régimen y en el que el marqués de Villaverde, yerno del Caudillo, había realizado el primer trasplante de corazón de la historia de la medicina española, dicen que porque sin ser un genio contaba con las mejores ayudas imaginables y con la patente de corso que le evitaba pagar cualquier culpa si sus experimentos fallaban y el enfermo se quedaba en la mesa de operaciones, allí se había construido también el primer helipuerto de la capital para facilitar el transporte de heridos y enfermos graves en helicópteros-ambulancia que posaban sus cuerpos de libélula en la terraza del edificio principal, aunque en seguida prohibieron su uso porque hubo un accidente y no estaba bien visto que los hospitales en vez de curar heridos los produjeran, y allí agonizaba desde hacía días Francisco Franco Bahamonde, víctima de un total desmoronamiento de su cuerpo, un fracaso absoluto de su anatomía contra el que denodadamente luchaban docenas de galenos y de cortesanos, ávidos de prolongar la vida del dictador a cualquier precio, mientras en el exterior de la clínica velaban noche y día cientos de jubilados, amas de casa, ex combatientes, tullidos, funcionarios de jornada intensiva, parados sin rumbo y visitadoras del Corazón de Jesús, también algunas trinitarias, aglomerados todos en su congoja, rezándole al Supremo por la sanación del cuerpo del Caudillo pues bien sabían que la del alma no habría de necesitarla, habida cuenta de su inmaculada trayectoria de caballero cristiano, entre plegaria y sollozo susurraban entre ellos, está peor, está mejor, acerca de la quebrantada salud del egregio enfermo, los teléfonos de las redacciones, de los despachos ministeriales, de las organizaciones clandestinas, de las multinacionales, de los líderes del sindicato, de los bufetes laboralistas, sonaban a cada instante para transmitir el parte secreto de la enfermedad, oculto por los términos científicos y los eufemismos apropiados utilizados por el poder en sus comunicados formales, se trataba de tranquilizar al pueblo, de evitar algaradas, de controlar el orden público, de garantizar la sucesión, amarrada y bien amarrada, como todo había permanecido en el país durante décadas. Está mejor, está peor, los mensajes recorrían los cenáculos, los restaurantes de lujo, los talleres de los diarios, las cancillerías de las embajadas, las sacristías de las catedrales, los puestos de la Guardia Civil, las gentes se saludaban no con un buenos días o un buenas tardes sino con esas jaculatorias que describían una realidad invisible, tan temida como anhelada, está mejor, está peor, sin explicar a qué o quién se referían, paralizado el país en sus decisiones, en sus sueños, en sus determinaciones, aguardando un suspiro postrero que borrara su historia, que la maldijera, que la recuperara, que pasara la página de las guerras y los enfrentamientos para abrir el capítulo de las incertidumbres, está mejor, está peor, prolongando la agonía del hombre en la de la sociedad entera, refrenando los ánimos, apurando las disposiciones adecuadas, enviando de tapadillo el dinero hacia Suiza, manteniendo siempre lleno el depósito de gasolina por si hay que huir de pronto, al menos que lleguemos hasta Burgos, es zona nacional.

—Está definitivamente peor, de esta noche no pasa —el camarada Lorenzo escrutó el semblante cómplice de su interlocutor, tanto tiempo sin verse, sin hablarse—, por eso vengo aquí, para explicar nuestros planes, el partido lo tiene todo previsto, no hay que temer, la población puede estar tranquila, aunque nos preocupa el ejército, necesitamos vuestra colaboración tanto o más que vosotros la nuestra.

Alberto Llorés tardó en contestar.

—¿No me preguntas por Marta?

—¿Marta?, ah, sí, Marta... está bien, supongo, hace tanto que hemos perdido el contacto... guapa chica, trátala como es debido, ¿qué hace ahora?, ama de casa, claro, todas acaban siéndolo, también Enriqueta, ya lo verás, es cosa de tiempo, a ella la he visto a menudo, vivíamos juntos en Salamanca, quiero decir en el mismo piso, andaba por allí Jaime Alvear, ¿te acuerdas de Jaime?

Alberto le dice que coincidió con ellos en una boda en el Palace y el solo nombre del hotel le revuelve a Cipriano sus recuerdos, cuando tuvo que huir la noche en que mataron al almirante, esa noche nos persigue a todos desde entonces, y Ramón, el pri-

146

mo de Alberto, le dio acogida en su habitación, nunca había dormido el camarada Lorenzo entre sábanas tan limpias.

—Pero no he venido para grabar un programa de ésta es su vida —se interrumpe a sí mismo en sus evocaciones—, sino para informarte, es una visita oficial, programada, como quieras llamarlo, sois Democracia Futura, ¿no?, me hace gracia, antes era la oposición la que utilizaba estas tapaderas de las sociedades de estudios, los aperturistas vais aprendiendo de la izquierda... bueno, pues el futuro ya está aquí, ahora sólo queda hacer la democracia.

Tras su dimisión del ministerio, Alberto se había unido a un grupo de burócratas y funcionarios expulsados del aparato del Estado o reciclados ellos mismos en la vida privada habida cuenta de sus tendencias aperturistas, imposibles de sostener en un entorno que redactaba leyes, ejecutaba sentencias, armaba batallones y elaboraba teorías que permitieran construir el franquismo sin Franco. Los todavía mentores del maltrecho espíritu del 12 de febrero, cuya sola remembranza había devenido en un hecho subversivo, montaron aquel despacho de influencias que contaba con la complicidad de antiguos amigos, hogaño colocados en empresas públicas y organismos autónomos. Notarios, registradores de la propiedad, catedráticos de la Complutense, abogados en ejercicio, columnistas del grupo Tácito e incluso algún viejo zurupeto de la bolsa de valores contribuían a nuclear la operación que, en su vertiente profesional, bastaba para solucionar los problemas de supervivencia de las víctimas de la caverna falangista, arengada siempre por los rugidos lejanos del León

de Fuengirola, una fiera ya renqueante, apoyadas como tenía las zarpas en un bastón, únicamente su
melena y una expresión de depredador cansado producían cierto aspaviento temeroso entre quienes se
topaban con él. En lo político, aquel club de dile-
tantes había devenido en la flamante Democracia Futura, embrión de lo que, Alberto estaba seguro, sería
antes o después una asociación, un partido, cualquier
cosa que sirviera para que la burguesía del régimen
encontrara una manera confortable de acomodarse a
los tiempos que se avecinaban, cualquier vía para que
las masas no se echen a la calle, ni el ejército tenga
que intervenir, para que no haya revanchas ni tengamos que huir como los portugueses, Tajo arriba, Tajo
abajo, nadando a contracorriente aprovechando las
noches sin luna, para salvar el pellejo y las joyas de
la familia de la barbarie comunista que invade Lusitania, ¿porque hacia dónde nadaríamos nosotros, con
los moros enardecidos por lo del Sahara y los franceses ayudando a ETA?, ¿hacia dónde puede huir el
franquismo que no sea hacia el centro de la tierra,
lugar del fuego y de los señores de la sombras?
    —La cuestión reside en los poderes fácticos,
Ejército, Iglesia, oligarquía financiera —explica el camarada Lorenzo—, ahí está el poder, de cómo se com-
porte dependerá también la conducta del pueblo, los
curas y los banqueros no cuentan, los primeros están controlados por Roma, Tarancón colabora, a los
ricos la democracia les viene bien, viajan, se relacio-
nan, no son los cortijeros de siempre, saben que si en-
tramos en Europa ganarán más dinero, se han acostumbrado a hablar con los sindicatos de clase, son
los primeros que están hasta la coronilla de Franco,

no hay nada tan desagradecido como el dinero, nosotros lanzaremos una gran operación de masas, no
sé cuándo, muy pronto, ¿que quiénes somos nosotros?, esa pregunta ya la he oído demasiadas veces,
nosotros somos los comunistas, claro, contrariamente
a los viejos amigos nunca he dejado de serlo, no me
van los grupúsculos, están más que infiltrados, tampoco me ha llegado la hora del retiro, nací para luchar,
lo dicho, una operación de masas, no una revolución, que los militares sientan presión, pero no tanta
que saquen los tanques a la calle, quizás una huelga
del transporte, el metro por ejemplo, son cosas que
sensibilizan a la gente, lo importante es transmitiros
que no hay nada que temer, la derecha decente puede andar tranquila, estamos por la democracia, no por
la revancha, tú sabes que el partido, el sindicato, son
lo único organizado que existe en la oposición, cuando
el poder empiece a buscar cobijo, cuando huya ante
la amenaza del vacío y perciba el vértigo de la nada,
o sea, cuando las ratas abandonen definitivamente el
barco, ahí estaremos nosotros para dar estabilidad al
conjunto, al fin y al cabo, los comunistas siempre hemos sido gente de orden.

Previsiones no había, el rey duraría poco, eso
era seguro, Juan Carlos el Breve sería un rey impuesto, un rey franquista, un rey gazmoño, ¿tú no crees,
Cipriano, que la experiencia de su cuñado, el griego,
le hará pensar?, a ése lo echaron los militares, habrá
aprendido la lección, los reyes lo que quieren es rei-
nar, lo demás les importa una higa, y Cipriano, pues
claro, los reyes no piensan, no son como los demás
mortales, no se juntan con ellos, sólo los utilizan,
cuando les conviene los dejan caer, es que un rey es

una cosa muy rara en los tiempos que corren, puntualiza Ruiz de Avellaneda ante el auditorio de su tertulia, tan preocupada hoy por los rumores que se esparcen insidiosos, está peor, está mejor, los reyes son personajes mitológicos, villanos de leyenda, por ejemplo tú, Ataúlfo, o tú mismo, Primitivo, a todos se nos puede pasar, es una locura, claro, pero en fin, se nos podría pasar por la cabeza ser lo que quisiéramos, presidentes de la República, no sé, cualquier cosa, aunque seguro que reyes no, lo de ser rey no se le puede ocurrir a nadie que no haya nacido para ello, don Juan, el príncipe, Carlos Hugo —que apenas habla español, pero está casado con hija de reyes—, hasta su hermano Sixto, líder del ala dura carlista, tienen esa ambición porque se recibe en la cuna y se transmite por derecho divino, de generación en generación, los reyes son de otro mundo, los decapitan y en seguida viene su resurrección, son como la hidra de las muchas cabezas, le seguimos dando vueltas a la identidad de la princesa Anastasia cuando es bien sabido que la familia entera del zar fue pasada a cuchillo, ¿y qué decir del duque de Anjou y los otros pretendientes al trono de Francia, siglos después de que la guillotina hiciera su trabajo?, claro que en España, que yo sepa, todavía no ha pasado ningún rey por el garrote vil, por eso será todo bastante más fácil y Juan Carlos, si el ejército le apoya, reinará mucho tiempo.

—Tú decías que a Franco le hubiera gustado coronarse —apunta Ataúlfo.

Claro que le habría gustado, ¿a quién le amarga un dulce?, pero tampoco lo necesitaba, tuvo más poder que nadie en este siglo de España, bueno, tuvo y tiene, que todavía respira, a este paso, interviene Primitivo Ansorena, puede que se muera en la misma fecha en que fusilaron a José Antonio, a lo mejor no es una casualidad, sino una decisión, tercia don Epi, los jefes de Estado no fallecen cuando Dios quiere sino cuando conviene al Boletín Oficial.

—Nosotros estimamos —aclara el camarada Lorenzo— que hará falta convocar un gobierno provisional, de concentración o algo así, con todas las fuerzas democráticas representadas, pero antes es preciso ver qué hacen los militares y también los primeros movimientos de don Juan Carlos, coronarle... seguro que le coronan, pero su padre no tragará, la escisión primera será entre los monárquicos, a lo mejor tiene un rayo de lucidez, a lo mejor nombra a Areilza o a alguien de ese porte para jefe de gobierno, alguien con quien se pueda hablar, a Fraga no me lo creo, es un fascista que sólo se ha disfrazado de demócrata cuando ha perdido el poder, si lo recupera volverá a las andadas, a explicar las ejecuciones, a justificarlas como un mal menor, genio y figura, Alberto, Franco muere matando, que es lo suyo.

Y Alberto, que agradece el recado, que lo pasará a los demócratas futuros, que las cosas se están poniendo mal, todo el mundo tiene mucho miedo, el bloqueo internacional ha sido impresionante, la escalada terrorista para qué te cuento, ya no es sólo ETA lo que más preocupa, están el FRAP, los troscos, los anarcos, los prochinos y hasta los portugueses, han asaltado la embajada en Lisboa a toque de corneta, parece que todo el mundo se ha puesto a disparar mientras los moros invaden el Sahara, la inflación vuela desatada, pues la lluvia dorada aún peor, carísima del todo, piensa Cipriano, ahora siente una especie de escozor en el glande, ¿a ver si la zorra esta me ha contagiado unas purgaciones, o algo más grave?, pero no se rasca por respeto, no vaya a desmoronarse su discurso por culpa de una gonorrea de aúpa, esto no va a ver quien lo controle, reconoce Alberto mientras despide a Cipriano en la puerta del ascensor, el rey no podrá, no tiene experiencia, la oposición no podrá, no tiene experiencia, aquí se va a armar una de mucho cuidado.

Está peor, está mejor, no, ahora sí que está muchísimo peor, o sea que envido a la grande, presume Artemio Henares en el mus, hay cuatro mesas, cinco mesas de jugadores, cada mesa de redacción es una mesa de juego, incluso esa hermosa pieza que perteneció a *La Correspondencia de España* frente a la que sienta sus reales Artemio, el ogro Henares, con el pistolón en una repisa bajo el tablero, por si las moscas, no vaya a venir alguien al que haya que descerrajarle un tiro, igual se lo pego a éste si me gana el órdago, son tantas horas de espera, tantos días y noches, está peor, está mejor, parece que ayer se levantó, ¡no jodas, sería su fantasma!, de modo que al final el director tuvo que transigir con lo del naipe, al mus vale, pero no al póker, si los muchachos tienen que hacer guardia que no se aburran, que no se vengan abajo, que estén todos a pie de rotativa cuando la cosa suceda, quiero el envite, dice Eduardo y le guiña un ojo a Lourdes, su compañera en las cartas, la han ascendido desde que cubrió la información del magnicidio de Carrero, de becaria a indefinida, de puta base a redactora de plena disposición, no será tan plena, imagina Eduardo, pero a lo mejor sí es tan puta, po-

días haber envidado más, dice ella y foto Liborio sonríe, ¡uy, se te nota cara de duples!, las mujeres no sabéis jugar al mus, ni conducir tampoco, ¡vete a tomar
por saco, rico!, contesta ella, está mejor, está peor, el
último parte informa de unas recidivas en el intestino grueso, pero ¿no le habían quitado las tripas?, de
un aumento de la temperatura, ¿no le habían hiber-
nado?, de que el padre Bulart le ha administrado los
santos óleos y el Príncipe de España ha salido de la
clínica con gesto serio y preocupado, envido a la chica, jugador de chica perdedor de mus, se cachondea
Eduardo con gran jolgorio, ¿qué nos apostamos?, pregunta Liborio, el café y los churros, pues entonces
quiero, está peor, está mejor, Artemio Henares tiene cerrada la edición, a punto desde hace días, semanas, todavía duda sobre la cabeza de primera, Artemio es muy indeciso en cuestión de titulares, HA
MUERTO FRANCO parece el lógico, o si no, FRANCO
HA MUERTO, aunque todo el mundo lo va a saber
cuando salga el diario a la calle, ya lo habrán dicho
en la radio, en la televisión, nada, nada, piensa Artemio, en estos casos hay que titular para las heme-
rotecas, corto y rotundo, llevamos diez, veinte años,
toda la vida esperando publicar esta noticia y no nos
vamos ahora a hacer la picha un lío, ¡ah, no!, no tengo
juego, pero paso al punto.

—¿Sabes quién me ha venido a ver hoy?
—pregunta Alberto, y Marta ni idea—. Tu camarada Lorenzo, me dio recuerdos.

—Ah... he visto que a Francisco Alvear le
anuncian en la cartelera de un teatro, parece que le ha
ido bien después de la huelga de actores, ¿te fijas que
en poco tiempo han vuelto a aparecer todos, bueno,

casi todos los del grupo?, el destino se empeña en reunirnos, sólo queda Gerardo Anguita.

—Ha hecho mutis por el foro, dicen que se afilió a los socialistas y pidió una excedencia en la universidad, estará escribiendo un libro, vete a saber.

Marta se acurruca en el lecho, la noche llovizna, hace frío, él se inunda de aquel olor intenso a humanidad y frescura, el pálpito del cuerpo pegado al suyo, los pechos como tórtolas, luchando con las cintas del pijama, jadeando rumbo a su cielo, otra vez la zozobra, interminable angustia, la lengua inquisitiva, devorador gusano de su identidad, la piel electrizada, el gemido profundo, la alegría, ese espasmo viscoso que se derrama entre voces de aliento, de asombro, de entusiasmo, está peor, está mejor, dice Cipriano que movilizarán las masas, ¿dónde están las masas, entonces?, en los campos de fútbol, en el cine, en el teatro, Francisco Alvear actúa con la compañía de José Luis Gómez, hacen *La irresistible ascensión de Arturo Ui,* gran éxito de público y crítica, desde que prohibieron *El círculo de tiza caucasiano* Bertolt Brecht se ha convertido en el primer agitador antifranquista, en los entreactos Francisco se abalanza al teléfono para saber del último parte, está mejor, está peor, Arturo Ui es una parodia de Hitler, una parodia de Franco, de modo que la policía ha entrado esa misma noche en el teatro y los ha detenido a todos por burlarse del enfermo matón que agoniza en la clínica mientras las masas, antes de soliviantarse, se arremolinan en los merenderos de la Casa de Campo las tardes de sol, los domingos por la mañana atiborran de coches la carretera de La Coruña, se confunden, se mezclan, se aturullan, camino de cualquier bailongo,

en los pasos de cebra de la Gran Vía, aún se llama
avenida de José Antonio pero será por poco tiempo,
ya lo verás, dice Marta, lo primero que tiene que hacer cualquier revolución es cambiar los nombres a las
calles, como en Lisboa, ¿aunque de qué revolución hablamos que no sea la sexual?, hablamos de la revolución verdadera, responde Manuel Dorado, aterido bajo la manta que Enriqueta le presta, luchando
inútilmente por acercarse a ella, por posesionarse de
algo que le pertenecía, ¿qué creías, Manolito, que te
iba a guardar eternamente la ausencia?, no pienses
que te he cambiado por nadie, ahora estoy sólo conmigo misma, hablamos de la revolución que sólo se
construye con violencia, de la victoria de la fuerza
sobre el miedo, mientras Cristina le rechaza mirándole profundamente a los ojos desde detrás del añil
de sus pupilas, diciéndole en silencio no te quiero,
ya no te quiero, Manuel, jamás te quise, fui tu maestra de amor pero no seré tu cómplice en la cama sino en la trinchera, la cavaremos juntos, ahora que
definitivamente se muere ese hijo de puta, está peor,
peor, peor, a la fuerza con la fuerza, peor, peor, peor, a
la violencia con la violencia, Manolito, deja ya de intentar meterme mano y aprende que la revolución
es un camino sin retorno, pero el amor siempre se
da la media vuelta.

Once

Se llamaba Werner y era austriaco, había cursado estudios de ingeniería mecánica antes de ingresar en la Legión y en Uad-Lau construyó una veleta, para el edificio más alto del regimiento, que simulaba la figura de un oficial en posición de saludo. Cuando soplaba el viento, el monigote presentaba el arma. Las gentes se extasiaban con el espectáculo, los ritos son esenciales al espíritu castrense, sirven para elevar el ánimo de la tropa, para simbolizar la entrega y el respeto a nuestra profesión, por eso los militares visten de gala en el día de la muerte, jefes y oficiales han de honrar el uniforme en las fechas señaladas, cuando llegas y cuando partes, cuando rindes banderas a la alcurnia, fusilas a un reo o participas en un consejo de guerra, también en las procesiones de la Semana Santa. La existencia de un guerrero está justificada por la grandeza que es capaz de expresar en su última batalla, y mi biografía se resiste a este final ténebre, desnudo de altiveces. Me hubiera gustado trasponerme, como el Churruca de mi relato, hundiéndome al frente de mi barco, en el puente del crucero, luciendo las charreteras doradas, la botonadura del ancla, abrazado al escapulario del Carmen, saludando a los cielos y gritando ¡viva España! o, por lo menos, ser como la veleta del austriaco, capaz de exhibir el sable en solemne actitud en cuanto la brisa se levantaba un poco, en cambio estoy postrado, ajeno a cuantos me rodean, ajenos ellos a mí, si ya estoy destruido, ¿por qué no me amortajan, en vez de tenerme aquí, abatido, vencido, desnudo, como un agutí listo para el experimento final?, ¿no comprenden que acabaré muriéndome de asco?, precisamente el asco, la náusea vital de nuestra época, nos incitó a sublevarnos a los españoles de bien contra los gobiernos masones y corruptos, la canalla obrerista que asolaba las calles y los campos, atufando el ambiente con hedores vínicos, palabras soeces, blasfemias de renegados, ¿quién podía permanecer impasible ante tanta repugnancia? Las logias decidieron la quema de conventos y el populacho, animado por sus cabecillas sindicales, se desató en una orgía irreverente y sacrílega ante el asombro y la indefensión del pueblo, la nuestra no fue una acción de guerra ni una agresión a nadie, fue un acto defensivo en nombre del honor y de la patria, pisoteados ambos por la fanfarria horrísona de los partidos, la arrogancia de los incompetentes, el egoísmo de los ricos y la ignara ambición de las masas. Aquello no podía continuar, España, la nación más amada por Dios Nuestro Señor, despertó de su letargo, harta de tanta ignominia liberal, de la maldad de las izquierdas y el hábito pusilánime y culpable de quienes en nombre de la democracia permitían impávidos, o quizá paralizados por el miedo, la demolición de nuestra historia y el saqueo de nuestra hacienda, pero nuestro destino parece el de una cruzada permanente, apenas terminamos la pacificación, tenemos que recomenzarla como estas últimas semanas en el Sahara, frente a la intemperancia oportunista de Hassan, al que tan bien he tratado sin recompensa visible alguna, olvida el rey que le ayudé a desenmascarar conjuras, perseguir exiliados, combatir conspiraciones y abortar maniobras con mayor discreción que la que siempre ha mostrado la malevolencia francesa, me he esforzado por aunar lazos y mantener tradiciones, pero de todos los árabes Hassan es el más taimado, Husein o Faruk hubieran apreciado mejor mi cortesía, habrían descubierto la forma de corresponderla, ¡nadie me va a enseñar a mí cómo hay que tratar a esa casta moruna!, pero como los que me rodean me creen muerto, aunque no se atreven a rematarme de un modo u otro por si les va algo en ello, comienzan a tomar decisiones insensatas. Lo importante, como dicen los moros, es *saber manera,* ser más listos que el enemigo, aprender de su malicia, dejarle avanzar, retirarse en un primer momento para que luego, cuando esté cerca y le olamos, tartamudeen las ametralladoras, a la primera ráfaga al aire saldrán corriendo, ¿pies, para qué os quiero?, atronando el desierto con sus gritos de espanto, explicaremos que un tenientito se puso tan nervioso que apretó el gatillo contra toda previsión, se acabará la Marcha Verde sin otro entendimiento, ni más negociación, que el que otorga la fuerza. ¡Que no digan que el Generalísimo no sabe manera!, al propio Primo hube de enseñársela, por petulante, pero fue un hombre eficaz, leal a la monarquía que tan mal le pagó sus servicios, no mereció ser enterrado casi a hurtadillas, elevó el nivel de la nación en todos los órdenes y la nación no supo recompensarle.

Lo lógico sería expirar vestido de marino, lo mismito que Churruca en su puente de mando, para

ello es menester que me preparen vivo y me envuel-
van desde ya con la antigua levita, repleta de medallas, de pasadores, de lazos como augurios, si es
preciso algo les podría ayudar aunque no han de necesitar mucha colaboración en la tarea, mi cuerpo se
ha reducido, mis carnes desaparecieron hace días, sólo pellejo y huesos soy, apenas treinta kilos de humanidad doliente, aunque me sienta como un fardo
de tamaño casi cósmico no les pesaré mucho a la hora de levantarme, de voltearme, de acicalar mi carne
amojamada para la postrer comparecencia ante el
Juicio Supremo, desde que Huerta me arrancó el estómago soy un odre vacío, curtido cien mil veces por
el azufre de la pólvora y rematado por la pertinaz acción de los antipútridos, reseco en las paredes interiores, sólo falta que me cuelguen de un garfio y dejen chorrear mis últimas y mínimas secreciones antes
que me rellenen de alambres y de borra remojada
en conservantes, como hicieron con Lenin y Mao Tse-
Tung. Permanezco sedado, congelado igual que los
peces que capturan en alta mar, no acierto a distinguir cuál de los muchos dolores que me asaltan es
peor, no me funcionan los riñones, no me queda intestino, mis tripas han sido arrojadas al vertedero,
quién sabe si algún leal las guardará en formol para
reliquia, espero que las conserven como el brazo de
Santa Teresa, no me gustaría que mis nietos acabaran
teniendo que comprarlas en una esquina del Rastro,
adoro a mis nietos, son gente cabal que sabe honrar a
su apellido, han salido a la madre, mis piernas son
un conjunto de varices espesas mal anudadas, amoratados hilos que a duras penas transportan una sangre
viscosa y estéril, como debió manar la de Cristo en la

lanzada, aunque a mí hiel no me queda ni tampoco otros jugos que exprimir, veremos si los apóstoles siguen siendo leales cuando me bajen de la cruz, a mí sólo me queda un llanto seco y polvoriento, embarrado de memorias, a ratos me produce esas legañas pegajosas tan molestas que me embadurnan las pestañas soldando el párpado para siempre, si no fuera así todavía me quedarían fuerzas para abrir los ojos y fulminar con la mirada a alguno de estos médicos canallas, dedicados antes a defender los intereses del Estado —¡qué digo del Estado, serán los de mi libertino yerno!— que a cumplir con su juramento hipocrático sólo hasta el límite de la dignidad ajena, siento un pertinaz rocío en los pulmones, emiten un ruido de alcantarilla insoportable que me recuerda los veranos en Galicia, ese relente con vocación de eternidad, mi garganta en cambio es un volcán, una corteza rancia mi voz y Vicky, ¿será Vicky?, sigo sin percibir, no me llegan la acritud de su aliento ni el imprudente aroma a sudor de sus axilas que hacía mis delicias en las primeras horas de la clínica, me ha acercado a los labios un hisopo empapado para tratar de paliar la aspereza que padezco, ha sido como recibir un beso, ¡hace tanto tiempo que nadie me besa en la boca!, la ausencia de cariño la ha convertido en una llaga seca, moniliasis, cándidas, micosis, ¿qué otra infección podría haber agarrado en las encías?, el paladar me arde y la lengua se acorcha, ni siquiera acierto a entonar el grito de oración que me viene a las mientes, la veleta de Werner tenía más albedrío que el que yo guardo.

Lo peor ha sido la dentadura. Una herida en el vientre, la explosión de la escopeta —aquello tuvo

que ser premeditado, y me marcho a los cielos, Dios
bendito lo quiera, sin saber del culpable—, hasta el
párkinson o la flebitis tienen cierta prestancia, son
accidentes, enfermedades, que denotan auténtico se-
ñorío y no mancillan el honor, nadie imagina en cambio cuánto he sufrido en el potro de tortura de los
dentistas, especie interminable de verdugos que me
envían a la muerte sin un solo diente de los míos, ni
eso me queda de mi antigua fiereza, únicamente un
colmillito tímido y ridículo, mil veces compuesto,
refaccionado, desvitalizado, atornillado, desenrosca-
do y vuelto a enroscar, pulido, olvidado quizás en la
saña extractora que asoló mis encías hasta homolo-
garlas con las de un bebé, en algún lugar leí que no
es en los cabellos, como Sansón, sino en los incisi-
vos, como Drácula, donde los hombres guardan los
pedernales de su fuerza. Algunos odontólogos insistieron en que mi personal dentición, el estrecho cielo de mi paladar, provocaban esa voz aflautada que
tanto me avergonzó un tiempo, de todas maneras,
genital o bucal, mi canto ha sido siempre el de una
avecilla, no he precisado atronar a nadie con gritos para hacer cumplir las órdenes, ni necesito hablar para
que se me entienda, en Zaragoza había un instruc-
tor que ejercía el mando impostando el gemido co-
mo si fuera Caruso, *a la voz de fir, los cuerpos crecen,* y los
cadetes se hinchaban como petirrojos, como gallitos
de pelea, *a la voz de mes, ¡firmes!,* sonaban entonces los
taconazos y se arrancaba la banda en un jolgorio marcial, aunque a mí la música nunca me ha gustado,
prefiero la pintura, es más íntima, más recogida. ¡Qué
lejos todo aquello, los días de gloria, los desfiles sonoros, la tropa uniformada, las galas en los cuerpos,

la distinción inequívoca de las damas con sombrero que acudían a presenciar la jura!, espero que algo de eso guarden para mi entierro, al menos en lo de las exequias me harán caso y estarán las provisiones necesarias para darme sepultura en Cuelgamuros, no vaya a ocurrírseles seguir la moda de la incineración, costumbre detestable por pagana, aunque resulta más económica, me han dicho que el precio del suelo se ha puesto por las nubes, también en los camposantos, eso es culpa de los especuladores a los que no hemos perseguido adecuadamente como antaño hicimos con los estraperlistas, también se debe a la política social del régimen que ha sembrado España de viviendas, las ciudades no dan abasto para recoger tanta inmigración y eso que la labor primera de mis gobiernos fue mejorar la vida en el campo, el Plan Badajoz, el trasvase Tajo Segura... Primo de Rivera hizo mucho, desde luego, yo más todavía, espero que no me traten como a él, llevando el entierro por las partes malas de la capital, o que no se les ocurra meterme en un horno, como en las películas americanas. A la nieta del general Gimeno, un masonazo que tuvo que exiliarse, le enviaron desde Venezuela, después de nuestra guerra, un paquete de sopa soluble, venía primorosamente envasada, en caja de sicomoro con incrustaciones de caoba, Endrinita preparó esa misma noche un auténtico banquete para sus tías y hermanos, vivían juntos desde que los nacionales fusilaron al hijo de Gimeno, tan traidor como él, calentó agua en un puchero hondo, al que regaló con un par de patatas, dos hojas de laurel, sal gorda y algo de pimentón antes de disolver los polvos llegados de ultramar, lo dejó cocer todo un buen

rato a fuego lento, a lo mejor había leído la receta
en la Paravere, nunca me he interesado por estas mi-
nucias de la gastronomía y ni siquiera sé por qué
aprendí de memoria la receta de este evento, cualquier rancho me va bien, a la mañana siguiente la
familia anduvo con vomiteras y espasmos, el médico de cabecera les recriminó por no haber leído las
instrucciones remitidas en un sobre adjunto a la caja, sin duda a causa de la prisa que a todos les había
entrado por matar la gazuza, de otro modo habrían
sabido que iban a zamparse las cenizas de su abuelo,
muerto casi nonagenario —yo soy más joven— en
un manglar de la isla, entre los brazos de una mula-
ta que después de practicar vudú con los huesos del
viejo había decidido quemar sus despojos y enviar-
los a la familia de España, por si querían dar cristiano reposo a las escorias o venerarlas en cualquier urna
sobre la cómoda o el aparador. Me contó el sucedido
Vicente Gil, al que he mandado llamar para darle
un abrazo aunque no lo merezca, eso demuestra lo
mucho que le quiero, no paramos de reír hasta que
nos dolieron las muelas —las muelas siempre me han
martirizado, me marcho al otro mundo sin guardar
una sola—, pero es que Gimeno era masón y republicano y nos pareció bien merecido que, al final, se
lo merendaran los nietos, es ley de vida que a uno le
devore su descendencia lo mismo que a las revoluciones se las acaban tragando sus hijos, espero que
nada así suceda con nuestro nacionalsindicalismo ni
tampoco se le ocurra a nadie convertirme en un si-
mulacro de avecrem, la Iglesia debería prohibir las
incineraciones, ¿cómo van a resucitar los muertos en
el último día si han sido calcinados?, aunque los ca-

minos del Señor son infinitos y Él tiene solución
para todo, como la exhibe para mi propia agonía, en
la que se mezclan recuerdos y dolores con anécdotas
chuscas como la de ese general y su voraz linaje, quizá
por hacerme más llevadero el tránsito, por distraer-
me yo solo de la aguda laceración que siento en las
nalgas, tantos días sin poderme levantar han infla-
mado los tejidos en torno al coxis, me han dejado el
cuaco hecho una lástima, ulcerado hasta el hueso,
con el esfínter prácticamente al aire, de modo que se
me escapan los pedos de forma silenciosa aunque
hasta hace una semana causé algún estrépito ocasional, ya ni ese escándalo soy capaz de producir, todos
andan más atareados con la cuestión del Sahara y las
manifestaciones antiespañolas, las embajadas asaltadas, el cerco diplomático redivivo, que con el salaz
destino de mi anatomía, seguro que la prensa judai-
zante se muestra de nuevo exaltada contra nosotros,
mientras los periódicos católicos callarán culpable-
mente ante la nueva escalada infame del comunismo, siempre ha sido así, nunca hemos aprendido a
sobornar periodistas ni a comprar conciencias, sólo
cortar por lo sano, saber manera, que es lo mío, por
mucho que nos critiquen así ha durado casi cuarenta años la paz de España, por más que me insulten
mis enemigos, o quieran censurarme con su silencio mis allegados, hice bien enviando al pelotón de
fusilamiento a los etarras y anarquistas que pagaron
hace dos meses con su vida los crímenes por ellos
cometidos y otros que permanecen sin adecuada
respuesta, no eran jóvenes idealistas equivocados sino peligrosos delincuentes políticos, dispuestos a segar la existencia ajena en nombre de un futuro que

ya ellos no conocerán, al fin y al cabo tuvieron una muerte mejor que la mía, el fusilamiento es una forma digna de acabar, nunca me gustó aplicar garrote, por mucho que digan que proporciona un fin rápido y poco doloroso, siempre he estado contra la tortura, la considero un barroco intento de prolongar vidas definitivamente perdidas, comprendo que a veces pueda ser útil para obtener información pero la grandeza de un soldado se descubre en su estilo de acabar con los adversarios, eso distingue a militares de terroristas, de modo que no dudé en expedientar y expulsar del gobierno al director general de prisiones cuando supe que los sábados a la noche invitaba a sus amigos a cenar y luego los llevaba a las tapias del Este, a contemplar las ejecuciones de rojos, convirtiendo un inevitable y doloroso deber de policía y gobernación en un execrable espectáculo de sadismo, tirad, pero tirad sin odio, exhortaba el padre Venancio Marcos a falangistas y requetés en los días más dificultosos de la contienda, ¡hermosa consigna que, desde siempre, hice mía!, sin odio he vivido, apurando hasta las heces las obligaciones del caudillaje, la irrenunciable responsabilidad de conducir a nuestro pueblo al lugar que, por derecho y tradición, le pertenece en el mundo. Sé que lo mejor de la historia de España está por escribir y que el nuestro puede ser, en breve, uno de los países más grandes e importantes de esta tierra si quienes me sucedan son capaces de resistirse ante los demonios familiares del español, si su ánimo no tiembla en la aplicación de la disciplina ni se dejan arrastrar por modas afeminadas, si resisten a las fuerzas disgregadoras que amenazan con la desunión de nuestros compatriotas.

Hace semanas que no distingo los días de las noches, parece que el tiempo se hubiera suspendido sobre mi cabeza, y hasta la geografía de mi cuerpo me es extraña, inmóvil como estoy, abandonado, hundido en una sima de silencios culpables y sollozos fallidos, sometido a un frío intenso, una gélida sensación que asciende desde las ingles hasta el bajo estómago, extendiéndose luego por pecho y brazos en una tiritera secular y secreta. Supongo que los libros hablarán de mi vida con asombro y espero que Carmencita se ocupe con el señor cardenal, cuando parezca oportuno, de la beatificación, no he padecido debilidades humanas ni arrogancias sobrenaturales que me enajenen el aprecio de las personas de bien y por eso, quizá, porque me quiere ver entre sus elegidos, el Padre permite que me turben recuerdos y lamentaciones, quisiera protestar, rebelarme contra los mensajeros del dolor, maldecir a mis sayones, quisiera abrocharme la guerrera marcialmente, ensillar el caballo y enarbolar el sable, dar con prestancia la cara al enemigo y mirarle a los ojos, horadarle de miedo, de confusión, de ira, antes de descargar el tajo mortal contra la insidia, soy todavía un sanjorge victorioso, un vengador santiago, una espada flamígera que arremolina el aire de nuestra Historia, pero las fuerzas me flaquean y el poco aliento que me queda lo debo sólo al tinglado de plásticos, cordones y fluidos que me unen a la existencia, ¿tendré saber manera en este último trance?, ¿podré sobreponerme a las dificultades del morir, tanto o más que supo hacerlo mi poderoso brazo en el trance de matar?

Ahora compruebo que lo último que se pierde no es el oído, sino el recuerdo, lo último que nos

abandona es la conciencia de nuestra propia integridad, morir es acordarse de haber vivido, convocar la
nostalgia, abrazar la memoria... ya ni memoria tengo, sólo un dolor punzante, un pasmo perpetuo, un
abismo silente en las entrañas que apenas distingo
si es que me pertenecen, ¿quién soy, de dónde vengo,
adónde me dirijo?, cuestiones sin respuesta, será que
estoy muriendo, trabajosa, febril, contumazmente, sin
darle un respiro al dolor, sin otro gozo posible que
el de anhelar el fin de este suplicio, desparramado in-
decorosamente entre la nada inmensa, desnudo de
mi cuerpo, convertido en cobaya, suplicio repugnante
de orines desecados, como babas de piedra, coágu-
los de sangre y sonidos inaudibles que alguien emite
—¿seré yo, respiro todavía?—, sin tacto, sin olfato,
sin mente, sin dicción, sin cuerpo, sin aliento, sin soplo del espíritu... ¡Señor, Señor de los Ejércitos!, ¿también tú me has abandonado?

II

Y blasfemaron contra el dios del cielo por sus dolores y sus úlceras.
(San Juan. Apocalipsis, XVI, 11)

Uno

Viéndole ahí sentado, aparentemente impertérrito ante los subfusiles sin bayoneta, con ese aire de chulito de la calle Serrano pasado por la trascendencia de la Historia, se diría que no tiene miedo a nada, ha decidido jugar a fondo su papel de nuevo general Della Rovere, se ha creído el arquitecto de nuestra democracia y morirá fusilado en su defensa cuando lo demanden las exigencias del guión de esta película sin *happy end*. Nunca entendí por qué el rey le seleccionó para organizar la libertad, si fue para eso para lo que le seleccionó, ni por qué se lo ha tomado tan a pecho, hasta el punto de desafiar su propio pasado, tampoco me incumbe a mí averiguarlo, ya está claro que si nos descuidamos el experimento va a terminar peor que mal, no podía ser de otra forma, hay demasiados franquistas metidos a construir el nuevo régimen, los conversos —¿soy yo uno de ellos?— resultan necesarios en ocasiones, pero es preciso administrar la dosis porque, en el fervor de su acatamiento a la nueva fe, la abrazan con tal ímpetu y tan poco espíritu crítico que fácilmente se vuelven fanáticos y sectarios incluso de ideologías y convicciones en nada afines a esos adjetivos como la propia democracia, en cuyo nombre vete a saber ahora si tendremos que morir como improvisados y no queridos héroes, aunque creo que después de no-

che tan atribulada no terminará de llegar la sangre
al río, el tiempo trabaja contra los rebeldes, probablemente más cansados que nosotros, ahora les llegará la resaca del coñac y las anfetaminas, algo de eso
intenta decirme por señas Gerardo, al que veo casi
enfrente de mí en la bancada socialista, debe tener
contacto con el exterior, un transistor o lo que sea, sus
compañeros presumen con el gesto de estar enterados de lo que los demás ignoramos, dudoso privilegio para nadie que padezca circunstancia tan azarosa
como la que vivimos. Me duelen las piernas, tengo
unas enormes agujetas y una cefalea difusa que no
me impide pensar pero dificulta mi atención, logran-
do imponerme una cierta desgana existencial, son
ya muchas horas aquí encerrados y aunque el miedo
ha cedido, por lo menos no se dibuja de manera tan
evidente y altanera en las caras de los diputados, y
el paso del tiempo ha servido para tranquilizar los
ánimos, sigue siendo incierto el final de esta aventura, no por sospechada menos sorprendente. Estábamos felices de haber inventado la transición sin
traumas y este desastre general, apocalíptico, que se
nos viene encima con estrépito de pólvora y atrona-
doras órdenes todavía nos tiene aturdidos no sólo a
causa de sus imaginables consecuencias sino debido
a la brutalidad de su método, por más que todos re-
conozcamos que se inscribe, con todo derecho, en
las atávicas tradiciones patrias.

Le miro una y otra vez y apenas logro descubrir un pensamiento bajo su fruncido entrecejo que
lo mismo puede imitar irritación que desconcierto,
probablemente de ambas cosas esté saturado, supongo que le conozco bien y no me equivoco en el jui-

cio después de tantos años, coincidimos por vez primera en una de aquellas famosas cenas políticas que se organizaban en la capital para que la oposición a la dictadura encontrara un respiro, un lugar donde llenarse la boca de palabras revueltas con tomate frito, y se sintiera satisfecha de sus pacíficas hazañas a la hora de expresar la disidencia, ¿eres Llorés?, inquirió, me han hablado bien de ti en Presidencia, sonreía mientras me piropeaba sutilmente mirándome a la cara como si fuéramos amigos de toda la vida, yo en seguida intuí que mentía, ya habían asesinado al almirante, su mentor de siempre que le había llevado a la televisión para fingir la apertura, de modo que no tenía ni la fuerza ni la influencia de la que le gustaba presumir, nadie podía haberle hablado ni bien ni mal de mí en ninguna parte, no se paseaba por los corredores de los ministerios, su único destino era devanar las amarguras y nostalgias de un desterrado político que se desempeñaba en pequeños y ancilares servicios a la Telefónica, perdido en cualquiera de los despachos del emblemático edificio de la compañía, deshojando la margarita de su retorno que, a esas alturas, sólo podía ser decidido por el dedo de Dios Padre. Nadie daba un duro entonces por Adolfo Suárez y menos que nadie mis colegas de la Democracia Futura, pero me sedujeron su sonrisa clara y su mirada hueca, sin malicia, me gustó alguien tan evidentemente definido en todos sus perfiles como su pelo cortado a la navaja, moda que se había impuesto entre las clases medias del régimen durante los años sesenta y que había logrado sustituir paulatinamente al bigotillo fascista, por lo menos en los ambientes modernizadores que se pirraban, también,

por el op-art y la minifalda a lo erreteúve-e, el cabello así esculpido brillaba bajo una laca incolora sin
despeinarse lo más mínimo, prestaba un halo de limpieza y respeto a quien lo lucía, un pretendido tinte
de desarrollismo, una aseada pulcritud hortera, *made
in Taiwan,* a la que yo nunca quise sucumbir, Marta
me hubiera matado, de otro modo, pero ¿qué me importa a mí, ahora, que lo hubiera hecho?, siento su
vacío como un castigo peor que este secuestro, y re-
conozco que una parte de mi coraje, que descubro hoy
por vez primera, se debe entre otras cosas a la percepción de que la vida ha perdido todo valor para
mí, esta convicción es la única que presta algún sentido a mi propia existencia, sabiendo como sé que
puede desvanecerse en un segundo, ora estás, ora ya
no estás. Supongo que fue el desengaño con ella lo
que me echó del todo en brazos de la política profesional, o quizá pasó al revés y yo no quise ser consciente, quizá fue mi ambición inconfesada de llegar,
de ser algo, de tocar poder, lo que la acabó rindiendo,
incapaz como era de aceptar la colección de tópicos
a la que se había visto reducida, ama de casa, madre
ejemplar, esposa fiel... al menos eso creía yo, hasta
que fue palmario que ni Marta ni Ramón estaban dispuestos a renunciar a su memoria pero yo tampoco,
ninguno de los tres lo estábamos, también le cabreaba
esa especie de pasteleo que siempre ando dispuesto
a hacer en nombre del compromiso, de la factibilidad
de algo, la política es el arte de lo posible y estoy seguro de que, como salgamos de este atolladero, no
criticará tanto mi ductilidad, era normal tratar de
establecer un puente entre lo que acababa de ser y
lo que no terminaba por llegar, esos revolucionarios

amigotes suyos todavía no se han dado cuenta de que
Franco murió en la cama aunque de seguro hoy saldrán de su ignorancia, nadie fue capaz de echarlo porque muchos lo amaban, se sentían parte del sistema,
por eso el franquismo permanece adosado a nuestras
médulas, impregna nuestras meninges, contamina el
aire que respiramos, si fuera necesaria la prueba del
nueve para demostrarlo, ahí abajo está el del tricornio con un mostacho de guardarropía, hediendo la
tropa a alcohol y dando vida entre todos a una opereta que me resultaría difícil de creer si no la estuviera viviendo en primera persona.

Me llamó al poco de acceder a la presidencia, tenía dificultades para organizar el gobierno, su
reciente pasado falangista le desacreditaba ante la
oposición y dicen que hasta el padre del rey exclamó lo de «no es esto, no esto», cuando se enteró de su
nombramiento, ¡hay que ver el juego que ha dado,
al cabo de los años, la dichosa frasecita!, andaban los
democristianos organizándole un gabinete como podían, estos democristianos valen para cualquier zur-
cido, son tan eternos como la Iglesia misma, él quería equilibrar su presencia en los niveles inferiores con
los antiguos «demócratas futuros», le daba miedo
entregar todo el poder a unos meapilas, la verdad es
que hoy están aquí gran número de ellos, también
de comecuras, en suma, una buena representación de
las dos Españas. Me mintió otra vez para animarme
a que me subiera al carro, aseguró que las cosas cambiarían en un santiamén, debe ser que los políticos
mienten siempre, mienten más que piensan, lo hacen
cada vez que imaginan y hasta cuando sueñan, mienten hasta cuando no mienten, por eso yo no consigo

hacer carrera del todo, no soy un político *comme il faut*, me muestro torpe en el engaño, no tanto debido a convicciones éticas como a dificultades biológicas, no puedo evitar enrojecer si digo lo que no pienso o siento, algo debe traslucirse en mi mirada, en mi actitud corpórea o en el halo que despido, que me denuncia al instante, la única vez que quise despistar a Marta lo descubrió en un plis-plas, fue al regreso de un viaje a Estrasburgo para una reunión del Consejo de Europa, yo había dado las camisas a la lavandería del hotel por si hubieran quedado huellas del pintalabios u olor al perfume de aquella periodista italiana —lo mío con Italia debe ser enfermizo—, revisé puntillosamente el equipaje comprobando que no existían pruebas de mi infidelidad, tan fugaz e irrelevante que ni siquiera me acuerdo del nombre de quien la indujo, volví cargado de regalos para el niño, ostentando la añoranza de un padre condenado a vivir cuatro días lejos de su familia, todavía no sé ni qué dije ni qué hice ni dónde estuvo mi error para que ella me acusara, inquisitiva, has estado con otra mujer, y yo balbuciente, no, sí, bueno, no sé... desdiciéndome de la estúpida convicción de que hay que negarlo todo siempre, a veces hay que negar, otras hay que reconocer, en casos como aquél negar y reconocer eran dos maneras distintas de asentir, y ella, primero irritada, luego melancólica, finalmente tierna, me otorgó el perdón como un emperador que libera a un esclavo, con la misma autocomplacencia, idéntica exhibición de poder, igual deseo moralizante, consumado en sus palabras de dos noches más tarde entre los sofocos de la reconciliación, no quiero que compartas esto con nadie más, sólo ella se creía, por

lo visto, con derecho a hacerlo. Si no hubiera aceptado el ofrecimiento del gobierno la conclusión habría sido la misma, lo de Marta no podía funcionar
porque en realidad no me quería, supe siempre que
no me quería, era el despecho lo que la había acercado a mí, la irritación fruto de que Ramón la recha-
zara, pero a lo mejor, ¿quién sabe?, si hubiera seguido
de paniaguado en la sociedad de estudios, haciendo de
chico de los recados para los aperturistas, tímido epítome y demostración de lo que era posible y no en
la España de la postdictadura, si hubiera sido el buen
chaval en el segundo plano al que todo el mundo hubiera ansiado relegarme, no habría adquirido yo ante sus ojos esa prepotencia de la que me acusa y ella
habría mantenido su brillo natural de diva retirada
de la escena sólo por voluntad propia, por elección,
sin que nadie la hubiera empujado, con lo que el balance de poderes se habría mantenido entre nosotros.
Añoraba la lucha, los mítines, las escaramuzas, las
reuniones ocasionales con los camaradas en los par-
ques, en las tabernas, al abrigo del acecho policial,
añoraba, sin saberlo, la dictadura, para poder rebe-
larse contra ella, lo mismo que añoraba su juventud
más joven, como si temiera y odiara el paso del tiempo, no podía soportar ser la señora de, la mujercita
hermosa y un poco descocada de la joven promesa del
centrismo democrático, el segundón magnífico que
terminará de hacer carrera con el tiempo, hasta que le
llegó la noticia como un mazazo, un telegrama oficial, bajo membrete del *Ministerio dell'Estero, acompisco
il penoso dovere di comunicarla che suo padre il consule è
stato vittima mortale di un colpo terrorista delle Briga-
te Rosse,* nunca Marta lo amó, pero nadie quiere ver

a su padre destrozado por una bomba, aniquilado su cuerpo por fuera y por dentro, otra vez *blast syndrome*, la destrucción absoluta irrumpía en nuestras vidas, ese día llamó un tal Ernesto desde Roma, un amigo de adolescencia, para ponerse a su disposición y, al teléfono, ella prorrumpió de pronto en gritos de histeria, no era dolor por lo sucedido, sino lamento por el error de los activistas, el cónsul era un viejo diplomático retirado, un hombre caduco y un imbécil, pero no representaba nada, no tenía poder, no era emblemático del sistema, para buscar símbolos me tenían a mí si querían, hasta que luego cayó en un profundo mutismo encerrada en la vaciedad del momento, no sé si arrepentida de los improperios o del aturdimiento por haber imaginado a su propio esposo como objetivo, porque ETA me podía tener bajo su mira pero lo de las brigadas... ¡vaya estupidez! Viajamos juntos a Italia para los funerales, oficiados por todas las víctimas de la explosión, conocí a Ernesto, un joven de mirada inquietante y maneras refinadas que, tras sorprenderse porque no hubiéramos coincido nunca antes, se esforzó en hacerse amigo mío, no sé si lo consiguió pero he de reconocer que su apoyo fue más que estimable en aquellos días difíciles, ignoro cómo hubiera podido manejar mi situación con Marta sin su ayuda, probablemente tan mal como pasó después. Apenas unas semanas más tarde me vi empaquetando unas pocas camisas y un par de mudas, rumbo a un apartotel de tres estrellas, para iniciar la experiencia de una separación temporal a fin de recapacitar, dijo ella, porque es malo para el niño que nos oiga discutir tanto, comienza a ser mayor, se entera de todo, no podemos mantener delante de

él una relación tan atormentada, y yo enarbolando
los sinceros temores que me asaltaban por el descré-
dito social, los problemas profesionales que habría de
acarrearme una decisión así, cuando uno no es capaz
de gobernar su propia familia no es capaz de gobernar nada, dirían, ése era el código en el antiguo régimen y seguía siéndolo en los albores del nuevo, la
familia nuclear era la base de la sociedad, vete a saber si los militares no han dado el golpe por culpa de
la ley del divorcio, la unidad de los matrimonios les
preocupa tanto o más que la de la patria, aunque también les conmueve el terrorismo, han pegado tan duro
los etarras durante todos estos años que cuando entraron los guardias a tiros en el hemiciclo muchos pensamos que iban tras un comando armado, que perseguían a algún kamikaze vasco infiltrado entre el
público o poco menos, pero en seguida se deshizo
el equívoco y dimos todos de bruces contra el suelo,
hasta el punto de que hube de tragarme material-
mente, durante interminables minutos, los zapatos de
rejilla de mi compañero de banco, no entiendo cómo un diputado del centro puede utilizar calzado tan
hortera, la democracia es también una cuestión de
formas, deberían estar prohibidos los zapatos de rejilla entre los demócratas, sobre todo desde que sabemos que a Ceaucescu le gustan. En la habitación
del apartotel había una litografía con un paisaje de
caza sobre la cama, *room-service* veinticuatro horas al
día e hilo musical, si querías televisión era preciso
pagar un suplemento, dormí mal, incómodo, me so-
braban dos palmos de altura en la almohada y, cuando
prescindía de ella, mi cabeza se despeñaba por una
sima profunda, desgajándose del tronco, estirando

hasta la infinitud mi dolorido cogote, a las ocho de la mañana me despertó Marta con la mala noticia de que habían asesinado de un tiro en la nuca a un guardia civil en Pasajes, llamaron del ministerio para avisar y ella prefirió decir que no me encontraba en casa pero procuraría darme el recado, me vestí apresuradamente, hice el petate como pude y liquidé la cuenta antes de salir camino de la oficina, una noche fuera del hogar fue suficiente para entender que si me tenía que marchar lo haría de forma ordenada y para siempre, nada de probaturas temporales ni de perder la serenidad y el aprecio de uno mismo brincando de cama en cama de cualquier pensión de medio pelo, tendría que llegar a un arreglo o buscarme un nuevo domicilio.

Ahora todo ello se inscribe en el universo de las preocupaciones menores, este salón de plenos del Parlamento es un campo desolado donde germina el miedo, repleto de cadáveres de próceres políticos, de discursos hediondos y de sueños perdidos, los civilones que lo ocupan son como los de García Lorca, jorobados y nocturnos, aunque no parecen atreverse a prender la pira improvisada sobre el pavimento a base de sillones rotos, bancos astillados y otros objetos, el arma relucía bajo el charol, mientras el del bigote gritaba ¡siéntensen!, con la ene final subrayando la montaraz ignorancia del predicador, luego se animó a ordenar ¡todos al suelo!, en el mismo tono con que los chusqueros se dirigen a los reclutas, remachando de nuevo imperativo, ¡se sienten, coño!, antes de que escupieran sus metralletas contra el techo, acribillándolo hasta el punto de que todavía cae, de vez en cuando, un polvillo fino desde la cúpula de la sala, como si fueran lágrimas de yeso por lo que aquí dentro sucede. Suárez y Carrillo permanecieron en sus escaños, mientras los demás rodábamos con azoro y Gutiérrez Mellado se enfrentaba a los asaltantes, salvo ellos tres ninguno hemos dado muestras de gran coraje, aunque entrada la noche un diputado hastiado de la espera se irguió en su banqueta y se dirigió a un teniente abriéndose la camisa y mostrando su oronda humanidad peluda, ¡dispáreme si quiere!, chillaba embravecido, parecía un exhibicionista de esos que despliegan la gabardina para mostrar su erección a los adolescentes, entre tímido y asustado, con los brazos en cruz sujetando los pliegues de la ropilla, ofreciendo su cuerpo a las balas como si el lienzo que antes le cubría hubiera podido pararlas, el hombre debía revivir en el gesto sus ancestros numantinos, pero resultaba patético verlo allí plantado ante todos, increpando con temblorosa voz al oficial que, finalmente, le dio un empujoncito suave, obligándole a desplomarse sobre el escaño y acompañando el gesto de un paternal consejo, cállese y pórtese como es debido.

No sé si Suárez se equivocó al elegir a los democristianos para formar gobierno, probablemente sin su ayuda nunca hubiera logrado poner en pie un gabinete, ¡resultaba tan exótico ver al jefe de los falangistas al frente del primer ejecutivo democrático!, aunque para demoler una casa era estupendo contar con quien la construyó, él mejor que nadie podía señalar los pilares fundamentales y los que no lo eran, conocía los corredores secretos y su desembocadura, la fortaleza o endeblez de cada paramento, la profundidad de la excavación y la solidez de los voladizos.

Después de todo yo me encuentro bien en este ambiente de transigencias, estoy a gusto todavía, pese a los incidentes de los últimos meses que han desembocado en esta sinrazón, lo peor es la incertidumbre, no saber lo que sucede fuera, qué hace el ejército o qué el rey, Juan Carlos está enterado y apoya el operativo, me ha contestado un subteniente con el pelo rapado a lo inclusero, me he atrevido a interrogarlo con fugacidad pues me pareció que usaba mejores modales que el resto de sus colegas, ¿le habría encargado seriamente el rey a Adolfo Suárez organizar la democracia o éste se tomó la justicia por su mano, inventándose una leyenda cuyo objetivo final nadie le demandaba?, ¿se vieron ambos arrollados por los acontecimientos, corriendo delante de una manifestación que ni imaginaban ni querían, despepitándose hacia un destino desconocido y caótico en el que peligraría su propia identidad?, los republicanos decidimos apoyar la monarquía con total apresuramiento, anhelábamos tanto la libertad que dijimos vale, si la lista civil no es muy abultada, si no nos sale demasiado caro, el rey puede ser útil, ¿quién ha de pelearse por las formas de gobierno cuando lo importante es la sustancia?, o hay democracia o no la hay, así de sencillo es el dilema, si la realeza impera en Gran Bretaña, en Bélgica, en los países nórdicos, ¿por qué no ha de instaurarse en España sólo porque se trate de un rey puesto por Franco?, por Franco, al fin y al cabo, estábamos puestos casi todos de una u otra manera, pero si de algo nos mostrábamos seguros era de que Juan Carlos controlaba al ejército, sin embargo las confusas noticias que nos llegan dicen que Milans del Bosch, el más monár-

quico de los capitanes generales, ha sacado los tanques a la calle, que quien negocia una salida honro-
sa para los rebeldes es el general Armada, profesor o
preceptor de Juan Carlos cuando era joven y su secretario durante años, bien mirado no sé yo por qué
este Borbón ha de ser diferente de los otros, desde
Carlos III a nuestros días no ha habido uno bueno que
reinara, aunque él sabe que si se descuida acabará en
el exilio como su padre o como su abuelo, todos ter-
minan comiendo gratis en cualquier país de Europa
y dándose golpes de pecho por los errores cometidos,
esperemos que antes de tomar el avión para París deje
más o menos disuelto este barullo y podamos salir
de aquí camino de casa y no de la cárcel de Carabanchel, ¡tiene gracia el asunto!, toda la vida mirándome
el culo para no ir a prisión, tantos años de discusiones y argumentaria con Martita por culpa de mi posibilismo, de mi carácter pusilánime y acomodaticio,
de mi oportunismo, y ahora resulta que voy a acabar
en la trena dando vivas al rey, ¿quién lo sabe?, si de
verdad no está con los rebeldes.

Dos

Achile Samporio sacudió la ceniza que su interlocutor había dejado caer distraídamente sobre la manga de su chaqueta, perdón, ¿te he molestado?, se excusó irónico Fernández Trigo mientras bregaba a dos carrillos por hacer un círculo completo con el humo del cigarro, Achile hizo una mueca conciliadora, aunque este *mascalzone* por poco no me quema el traje de lana virgen, entonces si he entendido bien, terció, se trata de que Maurizio y yo vayamos a la peregrinación y montemos un *garbuglio,* peregrinación no es, puntualizó el policía, sino concentración política, aunque también se reza, la hacen cada año los carlistas en Montejurra desde no sé qué siglo, supongo que será el pasado porque antes no existían, ésta va a ser sonada, entre otras cosas gracias a vosotros.

—Solos no podremos... damos el cante como se dice por aquí, ¡dos italianos armando ruido entre los requetés!

—Hay más de los vuestros, también portugueses y argentinos, vosotros vais de apoyo a Lobo, ya le conoces, os dará armas y órdenes, conviene seguirlas a rajatabla, se trata de una operación delicada, desde lo de Vitoria los jefes andan con la mosca detrás de la oreja.

En abril, en la capital alavesa, una jornada de huelga general, relativamente exitosa para los convo-

cantes, terminó con cuatro obreros muertos de bala
por disparos de la policía mientras el vicepresidente
del gobierno para asuntos de Interior, el incombus-
tible Manuel Fraga Iribarne, ministro de Franco, ministro del rey, amigo de Pedrolo, el íntimo del Caudillo, que nunca vio recompensado ese afecto porque
el dictador creía que andaba majara —¡en menudo
lío nos metió Iribarne a todos con su ley de Prensa!—,
se lavó las manos como un poncio, aunque a Fraga
nunca le dolían prendas si había que justificar víctimas, lo explicó bien durante un almuerzo con representantes de Democracia Futura, el problema de España se resolvía fusilando a unos cuantos, sentenció
con avinagrado desparpajo, porque yo, caballeros, soy
un liberal que fusila, terminó por decir mientras se
ajustaba la papada con el envés de la mano izquierda,
como ocultando la sonrisa que le provocaba su ocurrencia, el hecho era que la política represiva del primer gobierno de la monarquía se había ido acentuan-
do al singular grito de «la calle es mía», que al fin y al
cabo expresaba una convicción de menor rango respecto a sus anteriores amenazas, Fraga ordenó el en-
carcelamiento de los líderes de la oposición mientras la
policía se iniciaba en una escalada de acciones sin otra
dirección política que la que marcaba el histerismo
desorientado de sus jefes, hasta el punto de que las celebraciones sindicales de ese primero de Mayo culmi-
naron en cargas a caballo, apaleamientos y detenciones en masa de sindicalistas, y eso que semanas antes
la Unión General de Trabajadores (UGT) se había atrevido a celebrar un congreso a cara descubierta, el primero desde el fin de la guerra civil, y las Cortes habían
votado una ley reconociendo el derecho de reunión.

—O sea —le explicaba el inspector Trigo a Samporio— la concentración de Montejurra no sólo está tolerada, es legal, pero traerá sorpresas, vendrá don Sixto, hermano del pretendiente, conviene que se demuestre de una vez por todas que los requetés son como son, en realidad no sé lo que conviene, no me pidas mucho detalle de lo que en verdad se persigue, a mí lo que me dicen es que hay que armar gresca, pues yo voy y la armo, bueno, la armáis vosotros por mí que para eso soy el que paga.

Achile Samporio explicó su entrevista con el Cachorro a su compañero de piso, Maurizio Malamoco, junto al que llevaba conviviendo más de dos años, ocultos ambos en Madrid, huidos de la policía italiana por su involucración con los Núcleos Armados Revolucionarios, aunque a Maurizio le buscaban también por relaciones con la mafia y el asesinato de un magistrado, comprendieron que no podían negarse a hacer el trabajo, después de meses de sobrevivir gracias a la miseria con que les subvencionaban Centeno y Trigo, dos policías inseparables, unidos tanto por lo simbólico de sus apellidos cerealeros como por lo sórdido de sus actividades. Hasta entonces los italianos sólo habían realizado tareas menores, actuar de provocadores en alguna manifestación o cosas por el estilo, y mientras el encargo de Trigo resultaba una pesada e inevitable obligación para Achile, consciente de las implicaciones de su compromiso político, Maurizio experimentó una satisfacción profunda al saber que, por fin, entrarían en acción después de tantos meses de jugueteos insustanciales. Tenía la cara deformada por la metralla de una bomba que él mismo colocó, con la mala fortuna de que explotó antes de tiempo, una hendidura en la frente le partía la mirada en dos y su inmensa nariz, agujereada como un acerico y obstruida completamente por dentro después del accidente, había perdido cualquier función orgánica, el mozo respiraba por la boca, de labios imponentemente hinchados, y no percibía olor alguno como no fuera el de la pólvora que le había quedado incrustada en la pituitaria, lo mismo que tenía incrustado en el cerebro aquel ruido ensordecedor que le acompañaba a todas partes desde entonces, retumbándole en las sienes y no dejándole pensar, ni dormir, ni descansar en forma alguna, hasta el punto de que sólo la acción le confortaba, cuanto más brutal mejor, sólo así podía acallar la violencia interior que padecía. Samporio abominaba de la humanidad espesa de su compañero, causante principal de aquellos intensos hedores que invadían el apartamento que, si por Maurizio fuera, jamás sería ventilado, pero a pesar de su expresión torpe, su raciocinio infantil y su comportamiento vulgar, había terminado por acostumbrarse a él. Achile estaba matriculado en la facultad de Derecho, así se lo había solicitado el comisario Centeno, te fijas en este de aquí y estotra de allá y me cuentas lo que hacen, sin más, como eres italiano y con pinta de rico nadie sospechará de ti como confidente, confidente no soy, que quede claro, se ofende el italiano, sólo colaborador de una causa justa, yo lucho por un orden mejor, si usted supiera la corrupción que hay en Italia también sería neofascista, y el comisario, ¡hombre!, yo de neo ya tengo poco, soy un policía de los antiguos, un funcionario público, no te creas que me gustan mucho

tampoco los que mandan aquí, tú limítate a hacer
lo que diga Trigo y verás qué bien te va, de la universidad cuéntame todo, ¿eh?, que a veces en los detalles está lo más importante, pero todo no le había
contado, no le había dicho por ejemplo que en el bar
de la facultad había conocido a una italiana, Marta,
¿cuál es tu apellido?, vale Marta a secas, con la que
coincidía ocasionalmente en clase, cursaba quinto de
carrera, era mayor que casi todos los alumnos aunque aún no había cumplido la treintena, la vida, el
matrimonio y esas cosas le habían impedido terminar
a su debido tiempo, ahora sí que iba a hacerlo antes
de ponerse a trabajar, no estaba dispuesta a convertirse en una maruja, ¿sabes lo que es una maruja en
España?, una mujercita de su casa, ¡fíjate qué horror!, ni le había dicho tampoco que esa circunstan-
cial amiga suya, o lo que fuera, militaba en algo de
la izquierda y que hasta le había querido captar a él
o poco menos, será estupendo que te infiltres, le habría dicho si no el Cachorro, pero él no era un chiva-
to, sólo un colaborador, no estaba dispuesto a traicionar a una compatriota, además no quedaba claro
en qué andaba la chica, parecía una burguesa caprichosa y poco más.

Maurizio Malamoco y Achile Samporio quedaron citados en la campa de Montejurra con José
Manuel Rupérez, alias Lobo. La noche anterior a la
concentración se alojaron en un hotelito familiar en
las afueras de Estella, no tenían que preocuparse ni
del registro de huéspedes ni de pagar la nota, los
gastos corren de mi cuenta, dijo el matón de la cara
granulenta, las pipas os las doy allí, volvemos todos
en coche nada más que acabe la fiesta y nos reuni-

mos en el chalet de mis padres en Pozuelo, en el galpón de atrás, para hacer un balance después de la corrida, esto va a ser como los sanfermines pero a lo grande, ya veréis, se van a joder todos, los carlistas y los que no, oye Achile, le preguntó Maurizio a su compañero, ¿qué es un carlista?, como un nazi pero a la navarra, aunque ahora a algunos les ha dado también por el comunismo, contestó, pues algo había leído en los periódicos, gente dura, en cualquier caso, aficionada al cuerpo a cuerpo, entonces tiene razón Lobo, se rió Malamoco, será como correr los encierros, si me animo el mes que viene igual vuelvo para eso. Rupérez llegó al hotel acompañado por un individuo gigantesco, un gañán tartamudo que prefería no decir mucho y le servía de guardaespaldas en las ocasiones difíciles, éste es Arsenio, le presentó, tartaja de lengua pero no de puños, depositó en una de las camas de la habitación la bolsa de deportes que le colgaba del hombro y extendió sobre la colcha, descolorida de tantos lavados, seis o siete pistolas de diverso tamaño, recomiendo la Beretta, dijo, poco usada aquí, las nueve milímetros las suelen utilizar los vascos, tampoco os preocupéis mucho porque sólo hay que disparar al aire, salvo que os ataquen, claro, entonces tiráis al bulto, a la campa acudirían miles de personas de todas las edades, partidarios de varias ramas carlistas, se esperaba la presencia del pretendiente Carlos Hugo y de su mujer, la princesa Irene de Holanda, seguían expulsados del país por orden gubernativa pero entrarían clandestinamente, también estaba prevista la asistencia de su hermano Sixto, dispuesto a disputarle el liderazgo de la causa y cuyos seguidores venían prestos a romper la marcha haciéndose con la cima del monte donde acababa el Vía Crucis, había que darles una ayudita y dejar que se pegaran entre ellos, nada de pasarse ni un pelo, por lo demás, que no se preocuparan si les agarraban los guardias, se encargarían de soltarlos en seguida.

—Como no funcione la Reconquista, me juego mi reputación, y el ministro el cargo.

—Hombre, ya sabe usted que la de los moros, la reconquista de verdad, se tomó varios siglos —bromeó Centeno ante la observación del coronel Dorado—, aunque creo que la nuestra irá más rápida.

A la anochecida del día 8 de mayo de 1976, mientras Lobo y un puñado de matoncillos a su mando emprendían desde Estella el camino hacia el monasterio de Irache, en la falda de Montejurra, el jefe del Gabinete de Pensamiento de los servicios de inteligencia españoles despachaba los últimos detalles del operativo previsto para las celebraciones carlistas. A Centeno se le escapó una sonrisa al oír de nuevo el nombre de Operación Reconquista adjudicado a aquella maquinación de miembros del ejército, la policía y el gobierno, tendente a causar un desorden que justificara la severa intervención de la autoridad, ese nombrecito clave es una cursilada, ¡una mariconada, vamos!, dijo el comisario mientras se preguntaba quién sería el don Pelayo que la había puesto en marcha.

—Estamos ante una oportunidad magnífica —explicó Dorado—, nos cargamos a los carlistas, deslegitimamos a la ultraderecha y debilitamos al presidente Arias, todo de un golpe. O sea, empezamos a poner orden.

Centeno se ajustó las gafas y entornó los ojos para distinguir mejor en la penumbra la cara inexpresiva de su superior. ¿Ahora se trataba de cambiar al jefe del gobierno?, por supuesto era un débil que más parecía el administrador de los bienes de la viuda del Caudillo que el albacea político del dictador, pero a él no le gustaba el tema y le inquietaba, sobre todo, no saber bien para quién estaban trabajando, por primera vez en mucho tiempo comenzaba a sentir que le fallaba el suelo bajo los pies, que se ocupaba de asuntos que no controlaba. La semana antes le había dado instrucciones a Fernández Trigo para que comprara decenas, cientos de cayados, bastones y palos que los servicios de Dorado se encargarían de repartir a los asistentes a la concentración del monte, durante días reclutaron a cuanto mercenario estaba disponible, una veintena de italianos, también portugueses ex miembros de la PIDE, chilenos de Pinochet y algunos argentinos con experiencia en esas cosas, los argentinos eran buenos en la algarada, por lo menos desde Perón.

— Comprenda usted, comisario, que no podemos permanecer inmutables ante el deterioro de la situación, se necesita un hombre fuerte, Fraga, Campano, digo éste porque dirige la Guardia Civil, crucial en ocasiones así, hay que impedir la deriva izquierdista de Carlos Hugo, acabar con esas mamarrachadas del socialismo autogestionario que anda predicando, ¡cuando resulta que está casado con una de las mujeres más ricas del mundo!, las ambiciones de su hermano nos vienen que ni pintadas.

—Con la Guardia Civil ya está todo hablado, habrá apoyo de la fuerza en lo que se necesite, pero no estoy seguro de que todos los que andan metidos en esta conspiración...

—... esa palabra no debería pronunciarla —le interrumpió bruscamente el otro—. ¿Se siente como un conspirador? ¿Cree que yo lo soy? Nos limitamos a cumplir lo que nos mandan, el Estado necesita servidores que no hagan preguntas.

—Pero también que no sean estúpidos. Coronel, ambos llevamos demasiado tiempo en estas guerras como para andarnos con remilgos. Lo de mañana en Montejurra le interesa mucho a alguien, alguien piensa que va a sacar tajada de todo esto, y a mí me parece muy bien, pero no por eso voy a comulgar con ruedas de molino, quiero decir que si estamos todos en el ajo, me gustaría saber quién es el jefe.

—¡El jefe soy yo! —se irritó, inusitada, ridículamente, el militar, este Centeno se está volviendo viejo, le había dicho el día anterior al ministro, desde que se amancebó con la negra no da pie con bola, y el ministro, que no fuera desagradecido, gracias al comisario el coronel había regresado a los servicios secretos, pero ahora se trataba de lo importante, que también era lo urgente, o sea, saber que todo estaba preparado según lo previsto y que en Montejurra se aplicaría la ley y el orden si se producían los temidos disturbios, él lamentaba una enormidad tener que partir de viaje, parecía como si quisiera quitarse de en medio pero se trataba de una visita oficial programada con mucha antelación.

Mientras Centeno discutía con el coronel Dorado sobre la conveniencia o no de utilizar la palabra conspiración, grupos de jóvenes comenzaban a congregarse a las puertas del monasterio navarro desde donde, al día siguiente, comenzaría el itinerario del Vía Crucis que conducía hasta la cima de la montaña contigua. Aquella combinación de acto religioso y manifestación política era costumbre más reciente de lo que imaginaba el Cachorro, databa sólo del final de la guerra civil, pero ¿a quién de los congregados le importaba ese tipo de detalles?, lo importante era que se trataba de una manera de afirmarse el requeté, que había luchado junto a Franco y luego se había visto traicionado por sus secuaces, con el entronamiento de un nuevo rey impostor como Juan Carlos.

—Todo a punto, camarada, sin novedad en mi centuria.

Un joven de mirada iluminada y semblante angelical, como arrancado de un lienzo de Murillo, se cuadró ante el rufián de Vallecas alzando la mano a la altura de los ojos, diseñando un perfecto saludo a la romana, a José Manuel Rupérez, alias Lobo, no le gustaban aquellos excesos, en realidad no sabía por qué seguía alistado en la Falange Auténtica, ni por qué andaba todavía armando camorra, su padre iba ya para viejo y antes o después tendría que sucederle en su puesto en el mercado, le había prometido ¡por éstas! que sería el último año, pero era preciso detener la deriva liberal en la que andaba metido el régimen desde la muerte del Caudillo, el franquismo sin Franco era posible sólo en la medida en que los franquistas quisieran construirlo, únicamente Girón y algunos generales parecían tener las ideas claras, también Oriol, con el que se había cruzado esa misma noche en los pasillos del hotel, era nada menos que presidente del Consejo de Estado y estaba dispuesto a dar la cara, a financiar, si fuera preciso, la Operación Reconquista, ¿reconquista de qué?, le preguntaron sus muchachos a Lobo, y él, de la dignidad de ser español, de la decencia de la patria, de la estabilidad y el orden, ¡caray, Lobo, le dijo una rubia de melena larga que se moría por sus carnes, pareces un intelectual!, es que yo leo, chorva, y hay que restaurar la fuerza del Estado, eso es, se trata de reconquistar el Estado, le había dicho el ministro al coronel Dorado, «necesitamos un Estado fuerte, poderoso, que se haga respetar y temer por sus administrados, que no se desmembre en querellas intestinas, en este momento el futuro de España es de enorme enjundia y trascendencia, está en discusión su misma identidad, su propia subsistencia como Estado nacional, España es lo único importante, una España moderna, pero que sea España, no un guiñapo de nación, empobrecida, destrozada, desunida y disuelta», y Dorado, sí, señor ministro, entiendo que queremos una España española, o sea, piensa el militar, no está tan mal puesto el nombre de Operación Reconquista por mucho que se ría Centeno de él, los policías, ya se sabe, son lumpen, aunque les necesitemos se toman su profesión como un trabajo más, sólo los militares sabemos que la seguridad de la patria equivale a una misión casi sacerdotal.

Es la fuerza lo que hace grandes a los hombres y a las naciones, comenta Lobo a los de su cuadrilla mientras ascienden por la ladera del monte, mañana la usaremos como demostración de nuestro futuro, Achile Samporio jadea detrás de Malamoco, que no sabe a qué viene tanto comentario, lo que necesitan son municiones, órdenes y menos palabras que no sirven para nada, ¿verdad, Arsenio?, Arsenio asiente con la cabeza, luego explica a duras penas, mordiéndose la lengua y atragantándose con la saliva a cada instante, que a su jefe le gusta hablar, no quiere que le tomen sólo por un matón de tres al cuarto, es alguien con estudios, lector de José Antonio, de Ramiro Ledesma, familia de postín, hace lo que hace por convicción, no por pasta, igual que yo, farfulla Achile, igual que tantos..., y ésa es nuestra verdadera fortaleza, piensan los jóvenes, sudorosas las camisas por el esfuerzo en la ascensión, luchamos por lo que creemos, por un porvenir mejor, hasta la última gota de nuestra sangre, si es preciso, pero antes tendrán que derramar ellos la suya.

A la mañana siguiente, de buena hora, comenzaron a llegar los autobuses cerca de Irache. Lloviznaba y hacía un tiempo desapacible. Desde la cima del monte, Achile Samporio y su compañero de puesto, un portugués de expresión dura que dijo llamarse José del Divino Amor, contemplaron cómo un mar de boinas rojas se ponía en movimiento en dirección a la cumbre, donde una treintena de hombres jóvenes y fornidos se encontraban apostados desde la madrugada, abrigándose algunos con mantas, combatiendo el relente los más a base de pacharán y café. Estación por estación, misterio tras misterio de la pasión de Jesucristo, apoyándose muchos en los bastones que habían recibido de manos del inspector Trigo y sus secuaces, los seguidores de la Hermandad del Vía Crucis Penitencial de Montejurra se esforzaban en rezar, haciendo caso omiso de los vituperios y denuestos que algunos falangistas y guerrilleros de Cristo Rey les lanzaban desde los márgenes de la procesión, de pronto, Achile vio que una avanzadilla de muchachos, con una cesta al brazo, como si fuera de la merienda, se daba prisa por ganar la cima, en ese instante se oyó un tiro allá abajo, junto a la iglesia, y hubo un gran tumulto, algunos comenzaron a usar sus puños para defenderse de la horda hostil que se les echaba encima con palos, piedras, cadenas y guantes de hierro, ¡usad las cachimbas, los bastones!, gritaba el Cachorro confundido entre la multitud, para eso se los habían dado, ¿no?, y entonces el individuo que daba las órdenes a los que estaban arriba del todo, un personaje rechoncho con las piernas arqueadas, tiró fuertemente de la manta que cubría unos matorrales y dejó al descubierto un subfusil ametrallador descansando sobre un trípode entre un par de rocas, ¡fuego!, gritó con marcialidad militar, los italianos, los argentinos, los portugueses, sacaron sus pistolas y comenzaron a disparar al aire, pero no sólo al aire, porque algunos de los que estaban a punto de ganar la cúspide cayeron al suelo fulminados por los disparos, palpándose la herida con un gesto de desamparo y dolor, mientras Maurizio descargaba su Beretta haciendo alarde de una gran euforia y la cesta que transportaban los muchachos rodaba ladera abajo, desparramándose en el suelo el cáliz, las vinajeras, las hostias, los artilugios necesarios para la misa de campaña que pensaban celebrar, los improvisados monaguillos corrían gritando e insultando a los fascistas, la mayoría de los cuales huía ya por la otra vertiente del monte, eso hizo Achile, eso hizo el del amor divino, casqueando como un caballo, ganando a grandes zancadas el sendero de los

Cañones, vaya nombrecito para un día como aquél, perseguido por un grupo de guardias, algunos con tricornio y capote, otros en traje de campaña, todos envueltos en humo y en un olor a explosivos que Maurizio no distingue porque es un olor que le acompaña siempre, forma parte de su personalidad, de su manera de ser y de su historia, vaya jaleo que se ha montado le dice a Samporio, y éste, calla y corre, que nos pisan los talones, saltando sobre los matorrales, bajo una fina lluvia y un cielo gris como la pólvora, pateando las piedras, tronchando los tomillos, pisoteando los restos de las cajas de munición que han quedado abandonadas en la huida, «pirotecnia militar», pone en las tapas, corre Maurizio que nos alcanzan y aunque Lobo diga que nos han de soltar seguro, vete a saber si no nos devuelven a Italia, este Fernández Trigo es un cabrón, *figlio di puttana,* ¡mejor no hables italiano, mejor no hables nada y corre!, aunque oigas ese grito extraño, ¡alto a la Guardia Civil!, no hagas caso, no te pares nunca aunque te lo manden, aunque disparen, aunque te creas muerto, no te pares por nada de este mundo, corre como un desesperado y tira la pistola, borra las huellas, que no te encuentre nadie nada, estás limpio, Achile, limpio, tú eres un neofascista de los convencidos pero no un cabrón de mierda, no eres un asesino, no vales para ello, ¡las cachimbas, emplead las cachimbas!, grita sin pausa el Cachorro, mientras los del tricornio tratan de poner orden en la trifulca y se llevan al celular a un individuo de pelo cano y porte erguido, tocado con una chapela colorada, oculta sus ojos a la luz tras unas gafas de cristal ahumado y se envuelve en una gabardina grasienta, larga casi hasta los tobillos, ¡ase-

sino, hijoputa!, le increpan quienes le rodean, si pudieran le lincharían como él hizo con el joven Ricardo por su cuenta y riesgo, sin mediar palabra, le
pegó un tiro a quema ropa y el cuerpo sin vida del
chico yace ahora en el suelo húmedo, entre el llanto
y la ira de los congregados, un grupo de italianos se
lleva de arremetida a Sixto de Borbón, con tal violencia tratan de protegerle que más se diría son sus
adversarios que sus cómplices, hay que sacarlo de
España antes de que le interrogue un juez, bueno,
no corramos tanto, de eso ya se encargará la policía,
un sacerdote a lo Zalacaín empuña una bota de vino
y una hogaza de pan y se dirige raudo hacia la cumbre, porque lo que es celebrar misa, él la celebra,
mientras quienes le siguen entonan el *Oriamendi* a
media voz, dándose ánimos en la escalada, por Dios,
por la patria y el rey, Carlos Hugo se escabulle del
tumulto debido a razones de seguridad y la princesa
Irene se encarama a una piedra y pide calma, no res-
pondáis a las provocaciones, no os dejéis arrastrar
por los violentos, mientras Achile gana la explanada,
allí está el coche, Maurizio, vámonos para Madrid,
nada de acudir a la cita con el Lobo, a estos españoles no hay quien les entienda, ¿cuántos pretendientes
al trono tienen?, ¿tres, cuatro?, ¿por cuántos están
dispuestos a matarse entre ellos?
    Todo ha sido una lamentable lucha entre her-
manos, un fratricidio incomprensible, tranquiliza el
ministro a la opinión pública después de su regreso,
a uña de caballo, de un viaje de Estado a las chim-
bambas, don Sixto ha sido expulsado de España, su
hermana María Teresa ha sido expulsada de España, el pretendiente ha huido y se encuentra fuera de

España, en España sólo hay un rey que es el que reina, pues vamos a ver si le dejan, comenta en la tertulia de El Comercial don Epifanio Ruiz de Avellaneda, porque entre su padre, los carlistas y los monárquicos de toda la vida, esto se está poniendo interesante, es que lo de los reyes se lleva poco en el mundo, apostilla Primitivo Ansorena, en cualquier caso, añade, lo que ha pasado deja bien a las claras que no estamos preparados para la democracia, ha sido morirse Franco y desatarse la violencia, ETA, el requeté, los comunistas... la policía no da abasto para contenerlos, por si fuera poco hemos entregado el Sahara, la inflación se desata, las huelgas proliferan, cada vez se ven en la calle más ikurriñas, más senyeras, cualquier día nos llenan de banderas rojas o republicanas, nadie respeta la enseña nacional, nadie la defiende, lo de la batalla entre hermanos de los carlistas, comenta el comisario Centeno a sus superiores, no hay quien se lo crea, mucho menos después de que hayan aparecido huellas de los militares en la campa y se sepa que el principal detenido, el hombre de la gabardina, es un oficial retirado, no se preocupe, comisario, le consuela Dorado, la verdad es que no ha podido salir mejor, es una lástima lo de los muertos pero en tres meses estará olvidado el asunto, éste es sólo el principio, las cosas comienzan a ponerse en su sitio, ahora sabemos del lado de quién está la fuerza y podremos, a cambio, conjurar el miedo, aquí nadie le va a dar la vuelta a la tortilla, nadie se tiene que arrepentir de nada como no sean los delincuentes de siempre, ni vamos a bajar un ápice la guardia, porque eso sí, como nos descuidemos querrán corrernos a todos a gorrazos, igualito que en Portugal, es que allá, mi coronel —resalta Centeno lo del mi—, el ejército está con la revolución, mientras que aquí ni siquiera sabe por dónde se anda, eso marca la diferencia.

Tres

—Pase, pase por aquí, ya han llegado algunos de sus compañeros, o mejor te tuteo, ¿no?, te puedo tutear, claro, somos casi de la misma edad, verás que estamos de lo más excitados, aunque el trámite es un poco engorroso, ¡el Consejo del Reino tiene que nombrar una terna para que el rey escoja al presidente!, dos de los del trío irán de relleno, el tercero, aunque sea el que menos votos saque, es el que cuenta, el que don Juan Carlos imponga, no es que le guste borbonear, aprendió de los errores de su abuelo, pero alguien tiene que hacer la democracia, ser el motor del cambio, alguien tenía que decirle a Arias que se fuera, era un desastre sin paliativos, *unmitigated disaster,* dijo el rey a un periodista americano, habla muy bien inglés el monarca, y portugués, y francés, es un políglota.

Ramón Llorés atravesó el vestíbulo repleto de alfombras descoloridas y muebles *chippendale* que soportaban resignadamente decenas de fotografías con marcos de plata, recuerdos de Perón, Kennedy, don Juan de Borbón, De Gaulle, Pío XII, en contraste con los cuadros impresionistas de las paredes, subrayado el silencio por el compás de un reloj de péndulo, embotado el ambiente en aromas de un perfume floral mezcla de rosas y almendras amargas, caminaba detrás de su interlocutor, un individuo alto de maneras afectadas, bien peinado, un punto cursi en el vestir, se movía con desparpajo por las estancias del chalet y no paraba de hablar y de hablar, sin duda para poner coto al entusiasmo que le embargaba, hasta que llegaron a una salita de dimensiones reducidas en la que aguardaba un pequeño gentío, tres o cuatro cámaras de televisiones extranjeras, fotógrafos, corresponsales de los periódicos más afamados de Europa, Ramón saludó con un gesto mínimo mientras se arrellanaba en una butaca, sometido al acoso de su acompañante, al que inútilmente trataba de interpelar.

—Pero estás seguro, Mc Malley...

—... O'Malley, no Mc Malley, eso sería escocés, O'Malley, como O'Donnell, O'Reilly, O'Shea, O'Shannagan... irlandeses todos, también españoles de pura cepa, católicos, monárquicos, militares, liberal-conservadores, dime, ¿de qué tengo que estar seguro?

—¿Hasta qué punto sabéis que elegirá el rey a Areilza como presidente?, hay rumores muy distintos.

O'Malley se hurga con el meñique la oreja izquierda, escarba que te escarba, como si le hubiera entrado un bicho o tuviera una erupción, hasta que extrae enganchada a la uña una mínima muestra de amarillo cerumen, todo ello con naturalidad, a eso los finos lo llaman *nonchalance,* piensa Ramón, como si la higiene no fuera con ellos, dando a entender que ni duques ni marqueses, ni siquiera tampoco los barones, tienen que demostrar que saben guardar las formas, un cierto desaliño está bien visto en la corte, hace más popular a sus habitantes, desdice de la rigidez del protocolo, por fin O'Malley contesta a la pregunta, hombre, seguros del todo no estamos, ¿quién lo está en estos tiempos?, pero mira, Motrico... Areilza es conde de Motrico, ya sabes... reúne todas las condiciones, noble, demócrata, monárquico, de derechas, liberal, conoce a los franquistas porque primero los ha parido y luego los ha sufrido, a la oposición, que le recibió con los brazos abiertos, a los gobiernos extranjeros, a los intelectuales, tiene mano en las cancillerías, en la prensa, fíjate en la cantidad de cronistas que estáis aquí, habla idiomas, lo de los idiomas es muy importante, ha sido embajador, ministro, escribe libros, además es rico, podremos estar seguros de que no roba, ¡no sabes cómo han robado los azules y los del Opus, y todos los demás!, por último, *last but not least,* puede arreglar mejor que nadie lo del padre, porque don Juan sigue siendo el rey, eso que conste, para los monárquicos auténticos es el único, Juan primero o segundo, no me acuerdo muy bien del orden, y alguna solución tendrá que haber, que empuñe el cetro por un día y luego abdique en el hijo, algo semejante, no podemos mantener una disputa dinástica con la que está cayendo, en definitiva, que seguros, seguros, no estamos, pero casi seguros, Juan Carlos le contó a Motrico, a José María de Areilza quiero decir, José María es un nombre precioso, ¿no te parece?, mucho más elegante y español que esa horterada de José Antonio, cuando se deshizo de Arias se lo comentó antes que a nadie, estaban en la presentación de credenciales en palacio, una ceremonia bien bonita, con sus caballos, sus palafreneros y sus cornetas, le reveló su decisión para luego ordenarle, tú ni te muevas,

¿eh?, yo me encargo de todo pero si te mueves igual lo estropeas, y Motrico ha estado la mar de calladito, eso son signos, ¿no te parece?, bueno, más que signos, certezas, o sea que no estamos seguros, pero casi, casi, sentencia O'Malley al tiempo que expulsa hacia el espacio con habilidad y tino el pequeño esputo de cera que aún mantiene en la uña de su dedo meñique, impulsándolo con ímpetu mediante un hábil ejercicio del dedo pulgar.

En la redacción del diario, Eduardo Cienfuegos se juega una cena con Artemio Henares a que Areilza será el elegido, eso resultaría estupendo, argumenta el otro, porque Motrico ha sido falangista, alcalde de Bilbao después de la guerra y embajador de la dictadura en no se sabe cuántos sitios, pero últimamente se le ve rescatado para la democracia, es un converso de los buenos, nada que ver con el mierda de Carlos Arias aunque esté en su gobierno como ministro de Exteriores, total, concluye Artemio, que me parece demasiado bueno para ser verdad, pero ¿no te das cuenta, le interpela Eduardo, de que es perfecto para el continuismo?, un Lampedusa de catálogo, por eso han aprobado una ley que permite los partidos políticos, ¡salvo uno, claro, el comunista!, que es el único que de verdad existe, el único que ha luchado contra la dictadura, sin los comunistas es imposible hacer la democracia, eso lo admite cualquiera, y Artemio que está muy bien todo lo que dices, chaval, Motrico seguro tragaría hasta con Carrillo y con lo que haya que tragar, pero el rey parece harto de que todo el mundo le diga lo que tiene que hacer, desde pequeñito no ha hecho más que obedecer órdenes, de su padre, de Franco, de sus pro-

fesores y tutores, no creo que vaya a meterse ahora
en un pantano de areilzas y fragas, buscará alguien
de su edad al que pueda manejar como es debido,
para la democracia o para el juancarlismo, para lo
que quiera porque lo de que sea un demócrata está
por ver, la monarquía, por principio, no es muy democrática que digamos, ni siquiera te discuto lo de
Lampedusa, pero si el rey no cambia en serio esto,
lo cambian a él, por eso se ha cepillado a Arias, pues
a mí las explicaciones me parecen más fáciles, interviene foto Liborio en la conversación, no hay que
empeñarse en buscarle los tres pies al gato, el presidente ha sido fulminado por los rayos que cayeron
en la fiesta del 24 de junio, no por ninguna razón
política, las cosas son así, el régimen puede digerir
bien unos cuantos muertos en las manifestaciones,
pero la cabeza chorreando de la duquesa de Alba...
eso no hay monarquía que lo resista, es casi peor que
la guillotina. Habían concentrado a los invitados en
el Campo del Moro, se trataba de abrir el palacio real
a la sociedad, los caballeros iban de esmoquin, las señoras se emperifollaron durante horas de peluquería,
satenes, encajes, uniformes, medallas, broches, collares, nervios, cabezazos, reverencias, música, fotógrafos, mucho protocolo y pocos canapés, apostilla foto
Liborio, éstos van a ser tan cuarteleros y tacaños como
en El Pardo, con el rancho van que pedalean, pero
nadie pensó en el parte meteorológico, lucía el sol a
primera hora de la tarde sobre el centro de Madrid,
hacía un calor de muerte y los escotes blasonados se
ofrecían generosos a la contemplación del joven rey
cuando inclinaban respetuosa y humilladamente la
cabeza ante su majestad, dejando ver el surquillo im-

paciente que formaban los senos de la señora duquesa o de la actriz de moda, por ellos discurría un
mínimo hilo de sudor buscando el desaguadero hacia el sur de la anatomía de las damas, húmedas por
fuera y por dentro, presas del arrebato del momento, hasta que comenzaron a concentrarse las nubes
sobre las altas copas del parque, poniendo un fondo
tenebroso al verde de aquel hermoso jardín botánico de la monarquía que la República declaró de interés artístico, cúmulos, nimbos, cirros y estratos en
sus más variadas y desconocidas subdivisiones y clases, se reunieron en singular concilio sobre la fuente
de los Tritones, resecos sus cuerpos de pez por la ca-
nícula madrileña, tan faltos de agua se mostraban
que el cielo comenzó a verterla generosamente sobre
el parque sin que hubiera paraguas, capotes ni jaimas
que protegieran a los convidados, corrieron presurosos a protegerse bajo las ramas de los árboles, discutiendo entre ellos sobre la espesura de su fronda,
si los castaños les abrigaban de la lluvia más que los
plátanos, los tilos o las acacias, mientras el chubasco
se convertía en monzón y levantaba un viento que se
llevaba por delante gorras de militares y esclavinas
de cardenales, aliviando faldas de organdí y dejando al descubierto la carne trémula y la piel ajada de
los muslos, los encajes de modernos miriñaques, braguitas de hilo y seda natural que se anunciaban en
las revistas femeninas para envidia de damas y solaz
de caballeros, los reporteros disparaban sus cámaras
inmortalizando ligueros y celulitis de los glúteos más
famosos de España, hasta que el rey se retiró de improviso a sus aposentos y todos se precipitaron, entonces, hacia la salida, braceando entre el agua, chapo-

teando en el barro que les salpicaba las ingles, buceando a sus anchas entre el despavorido y selecto público, ahora transfigurado en espantada horda, buscando sus coches, reclamando a los chóferes mucho antes de la hora prevista y viéndose obligados a esperar durante tiempo interminable bajo el inclemente chaparrón, el rímel corrido, emborronado el carmín, apelmazado el maquillaje, destacándose algunos temblorosos pezoncillos bajo el lamé empapado, destruidos los peinados, chorreando las pamelas, descoloridos los uniformes, hasta que por fin alguien dio la voz de alarma a los conductores concentrados en una taberna cercana para ver el partido de turno en la televisión, ¡la lluvia ha acabado con la fiesta y están los jefes esperando su vehículo!, carreras, disculpas, ahogos, tembleques, Carlos Arias presidía la manifestación de los descontentos encabezando la cola del parking, musitaba con un ayudante militar lo del rey prudente, eso de que no mandó a los suyos a luchar contra los elementos, los elementos habían triunfado, habían desarbolado la primera gran puesta en escena de la monarquía, la primera fiesta de la corte, cuyos representantes se comportaban como tropa en retirada, aterida por el frío, sojuzgada por el granizo, por culpa de que a nadie se le ocurrió instalar una tienda de campaña, unos toldos para guarecerse de la inclemencia, eso y nada más que eso, o sobre todo eso, matiza foto Liborio, le ha costado el puesto al presidente del gobierno, porque ni este rey ni ningún otro pueden permitirse que su puesta de largo se vea pasada por agua, hasta que suena el teléfono y Alejandra, la telefonista del periódico, piropea a Eduardo, ¡guapísimo!, que te llama Lourdes desde las Cortes, fumata blanca dice la chica, a Eduardo le gusta Lourdes, le pone cachondo, se le levanta con sólo oír su voz, ha salido la terna, repite ella, ¿quién es el tapado?, pregunta ansioso, un segundo de silencio define el suspense mientras Eduardo Cienfuegos se palpa inconscientemente el paquete, Adolfo Suárez, el ministro del Movimiento, será el presidente, ¡perdí una cena, me cago en diez!, yo estaba convencido de que elegiría a Motrico, exclama cada vez más excitado antes de colgar dando un porrazo, mientras Artemio sonríe displicente, ¿lo ves, muchacho?, aquí ni Lampedusa ni nada, ¡un buen fascista es lo que nos andaban preparando!

—Otra vez será, O'Malley.

Ramón Llorés intenta despedirse, acaba de hablar con Eduardo Cienfuegos desde una salita del chalet de Aravaca y le ha confirmado la noticia, bueno, contesta el otro metiéndose el dedo en la nariz y rastreando en su interior las secreciones hasta encontrar una más seca que el resto, ellos son los que se lo pierden porque Adolfo es un reaccionario, el delfín de Carrero, ¡no te digo nada!, espera un momento que en seguida os recibe Motrico, está muy contristado pero no quiere dejar de saludar a los periodistas, se siente engañado, esta decisión no le va a gustar a nadie, a don Juan menos que a ninguno, O'Malley juega disimuladamente con el moco entre el índice y el pulgar, husmea dónde puede depositar la pelotilla y duda entre arrojarla de nuevo al espacio exterior o adherirla a los bajos de cualquier mueble, o quizás convenga hacerlo detrás de uno de los marcos que adornan las imágenes-souvenir de la vida de prócer del dueño de la casa, está visto que quieren intentar lo del franquismo sin Franco, allá ellos y peor para el mundo, en el editorial, da instrucciones Artemio a Eduardo, conviene no cerrar todas las puertas, aunque no sé si queda abierta alguna, conozco a Suárez de hace tiempo, es buena persona pero muy conservador, un típico del Frente de Juventudes y del Opus, ¡mira!, esa foto vestido de facha con la camisa azul está bien para ilustrar su biografía, demuestra a las claras quién nos llega, no tiene agilidad en la mirada, sus ojos parecen botones, ni el gesto tozudo de los autoritarios, va muy atusado, más repeinado que un sanluis, pero es un chulito, producto genuino del régimen, Eduardo asiente malhumorado con la cabeza, todo es empeorable, masculla, nos cambian a un fascista viejo y tonto, como Arias, por otro espabilado y en la flor de la edad, esto no hay quien se lo trague, a lo mejor tiene razón Liborio, quién sabe si el único motivo de la crisis fue el fiasco de la fiesta en palacio, los reyes son una cosa muy rara, piensan distinto a los demás, el corazón apenas les bombea, por eso tienen la sangre azul y se comportan como los diplodocus, especie en extinción.

Ramón Llorés llegó a su apartamento muy tarde aquella noche de julio, O'Malley se había puesto tan pesado, empeñado en que tomaran una copa, que por último cedió sin saber muy bien por qué, al fin y al cabo no tenía nada mejor en que entretener el tiempo, no pensaba escribir una crónica sobre Areilza, el primer ministro que nunca existió, y le parecía demasiado pronto para hacer un análisis de la personalidad de Suárez, los datos ya los habrían dado las agencias, ¡resultaba exótica la decisión de entregar el poder al jefe del partido único, del fascismo español!, era preciso hablar con más gente, consultar, contrastar lo sucedido, parecía imposible que el régimen quisiera suicidarse tan rápido, todo el mundo sabía que de una forma u otra España acabaría por ser una democracia, y don Juan Carlos había sido autónomo en su decisión, ¿o no?, nadie le mediatizaba todavía, ni siquiera el ejército, de modo que alguna razón habría para todo aquello, la copa con O'Malley duró más de lo debido y ahora, tendido en la cama, un poco mareado, mareado del todo, pensaba de nuevo que lo tenía que dejar, el periodismo no era lo suyo, sólo los negocios, aunque escribir para la prensa americana le permitía evadirse de la nostalgia de la acción política y le otorgaba, también, cierta influencia, parecía que hubiera transcurrido un siglo desde aquellos años en la universidad, las carreras frente a los guardias, las noches en vela, los encuentros furtivos, las decenas de misivas desde París, con instrucciones, diagnósticos, consignas, el lío de los motes y de los alias, antes todo el mundo se llamaba de dos maneras, Marta era *María,* Cipriano era *Lorenzo* y Enriqueta, *Cristina,* los nombres de guerra multiplicaban la realidad embrollándola, confundiéndolo todo, a base de querer despistar a la policía habían acabado despistándose ellos mismos, Gerardo era *Pablo* y Eduardo se llamaba *Andrés,* mientras que los hermanos Alvear... no se acordaba del alias de los Alvear, quizá no lo tuvieron nunca, a saber si ellos no necesitaban una segunda personalidad, pero qué tontería, todo el mundo tiene por lo menos dos personalidades, sus dos nombres respondían a personas diferentes, a actividades diferentes, a deseos diferentes, él mismo, por ejemplo, fue el compañero *Tomás,* y no Monchito mío, como le llamaba su novia de América, Alberto hizo bien no picando el anzuelo, manteniéndose al margen, Alberto había sido siempre Alberto, aunque ahora le empezaban a poner el don en el ministerio, nunca hubo dos Albertos distintos, con uno bastaba, lábil, escurridizo, flexible como un junco, recio como una lanza, pero el compañero *Tomás* había dejado de existir, fin de esa esquizofrenia, para dar paso a Thomas Llores, como le firmaban en el *newspaper,* se mofó de sí mismo, llores o no llores jamás pondrán la tilde del apellido aunque está bien que el alias continúe sirviendo para algo, ése es un buen motivo para despedirse del periodismo, los nombres hay que respetarlos con acento y todo, los de verdad y los de mentira, ¿cuál era el nombre de verdad de Marta?, ¿Marta era *María?*, no, Marta era un ama de casa, madre de familia, recontrapariente suya, María en cambio era una pasada, una vestal de izquierdas, una activista en la política, un torbellino en la cama, un vendaval de vida, María era el despertar y Marta el anochecer, está bien tener dos nombres porque así puedes pensar de dos maneras, la derecha y los curas tienen eso bien aprendido, bautizan a la gente con tres o cuatro santos y cada uno vale para lo que vale, se llaman José Antonio María Bonifacio, según mande el santoral, o José Luis Gerardo del Monte Carmelo Trinidad, otros ponen comas en el apellido, por ejemplo ese o, coma, malei, no es tan estúpido, sólo un poco gilipollas y no sé si bastante mariquita, lo mismo que cualquier noble comprende el valor de los nombres, dice que José María es bonito, sabe a antiguo, a tra-

dición, es a la vez masculino y femenino, pertenece
a las dos orillas, si a Areilza le apuran un poco también estaría dispuesto a ser neutro con tal de llegar
al poder, los nombres no son las cosas pero signifi-
can las cosas, no son las personas pero las condicionan y definen casi tanto como el sistema nervioso o
la circulación de la sangre, Vladimir Ilich no podría haber hecho la revolución si se hubiera llamado Ángel Antonio, Cervantes no hubiera escrito el
Quijote si le hubieran bautizado como Antonio Da-
vid, a cada cual lo suyo, a lo mejor por eso Franco
llamaba siempre a la gente por su segundo apellido, el cabrón sabía el valor de la doble nomenclatura y él tenía un edipo con su madre que le llevaba
a mentar a la del resto, Juan Carlos rey no suena lo
mismo que Juan rey, a secas, eso de Juan Carlos habrá que estudiarlo más detenidamente, como lo de
que Suárez se llame Adolfo, seguro que es por Hitler, el führer era muy popular en España cuando él
nació pero, de todas maneras, piensa a trompicones
Ramón Llorés mientras se levanta de la cama a ver
si vomitando un poco se me va esta mierda de borra-
chera, ¡seguro que me han dado garrafón!, he hecho
bien en no enviar ninguna crónica sobre esto, porque el asunto no está nada claro, lo único evidente
es que yo le echaría un polvo ahora mismo a la compañera María si se pusiera al alcance, aunque con la
copa no se me pone tiesa, pero no me pienso comer
ni una rosca de Martita, de los nombres compuestos
hay que quedarse sólo con el que te interese o sirva
para algo, el de guerra suele ser el bueno, lo demás
es pura confusión, acabas traicionando a todo el mundo no porque quieras sino porque te equivocas y no

le llamas como es debido, o sea que le voy a decir a O'Malley que si quiere triunfar en política se quite la coma del apellido, queda más sandunguero.

Cuatro

Se abrochó la guerrera blanca de botones dorados, antes de ajustarse por enésima vez el nudo de la corbata que le sujetaba el cuello de la camisa azul mahón del que, por algún motivo oculto, había desaparecido el botón superior, dejando la tirilla en su desnudez más impávida, al fin y al cabo, se dijo, los falangistas de antes no usaban lazo, ni casaca con palas, ni lucían joyas con el yugo y las flechas, diamantes y rubíes para más señas, todas esas cosas se habían inventado después, cuando el régimen decidió convertir al partido en movimiento, unificándolo con los carlistas, una vez que la Falange ya lo había hecho con las Juntas de Ofensiva Nacional Sindicalistas, esas sí que habían sido el nazismo español, si no fuera por lo meapilas de su fundador, mucho más nazi que José Antonio, que había preferido mirarse en el espejo de Mussolini, reflejarse en el ensueño imperial de Roma y el latido secular del Mediterráneo, algo que un pagano como Hitler no pudo llegar a comprender nunca, o sea que aquel uniforme que con tanto esmero había planchado Rosita para la ocasión no era en realidad el uniforme falangista, ni tampoco podía decirse que fuera el de procurador en Cortes, no era el uniforme de nada, era un atavío inventado para que los fundadores del régimen institucionalizaran no sólo su sustancia sino

también su forma, probablemente se debía a la imaginación estética del propio Ramón Serrano Suñer,
don Epifanio recordaba haberlo visto de esa guisa ya
a principios de los años cuarenta y desde entonces
circulaban fotos del cuñado de Franco, el cuñadísi-
mo, con aquella vestimenta que había hecho furor
entre los cuadros y autoridades del sistema que no
eran militares, ni diplomáticos, ni ingenieros, que
no eran nada pero lo eran todo, o al menos lo habían
sido todo, encarnaban la esencia del poder, la médula ideológica de la dictadura, frente a tanto papana-
tas advenedizo, frente a los lechuguinos del Opus,
enfundados en sus chaqués de buen paño, y a los
aperturistas, empeñados en sustituir la camisa azul
joseantoniana por otra de tergal blanco, incolora e
insípida, ni siquiera necesitaba plancha, se lavaba a
mano con cuidado, se colgaba en una percha y, ¡zas!,
quedaba como nueva, lista para cualquier celebración, don Epifanio Ruiz de Avellaneda pensó que en
aquel día señalado se exigía el ceremonial debido, sin
blanduras ni acomodaciones, no dudó un momento
en elegir la saya azul oscuro que los camaradas de antes portaban a cuello abierto, algo despechugados,
no les fueran a confundir con los señoritingos de la
derecha a los que tanto decían detestar, luego se decidió por una corbata negra de seda natural que apenas se había puesto con motivo de algún duelo y no
reflejaba aún los visos causados por un uso excesivo,
se miró en el espejo adoptando una actitud crítica,
¿estoy bien para suicidarme, Rosa?, preguntó sarcástico a su mujer, y ella, ¡anda, no seas macabro, por
Dios!, ¡cualquiera diría que te vas a morir de verdad!,
pues claro, contestó, llevo ya la muerte en el alma,

aunque en realidad estaba deseando asistir al evento, *consumatum est,* ese mes de noviembre, primer cumpleaños de la monarquía recién instaurada, se había de convertir en la fecha del suicidio político colectivo más grande de la historia, conocía el relato del conde Astano, en el que cuarenta y siete nobles japoneses fueron obligados a cometer sepukku después que vengaran el asesinato de su señor, y hacía poco que los periódicos habían publicado noticias de un país del trópico en el que una pandilla de yankis, adictos a una secta cuyo nombre no podía recordar, pusieron fin a su vida ingiriendo venenos naturales extraídos de diversas plantas selváticas, mezclados con drogas químicas y alcohol, pero si el fin de la existencia de aquellas gentes resultaba de un dramatismo humano inigualable, ajusticiadas unas, víctimas las otras de la autodestrucción que el fanatismo religioso comporta, el harakiri colectivo que los miembros de las Cortes iban a perpetrar ese mediodía no se parecía nada en cuanto a trascendencia histórica, merecía el mejor y más cuidado de los rituales en su preparación, por eso resultaba normal que las galas fascistas compitieran para la ocasión con la túnica talar de los kimonos, sólo remedada por los ropajes cardenalicios que adornaban todavía las expresiones del poder político, y era lógico que la desnudez de los cuerpos a inmolar fuera aherrojada por los paños crujientes de almidón, los botones brillantes untados de sidol, universal limpiametales de los domicilios patrios de la época, las condecoraciones, las bandas de raso, los blancos guantes de hilo ajados por la erosión de la lejía y tantos otros perifollos que la vida oficial había ideado para otorgar color y vistosidad a las pocas ocasiones solemnes en que se reunía la corporación legislativa del país.

El gobierno había bautizado su proyecto de ley como el de la Reforma Política, encubriendo bajo nombre tan genérico la decisión inapelable, inaplazable, indiscutible e indeclinable, de destruir la arquitectura institucional del franquismo para dar paso a unas elecciones que todo el mundo sabía habrían de ser constituyentes, aunque nadie que no fuera de la oposición se atrevía a reconocerlo así, habláis de reforma pero será una ruptura, sin ruptura no hay cambio posible, le había dicho ya don Epifanio a su protegido Alberto Llorés cuando este acudió a consultarle el borrador del proyecto por indicación del ministro, le habían rogado que así lo hiciera dada su experiencia, también por si pudiera terciarse el utilizar su influencia entre algunos de los procuradores del sindicalismo vertical que podían verse tentados de boicotear el proceso, pero sobre todo por el aprecio y la admiración personal que Alberto seguía profesando hacia don Epi, de quien conocía sobradamente el escepticismo socarrón que le alentaba, su cansancio casi secular, cosmogónico, su estar de vuelta de todo, también su fino instinto político, la capacidad de análisis con que podía desmenuzar los sucesos de la actualidad, retorcerlos del revés, diseccionarlos, descubrir en ellos la verdad oculta de las cosas, la anécdota iluminadora, la razón de ser, ¡mira!, añadió don Epifanio, el único motivo de este galimatías, ruptura, reforma, reforma con ruptura, ruptura reformista, ni ruptura ni reforma, reformismo rupturista, rupturismo reformado, y tantas otras fórmulas lexicográficas como puedas imaginar, no sólo demuestra que los falangistas de hoy son muy dados a los juegos de palabras, creen que escribir es copiar el diccionario y que pensar es memorizar retruécanos, las causas profundas de la logomaquia en que todos andamos metidos, y cuando digo todos somos todos, los jóvenes, los camisas viejas, los jubilados franquistas, como yo mismo, los monárquicos, los republicanos, los de izquierdas, los de derechas y, por supuesto, los del centro reformista que nos gobiernan, es que cada cual asegura desear más que nadie la democracia futura pero ninguno quiere pechar con el pasado, menos aún con la tarea de estos días, nos salen demócratas de debajo de las setas, Alberto, ahora resulta que todo el mundo había estado en contra del Generalísimo pero no se atrevían a decirlo, con lo que no nos habíamos dado cuenta, todo el mundo se recuerda a sí mismo como víctima y nadie, o muy pocos, como verdugos, cuando en realidad todos fuimos verdugos de todos, nos lanzamos a una guerra fratricida de la que no acabamos de salir, ni siquiera la muerte de Franco nos ha servido para eso, el Borbón necesita que se cambie lo que se cambie pero, eso sí, dentro de la legalidad vigente que él juró por los huesos de sus antepasados, no le vayan a acusar de traidor, de perjuro, no le vayan a comparar con Fernando VII ni nada parecido, marchemos francamente, ¿quién de nosotros el primero?, por la senda de la reconciliación y de la democracia, pero sigamos el debido itinerario, sin retorcer la legalidad aunque algunos tengan que retorcerse el alma, piensa don Epifanio mientras se mira al espejo y se estira por enésima vez la casaca, a fin de que el primero de la fila no traicione, traiciona-

remos todos los demás, miles, quizá millones, trai-
cionará el país entero, la muchedumbre que hizo cola
ante la tumba de Franco, para llorarle o para curio-
sear a secas, hará cola ante la cuna del nuevo régimen, para adularle y para reclamar sus nuevos privilegios, los españoles somos como somos, andamos
de hidalgos por la vida cuando nuestra verdadera encarnadura es la de Sancho, pancistas hasta el final,
yo también, el primero de todos yo, que me voy a
autodestruir como las casetes de esa serie de la tele,
Misión Imposible, a base de dar el sí a la ley de Reforma Política, ¡he votado que sí tantas veces en mi vida!, sí por Franco, sí por la patria, sí por el rey, sí
porque sí, aunque nada de esto era votar, sino asentir, berrear a coro, bajar una vez más la cerviz, dejar
siempre pendiente la revolución pendiente y, como
yo, los cientos de procuradores por el tercio familiar, municipal y sindical, los consejeros nacionales,
los nombrados a dedo y los designados a puñados,
todos diremos amén Jesús para poner fin a nuestra
vida política, sellaremos el acta de defunción de un
régimen que murió ya hace muchos años para que
los más viejos, o los más fatigados, o los más honestos
nos vayamos luego a casa, a contemplar la retrans-
misión en directo del ascenso de los chaqueteros, la
metamorfosis o como quieran llamarla, después de
ver nuestros cuerpos decapitados rodar por las esca-
linatas del palacio de la democracia. Bajó los mucho
más humildes peldaños de su casa con parsimonia,
consciente de la importancia del acto que iba a realizar, el otoño madrileño seguía siendo benigno, lucía un sol azulado y apenas corría viento entre las
copas despejadas de los árboles, desparramadas por

el suelo las hojas de los chopos y los castaños de indias, la capital era una ciudad bonita y sucia, un jardín botánico entre el asfalto, un parque mal tenido, repleto de papeles, meadas de perro y motos en las aceras, desde que muriera el dictador las paredes comenzaron a embadurnarse de pintadas y de reclamos, amnistía-libertad, presoak kalera, presos a la calle, rojos al paredón, ¡Franco, Franco, Franco!, Lolita te quiero, volem l'estatut, sus habitantes ejercían la libertad de expresión a golpes de brocha, mientras decenas, cientos, de obedientes funcionarios encaminaban sus pasos hacia el cadalso de su inmolación, «*la democracia, en el Estado español, se basa en la supremacía de la Ley, expresión de la voluntad soberana del pueblo, los derechos fundamentales de la persona son inviolables y vinculan a todos los órganos del Estado*», decía el artículo primero del proyecto, doscientos años después vamos a hacer la revolución francesa, musitó en alta voz don Epifanio mientras contemplaba a través de la ventanilla del coche el andar despreocupado de los viandantes camino del trabajo, de las tiendas, del colegio de los niños, nada parecía indicar que aquél fuera un día de luto y muerte, el enterramiento de un régimen que expiraba años después de haberse disipado, un régimen que había evolucionado, se había transformado hasta la desfiguración, fascista y corporativo, aislado del mundo, en los años cuarenta, aliado servil del sacro imperio en los cincuenta, desarrollista, tecnocrático y cínico en la siguiente década, decrépito, zarandeado, absorto, impotente y débil al final de sus días. Con todo don Epifanio no sentía nostalgia alguna, es ley de vida que los hijos sucedan a los padres, se decía, sólo pi-

do al cielo, o a quien pete, que entre todos seamos
capaces de controlar la bestia, hay demasiado aficionado en esto de la política, tantos años como ha estado sometida a los dictados de la burocracia, de ahora
en adelante, si se cumple el testamento que sellamos
con nuestro suicidio, el legado final recogido en el
proyecto de ley, habrá elecciones libres, dos cámaras
legislativas y hasta se prevé una Reforma Constitucional, ya estamos otra vez con las palabras, ¿cómo
vamos a reformar la Constitución si no la tenemos?,
digo yo que primero habrá que redactar una y apro-
barla, pero esa es tarea para los que llegan, para las
generaciones que no vivieron la guerra y descono-
cen el valor humano, la calidad de vida, que encie-
rra el hecho de no haber tenido que disparar una
bala como no sea para cazar conejos o hacer prácticas de mosquetón antes de jurar bandera, también
ignoran que ahí radica todavía la fuerza del ejército, en su disposición a la violencia, en su estúpida o
ingenua convicción de que a estas alturas de nuestras vidas podemos todavía enderezar las cosas a base de palo y tentetieso. Y eso que motivos no faltarían, según algunos, para liarse a tiros, tantas son
las víctimas de ETA, tantos los guardias civiles des-
cerebrados de un disparo a bocajarro, los políticos
amenazados, y no en balde, los estudiantes abatidos
por una fuerza pública que no sabe disolver manifestaciones si no es a sangre y fuego, imponiendo otra
vez el hedor de la muerte, mientras matones de la
ultraderecha, colombianos, argentinos, italianos, sicarios de la internacional del terror, llegan contrata-
dos por los mismos que pretenden intervenir para
poner orden, ¡hay que ver en lo que se han converti-

do Esteban Dorado, flamante jefe del Gabinete de Pensamiento de los Servicios de Inteligencia, y tantos otros!, de militares a espías, de soldados a rufianes, se jugaron el tipo en las trincheras por mejorar el futuro de sus hijos y ahora conspiran contra su propia sangre porque no aceptan que su estirpe se rebele contra ellos, pero todo es vanidad, *mataiotes mataiotetos,* lujuria de poder, activa resistencia contra el paso del tiempo, lavan presurosos los símbolos de sus viejas creencias, blancos blanquísimos, limpios limpísimos, por la acción penetrante del nuevo detergente, para ensuciarlos con las babas del oportunismo, incapaces de reconocer que nos hemos hecho viejos, obsoletos, en lenguaje de los tecnócratas, apenas servimos ya si no es para el museo, porque lo que fue, bueno o malo, sucedió a su tiempo, y se consumió entre las grandes y pequeñas intrigas, los arbitrismos, la especulación, la flojera moral y la falta de criterio que nos llevó a claudicar mucho antes de que todo esto sucediera, antes de los años del desarrollo y de los de la sumisión a las potencias extranjeras, no supimos reconocer abiertamente que la derrota de las fuerzas del Eje era nuestra derrota, ni lo equivocado de nuestra política aliadófoba, el fracaso de nuestros ideales, la reconversión del liberalismo y la necesidad de un *aggiornamento,* o sea que, bien mirado, esto del harakiri nos lo merecemos unos cuantos, probablemente todos, y no seré yo quien se resista a ello ni interponga obstáculos al curso natural de los acontecimientos como hacen esos militronchos de a tanto el kilo, dimiten del gobierno porque no les gusta el proyecto de ley de la reforma, demoliberal, lo llaman, ¿qué sabrán ellos de política si lo único que han hecho es cuadrarse tiritantes ante el jefe?, temblaban como obenques el día del asesinato del almirante, tiemblan ahora en el día del juicio final de nuestra historia.

Esperó a que el conductor abriera la portezuela del coche, adoptó un singular aire de prosopopeya, como queriendo imprimir al momento el empaque de gesto que le correspondía, encaminó sus pasos hacia el impresionante portalón de la sede de las Cortes, guarnecido por dos leones de bronce fundido, fabricados con el metal de los cañones de viejas batallas en señal de una paz futura que nunca terminaba de llegar a los hogares de los españoles, al fin y a la postre, pensó, hemos hecho lo que hemos podido y ahora les toca a los demás, reciben un país mejor que el que a nosotros nos tocó vivir aunque no sean conscientes de nada semejante, un país sin hambre, sin gasógeno, sin tracoma y sin analfabetismo, un país industrial, algunos pensarán que eso se hizo gracias a Franco, otros que a pesar de él, exageraciones todas infundadas y todas ciertas, porque la pequeña prosperidad que nos lega la dictadura se ha hecho a base de sudar en el pluriempleo y en la emigración, no es una historia épica de la que nadie pueda enorgullecerse, sino el relato de una mediocridad superada por el esfuerzo continuado y tenaz de las gentes sin alternativa, sin opción, sin casi opinión que poder expresar, los españoles hemos sido mulos con anteojeras, arando el campo siempre en línea recta, más por temor a los palos que por ansias de la zanahoria, obedientes *gasterbaiter* en la selva alemana, coquetas *femmes de chambre* sometidas al acoso del patrono gabacho, profesoras de día y taquilleras de noche, burócratas por horas y agentes comerciales por deshoras, ésta es la España que vuelve a amanecer, la que sacrifica los ideales a los frigoríficos, las convicciones al Seat seiscientos, los sueños de justicia a un honesto pasar de la nueva clase media, ¿tendríamos que avergonzarnos por ello?, ¿justifica todo eso nuestro sacrificio de hoy?, ¿merecemos la muerte y el oprobio?, preguntas que nadie se atreve a contestarse a sí mismo y cuyas respuestas se arrojan como dardos contra el otro, siempre el otro es culpable, siempre el otro el único verdugo.

Mientras don Epifanio Ruiz de Avellaneda deslizaba cuidadoso su anatomía por el salón de los Pasos Perdidos, camino de pleno donde se iba a consumar el sacrificio, en un galpón de las afueras de la ciudad, Lobo y Cachorro discutían acaloradamente en presencia de un par de rubias con pintas de horteras y un poco fumadas, el matón vallecano las había llevado hasta allí por alegrarle el cuerpo al policía, estoy harto de machacármela viéndote follar, le había dicho Fernández Trigo con gran cachondeo del otro, ¡perdona, tío!, creía que no podías hacerlo en horas de servicio, luego le prometió una buena chorva la próxima vez que se vieran, en prueba de que no había nada personal en su decisión, si había resuelto dejar la banda era porque su padre ya estaba mayor y a él le tocaba hacerse cargo del puesto en el mercado, además de que para esto hay que ser muy joven, te zurra todo el mundo, primero los rojos y luego los guardias, la dialéctica de los puños y las pistolas queda bien en los discursos, pero si te equivocas en una coma te rompen el peroné, el Adolfito Suárez parece haberse creído lo de la democracia

y cada día la calle se pone más peligrosa para los nuestros, además una cosa es darle al bulto con un bate
de béisbol y otra distinta poner una bomba en una
papelera, puedes matar a no se sabe quién, asesinar
a un niño, a un turista, incluso a uno de nosotros, yo
ya estoy cansado, macho, tienes a Arsenio para que
siga haciendo esos trabajos, ¡oye, Lobo, no me jodas!,
interrumpe el inspector, estás metido en esto hasta
aquí arriba —y señala con la mano extendida, a modo de visera, la siniestra marquesina de sus cejas—
como yo, como todo el mundo, no te puedes salir
porque sí, niño malcriado, ¿crees que te iban a dejar
los de arriba?, dime que no ahora y cualquier día
aparece tu cuerpo en una cuneta, así de duro suena,
como la vida misma, si no andamos listos Carrillo
estará gobernando antes de un año, entonces me vas
a contar tú lo del puesto de asentador, asentadito te
veo en tu celda si es que no te asientan antes en la
fosa común, o sea que no te hagas de rogar, la semana que viene, el día lo pones tú, hace falta que estalle un petardo de los gordos en el barrio de Salamanca, viva quien viva allí, muera quien muera, ¿no
comprendes que es a los nuestros a los que tenemos
que irritar?, si los militares no se levantan, si no ponen los cojones encima de la mesa, de esta no nos
salva ni la caridad, ¿es oficial lo que me dices?, la
pregunta suena opaca, angustiada, en la voz del
joven que se rasca indeciso las cicatrices del acné, no
seas idiota hombre, contesta el policía, oficial es todo y no es nada en estas fechas, estamos en un país
sin ley, la que había no vale y la que viene... ¡vete tú
a saber!, lo que puedo asegurarte es que no se me ha
ocurrido a mí, como siempre hay pasta por un tubo,

puedes pagar más que bien a toda la cuadrilla y aún nos queda para unas cuantas tías como ésas, ni se te ocurra tratarlas como putas, ataja Lobo, están aquí como nosotros, por sus principios, mientras decide darse por vencido, quien hace un cesto hace ciento, piensa, desde Montejurra no hay escape, si me ven flaquear igual me dan el paseíllo los propios polizontes, hay demasiada gente gorda metida en esto y tienen miedo.

El miedo, es el miedo lo que mueve al mundo, ni siquiera la fuerza es capaz de vencerlo, don Epifanio pontifica ante la mirada risueña de Mirandita que escucha en silencio el relato pormenorizado de lo sucedido en Cortes, si no fuera por el miedo ¿no habría resultado más digno poner punto final a todo esto?, el franquismo sin Franco es imposible, un boceto de democracia gobernada por franquistas no parece más fácil, lo que pasa es que la izquierda está harta de esperar y, con tal de tocar el santo y recibir la gracia excelsa del poder, viene dispuesta a todo, los socialistas aceptarán que no se permita el comunismo, si es ese el precio a pagar, ¡de perlas para ellos, serán la única oposición posible!, los comunistas tragarán con la bandera y la monarquía, ¿qué más les da a ellos Juan Carlos el Breve que Juan Carlos el Bravo?, y nosotros a casa con la jubilación temprana, mientras tus amigos de Tácito y otros colegas democratacristianos hacen de alfombra para que pise Suárez después de las diatribas que contra él vertieron, todo el mundo se apunta a lo que venga, Sebastián, los menos decididos todavía no imaginan lo que ha de llegar, temen que se equivoque la pitonisa y no se atreven, ¡si vieras cómo se felici-

taban los procuradores después de su renuncia!, este
país gusta mucho de convertir los lutos en festines,
por eso de los duelos con el pan que decía Cervantes, en el día de su jubileo y su condenación al paro,
arrinconados como muebles y apaleados como bue-
yes, al terminar la sesión muchos de los presentes se
abrazaron de alegría, como si festejaran el derrumbe
de lo que ellos, y sólo ellos, habían construido, todos daban la enhorabuena a todos, o sea que tú me
la puedes dar también a mí, sentencia mientras se
levanta de su silla dispuesto a abandonar El Comercial, me voy a casa a poner en alcanfor el uniforme,
la chatarra, añade palpándose con gesto incierto las
pequeñas medallas prendidas en su pechera, la vamos a ver en los puestos del Rastro antes del tercer
canto del gallo, se acabaron para siempre los sueños
de imperio, la España grande y libre y todo lo demás, masculla para sus adentros, acurrucado ya por
última vez en el asiento posterior del automóvil oficial, negro y cuadrado, como una carroza fúnebre con
banderín, el universo gira más deprisa que la espiral
de nuestros deseos, ¡gatopardianos de opereta!, parecía necesario cambiarlo todo para que todo siguie-
ra como estaba, pero ahora resulta que se han puesto
a cambiar sólo un poquito para ver qué pasa luego.
¡Ojalá y no les estalle el muñeco en las manos!

Cinco

Enriqueta abrió los ojos a regañadientes y se encontró con la cara aplastada y los ojos saltones de Lucho, ¿qué haces en mi cuarto?, brincó entre el miedo y la irritación, te llaman al teléfono, dijo el chileno mientras escapaba de su ira a todo gas, la voz de Cipriano sonó tronchada de angustia, ¿estabas dormida?, perdona pero tienes que irte de ahí cuanto antes, nos están matando como a conejos, y que los miristas se larguen también, van a por todos, han entrado en un despacho de abogados y los han masacrado, hay diez o veinte muertos, qué sé yo, llámame por la mañana al sindicato, ahora no pierdas tiempo y no me pidas más explicaciones, colgó antes de que ella pudiera preguntarle nada pero la chica sabía que un aviso así no era una broma, Cipriano era un poco siniestro, solitario y sentencioso, pero todo un profesional de la política, no se asustaba fácilmente, si llamaba a las dos de la madrugada con esa urgencia era porque algo gordo sucedía, alertó a sus compañeros de piso, exiliados de Pinochet que habían pasado a ser los inquilinos titulares de la casa y le habían realquilado un cuarto de su antiguo domicilio, se vistieron todos deprisa y en silencio, compartiendo el cuarto de baño ellas y ellos para ganar unos segundos en la huida, recogieron unos cuantos libros, documentos, el poco dinero que había en los cajones, y a Enriqueta le pareció ver que Lucho guardaba un revólver en el bolsillo de la zamarra, corrieron escaleras abajo, lo mejor es que nos separemos, comentaron una vez en la calle, a ver si nos enteramos bien de lo ocurrido, ella se refugió en un antro de copas con licencia de discoteca, lo que permitía al dueño abrir hasta las tantas, se sentó al fondo del local, un túnel lóbrego, sin apenas luz, olía a humanidad y a colillas viejas, apenas había gente ya, se sentó en un taburete y pidió un agua tónica y una aspirina, después de dudar un poco telefoneó a Manuel Dorado que, media hora más tarde, sacudía la humedad de su abrigo ante la mirada inquieta de la chica, deseosa de noticias.

—Ha sido la propia policía, está muy claro —tenía un timbre de voz opaco, desangelado, parecía medir las palabras—, no son solamente fachas, esto viene del aparato, igual que los secuestros, igual que Montejurra y todo lo demás, han decidido pasar a la acción, si nos descuidamos nos apiolan.

A primeras horas de la noche, en la calle Atocha, un grupo de pistoleros había irrumpido en las oficinas de un bufete laboralista descargando a bocajarro sus armas sobre cuantos allí estaban, abogados, conserjes, clientes, secretarias, había muchos muertos, algún superviviente también, no se trataba de un hecho aislado, formaba parte de una conspiración y los compañeros se andaban avisando unos a otros, los pistoleros allanaban domicilios, irrumpían en las cafeterías, amenazaban con acribillar a la gente, en el pub de Santa Bárbara y en el bailongo El Junco, dos templos de la progresía capitalina ubicados cerca

de la glorieta de Alonso Martínez, unos encapucha-
dos entraron pistola en mano y ahuyentaron a la
clientela a golpes, disparando al aire y gritando ¡Arriba España!, en López de Hoyos estalló una bomba
junto a la casa de un sindicalista, lanzaron cócteles
molotov contra un despacho de abogados de UGT
en Zurbano, era preciso dar la voz de alarma, despejar
el campo, aunque en realidad, ironías del destino,
a él lo había llamado su padre, escóndete, le dijo, que
esto va en serio, no se hablaban desde hacía años,
comprendió que si el viejo había decidido humillar-
se de esa forma era porque temía una noche de cu-
chillos largos.

—¡Esta vez se ha pasado el bruto de Trigo!
—bramaba el coronel Esteban Dorado ante la mirada impasible de su subordinado—. Desde lo de
Oriol se nos está yendo todo el asunto de las manos,
me ha llamado el ministro, Gutiérrez Mellado quiere que alertemos a la oposición, que salgan de sus casas y se escondan, pero en realidad lo que desean es
saber si hemos sido nosotros, o sea, si han sido ellos
mismos, quién coño está detrás de esta ensalada, y
eso me encantaría averiguar a mí, da la sensación de
que nos hemos vuelto locos porque no me niegue,
comisario, que sus chicos son los que han cocinado
esta basura.

Centeno se quitó las gafas y las limpió con
insistencia usando un pañuelo que extrajo del bolsillo superior de la americana, fijó su vista en la del
coronel y dijo escuetamente:

—Mis chicos, como usted los llama, sólo
cumplen órdenes, pero quien siembra vientos reco-
ge tempestades.

Un grupúsculo terrorista de escaso reconocimiento y que se reclamaba del comunismo ortodoxo había secuestrado esa misma mañana al teniente general Villaescusa, se trataba del mismo comando que desde hacía más de un mes mantenía en su poder, oculto en cualquier barrio periférico de Madrid, al presidente del Consejo de Estado, Antonio María de Oriol y Urquijo, por cuya liberación solicitaban un abultado rescate, la libertad de varios presos y un avión para escapar a Argelia, también durante el fin de semana un estudiante había sido acribillado a tiros por la espalda y en plena calle por un peronista argentino a sueldo de la extrema derecha, y una muchacha de veinte años resultó muerta por la acción de la policía al disolver una manifestación de protesta por el anterior asesinato. El gobierno parecía desconcertado, algunos ministros, reclutados casi a lazo con enormes dificultades por un presidente del que la izquierda desconfiaba y al que la derecha comenzaba a reputar de traidor, dudaban respecto a la identidad real de aquellos bandoleros que en nombre de una revolución innominada sembraban de inquietud el proceso político, cargando sobre la debilidad del nuevo régimen la responsabilidad de una oleada de crímenes que, si no eran atajados antes o después, probablemente antes, acabarían por movilizar las conciencias de los militares, ya suficientemente cabreados con todo lo que venía sucediendo desde la muerte de Franco, o sea que es verdad que no sabemos mucho de nada, señor comisario, remachaba una y otra vez a gritos el oficial jefe del Gabinete de Pensamiento, pero algo sabemos, se resume en que a su gente se le ha ido de las manos el asunto, comprenderá que después de esto sólo falta que nos devuelvan fiambres a Oriol y al general, ¿ustedes no saben cómo empiezan las guerras civiles? Centeno se encogió cansadamente de hombros mientras esbozaba una mueca casi invisible, ¿no lo había de saber él, que le tocó hacer de enlace en la quinta columna?, estos militares, pensó, se han aprendido las palabras hermosas, se les llena la boca de honor y de patria, y luego nos llaman para las tareas sucias porque nos necesitan, pero se quejan como damiselas si les salpica la sangre, mire, señor coronel, cuando se pone en marcha un plan como el nuestro es imposible establecer lindes, hay demasiada gente involucrada, rufianes, mercenarios, chivatos, ahora no hay quien sepa a ciencia cierta si Atocha lo han montado los nuestros o es obra de aficionados, lo de los secuestros es diferente, son fanáticos de izquierda, obreros en paro, matones a sueldo, ¿qué más da si los hemos pagado nosotros o no?, el resultado sigue siendo el mismo, la confusión moderará los ánimos, hará pensar al gobierno sobre sus planes de reforma y mantendrá la oposición a raya, aunque lo mejor que podría suceder es que ésta pierda los nervios y empiece la revancha, así podríamos dejar de inventarnos grupúsculos de izquierda a cada paso porque la izquierda misma se mostraría por fin como es, violenta y revolucionaria, sería más fácil acabar con ella, ni en Portugal ni aquí van a permitir los americanos un régimen comunista.

¿Qué hacemos?, ¿dónde vamos?, se interrogan Enriqueta y Manuel, han bailado un rock para desengrasar y ella suda como una potranca, me gusta tu olor a yegua salvaje, le dice Manuel, ¡oye, eres un machista!, ataja ella mientras bombea ansiosamente el aire con las aletas de la nariz, temblorosas, trepidantes, sus casas están vigiladas y las sirenas de los coches patrulla atruenan la noche, ahora movilizarán a todo el mundo para demostrar que no son culpables, pero lo son, murmura entre el jadeo y el odio Enriqueta, acerquémonos a donde Jaime Alvear, sugiere luego, allí no entrará la pasma, en momentos como éste no se atreven, echan a andar calle abajo a saltitos, para guarecerse de la lluvia, como pequeños canguros huyendo de la partida o aborígenes que escaparan del hombre blanco, mientras suena el teléfono de la redacción y Alejandra le espeta a Eduardo Cienfuegos, ¡bellezo!, dos caballeros de la policía piden ver al director, les he dicho que no se encuentra, esta noche tú eres lo máximo que despachamos en plan periodista, y Eduardo que suban, los recibiré en lo de Artemio, por cierto, ¿me puedes hacer un favor?, le susurra mientras se instala a toda prisa detrás de la mesa de caoba del ogro Henares y la ordena un poco, amontonando los papeles en las bandejas, para hoy, para mañana, ocultando a los ojos de los visitantes papeles, nombres, números de teléfono, soy el inspector Fernández Trigo, saluda el otro, va acompañado de un individuo bajo, con gafas oscuras y cara de mala leche, nos conocemos ya, mascu- lla Eduardo, ¿qué se les ofrece?, andan buscando a los asesinos de Atocha, pueden ser fascistas del sindica- to del Transporte, pistoleros comunes o, ¿quién sabe?, anarquistas, etarras, gentes de la extrema izquierda, hay tanta gente empeñada en armar follón en este país, no sé cómo podría yo ayudarles, protesta Eduardo, por ejemplo, comenta Trigo mientras enciende un cigarrillo sin pedir permiso a su anfitrión, colaborando para que encontremos a Enriqueta Zabalza o a sus amigos chilenos del MIR, así nos enteramos de qué están haciendo, de paso los protegemos como se merecen, esta noche el río baja revuelto y más de uno se puede ahogar, distraída, sigilosamente, Eduardo Cienfuegos oculta su mano derecha bajo la encimera de la mesa y busca a tientas la repisa donde Artemio Henares tiene el pistolón siempre a punto para disparar, a usted le conozco inspector Trigo, Fernández Trigo, corrige el otro, Trigo es el apellido de mi madre, pero su compañero no me ha mostrado la placa, continúa Eduardo, ¿le importaría identificarse?, el de las gafas de sol se palpa su cazadora de cuero y hace un gesto de sorpresa, descorre la cremallera, hurgándose las ropas de arriba abajo, como si algo le picara entre los pliegues, dejando ver una vieja Astra aprisionada entre su ombligo y la hebilla del pantalón, la verdad es que no lleva documentación, aclara el inspector, los de la secreta y los de contraespionaje vamos de infiltrados, hay que andar con tiento en estos días, pero no dudará usted de mi palabra, ¡qué va!, Eduardo acaricia el gatillo del arma, era sólo un formalismo, la verdad es que no sé dónde se halla Enriqueta, hace meses, quizá años, que no la veo, los tiempos cambian, inspector, la vida nos separa a todos, aunque por usted no parecen pasar los días, siempre dando el callo en el momento oportuno y en el lugar adecuado, me preguntaba, tercia el policía, si será tan amable de acompañarnos a comisaría, hemos seleccionado las fotos de unos cuantos sospechosos de la matanza y necesitamos identifi-

carlos, algunos pueden haber sido compañeros suyos en la universidad, otros haberse dejado caer por
aquí, los periodistas conocen a tanta gente... justo
en ese momento suena el teléfono, Alejandra al aparato, escucha, guapazo mío, me dijiste que te llamara y así lo hago, ¿qué más necesitas?, y Eduardo
sí, bien, pásame con el gobernador civil, ¿te pongo
con él de veras?, insiste ella, pues claro, pues claro,
¿cómo no me voy a poner al teléfono si llama el gobernador?, Alejandra es fea pero lista, en este momento no me importa que me acose, hasta me dejaría sobar por ella, piensa Eduardo mientras la otra
teclea nerviosa el número de gobernación y el periodista se disculpa con sus visitantes, me llama su jefe, perdón un momento, que se remueven nerviosos
en la silla e intercambian miradas, al de las gafas negras no se le ven los ojos, es un asesino nato, piensa
Eduardo, nacido para la muerte, Trigo resopla con
frialdad diseñando torpemente en el aire círculos de
humo, al otro lado del hilo una secretaria anuncia
que el gobernador se va a poner, Eduardo sostiene el
auricular con la mano izquierda, bajo el tablero de
la mesa descorre el seguro del arma con el pulgar de la
derecha, se hace una espera hasta que de pronto el inspector se levanta como impulsado por un muelle,
bueno no le queremos quitar más tiempo, veo que esta noche andamos muy ocupados, no se moleste en
acompañarnos, conocemos la salida, los dos se van
con gran apresuramiento mientras la secretaria informa que el gobernador está en una reunión, ¡noche
de locos!, pero en seguida se pone, no se retire, por
fin se oye la voz del otro, Eduardo, soy Juan José, ¿cómo andas, muchacho?, supongo por lo que llamas,

no sé ante lo que nos encontramos, ¿tú qué opinas?, y Eduardo que es muy pronto para hacer conjeturas, mientras retira su mano de la pistola y se frota los dedos, todavía sudorosos por la tensión, oye, ¿estás enviando agentes a los periódicos?, y Juan José, yo no estoy mandando nada a nadie... todavía, sólo trato de averiguar lo que sucede, muéstrate cauto y si tienes alguna duda te vuelves a poner en contacto conmigo, creo que somos víctimas de una conspiración.

Jaime Alvear habilitó la sacristía y el despacho rectoral para dar cobijo al crecido número de militantes de izquierda que aquella noche decidieron no dormir en casa, unos cuantos colchones tirados por el suelo y mantas con la etiqueta de Cáritas diocesana sirvieron como improvisados lechos, mientras repartía las coberturas el joven sacerdote recordaba risueño sus años de la infancia tardía cuando, en compañía de su hermano Francisco, recorría las chabolas de la periferia madrileña repartiendo también lienzos de lana con olor a naftalina y paquetes de garbanzos, latas de queso fundido, galletas maría y ropa usada de ellos mismos a las familias de los inmigrantes, todas con la misma etiqueta, el sello de la catolicidad, los niños del barrio le miraban con los mocos colgando bajo sus pupilas inciertas, gracias señorito, decían al recibir el puñado de caramelos, y Jaime sentía una tiritera interior, mezcla de satisfacción por el bien hecho y de vergüenza por su filantropía de rebajas, la misma impresión que tenía ahora al entregar las frazadas a aquellos perseguidos políticos que se debatían entre el miedo y la ira, entre sus deseos de fuga y sus ansias de revolución.

A Enriqueta no la veía desde la boda de Sebastián Miranda, esquivó la mirada cuando se topó de frente con la chica en la puerta de la iglesia, ante la que se agolpaba un pequeño grupo de gentes con la misma demanda de refugio, apenas conocía a su acompañante sino por las inevitables confidencias que ella le hiciera entre las sábanas, cuando eran felices en el amor humano, el único que Jaime había conocido en su vida por más que se esforzara en la búsqueda de la divinidad, hacía tiempo que sabía que su vocación era de fuego y no la movía un sentimiento de caridad universal sino la necesidad de vengar la injusticia y de restablecer la paz, porque se sentía elegido entre los elegidos había convertido su vida en un acto de servicio permanente, sometido como estaba a la obsesión salvífica que le consumía, no podía evitar que le temblara la entraña ante la simple vecindad física de Enriqueta, como si el aire que ella removía al desplazarse o el aura que le acompañaba se convirtieran en torbellinos y relámpagos de una singular tormenta que descargaba su furia sobre el alma del clérigo, el abultamiento incontenible de su bragueta y la punzada interior bajo las ingles le hacían comprender que todo aquello no era simplemente espiritual, el ahogo sostenido de la respiración y la náusea que se apoderaba de su cerebro eran signos inequívocos de que su azoramiento tampoco respondía exclusivamente a una apresurada reacción de los instintos. Acomodó a sus huéspedes en un rincón de la sacristía más al abrigo que el resto de la estancia y les prestó una pequeña radio de transistores para que pudieran seguir los acontecimientos a través de ella, Enriqueta se amohinó junto a Dorado rendida del cansancio, así pasaron unas pocas horas hasta que la luz del alba irrumpió en el aposento, iluminando sus caras de tristeza.

Dos días después la camarada Cristina se yergue como nuevo ave fénix sobre una farola de la Castellana, las lágrimas empañan sus gafas e inundan de licores de sal sus comisuras, mientras discurre el fúnebre cortejo en medio de un silencio de ultratumba, un silencio de rabia y de dolor apenas roto por el estrépito de un pájaro de acero que vigila desde el aire el suave discurrir de los manifestantes, miles, cientos de miles de personas, de todas las edades, de todas las creencias, de todos los pelajes, el ánimo aterido pero firme, se han acercado al Palacio de Justicia a dar el último adiós a las víctimas de Atocha, bajo un cielo de plomo los féretros marchan a hombros de sus compañeros, hombres y mujeres jóvenes, barbados ellos, los labios apretados de las hembras abriéndose paso entre un mar de puños alzados, puños como promesas, puños como amenazas, puños adoloridos, indignados, desconcertados, ausente la masa de sí misma, buscando en la otra gente la solidaridad, la compasión, la resistencia al odio, guardias a caballo vigilan la zona, algunos se cuadran marciales ante el paso del desfile, piafando el animal bajo la brida, otros manosean nerviosos sus defensas de cuero, contonean sus cuerpos sobre la montura prestos a intervenir al mínimo episodio, Madrid se ha derramado por las calles del centro, protestando sin voces, clamando en su silencio, jamás será vencido el pueblo, murmura Enriqueta, jamás será escuchado tampoco por un gobierno asustado, dividido, para-

petado en sus despachos, incapaz de sumarse al dolor de los ciudadanos, pero tú ve a la manifestación si
quieres, Llorés, le dijeron a Alberto, de paso nos lo
cuentas, del brazo de Marta, junto a Gerardo Anguita, junto a Ramón también, reunidos todos como antaño, para las bodas y para los funerales, descubren la cara descompuesta de Enriqueta subida a
un poste de alumbrado, a Jaime y a Francisco Alvear,
y al compañero Andrés, a su lado jadea Liborio con
el cabás de las máquinas a cuestas, lo que no se fotografía no existe, es su máxima filosófica, ¿quién será
capaz de plasmar este silencio lúgubre, este silencio
inmenso, universal, siniestro, apabullante, húmedo?,
Cipriano Sansegundo moquea como un niño mientras le aflora a los labios el tarareo dulce de una ba-
lada de John Lennon, ten cuidado no te confundan
con la pasma le dice Eduardo Cienfuegos a Liborio,
aquí hay mucho cabrón con pintas tomando fotos
para identificarnos luego, una joven reparte claveles
a los asistentes en medio del mutismo impresionante, el silencio se palpa, se mastica, expresión de impotencia de un pueblo anonadado, el silencio se cuela
entre los huesos, no hay cantos, no hay arengas, las
llamadas al orden sólo son un siseo, una tensión in-
hóspita, incapaz de aplacarse, el miedo, el odio, el
llanto, el grito demudado, el pueblo entre sollozos,
cuerpo contra cuerpo, aliento contra aliento, el pueblo unido jamás será vencido, gritaban en Lisboa
cuando cayó la dictadura, dijeron que el bufido que
la derribó era el soplo de la Historia pero en Madrid
el viento llega a ráfagas, arrasa cualquier previsión,
cualquier propósito, ésta no es nuestra revolución
de los claveles por mucho que la gente los enseñe,

ésta no es ninguna revolución si bien se mira, laméntase Eduardo, en todo caso sería la de los crisantemos.

Seis

Por un momento pensé que acabaríamos todos muertos y aunque en mi caso me parecía un final estúpido e injusto, demasiado temprano para mis años, no puedo dejar de pensar que resultaría coherente con lo que hemos vivido. La muerte nos persigue a los españoles más que a nadie o tanto como al que más, ha terminado por ser nuestra compañera habitual, sin cuyo aviso, amenaza o liberación, nos sentimos huérfanos de toda identidad, desposeídos de nosotros mismos, desorientados... antes que anhelar la resurrección o la inmortalidad porfiamos por atravesar el umbral que nos franquea no sólo el fin de esta vida sino el comienzo de otra mejor, aunque no debe serlo tanto, o nuestra fe resulta más endeble de lo que reconocemos, cuando mucho nos esforzamos por disfrutar de este primer estadio corpóreo e insustancial de la existencia, convencidos de que el principal significado de nuestras vidas es su terminación. Todas las grandes hazañas de las que nos hemos sentido capaces a lo largo del tiempo han sido de una u otra forma herencia de la parca, de su protagonismo dan testimonio nuestras efemérides exaltadoras de la autoinmolación como camino de la eternidad, la misma Iglesia católica que condena el suicidio lo santifica cuando se reviste de heroísmo, sabemos dónde está la victoria de la muerte y la aceptamos de plano desde el principio, la celebramos como fundamento esencial de nuestro destino, como verdadero origen del ser, sin el que nuestra pasión por la eternidad pierde todo significado, no es preciso filosofar más sobre ello ni creo que sea el momento adecuado de hacerlo, aunque nunca como esta noche he visto desde tan cerca lo fácil y rápido que puede resultar el final, la muerte nos empuja, nos incita hacia el futuro, el asesinato de Carrero abrió un nuevo capítulo de nuestra historia personal y colectiva, sirvió para revelarnos el poder creador de las tinieblas, disipadas en el horizonte cercano tras la agonía inmensa del dictador, tan larga y dolorosa como lo exigían el final de todo un régimen y el nacimiento de un orden nuevo que acabó por germinar en el horrendo sacrificio de Atocha, la matanza de la cafetería California, el misterio insondable del incendio del hotel de Zaragoza, donde el aceite recalentado de una freidora de churros ardió hasta poner en serio peligro la supervivencia de la familia Franco (¡medio siglo de la historia de España achicharrado por un buñolero inexperto!), de paso casi se va al traste la brillante ceremonia de la jura de bandera de los cadetes en la academia, la misma en la que el dictador alumbró sus alucinaciones de emperador, ¿por qué será que sólo los mediocres aspiran a enseñorear la tierra?

No nos realizamos si no nos destruimos, cada episodio de muerte que nos golpea es un hito en nuestra definición como pueblo, aborrezco mi condición de español de la que a veces me he sentido orgulloso, abomino de nuestra horrenda tendencia a la necrofagia espiritual, nuestro discurrir con parsimonia, con delectación incluso, por los senderos del más allá, cuyos vericuetos parecemos conocer de antaño, sus pendientes nos suenan familiares y nos adentramos con naturalidad por recovecos y rincones, intrincados itinerarios que sabemos dominar porque son creación nuestra, me hubiera gustado que todo transcurriera de otra manera, que mi posibilismo y el de tantos otros, nuestras ganas de hacer, nuestra cándida voluntad de ver el lado bueno de las cosas, no hubieran acabado amenazados por *un civil con bigote (osú qué miedo me dio)*, preveíamos que éste podía ser un país normal, ¡curiosa palabreja!, sin más violencia que la esporádicamente inevitable, procedente de las debilidades personales de algunos, las exaltaciones tempraneras de la edad o los ocasionales desvaríos que produce la maldad de determinadas gentes, un país civilizado frente al militarismo en el que habíamos sido educados y que constituyó la médula de nuestra infancia, *prietas las filas, recias, marciales,* ese país destinado a ser como todos los otros a los que admirábamos y con los que nos comparábamos, un país de libertad y de futuro, no el de las maravillas, desde luego, pero tampoco el de nunca jamás, y ahora el sueño se desmorona como un castillo de naipes, derrumbado sobre la angustia y el miedo de una clase política que ingenuamente había imaginado que todo lo deseable es posible y todo lo posible, realizable. ¿Ingenuidad? ¿Trampa? ¿Aventurerismo? No sé por qué me apesadumbro, está claro que por esta vez el golpe fracasará, nos preocupamos cuando vimos que se llevaban a Suárez, Felipe y Carrillo a un aparte, creímos que iban a darles plomo, de ese coronel Tejero que nos amenazó pistola en mano en cuanto entró en el hemiciclo ya teníamos noticia en el gobierno, no es gente de bien, su natural inestable y bronco le convierte en un auténtico psicópata, anduvo enredado en otras conspiraciones y, por lo que cuentan quienes le conocen, su cabeza alberga menos entendimiento que la de un pollino, todo se le va en cojones y en hombría a la antigua, o sea que al primer descuido te descerraja un disparo como si tal cosa, tan convencido está de lo que él llama sus ideales que llega a manejarlos como si de auténticas ideas se tratara, por lo visto cualquiera puede manipularle fácilmente a poco que le halague hurgando en su patriotismo de macho cabrío, aunque de momento es él quien nos manipula y gobierna a los demás, no nos podemos mover del banco ni para mear, cuando los diputados hemos hecho ademán de ello nos han obligado a acudir al servicio bajo la amenaza de una metralleta, es muy difícil hacer pis temiendo que al menor equívoco te suelten una ráfaga, la próstata no rige como de ordinario, resulta trabajoso vaciar bien la vejiga hasta el final, has de tener cuidado al sacudir la gota y guardar la minga después a toda prisa, no crean tus guardianes que te buscas bajo el pantalón cualquier utensilio punzante con el que hacerles frente, todo es sospechoso para estos truhanes que parecen ser más presa del miedo que nosotros mismos.

Si no fuera por los pequeños desvaríos meditativos que me permito, el canturreo de unos pocos versos y la ensoñación de unas pocas coñas, la espera se haría desesperante por completo, no sabemos a qué o quién estamos aguardando, la autoridad militar competente cuya llegada anunciaron no acaba de presentarse, ahora ya he visto que no sólo es Gerardo el que tiene una radio, varios diputados escuchan las noticias en pequeños transistores que arriman cautelosos a la oreja y por las ondas dijeron que el golpe ha fracasado fuera de aquí, hasta parece que Milans se ha rendido en Valencia, de modo que es más útil prepararse para orinar a gusto, cosa que haré de nuevo dentro de un cuarto de hora si me deja el de la metralleta. No pienso enredarme más dando vueltas a cualquier otra teoría, devanarme los sesos ni escrutar el recuerdo en busca de alguna explicación, de algún indicio, que haga más comprensible todo esto, la memoria sólo me trae imágenes de Marta y de Albertito, la lacerante certeza de que nadie me esperará en casa cuando todo termine, si termina, el aviso de que he de rumiar yo solo el comentario de los acontecimientos o resignarme a compartirlo con el vejestorio de don Epifanio, está cada vez más alejado de la realidad y sólo hace referencia a los episodios de la guerra civil, comparando, analizando, sopesando unos sucesos y otros, como si aquella España tuviera que ver algo con la nuestra, como si el desarrollismo, la emigración, la guerra fría y la llegada de los turistas no hubieran cambiado el pelaje de nuestra piel de toro, como si no hubiera habido otros curas, otros intelectuales, otros jóvenes, no se hubiera inventado la píldora y no hubiéramos aprendido idiomas, como si el tiempo se hubiera enquistado en el tiempo, petrificando la imagen de un país de muerte, de un país nazareno, inquisidor, verdugo, crucificado, de un país de mierda, incrustado en el siglo a contracorriente de la historia por el delirio enajenado de un dictador histriónico y apocado a quien el ejercicio del poder y la adulación de las gentes llegaron a convertir en portento de sabiduría y sagacidad política. Lo mismo sucedería si ese bruto de ahí abajo se saliera con la suya y lo nombraran ministro o archipámpano de las indias, de gañán con uniforme se convertiría en *honoris causa* por la universidad, cosas peores se han visto, el poder provoca transmutaciones profundas en la naturaleza humana, convierte en abyectos a quienes más dignos parecían y en sumisos lacayos a insignes defensores de la independencia de criterio, se magnifican los más frágiles curricula, la gente comienza a descubrir sabiduría en el silencio estulto, prudencia en la indecisión y autoridad en la petulancia, por eso es preciso enfrentarse a la fuerza con la fuerza, la inteligencia y los buenos sentimientos no se bastan en semejantes ocasiones, pero no veo yo que nadie se decida a asaltar el Congreso en defensa de la democracia frente a esta banda de hampones que nos tiene secuestrados, quizá temen por la vida de los diputados, entonces lo agradezco, también puede que la tardanza en resolver se deba a las dudas sobre quién tenga que hacerlo en el actual trance, supongo que es el rey, si ha heredado los genes de su abuelo nos puede llevar a la catástrofe absoluta a base de pasteleos con los generales, hemos visto en una esquina del hemiciclo a un oficial rebelde hojear una edición especial de un periódico, EL PAÍS CON LA CONSTITUCIÓN, decía el titular impreso en grandes letras, me pareció una prueba más de que, puertas afuera, el golpe tiene dificultades, por eso no entiendo que se prolongue tanto nuestro encierro si no es que alguien está pactando algo, al fin y al cabo la ocupación de las Cortes se llevó a cabo con éxito, el poder político al completo es rehén de los sublevados, si saben jugar sus cartas no se irán de aquí con las manos vacías, de otro modo no lo harán sin manchárselas de sangre.

Me sorprende que habiendo sido tan insistentes los rumores sobre posibles asonadas y tan recurrentes los desplantes, chulerías y fanfarronadas de la oficialidad, el presidente no haya tomado medidas más efectivas para evitar un bochorno como éste, ahora resulta claro que su dimisión se debió a las presiones militares, quizá quiso con su marcha tratar de detener aventuras de este porte pero es obvio, también, que no les dimos la credibilidad que merecían y más de un traidor debe haber entre los políticos, un golpe así no se organiza sin complicidades, no lo hizo Franco, no lo hizo Primo de Rivera, no lo hizo Pavía, me pregunto quiénes de entre el banco azul, de entre los escaños de la mayoría, ¡vaya uno a saber si también de la oposición!, estarían dispuestos a colaborar con un gobierno de salvación nacional que, con toda seguridad, los milicos tratarán de poner en pie, eso es lo que más me irrita, la repetida voluntad de salvar nuestro pueblo que unos y otros demuestran a lo largo de la historia, ¿salvarlo de qué o contra qué?, ¡como no sea de ellos mismos!, de su irrefrenable tendencia a la división, de su casticismo innato o adquirido, de su facilidad para el sufrimiento y la obediencia... un pueblo que ha aguantado a Franco durante cuarenta años es un pueblo de cobardes, por mucha literatura que le hayamos echado luego, y eso lo vamos a ver en el futuro sea cual sea el final de este trance, de lo que tienen que venir a salvarnos es de nuestra propia vulnerabilidad, de nuestro intrínseco acojono y nuestro gusto por la sumisión.

Sumisión era lo que me pedía Marta, precisamente, y lo que no estaba dispuesta a entregar, no me duele su regreso con Ramón tanto como me intrigan sus motivos, ¿tiene algún sentido la vida en común cuando no se comparten objetivos, métodos, opiniones?, me había acercado a ella como a una diosa, investigando hasta el más mínimo de sus deseos, tejiendo una teoría de imaginaciones y delirios que le permitieran sentirse cómoda con un burócrata listillo como yo mientras era capaz de descubrir la cara oculta de la luna, el secreto deseo del sexo, la fusión de los sentimientos con el placer, pienso que nunca me quiso, en el amor uno hace y el otro se deja hacer, yo siempre llevé la iniciativa, fui quien emprendió todas las aventuras, quien se empeñó en facilitar su tránsito hacia algún tipo de normalidad, el despecho, la ira, la confusión, la búsqueda de un proyecto que no hallaba y que pudo imaginar conmigo, la seguridad, la tranquilidad de saber que siempre estaría yo allí, protegiéndola, venerándola, todas esas cosas parecían compensarla de la vida en pareja y la lucha diaria. Terminó por volverse un ama de casa, la condené a eso empujándola hacia la rutina cotidiana contra la que se estrella la emoción de los amantes, mientras yo crecía en mi mundo de importancias, responsabilidades, símbolos y trascendencias y contemplaba cómo la vecindad del poder me regalaba con nuevas feromonas capaces de atraer novedosas e inimaginables experiencias, la desprecié por eso también, odié en lo que se había convertido por mi culpa, sin darme cuenta de que en realidad era yo el converso y ella quien trabajaba por recuperar un equilibrio perdido desde que mi fotografía empezó a salir en los periódicos y se hacían comentarios elogiosos sobre las jóvenes promesas de la transición, halagando mi incierta vanidad, confundiéndome hasta el infinito respecto al papel que me había tocado jugar.

A veces he pensado dejarlo todo, marcharme a algún lugar lejano, pero me pesa como una piedra el futuro del niño, quiero que tenga un padre como yo no tuve, que sienta el cariño y la autoridad que le debo, que aprenda conmigo, juegue, hable, se ilusione, que no me convierta yo en una experiencia difusa y en una referencia inevitable sino en el amigo leal capaz de ayudar y comprender. Si todo esto se desquiciara, si al final acabáramos a tiros, huyendo despavoridos los diputados por las ventanas, peleando el cuerpo a cuerpo con los guardias, batiéndonos por la libertad como tantas veces habíamos imaginado, a lo mejor una bala perdida, un golpe desafortunado o la inquina de los rebeldes ponía fin a esta estúpida existencia mía, Albertito se convertiría, entonces, en Alberto y cambiaría un padre de fin de semana por un nombre esculpido en una lápida en el atrio de un edificio oficial, conmemorativa de las víctimas caídas por la democracia, porque la democracia sobrevivirá a cualquier cosa, a cualquier atropello, a cualquier despropósito, de eso estoy completamente seguro, mucho más que del personal destino que nos aguarda a quienes somos ahora prisioneros de esta caterva de desgraciados. ¡De qué forma tan fácil se resuelven las cosas con la muerte!, el dolor ajeno dura poco y el universo se reordena a sí mismo con una ductilidad asombrosa, si yo falto se acabarán las discusiones telefónicas con Marta, los vanos intentos de regresar, el sentimiento de culpa que me acosa, mi atolondrada vida sentimental que busca inútilmente encontrar en mi persona el carácter de un donjuán, Ramón sí que lo es, frívolo y serio a la vez, aunque quizá su manera de ser le impida disfrutar de la entrega del enamoramiento, mi condición se reduce a la de un chico de familia media empeñado en sublimar sus cortedades, desperdigado por las alfombras del poder, obnubilado por el reinado de la belleza y dispuesto siempre a hacer lo políticamente adecuado. Lo adecuado, precisamente, sería que me fusilaran ahora, no lo apetezco pero tampoco me asusta si me pegan el tiro de improviso y no me dejan tiempo para reflexionar, así todo volvería a su lugar, mi nombre encontraría vario consuelo en la memoria de las gentes y en el legado de mi propia experiencia, ¿qué es la inmortalidad sino el recuerdo de los otros, la honra postrera que nos deparan los libros de Historia, las enciclopedias, la tradición oral de nuestras familias?, si el golpe triunfa, como si fracasa, dentro de unos años el relato de lo que hoy nos sucede a este puñado de gentes atemorizadas y aburridas volverá a ser manipulado, justificado, execrado, malentendido, analizado, utilizado en suma por quienes ganen y quienes pierdan, nos servirán la Historia, con mayúscula, a gusto del consumidor, al fin y al cabo es como se ha escrito siempre. Los periódicos habían avisado una y mil veces de que el ejército se rebelaría, los generales no aceptaban un país desperdiciado en sus pomposas comunidades autónomas, no permitirían por más tiempo la sangría de policías y guardias abatidos por los terroristas, estaban irritados por el hecho de que los asesinos de Carrero hubieran sido puestos en libertad y los comunistas pudieran pasearse por las calles mientras se derribaban estatuas de Franco, se borraban las listas de caídos por la patria en las fachadas de las catedrales, los nombres del Caudillo y de José Antonio se apeaban de los callejeros y en la prensa, en la televisión, en la escuela, en el púlpito, se denigraba a un régimen que había sido el suyo y que, en su opinión, había proporcionado durante décadas paz y tranquilidad a los españoles, muchos de ellos mismos se habían jugado la vida por él y miles la habían perdido en lo mejor de su juventud. Cuando ha vencido, uno merece muerte gloriosa y más grande recompensa que la de contemplar impávido el retorno del enemigo, pero así se han sentido ellos durante estos años, quizás no tanto porque sean malvados como porque son idiotas, si el dictador hubiera fallecido por un atentado, en un accidente, de forma más heroica y menos artificial, si le hubiera dado un infarto o se hubiera caído por una escalera, la transición habría sido fácil y auténtica, los comunistas andan recordando siempre que Franco murió en la cama y que eso explica muchas de las renuncias a las que se ha visto obligada la izquierda, pero en realidad no sucedió así, no era una cama, sino un invernadero, un taller biogénico donde le trataban como a cualquier cultivo experimental, ¿qué dictadura puede resistir tal nombre después de haber visto a su prócer convertido en material de laboratorio?, ¿qué pueblo no descubriría que, lejos de haber estado gobernado años y años por el terror implantado por el mando, había estado sojuzgado por su propio terror, por el miedo infinito a su propio destino?, la izquierda ha tenido que renunciar a sus manías no por el poder de Franco sino por la encarnadura singular de los españoles, creo que los militares tratan ahora de vengar la irrisión de su jefe, símbolo de su propia irrisión, lejos de mostrarse magnánimos como padres del futuro se han visto empujados a la rebeldía que surge de la humillación, son muy primitivos estos soldados, su entusiasmo por la acción no les deja un minuto para reflexionar, esperemos que el ambiente atosigante del hemiciclo, el silencio interrumpido que nos envuelve, como de examen de colegio, las idas y venidas apresuradas y los efectos del licor no lleven a cualquiera de estos mamarrachos a intentar una machada, aunque en mi caso a lo mejor se resolvían así, de una vez por todas, los problemas, cara a la pared, cagándome de patas para abajo y gozando con la idea de que alguien inaugurará un monumento en honor a mi heroísmo después de que mi cobardía perezca abatida por las balas.

Siete

A Clotilde Sampedro le gustaba la forma que Sebastián tenía de asirla del brazo, el hombre se agarraba fuerte, como con temor a que se le escapara la presa, y presionaba con cierta energía el bíceps de su esposa, todavía terso y duro igual que el de una moza en sazón, si uno se casa otra vez, pensaba Mirandita, y que me perdone Eulalia que en gloria esté, no va a ser para tocar mojama ni para pinchar en hueso, Sebastián estaba sorprendido de cómo y cuánto había cambiado su vida sexual desde el matrimonio, Clotilde resultó ser un verdadero vendaval erótico, y hasta una añosa apisonadora en según qué ocasiones, no tendrás necesidad de más recortes que los que hagas en la cama, le dijo a Sebastián al día siguiente de la noche de bodas cuando él le mostró, entre avergonzado y orgulloso, lo poco que quedaba de su colección de lencería en huecograbado después de la quema ritual a la que había sometido el excitante archivo, no más soledad en tu vida, mi amor, no más reconcomio, ahora tienes una hembra de veras para ti, una hembra que piensa como tú, que anhela como tú, que goza como tú, estamos unidos en cuerpo y alma, bendecidos por Dios y por los hombres, cuando se es tan mayor como nosotros no podemos hacerle asco a nada ni rechazar cualquier antojo que se nos ocurra dentro de las leyes de la santa madre iglesia, en ningún lado está escrito que esas leyes me impidan chuparte el pene, amor mío, lo de la procreación no reza a nuestra edad, debemos amarnos por amarnos y gozar *ad maiorem Dei gloriam,* de modo que me puedes hurgar con los dedos si es tu deseo o la única solución al común desfogue, podemos darnos las lenguas y sobarnos sin miedo y sin descanso, morderme en los pechos si es tu gusto y mirarme, o mirarme sólo si así te apetece mientras yo exudo humores e impaciencias, ¿sabes que los meapilas de antes poseían a su esposa a través de un ojal en el camisón?, nunca la veían desnuda como tú me ves ahora, Sebastián, como yo me ofrezco entera para ti, renunciando a décadas de virginidad, me abriría el himen con un estilete si no pudieras hacerlo con tu espada de eros, desgranada, empapada, licuada mi sequedad de vieja solterona, *mater admirabilis, mater amabilis, ora pro nobis,* que no nos avergüencen la inexperiencia ni la impotencia de nuestra generación, hay que acabar con los beatucones del mundo, renovar la Iglesia y descubrir a los hombres el verdadero rostro de Jesús, el Jesús-Amor, el Jesús-Justicia, el Jesús-Perdón, susurraba Clotilde en el oído de Mirandita al tiempo que le orientaba el camino a recorrer por su enfebrecida mano, que buscaba atropelladamente los pliegues de aquella morfología desbordada y generosa. Al principio, Sebastián se asustó tanto de la fogosidad y entrega de su mujer como de la facilidad con que urdía el entramado entre discusión teológica e investigación erótica y de lo osado de algunos juegos a que le incitaba, adoptando posturas que nunca hubiera imaginado sirvieran para el coito y que, desde luego, en ningún caso se hubiera permitido experimentar con Eulalia, le sorprendía que Clotilde fuera capaz de combinar aquellos aires de golfa desmedida de que hacía gala en el lecho —no encontraba otra manera de expresarlo— con su activismo social y religioso, su fe tan profunda como imaginarse pudiera y su ciega obediencia a la jerarquía católica, obediencia sí, pero no ciega, le corregía la excéntrica dama de Acción Católica mientras le acariciaba con ternura el escroto, obediencia crítica, yo soy de las de Teilhard de Chardin, no te olvides, no creo que sea lujurioso amarse como los animales. No se había de olvidar Mirandita ni de eso ni de las mil y una diabluras de cama que descubrió en la sesentena, reconoció de esta forma que el saber no ocupa lugar en ninguna de las humanas actividades y descubrió novedosos e insospechados perfiles de la felicidad humana que le hacían a un tiempo sentirse avergonzado ante Dios pero también mucho más partícipe de la divina naturaleza, hasta el punto de que pensó que había encontrado en aquella sublime paradoja el verdadero camino de perfección, tal era el estado de felicidad en que andaba inmerso que en seguida comenzó a preocuparse por la posibilidad de que se acabara, bien porque no fuera él capaz de responder adecuadamente a las necesidades de Clotilde, bien porque ésta, que andaba realizando en paralelo su propio descubrimiento del universo del placer, posara sus ojos sobre otro objeto de deseo más apetecible que la decadente flacidez de Sebastián, sus ojos de miope, lo abultado de su panza y la tristeza de su lomo, con lo que Mirandita tomó la costumbre, de manera absolutamente inconsciente, de apoderarse hasta con rabia del brazo de su amada cada vez que emprendían cualquier pequeño paseo, haciéndolo además de manera ostentosa, como diciéndole a todo el mundo esta mujer es mía, mía ha de ser siempre, y a la vez medrosa, como diciéndose a sí mismo, atémosla fuerte no se vaya a dar a la fuga antes de tiempo, cosa que encandilaba a Clotilde Sampedro, le encantaba el gesto, le hacía sentirse amada como nunca nadie lo había hecho en la vida, amada por dentro y por fuera, a tiempo y a deshoras, amada como le hubiera gustado ser amada en sus años mozos y en su madurez primera, amada con rabia, con ternura, con timidez y con decidida desvergüenza, amada como cualquier mujer sueña con serlo siempre.

Aquel domingo, 15 de junio de 1977, Sebastián y Clotilde se lanzaron a la calle asidos del brazo con renovados bríos. Para ser día festivo, la ciudad se había despertado más pronto que de costumbre y hacían colas las gentes ante los colegios electorales, dispuestas a depositar su voto en los primeros comicios legislativos libres que se celebraban en España en más de cuarenta años. Ni Clotilde ni Sebastián estaban en edad de sufragio cuando las elecciones de 1936 dieron la victoria al Frente Popular y los militares acaudillados por Franco decidieron dar el golpe contra la legalidad republicana, así vistas las cosas, ningún español con menos de sesenta y dos años había tenido oportunidad aún de ejercer en su vida el derecho a la libre elección y sólo le habían convocado a las urnas —cuyo mejor destino era ser rotas, según el fundador de la Falange— para refrendar el apoyo popular al dictador y para sancionar también, recientemente, la ley de Reforma, el harakiri del fran-

quismo que había abierto el proceso de transición
a la democracia, con lo que la emoción de primerizos que sentían Mirandita y señora era compartida
por millones de conciudadanos, casi por el ochenta por ciento del censo, y aun por una parte no des-
deñable del veinte por ciento restante, que recordaba
los comicios del 36 como una antesala de la guerra,
podía decirse que casi toda España votaba prácticamente por vez primera, en medio del estupor y el
malestar de los ortodoxos del régimen fenecido que,
en cuestión de semanas, habían visto la salida de la
cárcel de Santiago Carrillo, la legalización del Partido Comunista, el regreso triunfal desde Moscú de
Pasionaria, mítica líder de la izquierda prosoviética,
y la concesión de una amnistía que había vaciado
las prisiones de presos políticos, incluidos muchos
activistas vascos con las manos manchadas de sangre. La noche anterior a la fecha electoral, el matrimonio Miranda debatió ampliamente las condiciones y orientación de su voto, sobre el que se hallaba
dividida la pareja, Sebastián se oponía formalmente a que las papeletas de cada cual tuvieran distinto
signo, la familia que vota unida permanece unida,
argumentaba, y se mostraba más que proclive a dar
su apoyo a la Unión de Centro Democrático (UCD),
coalición al servicio de la corona puesta en pie por
Adolfo Suárez y en la que los democristianos más o
menos colaboracionistas con el franquismo tenían
un formidable peso, mientras que Clotilde insistía en
que un buen voto católico debía entregarse al partido del viejo José María Gil Robles, líder de las derechas reaccionarias durante la República que luego se
exilió y se enfrentó con Franco, huérfano ahora de

todo apoyo de la jerarquía eclesiástica, luchaba por implantarse como auténtico representante de los valores del humanismo cristiano en la más pura estela de las enseñanzas de Maritain, por lo que merece nuestra adhesión, insistía Clotilde, ¿cómo vas a votar a los herederos del dictador?, ¿cómo pretender que yo lo haga?, interrogaba a su marido con una mezcla de dulzura y severidad que el otro agradecía, pues de ambas cosas disfrutaba en su fuero interno, ¿y cómo no hacerlo si, a la postre, él venía de esa misma camada?, se cuestionaba el compungido esposo, librando una violenta batalla interior entre su fidelidad conyugal y la voluntad de coherencia consigo mismo, al final se reveló más fuerte la carne que el espíritu y, camino del colegio electoral, Sebastián manoseaba en su bolsillo el sobre con la papeleta para los democratacristianos vaticanistas, mientras que don Epifanio Ruiz de Avellaneda introducía trabajosamente en la urna su sostén a la Alianza Popular (AP) de Manuel Fraga e incitaba a su mujer a idéntica decisión, ten Rosita, tu sobre para votar, AP era el partido de los siete magníficos, casi como decir los siete machos, conspicuos representantes del franquismo redivivo que fueron jaleados durante la campaña por la faz inexpresiva y triste y el verbo bobalicón de don Carlos Arias Navarro, *unmitigated disaster* según el rey, un desastre sin paliativos para España y los españoles, un tonto, un carnicero y un cursi, se burla Enriqueta Zabalza, a la que escribe Manuel Dorado desde algún escondido lugar del norte que no podrá estar en Madrid para el día de las votaciones, se verá obligado a hacerlo por correo, votar por correo es como follar con condón, piensa Enriqueta, nunca supo joder bien el Manuelito, tampoco votará bien, seguro que lo hace por cualquier grupúsculo ínfimo y testimonial, aunque ésa sería igualmente una forma de votar por la revolución, por la ruptura, por el final de este cachondeo en el que nos han metido a todos, el esperpento de un Carrillo envuelto en la bandera bicolor, apeándose de la fe republicana después de que tanto se mofaba de la brevedad de Juan Carlos, ahora resulta que cree en él tanto como su papá, ¡hay que ver la prisa que se ha dado don Juan de Borbón en abdicar!, al final todo queda en la familia, para no hablar de la ancianidad vetusta de Pasionaria paseándose por la capital rodeada de militantes jóvenes e iluminados que la vitorean, ¡Dolores, Dolores!, parece la de la copla, ¿a quién hemos votado, Epifanio?, le pregunta Rosita, calla, mujer, contesta él, que el voto es secreto, a mí me gustaría hacerlo por ese amigo tuyo tan simpático, Gerardo Anguita, añade la confiada esposa, sí claro, refunfuña Epifanio, pero se presenta por los socialistas y si hasta nosotros les votamos entonces ganan de seguro, porque aquí nadie quiere quedarse atrás en lo de ser progre, Anguita figura como socialista cunero en las listas por Jaén, a los comunistas que se pasen a nuestras filas hay que premiarlos, habían dicho en el partido, ¡bien servido que va!, piensa Eduardo Cienfuegos, aunque en realidad servidos vamos todos, ésta es la fiesta de la libertad, ¿quién nos iba a decir que la cosa iría tan rápida?, ¡no jodas, rápida!, comenta el ogro Henares, ¡hace casi dos años que murió Franco!, si la gente no espabila los militares nos darán un susto el día menos pensado, ¿no ves cómo crece la violencia de la extrema derecha?, cuando parecía que ETA andaba un poco más tranquila aparecieron los del GRAPO (a ésos los maneja la pasma, no me lo quita nadie de la cabeza), los de la Triple A, los del Batallón Vasco Español, los de Terra Lliure, los de la madre que los parió a todos, la bomba se ha convertido en un deporte nacional, ¿entonces qué quieres, Enriqueta, fichar por los extremistas y liarte a petardazos?, no seas niña, caramba, le amonesta Cipriano Sansegundo, en política no se debe ir más allá de donde no se puede ir, mejor vuelves con los compañeros, chiquilla, ya sabes lo que se dice, fuera de la Iglesia no hay salvación, es una lástima que después de tantos esfuerzos, de tanto sufrimiento, desperdicies tu voto y tu energía dándoselos a unos troscos de mierda, de los más de doscientos partidos que se presentan a estas elecciones apenas quedará una media docena, si quieres trabajar, ser útil, servir a los demás, tienes que elegir la mejor oficina para hacerlo, la que tenga más luz y más medios a su alcance, ¿no será, se revuelve Enriqueta, la que te pague mejor sueldo?, te estás haciendo pesetero Cipri, aunque tampoco me parece tan mal, al fin y al cabo ya dijo Marx que todo radica en la economía, ¿no está también Ramón Llorés convertido en un export-import como es debido?, con el cuento de que tiene que llevar los negocios de papá —le sienta muy bien a Ramón ese pretexto— anda por ahí hecho un soplapollas, no seas dura, mujer, sale Cipriano en defensa de su amigo, Ramón es legal, se jugó el pescuezo cuando había que hacerlo y sigue ayudando en todo lo que es necesario, los comunistas necesitamos que haya empresarios de izquierdas, militares de izquierdas, curas de izquierdas, lo mismo que tu Jaimito Alvear —le devuelve la estocada—, ¿cómo, si no, íbamos a poder aspirar a ejercer racionalmente el poder?, lo que pasa es que ya no sois comunistas, protesta Enriqueta, sois sólo eurocomunistas, bien clarito os lo han dejado entre Marchais, Berlinguer y Carrillo, me gustaría preguntarles dónde ha quedado el espíritu de Gramsci, para qué chupasteis tanta cárcel si luego pasa lo que pasa, aquí el que no se acomoda es porque no puede, pero a Marta le resulta difícil hacerlo, no soporta la vida social, las sonrisas forzadas, la relamida forma de estar ante los jefes de su marido, representantes vicarios de la nueva burocracia, *aparatchiks* a tope, tan ufanos de su fe de conversos, tan resuelta, específica y llanamente democráticos, tan exégetas de los admirables atributos del parlamentarismo que es difícil imaginar su antigua afición al saludo fascista, su devoción por los correajes y su estética a lo Mussolini, mujer, no exageres, protesta Alberto, lo único que salta a la vista es esa resignada expresión que tienen de funcionarios vocacionales, porque ésta, *caro mio,* es una democracia de los bien peinados, ¡ay de ellos si algún día sopla el viento de la libertad!, no les va a quedar ni un solo pelo en su sitio, de modo que yo no voto a esa UCD tuya ni muerta, todo lo más a los socialistas, quiero decir todo lo menos, el voto es como el cariño, responde Alberto, eres tan libre de votarme como de amarme, pero él sabe que ya no, él sabe que la magia y la pasión han perecido en medio de los mediocres afanes de cada día, la libertad fue sólo un señuelo de la obediencia y han comenzado a vivir por fin la edad de la razón, tanto como la ansiaba Marta y tanto como la comienza ahora a aborrecer, ¿de qué sirve el trabajo, el sacrificio, si uno no puede contar con el apoyo de la mujer que ama, si una no puede entregar su confianza política a aquel en quien depositó su fe en la vida? Gerardo Anguita había aceptado ser número dos por Jaén, allí el partido controla como es debido, le habían dicho, estarás de seguro en el Congreso de los Diputados, a Gerardo le parecía su destino natural, durante la campaña había adelgazado unos cuantos kilos, se había esmerado en el vestir, abandonando aquellos ternos oscuros y deslavazados, procuró no aparecer en público fumando puros, pretendía diferenciarse de los plutócratas y de los castristas, ninguna de ambas imágenes le convenía, tuvo cuidado sin embargo de no emperifollarse demasiado y ser discreto en los colores, no le fueran a confundir con una maricona cualquiera, hasta buscó una novia ocasional con la que dejarse ver en un par de actos públicos, procurando desmentir así los innumerables e irremediables rumores que corrían sobre su homosexualidad y que algunos habían querido utilizar para levantar obstáculos en su carrera, la dedicación de Gerardo a su nueva militancia socialista era prácticamente a tiempo completo con excepción del horario lectivo en la universidad, su creciente prestigio en las filas de la organización era asumido con inmenso recelo por algunos de sus antiguos miembros, envidiosos de su lucidez intelectual y suspicaces ante lo que denunciaban como oportunismo, dispuestos siempre a emplear toda clase de armas a la hora de detener su ascensión, que si era de la acera de enfrente, que si estaba fichado por corrupción de menores, que si podía ser un comunista infiltrado, que si había colaborado con el franquismo redactando informes sobre las leyes del régimen, ya ves, Alberto, cualquier pretexto es bueno para desprestigiarme, cualquier motivo vale para ello, creí que en el PSOE las cosas serían diferentes, que era gente más moderna, menos apegada que los comunistas a dogmas y rarezas, por eso me mudé de piso pero veo que me equivoqué, lo que pasa es que no hay muchos otros sitios donde ir y a mí lo de la política me peta, al fin y a la postre es una forma de trabajar por los demás, pues con todo y con ésas yo voy a votar a los socialistas, *avanti popolo!*, interrumpe Marta el diálogo, hay que hacer lo que sea para echar a éstos del poder, y mira a su marido sin ternura, con un punto de sorna, no se nos vayan a eternizar, que son los mismos de antes, ¿cómo decís aquí lo de los perros y los collares?, en cualquier caso lo importante, sentencia Alberto, corrobora Gerardo, asume la propia Marta, lo importante, anuncia desde su púlpito de coadjutor el padre Jaime Alvear, lo verdaderamente importante, escribe para el *Christian Science Monitor* Ramón Llorés, no es el contenido del voto sino el mismo hecho de votar, nos hemos dejado los huevos para poder hacerlo algún día, anima Cipriano a Enriqueta, pero no por correo como ese tarado de Manuelito, se recrea ella en su inocente perversidad, elegir a tus representantes es la cosa más natural del mundo, la más civilizada, yo no entiendo por qué Franco no se avino al final con eso, comenta Mirandita a su mujer y ella, ¡ay, Sebastián!, si te quiero es por tu ingenuidad, ¿cómo iba a dejar que votáramos para poder echarle?, no creas que lo hubieran hecho los españoles, argumenta el hombre pacatamente, sorprendido de su decisión de llevarle la contraria a Cloti, muchos le querían, ya viste las filas kilométricas rindiendo pleitesía delante de su ataúd, la democracia era una necesidad, una demanda, resultaba inevitable todo este asunto de las elecciones, sentencia don Epifanio ante su mermada tertulia de El Comercial, pues yo no he votado, ni lo pienso hacer en mi vida, se jacta Primitivo Ansorena, ¡a ver si vamos a acabar decidiendo por elección la existencia de Dios!, mientras Liborio llega a la redacción y deposita sobre la mesa de Artemio Henares la auténtica, la verídica, la inconmensurable foto del día, ya será menos, le ruge el ogro, aunque no está tan mal, rectifica al mirarla, en ella un joven tullido aplasta de un golpe formidable con una de sus muletas la urna de una mesa electoral, lo que pasa es que éste es un día de alegría y esa imagen una anécdota, ha muerto gente en este país por reclamar elecciones y no vamos a empañar su memoria con la acción aislada de cualquier ácrata, ¿sabes quién es el cojo de la foto, Liborio?, no todavía, lo sabré más tarde, desde luego antes de que los del ministerio nos digan quién ha ganado, tardan una barbaridad en dar los datos, o se hacen los remolones o la innovación tecnológica no se corresponde todavía con la modernización política, en el despacho de Adolfo Suárez un reducido grupo de ministros se arremolina comentando las noticias que llegan del escrutinio, Alfonso Osorio, vicepresidente del gobierno y democratacristiano de los que no le gustan a Clotilde Sampedro, derrumba sus casi cien kilos de peso sobre el diván que adorna las dependencias del primer mandatario mientras estalla en una especie de sollozo contenido, ¡hemos entregado el país al marxismo!, se lamenta como un animal herido, al hacerlo emite un gemido espectacular que sobrecoge a sus colegas, algunos tratan de animarle, no será para tanto, ya lo verás, mientras él ladea la cabeza hacia un lado y otro, titubeante, apesadumbrado, confuso, abandonándose al nirvana de la desesperación en una pose adecuada para que luego la cuenten los historiadores, otros se apresuran a llamar a sus confidentes, a alertar a sus familias, a recabar el consejo de sus mayores, Alberto Llorés aguarda en las dependencias oficiales instrucciones sobre cómo y cuándo organizar la rueda de prensa en que se explique al país lo sucedido, no antes de que sepamos verdaderamente lo que ha pasado, le puntualizan, porque pueden haber ganado los socialistas, ¿te enteras, Gerardo?, telefonea a su amigo, aquí en Presidencia se murmura que a lo mejor, a lo peor, vais a cantar victoria, y Gerardo, ¡hombre, espero que no!, los chicos del partido están bien para la oposición pero como se les caiga el poder encima pueden hacer un pan como unas hostias, pasan los minutos, las horas, el país sigue interrogándose por su futuro mientras la televisión y las radios organizan debates y en algunas iglesias se celebran vigilias contra el triunfo de la izquierda, en otras se ensayan actos de acción de gracias, ¡cuidado, que todavía no hemos vencido!, advierten cautelosos unos feligreses a Jaime Alvear, ni lo haremos nunca, responde él risueño, ya se encargarán de que eso no suceda, de madrugada se desvela el secreto, la UCD, treinta y cinco por ciento, el PSOE, treinta por ciento, ¿lo ves, Alfonso, como no había por qué preocuparse?, consuela Suárez a su vicepresidente, hemos ganado la etapa sin despeinarnos, yo lo que creo es que hemos tirado el sufragio, se lamenta Clotilde hecha un ovillo entre las sábanas y la mermada musculatura de su amado, la próxima vez a mí no me pillan, voto a los de izquierdas y que sea lo que Dios quiera, y tú también, Sebastián, va siendo hora de que cambies un poco las costumbres, Mirandita piensa que lo de las elecciones debe ser como lo del sexo, hasta que no experimentas posturas nuevas no pones a prueba tu capacidad de resistencia, ni sabes tampoco si podrás terminar la legislatura sin producirte una lesión de las de cuidado, romperte una pierna o quebrarte la columna, por cierto, ¿querías saber quién es el tío de la foto, el de los bastones?, Liborio se pone retórico ante Artemio Henares, se trata de un marginal bastante popular en Lavapiés, le llaman el cojo Sigüenza y perdió el pie en un accidente de autobús, ¡un don nadie!, de modo que tenías razón, más vale comernos la foto con patatas, lo que no se publica nunca ha existido y la jornada electoral transcurrió sin incidentes dignos de relieve.

Ocho

Amelita Portanet titubeó antes de empujar la puerta de La Comercial Abulense, hacía años que había abandonado la costumbre de visitar a su marido en la oficina y le había costado mucho dar aquel paso pero no podía soportar por más tiempo la incertidumbre que le roía el corazón desde semanas atrás, quizá meses, no podía seguir viviendo bajo la mirada furtiva del personal de servicio, haciendo como que desoía los comentarios de unos y de otros, viviendo como si Eduardo no tuviera una amante, cuando era público y notorio que se acostaba con su secretaria, incluso hubo quien se encargó de denunciar que en cierta ocasión les pillaron en pleno trabajito, tirados los dos sobre la alfombra de nudo y en horario laboral, menudo desparpajo, con los hombres ya se sabe, en cuanto desvías la vista para otro lado te la dan con queso, y eso que Amelita era una persona comprensiva, ninguna reaccionaria, en Cataluña todo es más civilizado, desde Mariona Rebull sabemos que al macho hay que darle su desahogo si no queremos que la vida familiar se convierta en una tragedia griega, pero una cosa es el desahogo y otra que la tomen a una por tonta.

—Buenas noches, José María —saludó al sorprendido portero.

—No queda nadie arriba, señora, sólo estamos el vigilante y yo.

—No se preocupe ni se moleste, José María, nada más vengo a recoger unos papeles de la mesa de mi marido.

Entró en el despacho de puntillas, como si temiera que alguien la estuviera vigilando a través de cualquier cámara secreta, era una habitación sobria, bien amueblada, con una librería repleta de tomos de jurisprudencia, un tresillo de piel y una mesa de madera sobre la que se apilaban cantidad de papeles a la que Amelita se acercó presa de auténtica emoción, las pruebas que buscaba, la demostración del adulterio, las fotografías, las cartas, las expresiones de mutuo afecto y atribulada pasión entre el jefe y la concubina debían estar en alguno de los cajones de la bitácora de mando de la empresa, dudó un poco antes de decidirse por cuál comenzar y resolvió echarlo a suertes, por fin se agachó con cierto agobio, se sentía abrumada por lo que estaba haciendo, no le gustaba convertirse en espía de nadie y menos de su esposo, pero las circunstancias lo exigían, empuñó el tirador de la última gaveta, la más cercana al entarimado del suelo, llenó sus pulmones de aire, tomando el aliento que necesitaba, y estiró con delicadeza. El ruido fue enorme. No sabría distinguir si oyó primero el estrépito de los cristales al romperse la ventana o el sonido sordo y compacto de la explosión, la lógica indicaba que ésa era la sucesión de los hechos, luego podría recordar también un crepitar de maderas ardiendo y sus propios gritos de ayuda, que retumbaban lejanos, como si fueran de otra persona, casi estaba dispuesta a asegurar que en ningún caso perdió el conocimiento, evocaba con precisión la cara del bombero que la atendió, el cúmulo de manos disputándose transportar su cuerpo, lo que quedaba de él, hasta la ambulancia, el ulular de sirenas, los sollozos y comentarios de los curiosos que se agolpaban ante la sede incendiada, sinceramente no podía decir mucho más, comprendía que la policía tenía que hacer su trabajo, pero ¿qué más daba ahora si había sido ETA, GRAPO o la extrema derecha?, lo verdaderamente urgente y difícil sería explicar a su marido qué diablos estaba ella haciendo allí aquella noche, para qué había ido a la oficina sin avisarle, se le ocurrió la buena excusa de que quería darle una sorpresa de aniversario, redecorar su despacho en secreto, cambiar el mobiliario por algo más moderno y dinámico, ahora en Cataluña se llevan mucho las cosas de diseño, con tan mala fortuna que le alcanzó la bomba y se quedó sin piernas, bueno, sin la pierna derecha y sin el pie izquierdo, por lo demás su vida no corre peligro, explica el cirujano a la familia, que todavía no sale de su asombro, peor ha sido lo del conserje, le cayó una viga en la cabeza y murió en el acto.

—¿Estaba casado José María? —pregunta don Eduardo Cienfuegos al gerente de la empresa.

—Y con dos hijos menores —puntualiza el administrador.

—Encárgate de que esos niños puedan estudiar hasta que acaben la carrera, y que la viuda esté bien tratada.

—Como es terrorismo, no lo cubre el seguro, don Eduardo.

—Lo cubro yo y basta.

El gobernador ha llamado para explicar que en estos casos el Estado da una ayuda potestativa con cargo a los fondos reservados, hemos asignado un millón para cada familia, pues eso, un millón está bien, yo cedo el mío para los hijos de José María, Cienfuegos no quiere discutir, está absorto, anonadado, rodeado de sus hijos, su nuera, sus colaboradores, Primitivo Ansorena fue de los primeros en llegar, sean quienes sean no tienen perdón de Dios, pues no te quepa duda de que han sido los tuyos, le dice Cienfuegos hijo, esto es cosa de los fachas, ¡yo no soy facha, muchacho!, soy un militar, esquiva el otro la confrontación, también se han presentado algunos amigos del periodista, Gerardo Anguita, exhibiendo su condición de diputado y tratando de repartir consuelo, Alberto Llorés, el nuevo subsecretario, con su esposa, incluso Enriqueta se ha dejado caer por allí, ¿lo ves como son unos cabrones, Eduardito?, a la fuerza con la fuerza, a la violencia, con la violencia, pero él ya apenas se acuerda de cuando eran el compañero Andrés y la compañera Cristina, ahora sólo contempla estupefacto el dolor y el asombro de los suyos, ¿por qué a ellos?, ¿de quién son el objetivo?

—A ellos como a cualquier otro —había contestado Fernández Trigo a la misma pregunta del Lobo—, ¿no ves que nos van a liquidar si no?, desde las elecciones no están dejando títere con cabeza, Centeno jubilado, el coronel Dorado a punto de pasar a la reserva, el Gabinete de Pensamiento ha sido destruido y nuestros mejores aliados o se han pasado a las filas de los que mandan ahora y nos han dado la espalda o los han puesto de patitas en la calle, yo mismo... ya me ves, he tenido que dejar la policía y dedicarme a las chapuzas privadas, éste es un favor que te pido, lo merece toda la familia, el padre, dueño de la empresa, es un rojo renegado, republicano y millonario, ¡así también hubiera sido yo antifranquista!, conoces lo que escribe el hijo en su periódico y para qué lo escribe, si de él depende vamos todos a la trena, la puta de su novia casi me apiola de un tiro hace unos años, ¡razones hay un montón!, y con ésta nos retiramos, Lobo, yo a la Renault, a la Citroën o a cualquier banco, a hacer de experto en seguridad, hay mucha demanda, tú al puesto de asentador, tu padre merece de sobra el retiro, pero no nos vamos a largar sin ruido, no después de la que está cayendo, ¡mientras ponen a los terroristas vascos en la calle y llenan de honores y dinero a los carcamales que vuelven del exilio, a nosotros que nos den mucho por el culo!, no es justo, coño, no es justo.

Ahora ya ha acabado todo y José Manuel Rupérez celebra con su cuadrilla en el barracón de la casa de sus padres lo que, ¡por éstas!, es la última acción del comando, tocan a retirada muchachos, o sea que cada cual a buscar trabajo, la bofia ya no paga por estas cosas, vienen tiempos nuevos aunque no sé si mejores, tampoco les acompañan desde hace tiempo las rubias estudiantes que hace años adornaban sus melenas de anuncio de champú con la boina roja de falangistas, tienen que conformarse con que se la chupen a todos una puta de Angola y otra de Trijueque, mientras Fernández Trigo no hace otra cosa que mirar y meneársela, parece mentira que tío tan bragado tenga un pito tan pequeño y tan blando, le dice la angoleña en portugués a José del Divino Amor Pereira, incorporado al grupo desde lo de Montejurra, si a éste le bajaran los calzones en público, la risotada iba a ser de órdago, piensa el ex pide antes de abandonarse por completo a los lametones de la furcia.

La familia de José María Martínez, conserje asesinado en La Comercial Abulense, es de Yuncos, Toledo, gente de campo de toda la vida, muy adictos al Movimiento, o sea que no creen que hayan sido los de Fuerza Nueva ni la extrema derecha quienes pusieron la bomba, eso es ETA o algún cabrón de rojo, ni siquiera aceptan estrechar la mano de don Eduardo Cienfuegos, ni se interesan apenas por el estado de salud de la señora ni, mucho menos, van a dirigirle la palabra al comunistón de su hijo, la familia de José María Martínez es de la estirpe de Castilla la Nueva, a mucha honra, y sabe tenérselas tiesas en el peor de los momentos, de modo que no se deja engañar por nadie, ni aun por el señor gobernador que se empeña en ofrecerles la miseria de dos millones de pesetas a cambio de la muerte de uno de los suyos, bueno, yo me haré cargo del cheque, dice un concuñado de José María con cara de pocos amigos, no es cheque, responde el dignatario entregándole el sobre que contiene un gran fajo de billetes, dinero opaco, no hay que declararlo, añade con un rictus de aparente satisfacción, ya dice otra vez el concuñado que él se hará cargo, mientras los deudos de José María comentan lo injusta que es la vida, ¡el amo del negocio sale ileso y doña Amelita salva la vida mientras paga con la suya un pobre empleado!, ¿quién va a encontrar ahora a los que lo hicieron?, ¿y qué más da si los pillan?, a los dos días seguro que los ponen en la calle, o sea que, por supuesto, la familia de José María Martínez no está de acuerdo con la iniciativa de convocar una manifestación de protesta por el atentado, si cada vez que ETA asesina a alguien se organizara un acto así, estaríamos todo el día de procesión, dice el cuñadito que se hace cargo de todo, la única muestra de dolor que la familia del finado agradece es la presencia en el duelo del ex ministro de Carrero Blanco, Julio Rodríguez, todo un caballero, todo un idiota, piensa el hijo de doña Amelita, ¿también querrá publicar ahora que el portero murió de un infarto, como cuando asesinaron al almirante?, en la confusión, Rodríguez no sabe bien a quiénes tiene que dar el pésame, se acerca a una mujer joven, flaca y con gafas, de aspecto intelectual y porte desafiante, ¡tenemos que acabar con esto de la forma que sea!, espeta en la cara de la chica, para terminar de redondear la frase: la democracia es culpable. Enriqueta Zabalza no se inmuta ante la agresión pensando que el otro quería hacer un cumplido, a la fuerza con la fuerza, ¿a la estupidez con la estupidez?, se interroga en silencio mientras desvía la mirada y sus ojos se cruzan con los de Eduardo Cienfuegos Portanet en busca de un rescoldo de aquella gran pasión que se esfumó, se sorprende al comprobar, por vez primera, que también para ella vivir comienza a ser en parte recordar, no se avergüenza por permitirse ese momento de ternura, no se puede estar en pie de guerra durante toda la existencia.

A los partidos democráticos se les planteaba un problema con las acciones de protesta por la bomba contra La Comercial, por un lado, había un buen número de fuerzas sociales y dirigentes que exigían medidas, había que presionar al gobierno contra el terrorismo de extrema derecha, demostrar que no estaban dispuestos a dejarse amilanar por sangrientas que fueran sus agresiones, no cambiarían el curso de los debates de la comisión parlamentaria encargada de redactar la Constitución ni cejarían en adoptar decisiones trascendentes como la abolición de la pena de muerte por mucho que los etarras, los anarquistas o los fachas siguieran matando, por otra parte parecía absurdo organizar una manifestación tras el asesinato de alguien cuya familia no estaría presente, lo peor de todo era que no había manera de hablar con ella, sus miembros se habían cerrado en banda, atrincherados en una pensión modesta del centro de la capital, sólo recibían visitas de los ultras y habían designado como portavoz al cuñado que lo sabía todo, que se encargaba de todo, y al que encima le dio por la vena intelectual, no hacía sino declaraciones contra el capitalismo y la democracia como responsables directos del desorden general del país, de la creciente ola de violencia e inseguridad que amenazaba las calles, del empobrecimiento de las clases medias, golpeadas todavía por las secuelas de la crisis del petróleo que el tardofranquismo no había querido enfrentar, todo le valía al familiar de José María para poner en solfa al liberalismo, de modo que no piensen ustedes que vamos a dar nuestro apoyo a esa demostración, ni a ésa ni a ninguna otra, ¡para manifestaciones estamos!, lo que la memoria de mi cuñado exige es justicia, no podemos permitir que, encima de que somos las víctimas, nos conviertan también en verdugos, a punto estuvo de gritar, al terminar su declaración, lo de ¡viva España con honra!, se contuvo porque no sabía muy bien el significado del eslogan y tampoco quería más complicaciones de las necesarias, en la argumentación con-

taba además con el apoyo inestimable de Primitivo
Ansorena y las cogitaciones del propio don Eduardo
Cienfuegos, no veían ninguno de los dos que les con-
viniera hacer más ruido que el ya organizado por la
propia explosión, no era bueno para el negocio, Ansorena no acababa de creerse que el atentado, que
nadie reivindicó, fuera obra de la extrema derecha,
son pistoleros a sueldo del comunismo, insistía impertérrito, ¡como sigamos así vamos a hacer entre
todos el caldo gordo a los rojos!, pues con familias o
sin familias, con víctimas o sin ellas, la protesta se
llevará a cabo, insistieron los líderes políticos y sindicales, convocando de manera oficial a manifestarse por la democracia y contra el terrorismo el día posterior al entierro. Hubo prolongadas negociaciones
sobre quién encabezaría la marcha y con qué pancarta, al final, la viuda de José María transó con que
estuviera presente el cuñado de marras, le acompa-
ñarían los hijos de doña Amelita, amén de un enlace sindical de La Comercial Abulense, don Eduardo
Cienfuegos excusó su asistencia, prefería acompañar a su mujer en el sanatorio, pero participó acti-
vamente en las discusiones sobre el contenido de la
pancarta que encabezaría el acto, lo de *Democracia,
sí, dictadura, no,* le pareció que no venía a cuento y se
decantó, como más ajustada a los acontecimientos,
por la frase que propuso el representante de Comisiones Obreras, *Libertad y justicia, contra el terror,* pero terminó triunfando la sugerencia de Gerardo Anguita, al que el partido había designado de forma
oficial su interlocutor para esta ocasión, *Sí a la Constitución, No al terror,* que terminó siendo mejorada en
sus aspectos formales por la pluma de Cienfuegos

Portanet, *Constitución SÍ, Terrorismo NO,* parecía que todo el mundo estaba finalmente de acuerdo con ese lema, Anguita encareció a Cipriano Sansegundo que gestionara la fabricación de la pancarta en el sindicato y pactaron de forma general que no habría más carteles ni banderas, tampoco gritos, detrás de las familias desfilaría una representación de las fuerzas políticas y sindicales, luego la plantilla al completo de la empresa, con la excepción de Primitivo Ansorena, cuya condición de militar, por retirado que estuviera, le impedía acudir a ese tipo de actos, según dijo, después el público en general, se citó a la concentración en la plaza de Colón para que discurriera por la calle Serrano hasta la Puerta de Alcalá, donde enfilaría la avenida de Alfonso XII, yendo a desembocar a la cuesta de Moyano y disolviéndose los congregados en la glorieta de Atocha, allí el periodista Eduardo Cienfuegos Portanet, hijo de una de las víctimas del atentado, leería un breve comunicado, hubo que convencer al concuñado de José María de que no convenía que fuera él quien pronunciara el parlamento, pese a que representaba la parte más perjudicada por los hechos, al final se avino, no sin regañadientes, a permanecer en silencio pero exigió, en cualquier caso, subirse a la tribuna desde donde se pronunciara el discurso.

La tarde de la manifestación lucía un sol radiante y el clima era benigno, se habían concentrado unas dos o tres mil personas pero parecían muchas más a juzgar por lo que abultaban, vigilaban la marcha, que contaba con su propio servicio de orden, cientos de agentes de la policía municipal y un retén de la nacional, a la que habían cambiado el uniforme color ceniza por otro caqui y sustituido la antigua gorra de plato por una boina como la de los grupos de operaciones especiales, a fin de que la gente olvidara la mala fama de los grises y se identificara con la nueva policía democrática, decenas de curiosos se agolpaban en las aceras para ver el cortejo y otros se asomaban a los balcones colgados sobre la vía pública, mostraban cierto aire de incredulidad en sus rostros y no evidenciaban ninguna muestra de solidaridad, aunque eran ya muchas las manifestaciones que se habían celebrado en la capital y en otras ciudades, muy pocas de ellas habían elegido hasta entonces las calles nobles del barrio madrileño de Salamanca, habitadas por la burguesía que había apoyado la dictadura durante décadas, hasta hace bien poco las mismas ventanas y miradores desde los que hoy contemplaban los vecinos, con furtivo asombro, aquella demostración de ira y dolor popular se engalanaban frecuentemente con la bandera nacional para celebrar el día de la victoria franquista en la guerra civil o el 18 de julio, fecha del alzamiento de los militares rebeldes contra la República que todavía tenía la consideración de fiesta nacional, a cuyo resguardo se pagaba una mensualidad extraordinaria en todas las empresas, por lo que la supresión del día feriado debería hacerse con gran tiento, no resultara que por desfranquizar el país se perjudicaran injustamente los derechos adquiridos y las conquistas sociales de los trabajadores, a Enriqueta Zabalza, que avanzaba en las primeras filas de la manifestación enlazada por detrás de la cintura con Cipriano Sansegundo y Jaime Alvear, le sorprendió ver, en el tercer piso de un inmueble que alzaba su señorial figura frente al parque del Retiro, una enseña republicana con crespón negro en señal de luto, hasta ese momento el desfile había transcurrido con normalidad dentro de la tensión imaginable, en silencio y sin más signos añadidos que las contenidas lágrimas de los congregados y el cartel que abría la marcha, pero la visión de la bandera tricolor desató el entusiasmo de algunos jóvenes que se agrupaban en el centro del cortejo, de improviso comenzaron a corear con ritmo y rotundidad el lema *España, mañana, será republicana,* en cuestión de segundos fue el acabose, el mutismo tan celosamente guardado durante la anterior media hora larga se rompió en mil pedazos, estallando en gritos y eslóganes que inundaban el aire de la burguesía madrileña con una singular violencia, *vosotros, fascistas, sois los terroristas,* o *Suárez, cabrón, trabaja de peón,* eran lemas corrientes que podían escucharse en cualquier protesta de las que se organizaban en los barrios obreros, también aparecían con frecuencia en las pintadas de las calles céntricas de la capital, pero todavía resultaba insólito escuchar entonarlos a miles de personas en los aledaños de la Puerta de Alcalá, algunos conspicuos manifestantes bien trajeados, clientes y amigos de La Comercial Abulense que habían querido demostrar su solidaridad, comenzaron a mostrar síntomas de incomodo, yo me voy de aquí, se desahogó de pronto Medardo Miranda, esto no es lo pactado, prometieron que no habría gritos contra nadie, luego abandonó la formación por unos momentos para reintegrarse en seguida tras el sonoro abucheo que le dedicaron sus compañeros de marcha, otros menos sensibles a la censura pública terminaron por disolver su presencia disimuladamente, confundiéndose con los curiosos de las aceras o aparentando que les apretaba un zapato, de modo que a la altura de la cuesta de Moyano, mientras los libreros de viejo se preocupaban porque en la confusión del gentío no les birlaran de los kioscos más ejemplares de lo acostumbrado, la manifestación había perdido todo carácter interclasista, convirtiéndose en una demostración más de la izquierda sindical, para desesperación del concuñado de José María Martínez, que se veía tan incapacitado de abandonar el acto como de continuar en él.

Pasadas las siete de la tarde, la pequeña muchedumbre llegó hasta el lugar indicado por el gobierno civil como meta adecuada de la caminata, un amplísimo y desordenado cruce de calles sobre el que la aturullada gestión municipal del señor Arias Navarro había levantado años atrás el primer paso elevado para coches que existiera en la capital, debido a su estrechez, por la que a duras penas circulaban sin riesgo los automóviles, recibió el sobrenombre popular de escalextric y había sido escenario de multitud de accidentes al precipitarse al vacío desde la altura máxima del puente un buen puñado de conductores despistados, el lugar era presidido además por la imponente mole de hierro de la estación de Atocha, una de las pocas obras de ingeniería que Eiffel había dejado en España, a su sombra, en medio del griterío de los manifestantes y del sonar del claxon de los automovilistas que protestaban por el embotellamiento, alguien desplegó una escalera de mano a cuyo último peldaño se encaramó Eduardo Cienfuegos para leer el comunicado final, no sin antes tener una breve discusión con el concuñado de marras que exigía su puesto en la tribuna aunque no hubiera tribuna, y que terminó por contentarse con subirse a media altura, entre el segundo y tercer escalón, cualquier cosa era buena para salir en las fotografías, Cienfuegos Portanet sacó del bolsillo un folio mecanografiado, leyó con emoción unos párrafos en los que se dolía de la ausencia de un hombre y la mutilación de su propia madre por la acción directa del terror de la derecha, llamó a la unidad de los demócratas frente a las conspiraciones fascistas, reclamó la renovación de la policía, acusó al gobierno de debilidad frente a las tramas golpistas de los militares y convocó a los ciudadanos a la fiesta de la libertad, todo en un tono relativamente mesurado, cuando terminó, la mayoría de los reunidos levantó el puño izquierdo y se puso a cantar la *Internacional* ante el asombro y el desconcierto del cuñado de José María que pugnaba inútilmente por descender de su grada, la gente arremolinada a su alrededor le impedía hacer cualquier movimiento, o sea que acabaría por salir en la foto, sí, en medio de un gran bosque de saludos marxistas que reclamaban la revolución.

—¿Y éste quién es? —preguntó otra vez Artemio Henares a Liborio, a la hora de poner un pie a la imagen.

—No lo sé, un pariente del conserje, creo, pregúntaselo a Eduardo.

Pero no se lo preguntaría, no le iba a molestar a esas horas en la habitación del hospital donde Amelita Portanet escuchaba, de labios de su hijo, el relato de la manifestación por la democracia y la libertad que su sacrificio había originado, a Amelita se le saltaban las lágrimas al contemplar la unidad de la familia congregada en torno a su lecho de dolor, y eso que no podía dejar de pensar, en los breves intervalos en que la morfina le permitía hacerlo, que su marido le andaba poniendo los cuernos con la secretaria.

Nueve

Parecía como si al capitán Miguel Chaparro le hubieran puesto el apellido después de medirle al nacer aunque, en contra de los rumores que sobre él lanzaban sus muchos enemigos, era mentira que fuera sietemesino, su estatura demediada se debía únicamente a las dificultades de alimentación en su primera infancia, y a decir verdad no se le veía tan bajo cuando calzaba botas de equitación en el regimiento de la remonta de Aranjuez, antes de ser destinado al Gabinete de Pensamiento del servicio de información de la Presidencia, pero hemos decidido disolver ese departamento, le explicó el general, estamos organizando un centro de inteligencia como es debido, dependiente de las fuerzas armadas, para reunir en él la dispersión de atribuciones en la materia, aquí se empeña demasiada gente en tener ese tipo de excusados, la Guardia Civil, la policía, el Estado Mayor, el Ejército de Tierra, la Presidencia del Gobierno, los diplomáticos... si pensaran menos y actuaran más, quiero decir, si nos dejaran pensar a los demás y ellos se dedicaran a cumplir órdenes, a lo mejor hubiéramos podido parar el terrorismo y desarticular las conspiraciones de los cuartos de banderas, claro que a todo dios le encanta hacer análisis, de eso le quería hablar, capitán, de los cuarteles, usted sabe que somos muy pocos los militares leales

en este país, no digo leales al rey... todavía quedan,
hay tanto duque y marquesito en el ejército... pero
leales a lo que el rey quiere hacer los contamos con
los dedos de una mano y aún nos sobran unos cuantos,
el aparato de seguridad del Estado sigue en poder de
los de antes, no se dan cuenta de que los tiempos han
cambiado pero tampoco les podemos dar el relevo,
¿de quién tiramos, si no, para el trabajo?, total que
nos están volviendo tarumbas, no hay día que pase
que no trascienda una reunión, un cóctel, una conversación entre altos mandos dispuestos a hacer cualquier niñería, no paran de hablar de la necesidad de
un gobierno fuerte, están como hienas desde la legalización del comunismo, pretextan que el presidente les engañó, ¡claro que les engañó!, aunque nunca lo reconoceremos, ¿cómo va Suárez a reunirse con
el Consejo Superior del Ejército para decirles no se
preocupen, desde pasado mañana vamos a admitir
todos los partidos, el comunista también?, no hubiera salido vivo de la sala, así que se produjo la dimisión del ministro de Marina y hubo las dificultades que hubo para encontrar sustituto, al teniente
general De Santiago personalmente le oí decir que
él nunca traicionaría a los caídos, ¿a qué caídos te refieres?, le pregunté, a los que Carrillo y los marxistas
asesinaron en Paracuellos, contestó sin dudar, como
le digo, con ese ambientazo aquí hay mucha gente
dedicada a espiar, vamos a reunificarlos a todos y a
licenciar a unos cuantos, precisamos personas segu-
ras, hombres como usted, con más futuro que pasado, que nos ayuden a desentrañar las tramas golpistas, es una tarea ingrata y difícil pero necesaria, no
crea que tenemos tantos en quienes confiar, conclu-

yó el general adoptando un aire de complicidad que mucho satisfizo al capitán. Chaparro estaba sentado en una silla alta con las rodillitas juntas y las manos sobre ellas, se levantó como impulsado por un muelle, cuadrándose de inmediato y dando un taconazo, a las órdenes de vuecencia, mi general, estoy dispuesto a hacer cuanto me pidan, igual que siempre obedecí las instrucciones del coronel Dorado, pero relájese, capitán, siéntese por favor, no hablemos más de Dorado, es historia entre nosotros, buen hombre, buen militar aunque anticuado como pocos, la militancia izquierdista de su hijo le hizo perder la cabeza, todos hemos tenido hijos, unos salen así y otros asau, peor son los que han de soportar un drogadicto en casa, conozco casos de ésos, alguien debería preguntarse por qué tantos vástagos de familias franquistas se han pasado a la oposición contra sus padres, oposición en todo, en política, en costumbres, en ideas, en maneras y modos de vivir, pero relájese, veo que contamos con su apoyo y eso es lo importante, ahí va un dossier sobre el que quiero que me informe, parece una historieta de tebeo, unos cuantos jefes y oficiales andan reuniéndose en una cafetería para preparar un golpe de estado, son gentecilla de poca monta aunque conviene no descuidar ningún dato, usted puede infiltrarse, téngame al tanto personalmente, por supuesto de ahora en adelante le permito prescindir del uniforme incluso en dependencias militares, comandante Chaparro, y subrayó lo de comandante dando a su voz otra vez esa entonación cómplice, como de amigo de toda la vida. Chaparro se volvió a cuadrar, confundido y orgulloso de sí mismo, se despidió del general dando un nuevo taconazo y salió al exterior del edificio palpándose las bocamangas, como si esperara que de pronto germinaran en ellas por arte de birlibirloque las deseadas estrellas de ocho puntas que correspondían a su nuevo rango militar, en ésas se dio cuenta de que no tenía cómo volver a la ciudad y le pidió a un ujier que llamara un taxi, aprovechó la espera para pasearse por delante del inmueble de líneas neoclásicas con fachada de ladrillo, muy al estilo de Gutiérrez Soto, un arquitecto que había sabido dar con la ranciedad de la dictadura e inspiraba sus diseños en los palacios de La Granja o de Aranjuez, el edificio era uno de los que rodeaban la Moncloa, donde hacía relativamente poco Adolfo Suárez había decidido instalar la sede de la Presidencia del Gobierno, dicho palacete, aledaño a la Ciudad Universitaria de Madrid, era un pastiche descomunal, construido o reconstruido por orden del general Franco para alojar huéspedes ilustres, situado como estaba en medio de una hondonada, resultaba imposible distinguirlo desde la carretera, por la que la capital se vaciaba hacia el norte, pero no así las dependencias anejas que habían pertenecido, en tiempos, al Instituto de Investigaciones Agronómicas y que guardaban las antiguas denominaciones, el ya casi comandante Chaparro había sido citado en el pabellón de Semillas Selectas, allí se experimentaba con ellas en el régimen anterior, era como si los antiguos laboratorios donde se ponía a prueba la mayor fertilidad de las especies o la aclimatación de nuevas plantas al entorno ecológico manchego se hubieran reconvertido en lugares de ensayo para la geopolítica y el descubrimiento de antimedidas contra la involución interior, ahora vamos a probar con cosas más sutiles, pensó el militar, todavía impresionado del encargo que acababa de recibir, ¿por qué habían depositado su confianza en él si nunca se había significado a favor del cambio?, naturalmente que no era un facha, tampoco había vivido la guerra civil pero respetaba lo que sobre ella le habían enseñado y recelaba de la partitocracia tanto como el que más, aunque siempre le había irritado un poco esa sensación de país diferente que mantenía España respecto a las naciones de su entorno y detestaba la arrogancia de los alféreces provisionales de la guerra ascendidos a tenientes generales, suplían su burda ignorancia en materias profesionales de la milicia por la expresión acalorada de un ardoroso patriotismo que, técnicamente, no era bastante en los tiempos que corrían para asegurar el funcionamiento adecuado de las fuerzas armadas, por otra parte era consciente del clima de enfrentamiento interno que vivía el ejército, abierta como estaba la confrontación de los altos mandos con Suárez, sobre todo después de que su vicepresidente de Defensa, el general De Santiago, dimitiera a cuenta de la presentación de una ley de libertad sindical que, en su opinión, era una claudicación ante la presión de los sindicatos marxistas, también denunciaban los ascensos arbitrarios decididos por su sustituto, el teniente general Gutiérrez Mellado, que gozaba del apoyo y aplauso de los partidos de izquierda, el encumbramiento público de un personaje como Santiago Carrillo, transportado de la cárcel al olimpo en apenas semanas, la resurrección civil de los jefes y oficiales de la Unión Militar Democrática que habían conspirado en el seno del ejército contra la dictadura, y clamaban contra la creciente oleada

de asesinatos perpetrada por ETA, las víctimas frecuentes seguían siendo militares, guardias civiles o
policías de a pie, cuando no jueces y políticos de clara
connotación ideológica de ultraderecha, todo ello su-
mado a las discusiones sobre el nuevo texto constitucional, en cuyo articulado se hacía alusión al término
nacionalidades para definir a las regiones españolas,
eran argumentos febrilmente utilizados en las tertu-
lias de los cuarteles y en las redacciones de la prensa
de ultraderecha, minoritaria pero muy activa, para
reclamar el gobierno fuerte del que le había hablado
su superior y que el propio capitán/comandante Miguel Chaparro sentía como una necesidad, pero estaba
harto del menosprecio con que le regalaba el coronel
Dorado, al que tan honestamente sirvió, de las burlas
soterradas sobre su pequeño tamaño y de las misiones que le encomendaban, tan mermadas en relevancia como su estatura, él no era un golpista, desde
luego, tampoco un demócrata, un militar no podía
serlo, un militar se debe siempre a la obediencia al
mando, quizá por eso le habían elegido, porque no
despertaría sospechas entre los conjurados, al cabo se
sentía satisfecho de la oferta y no le preocupaba
mucho en ese momento la indefinición de su destino sino por dónde y cómo empezar con su trabajo.

—¿A usted también le han licenciado?

Le sorprendió a su espalda una voz que no
reconoció al principio, cuando se dio la vuelta topó de
bruces con el impenetrable rostro de Ismael Centeno,
le observaba sonriente mientras apuraba entre sus
dedos amarillentos una colilla ínfima.

—No, ¡qué va!, me van a ascender —respondió con ingenuidad.

—Como debe ser. Yo he venido a despedir-
me —añadió en un tono neutro—, ¿tiene usted vehículo?, esto está lejísimos, por lo menos con Franco
todo quedaba mucho más cerca.

Y Chaparro que no, que aguardaba un taxi,
pues descuide, se malició Centeno, no llegará nunca, nunca lo hacen cuando se les necesita, a mí viene
a recogerme mi mujer, si quiere le llevo hasta el
centro, en ese momento se detuvo ante la puerta del
pabellón de las semillas un coche de importación color blanco en el que el comisario introdujo al militar
casi sin que éste se diera cuenta, al tiempo que hacía
las presentaciones, la negra que estaba al volante enseñó su lengua colorada y unos dientes blanquísimos con los que sonrió al recién llegado, a Centeno
le dio un beso en la cabeza, ¿qué tal, pichina mía?, le
dijo con tono meloso, el otro pareció no oírla, se
limitó a dejarse hacer dócilmente aquel tierno saludo y volteó el cuerpo para hablar con el militar, que
dirimía su perplejidad en el asiento trasero, ¿sigue
usted en inteligencia, verdad?, es lógico que cuenten
con los de antes, yo estoy encantado de jubilarme
pero si alguna vez me necesita no dude en llamarme, llevo tanto tiempo en esto que a lo mejor le puedo ayudar, no le pido que me cuente nada, por Dios,
no soy tan estúpido, conviene no fiarse, acépteme un
consejo: no lo haga ni de sus jefes, ni de su propia
sombra, o cualquier día le atropellará un camión en
cualquier esquina, no crea que exagero, sé mucho de
eso, son tantos años...

Dos días después, el comandante in pectore
Miguel Chaparro pulsaba el timbre de la puerta de
Esteban Dorado, destinado a la reserva especial, ¿quién

mejor que su antiguo jefe para darle las pistas que
necesitaba?, el coronel le recibió en mangas de camisa,
estaban en un salón de reducidas dimensiones, las
persianas bajadas como era su costumbre, puso un
disco de música clásica en la gramola, no es que
sea aficionado, se excusó, así no nos podrán grabar,
o sea que van a ascenderle, me alegro porque se lo
merece, tanto como yo no merezco el retiro, aunque
estoy acostumbrado a estas idas y venidas, no es la
primera vez que me purgan, en el contraespionaje
un día estás en la cumbre y al siguiente en la basura, aunque lo admiten hasta los neodemócratas estos
que nos gobiernan, se tiene que defender al Estado
desde las tribunas de las Cortes y desde la mierda de
las alcantarillas, yo estaba harto de hacer de pocero,
este último periodo ha sido frustrante, nada que ver
con cuando vivía el Generalísimo, ya dice el refrán
que segundas partes nunca fueron buenas, todo ha
sido confusión e indecisiones, arrancadas y frenazos,
stop and go como dicen los americanos, ahora si no
aprendes inglés no vales ni para la mili, ¿usted sabe
inglés, Chaparro?, lo estudio, mi coronel, y se le ocurre un chiste, ya sabe lo que dicen de la definición
de español, alguien que siempre está aprendiendo
inglés, Dorado no se ríe, tiene un aspecto cansino,
sí, puntualiza, eso es lo que nos queda como definición, antes ser español era una cosa grande, singular,
una de las pocas cosas importantes que se podían ser
en este mundo, los ojos de Esteban Dorado se enro-
jecen cuando pronuncia estas palabras, Chaparro, cuya
vista se ha acostumbrado ya a la penumbra, se da
cuenta de que el coronel ha envejecido en los últimos meses, su pelo se ha tornado completamente

cano, de un blanco amarillento muy poco elegante, ha adelgazado y su rostro está poblado de arrugas y de ojeras, pero sigue manteniendo un porte marcial, una especie de bizarría interna que a Chaparro le intimida pese a su resentimiento, a lo mejor piensa que le gustaría ser como él en el futuro, la inteligencia es algo muy mal remunerado en el ejército, concluye Dorado su discurso, pero produce una satisfacción íntima inigualable, ¿usted sigue en ello, no es así?, en espera de destino, miente Chaparro, da lo mismo, supongo que me ha venido a ver porque sigue en ello...

  ¿Qué quería que le contara por lo demás?, lo que sucedía era público y notorio, se había traicionado a la patria y estaba en marcha un gigantesco plan, una auténtica conspiración, para destruir cuarenta años de construcción nacional, ¿sabe lo del congreso de Bucarest?, allí se han reunido los mandamases del marxismo internacional para decidir su proyecto de operaciones sobre España, igual que en su día lo hicieron sobre Portugal, lo que pasa es que en Lisboa están fracasando y, aunque no del todo, han aprendido la lección, nada de ser revolucionarios en los métodos pero sí en los objetivos, dentro de unos meses no quedará en pie un solo símbolo del 18 de julio, o sea que es normal que algunos militares y no pocos civiles se encuentren preocupados, la situación es de deterioro progresivo, primero fue la amnistía, luego la requeteamnistía, los partidos políticos, los sindicatos libres, eso estaba bien pero ¿ha dejado de matar ETA?, ¿ha dejado de matar el GRAPO?, todo lo contrario, cada vez son más las víctimas, cada vez más ominosas, ¿y qué hace el ejército?, el león dormido, dicen, pues está despertando, yo desde luego no me voy a involucrar, eso debe quedar para los jóvenes, es verdad que se andan reuniendo, a mí me han llamado, a muchos otros, los capitanes generales vienen coordinándose entre ellos desde el 76, cuando uno jura una bandera tiene que ser fiel al juramento y eso vale también para usted, Chaparro, no me importa revelarle estas cosas aunque vaya con el cuento a sus superiores, es más, creo que debe hacerlo, ¿no dicen que la libertad de expresión es sagrada?, sagrada menos para los militares, ya se han encargado de hacer un decreto prohibiéndonos opinar como no sea de fútbol, pero a lo mejor, si usted es como pienso que es, puede sumarse a la causa justa, a la de la decencia y la honra de este país, le sugiero que hable con ellos, son policías, guardias civiles, militares, gentes como usted y como yo que, como yo y como usted, no están dispuestas a ver morir a sus compañeros sin tener oportunidad de legítima defensa, se muestran leales a la corona, a la bandera, a la ley, sólo pretenden poner límites al separatismo, al terrorismo marxista, a la pornografía, a la prostitución, límites al proyecto constitucional que entroniza la división entre españoles y sienta las bases para la independencia de Cataluña y el País Vasco, punto final al espíritu de revancha que anima a las izquierdas, a sus deseos de repetir el enfrentamiento entre hermanos que felizmente habíamos superado gracias al Caudillo, ¿es eso un crimen de lesa patria o es más bien un deber de todo español honrado?, escúcheles primero y diga al alto mando que no son conspiradores sino gente de bien, que no quieren el poder ni les anima otra motivación que poner orden en este lupanar.

Miguel Chaparro estaba perplejo, no sabía si el coronel Dorado le trataba de ganar para la causa de la rebelión o le estaba ayudando a desmontarla, su discurso había sido de una dureza extrema contra el gobierno pero podía deberse a sus rencores por haberle apartado del destino, cosa que por lo demás era casi lógica habida cuenta de la edad que ya alcanzaba, sus ideas se mostraban claramente coincidentes con los conspiradores pero el hecho de reconocer la existencia de la confabulación podía entenderse como un deseo de colaborar con él, su perplejidad subió de tono cuando al despedirse, en el rellano de la escalera, Dorado deslizó un papelito en el bolsillo de su americana y le dijo quedamente, llame a ese número de teléfono, espere tres timbrazos y cuelgue, luego llame otra vez, le responderán entonces, pregunte por Enrique de mi parte, le pondrá en contacto con las personas adecuadas, luego, sin solución de continuidad pero en un tono de voz mucho más alto, expresó una petición, ¿sabe usted algo de mi hijo Manuel?, le rogaría se enterara, en los servicios deben estar al tanto y aunque es una oveja descarriada quisiera saber que sigue vivo, de mis siete hijos es el único que me ha salido mal, le miró con unos ojos profundos, de nuevo enrojecidos por la emoción, de modo que el comandante in pectore llegó a la conclusión de que estaba bien haberlo apartado del servicio, uno no puede ser espía cuando comienzan a saltársele las lágrimas, aunque es todo un profesional, pensó mientras descendía las escaleras, sabe cómo se hacen las cosas, después de esta conversación ninguno de los dos bandos podrá decir que no ha colaborado.

Enrique contestó a la segunda llamada, según había previsto Esteban Dorado, le citó en una cafetería de la calle Isaac Peral, el inventor del submarino, o al menos eso decían los libros de texto, aunque otros le atribuían el mérito a Narciso Monturiol, ahora no se dice Narciso, sino Narcís, como el socialista catalán, ¿sabía Chaparro el lío en el que se metieron el ejército y la armada a cuenta de Peral?, no, no sabía, otra vez tendría que contárselo, el caso es que a Peral no le daban dinero los políticos para investigar porque no querían que los militares se apuntaran el tanto, resumió su versión de los hechos, los políticos han sido siempre la causa de la decadencia de España, remachó, yo sé bien lo del submarino porque soy teniente de fragata, pero con La Cierva y el autogiro pasó tres cuartos de lo mismo, dos grandes inventos que eran nuestros se los apropió la masonería internacional, si no hubiera sido por la milicia este país no existiría ni se habría desarrollado como lo ha hecho, estaría convertido en una colección de tribus hablando lenguas diversas y sirviendo a unos pocos señores feudales del acero y de los paños de Sabadell, nos ha costado mucho llegar a donde hemos llegado, sangre, sudor y lágrimas, para que ahora vengan los penenes de la UCD a arrasar con todo, tenemos que aprender de Chile o de Argentina, allí los militares están acabando de raíz con la subversión, en realidad ellos aprendieron antes de nuestro propio ejemplo, los pueblos latinos no están preparados para la democracia, necesitan una espada que les vigile, ¿entonces es verdad que estáis organizando un golpe?, interrogó nada cauteloso el capitán, un golpe no, un pronunciamiento, una llamada de atención, no vamos a derrocar al rey ni nada parecido pero Suárez tendrá que dimitir para dar paso a un gobierno de salvación, Chaparro se quedó boquiabierto ante la naturalidad con que su interlocutor le narraba sus planes, tenemos civiles que nos apoyan, muchos más de los que imaginas, la mayoría de los capitanes generales están de acuerdo, aunque no se quieren involucrar, hemos contactado a jefes y oficiales de las tres armas, a mandos de la policía, a los dirigentes de extrema derecha, y no tan extrema, contamos con periodistas, empresarios, diputados, la dirección de los planes la lleva un núcleo reducido a fin de no dar pistas, cuando llegue el día D se lanzarán a la calle miles en nuestro apoyo, pero ni te voy a decir todavía la fecha ni te voy a contar qué pensamos hacer, mi nombre auténtico tampoco te lo voy a dar, claro, no es que no me fíe de ti, viniendo de parte de Dorado no caben dudas, pero la primera norma es extremar la precaución, nos volveremos a ver aquí mismo si te parece, el lugar es tranquilo y el café bueno, se despidieron con un apretón de manos al que el marino añadió un vigoroso ¡viva España!, a Chaparro le pareció exótica la jaculatoria pero respondió casi impulsado por un mecanismo automático, ¡viva!, y luego le vio perderse en la anochecida del barrio de Argüelles, cuando las avenidas comenzaban a ser asaltadas por miles de estudiantes ansiosos de esparcir su ocio y las esquinas comenzaban a atufar a marihuana.

Diez

Nada más acabar la carrera de Derecho Marta Calamaci, señora de Llorés, decidió poner un bufete, para lo que ante todo necesitaba socios, pensaba que ésa era la única manera sensata de abrirse un camino profesional, tuvo una oferta de su antiguo amigo de facultad Achile Samporio, pero no le gustaba la idea de incorporar más extranjeros al despacho, ¿por qué, después de tantos años, seguía sintiéndose forastera?, ¿no serían los demás quienes la obligaban a ello?, o más bien no quería ningún hombre en el negocio y prefirió establecerse con un par de compañeras de curso solteras y sin ataduras, no habían perdido el tiempo dedicándose al activismo político ni cuidando de una casa, un marido y un hijo. A mediados de 1978, con el título en el bolsillo y la autonomía económica de que disfrutaba gracias al legado de su malogrado progenitor, Marta pensó que era un buen momento para emanciparse, alquiló un pisito en el centro de Madrid, cerca de las Salesas, después de haber sellado un convenio de cooperación con sus amigas, contrató como secretaria a una señora madura, quizá para compensar la excesiva bisoñez del resto de la empresa, e hizo correr la voz de que aunque, por obvias razones de supervivencia, estaban dispuestas a hacerse cargo de los más variados casos que sus clientes quisieran encomendarles, pretendían especializarse en temas matrimoniales. Hacía sólo unos meses que el adulterio y el amancebamiento habían sido eliminados del código penal, hasta pocas semanas atrás las mujeres que pusieran los cuernos a sus maridos podían ser asesinadas por el cornudo con relativa impunidad, las discusiones sobre una eventual ley del divorcio eran sin embargo constantemente acalladas desde las instancias del poder, desde las que se anunciaba que de aprobarse algo semejante millones de españoles correrían con entusiasmo a los juzgados para deshacerse del yugo matrimonial, destruyendo el más fuerte de cuantos vínculos sociales facilitaban la identidad colectiva y la cohesión de los españoles, aunque parecía evidente que si la democracia se consolidaba las leyes de familia tendrían que cambiar, por aquel entonces la propaganda de métodos anticonceptivos seguía siendo ilegal, convirtiendo incluso al preservativo en objeto de uso sospechoso y circulación restringida, más útil para la invención de chistes espesos que para el control sanitario de la población, en cuanto al debate sobre el aborto apenas se mencionaba, como no fuera a fin de denunciar la peregrinación de cientos de jóvenes españolas hacia las clínicas londinenses donde se practicaba la interrupción del embarazo.

—Este país no puede ser una isla en Europa —insistía tozudamente Marta—, en Italia han aprobado una ley que permite abortar en según qué condiciones, y eso que los curas allí mandan un huevo, antes o después también nos llegará el turno a nosotros, o se es demócrata para todo o no se es para nada.

Alberto expresaba sus dudas, ¿qué tenía que ver la democracia con el aborto?, ¿se podía estar a favor de éste, de su permisividad o legalización, y contra la pena de muerte? y sobre todo, o más que nada, ¿íbamos a poner en juego la libertad conquistada por esa cuestión, tan importante socialmente como se quisiera, pero marginal para la organización del Estado?, los militares, la derecha, los curas, no aceptarían nada parecido, a lo peor estábamos concitando una nueva coalición reaccionaria después de los logros obtenidos, era preciso progresar con cautela ahora que se podía votar y hablar libremente, ahora que los responsables económicos estaban satisfechos porque contaban con sindicatos dispuestos a firmar pactos y llegar a acuerdos antes que lanzar las gentes a la calle, se habían acabado las huelgas masivas del transporte público que pusieron en jaque al gobierno Arias inmediatamente después de la muerte de Franco, los pactos de la Moncloa habían logrado meter en vereda las excesivas demandas de crecimiento salarial y otros dislates cometidos, ya no asistíamos a aquellas grotescas manifestaciones de empresarios que trataban de sustituir lo que es una función eminentemente individualista, la búsqueda del lucro, por un nuevo movimiento de masas, la única masa que debía existir formalmente para ellos era la monetaria, después de tantas victorias, ni tan pacatas ni tan tardías como algunos sospechaban, ¿arriesgarían la supervivencia del nuevo orden por un debate moral sobre la interrupción voluntaria del embarazo?, por supuesto le repugnaba ver que las mujeres que optaban por esa vía terminaran en la cárcel o que se persiguiera con saña a los médicos que se prestaban a las consiguientes prácticas clandestinas, mucho peor resultaba, desde luego, la injusticia social de que las hijas de familias pudientes, con información y dinero, tuvieran unas facilidades para resolver problemas de este género de las que carecían las de clase humilde, víctimas de las artimañas de brujos y mercachifles, sanadores del cuento y desdentadas comadronas que echaban mano todavía del ramo de perejil entre las piernas y administraban a sus pacientes hediondas pócimas como mejor método para secarles el feto, pero estaba convencido de que el gobierno encontraría la fórmula a fin de que nada de eso sucediera en adelante sin tener por ello que enfrentarse a un debate de consecuencias insospechadas, un enfrentamiento con la Iglesia católica sería letal para la democracia, ¿no habíamos aprendido del pasado?, ¿no recordaban los españoles las recomendaciones de don Quijote a Sancho?, con el Vaticano nadie topa impunemente, si había cuestiones sobre las que Roma podría, quizá, transigir o mirar para otro lado como la del divorcio, nunca jamás aceptaría una ley que entronizara el derecho a abortar libremente, nunca es nunca, remachó el obispo con rotundidad ante el rostro cariacontecido del padre Jaime Alvear, conviene que sobre esto tengamos las cosas claras, podemos admitir algunas normas divergentes de la doctrina cristiana, derivadas de una nueva moral civil, si así se evitan males mayores y se facilita el espíritu de convivencia, reconoció el prelado, sin embargo, cuando se rozan aspectos fundamentales como el principio de la vida es preciso ser intransigentes, este papa polaco que acaban de elegir va a hacer mucho hincapié en ello, será refor-

mista en lo social y absolutamente ortodoxo en el
dogma, la Iglesia no podría mirar hacia ninguna
otra parte si se quisiera dar carta de naturaleza legal
al asesinato, el aborto no es ni más ni menos que
eso, yo no predico ni defiendo ese derecho, objetó el
padre Alvear, sólo digo que es preciso dar respuesta
a los problemas concretos que las feligresas nos presentan casi a diario, no quiero cambiar la doctrina
oficial ni polemizar con la curia, aunque si leyéra-
mos más a los santos padres podríamos cuestionar-
nos sobre en qué momento el alma es infundida en
el cuerpo, es discutible que un feto de dos meses sea
un ser humano, al menos reconozca que se trata de un
proyecto, puntualizó el prelado, sorprendido por el
aroma especial que emanaba de la figura del padre,
no era esa fetidez rancia con que le castigaban los
muchos párrocos de la diócesis que acudían a visitarle, no despedía esa pestilencia habitual del clero
que tanto había mortificado los días del seminario
al propio Jaime, siempre le había llamado la atención al obispo que los emisarios de Dios tuvieran el
tufo del demonio y le satisfacía ver que algunos curas jóvenes prestaban atención a los cuidados del
cuerpo sin por eso desviar los instintos del espíritu,
el propio papa Woytila, sobre cuyo nombre se cruzaban apuestas a la hora de saber cómo había de
escribirse y de pronunciarse, era todo un deportista,
servir al Altísimo no tenía por qué significar convertirse en una rata de oficina o en un burócrata siniestro, pero por bueno que fuera su olor no podía
permitírsele al padre Alvear aquel exceso de libera-
lidad frente al pecado del que hacía gala desde el
púlpito, le recomiendo extreme usted la prudencia

y si le asaltan dudas no tema consultarme personalmente, canceló el vicario la entrevista, o sea que es
verdad lo que tu marido dice, comentó Jaime a Marta
el mismo día de la manifestación por la bomba contra
La Comercial Abulense, hay cuestiones que marca-
rían un punto de no retorno en la actitud política de
la Iglesia, conviene andarse con tiento, las presiones
hechas desde la Conferencia Episcopal para orientar
cristianamente el texto de la Constitución son for-
midables, Marta empero no discutía de la oportunidad o no de implementar aquellos cambios que en
su opinión atañían directamente a los derechos in-
dividuales y al ejercicio de la libertad de las mujeres,
de una u otra forma habrían de producirse, lo que le
preocupaba era la poca relevancia que adquirían en
la opinión pública semejantes reivindicaciones, los
periódicos publicaban casi a diario noticias que po-
nían de manifiesto hasta qué punto quienes proclamaban nuevas fronteras y horizontes más despejados
para el país no se veían concernidos por la cuestión,
cuando no era un gerente de fábrica que prohibía a
las operarias ir al trabajo en minifalda, sucedía que
un violador era absuelto dado que su acción había
sido provocada por la sensual manera de comportarse la víctima, o exculpado un marido que apaleó
a su pareja porque lo hizo alterado por los efectos de
la ebriedad, de modo que de las mujeres nadie se
ocupará si no nos ocupamos nosotras mismas, era la
conclusión a la que había llegado, la que compar-
tían Silvia e Inés, sus compañeras de despacho, y la
que asumía sin rechistar la secretaria, viuda de un
antiguo líder sindicalista, muerto de un infarto fulminante cuando huía a la carrera de los guardias en

el epílogo azaroso de una manifestación no autori-
zada.

El día en que su mujer atornilló personalmente el letrero de la puerta, grabado en severas letras
negras sobre placa de bronce, ABOGADAS, Alberto
Llorés supo que algo fundamental había cambiado
en sus relaciones, no estaba en absoluto contra la idea
de que Marta trabajara, todo lo contrario, el niño había crecido y pasaba gran parte del día en el colegio, a
él la vida administrativa y las tribulaciones políticas le absorbían más horas de lo común, había con-
templado mientras tanto la metamorfosis de su mujer, de revolucionaria en ama de casa, de ama de casa
en estudiante durante los tiempos libres, primero
llegó a aborrecer los comportamientos convencionales que durante una época la distinguieron, aquel
persistente hedor de sus manos a lejía, capaz de destruir los momentos más excelsos del éxtasis amoroso, ni siquiera el Chanel n.º 5 era capaz de borrarlo,
las preocupaciones mínimas por el menú de mañana
o por lo que había de ponerse para ir a las recepcio-
nes, la atención excesiva al desarrollo del crío, sus
charlas interminables con el pediatra y las triviales
y frecuentes disputas con su suegra, doña Flora, reducida como nunca al sumiso papel doméstico de
viuda con hijo y nieto únicos, acabaron por dilapi-
dar el insolente desparpajo de la italiana en un estruendo de regañinas y reproches, instrucciones a las
niñeras o voces acongojadas por no encontrar un canguro que quisiera hacer turno de noche, paulatinamente las excursiones al supermercado, las discusiones con el portero, el ebanista o el pescadero de la
plaza fueron ocupando tanto espacio en su vida que

la abrupta pasión que les embargara en su primera juventud acabó por apagarse dando lugar a un creciente e inmenso silencio interior, una afasia del corazón que llegó a convertir el acto amoroso en poco más que un rito dominguero, mientras las cenas con los amigos, las escapadas de fin de semana a la montaña, los cada vez más escasos momentos de solaz, se redujeron inevitablemente para abrir paso al sinfín de compromisos, obligaciones sociales y viajes de trabajo exigidos por el creciente protagonismo político de Alberto. El retorno a las aulas, la relación con personas más jóvenes sobre las que Marta ejercía cierto magnetismo por su pasada experiencia como luchadora antifranquista, el redescubrimiento del mundo intelectual y el contacto con nuevas amistades fueron devolviendo sin embargo a la chica la tersura perdida, su piel recuperó lozanía, volvió a exhibir en la mirada aquel fulgor intenso, reflejo de un alma en constante ebullición, y su cuerpo espléndido, otra vez dibujado por ropas de calidad adquirida en los viajes ocasionales a Italia, despuntando los pezones bajo las blancas blusas de algodón que a duras penas contenían el remolino de su pecho, avivó el rescoldo del deseo, superviviente aún en medio de las cenizas del aburrimiento. Fue entonces cuando Alberto comprendió que podía perder a su mujer, aunque a decir verdad no encontraba el modo ni la oportunidad de poner remedio al desastre que comenzaba a presentir, y en la fecha de la inauguración del despacho feminista de las tres gracias, como en seguida comenzaron a llamar en son de cachondeo algunos amigos suyos a las jóvenes abogadas, comenzó a desmoronarse para siempre aquel mundo de equilibrios, de proyectos posibles y de sueños limitados que él había ido construyendo con enorme paciencia.

Ése era el estado de ánimo que envolvía a Marta Calamaci cuando un lunes de noviembre, uno de esos días en que aprieta el calor en el otoño madrileño, con los árboles todavía poblados de hojas multicolores, anaranjadas unas, otras amarillas, las más teñidas de esa pigmentación ocre que las hace parecer artificiales, fabricadas con cuero viejo o cartón reciclado, antes de convertirse en un montón de briznas y despojos que los transeúntes aplastan distraídamente, un día de esos en los que la luz del cielo es toda una victoria contra la melancolía, recibió la llamada telefónica de Ramón Llorés de forma tan desprevenida que no pudo evitar un sobresalto. Había visto a Ramón decenas de veces en los meses recientes, con ocasión de fiestas familiares, de actos políticos, de francachelas de amigos, siempre fueron encuentros casuales, ocupados por un diálogo intrascendente y, de ordinario, colectivo, ahora él quería que le recibiera por motivos profesionales, le había surgido un asunto de extraordinaria importancia y demandaba asesoramiento legal, no era la única persona a la que acudía, por cierto, pero ¿en quién podía confiar mejor que en ella?, la contraparte correspondía a un amigo común, Eduardo Cienfuegos o, por mejor decir, a su padre, después de los sucesos de La Comercial había decidido vender la empresa, se encontraba cansado, las pocas fuerzas vitales que le quedaban debía dedicarlas a atender a su desgraciada esposa, los hijos no querían ni oír hablar del negocio y el primogénito le había sugerido que éste podría incluirse en la muy importante firma de exportación e importación de la familia de Ramón Llorés, quien andaba personalmente cada vez más involucrado en la gerencia de la compañía.

—Como estamos de acuerdo las partes, no hay discrepancias ni de precio ni de condiciones, queremos tener un abogado común y hemos pensado en ti —aclaró desde el principio los motivos de la visita.

Había engordado, unas canas resueltas comenzaban a poblarle las patillas y las entradas del pelo, vestía con la elegancia de siempre, continuaba siendo un dandi y un seductor, comparando su figura a la de Cienfuegos Portanet, Marta comprendió de golpe hasta qué punto el paso del tiempo y las experiencias vitales condicionan la vida particular de las gentes, Eduardo tenía casi la edad de Ramón y sin embargo mantenía un aspecto jovial que contrastaba con la figura incipientemente madura del otro, desgalichado en el vestir, desordenado de cabello, mal afeitado y un punto sucio, el encanto posible de quien había sido el compañero Andrés era de muy diferentes características al atractivo indudable del antiguo jefe de la célula en la que todos ellos habían militado, Ramón tenía una belleza a lo Mastroianni, siempre había sido la prueba irrefutable de que la revolución, además de justicia y libertad, podía significarnos un poco de guapura, la revolución, ¿qué seguirían teniendo que ver con palabra tan rimbombante tres profesionales bien instalados, como ellos, cuando incluso ya se habían apeado de la ruptura democrática para dar paso a la magia del cambio?, y hasta el cambio parecía resistirse a llegar pese a los esfuerzos denodados por conseguir reformas eficien-

tes y rápidas, no se fuera a morir el retoño de la democracia por culpa de la desnutrición y malos tratos a los que le sometían sus mayores, era curioso
comprobar que dos personas de aspecto tan distinto
pensaran tan parecido y se dedicaran ambas, si bien
Llorés de forma progresivamente menos asidua, a
escribir en los periódicos y a hacerlo con idéntico o
similar sentido editorial, en cuanto a lo del contrato
sobre La Abulense, con mucho gusto lo revisaría, le
halagaba que se hubieran acordado de ella, no eran los
temas prioritarios del despacho pero Inés estaba especializada en mercantil, lo harían tan bien como el
mejor y mucho más barato, desde luego a todos les
preocupaban los temas laborales, mi padre está dispuesto a ser generoso en las indemnizaciones, puntualizó Eduardo, quiere realizar lo que pueda de su
patrimonio y retirarse, de paso nos quitamos de en
medio a ese tal Ansorena, un fascista que le tiene
sorbido el coco al viejo porque le proporcionó buenos negocios, *business is business,* comentó sarcástico
Ramón Llorés, aunque no comprendo la pacatería de
los empresarios españoles, piensan que no se puede hacer dinero si no se inclinan frente al poder y que
todo consiste en engañar al fisco y malpagar a los
trabajadores, os aseguro que eso no tiene por qué ser
así, tampoco tenía por qué ser como antes pensaban
ellos mismos, la nacionalización de los medios de
producción estaba desfasada, a lo mejor valía para la
banca y el sector financiero en general, pero la industria y los servicios agonizaban allí donde se los dejaba
en manos de funcionarios, el capitalismo había evolucionado desde Keynes, en eso estaban de acuerdo,
después del fracaso del reformismo en Checoslova-

quia la ineficiencia de los regímenes del socialismo real resultaba exasperante, no había más que ver lo que pasaba en Cuba, la Unión Soviética se había convertido en una gerontocracia cuyos vetustos dirigentes administraban el país como si fuera una finca particular, quizás en Nicaragua hubiera una nueva esperanza si no se torcía el proceso, la presencia de Carter en la Casa Blanca auguraba que los tiempos podrían mejorar y la socialdemocracia abrirse paso en los países en vías de desarrollo... oye, Ramón, ¿nos vas a soltar ahora un discurso?, le interrumpió Eduardo, creía que nos habíamos hecho mayores, el otro rió sin que le molestara lo más mínimo la mordacidad de su amigo, al hacerlo mostró una dentadura blanca y cuidada, a los comunistas de antes lo único que nos queda es la palabrería y las ganas de trabajar, comentó entre risas, prometo reformarme, al decirlo guiñó un ojo a Marta, haciendo un ademán entre chistoso y cómplice que hizo enrojecer a la chica.

—Si no hubiera sido por ese gesto no me habría atrevido a tomar la iniciativa —le susurró ella semanas más tarde, en el desperezo del acto amoroso—. Confiesa que fui yo quien dio el paso, yo la asaltante y tú el agredido, el objeto sexual, el gobernado, se acabaron los sueños de seductor, ahora mandamos las mujeres, en la oficina como en la cama.

Ramón se sentía avergonzado, ¿estaba poniéndole los cuernos a su primo?, ¿no había sido, más bien, Alberto quien le traicionó cuando convirtió lo que tenía que ser una aventura pasajera en la fundación de una familia?

—Nunca segundas partes funcionaron —musitó a media voz—, no es honesto lo que hacemos, no se puede engañar a la gente.

No lo harían, antes o después tendrían que confesarle a Alberto la realidad, aunque para ello era preciso dilucidar primero el sentido de la misma, porque el señor subsecretario estaba tan ocupado que no tenía tiempo de atender otras materias fuera de las de su empleo, andaba construyendo la democracia nada menos, ¿qué estaban haciendo ellos dos en su reencuentro?, ¿era la victoria de la nostalgia o la devolución de la verdad sobre sus vidas?, los ojos negros de Ramón se posaban inquisidores, quizás atormentados, sobre la serena frente de aquella mujer joven a la que había desvirgado en sus años mozos, ahora regresaba a él en la sazón de la edad con una cordura y decisión que le apabullaban, con una entrega absoluta que acababa por sojuzgarle mientras su lengua recorría con lasciva delectación la poderosa arquitectura del hombre, entregado al rito erótico como si fuera su primer descubrimiento del sentido de la existencia, la miraba intensamente al tiempo que deslizaba los dedos con nerviosismo juvenil entre los pliegues de su piel, buscando los rincones, demandando suspiros, frases, aleluyas, percibían la intensa humedad de la pasión entre sus manos, diluyéndose el sexo en un flujo constante, en prolongado espasmo, hasta sentirse por completo dominados, poseídos, juguetes de un azar extraño que orientaba sus vidas hacia una especie de destructiva creación, al principio todo discurrió entre risas, como un divertimento, hasta que un día Ramón citó a Oscar Wilde, «la diferencia entre un capricho pasajero y una pasión para toda la vida es que aquél dura muchísimo más», ¿Marta, qué soy yo para ti, un capricho, una venganza, un proyecto, una evasión?

—Tú eres mi amor de hoy, *carissimo,* eres mi amor de siempre, la otra cara de la luna de mi existencia, la cueva de mis secretos, la pasión de mi pensamiento, seas un capricho o no, tengamos o no proyecto, mis amores nunca mueren, yo siempre te llevaré en mi corazón, siempre lo he hecho.

Once

Fueron las autonomías las que colmaron el vaso, también el criminal incremento de la violencia, la cruenta escalada de atentados y actos terroristas al tiempo que responsables de antiguos asesinatos, profesionales de la bomba y el tiro en la nuca, eran indultados y devueltos a su inmerecida condición de ciudadanos, más tarde vino ese increíble ataque de un grupo independentista catalán contra el cuartel del ejército en Berga, los abucheos e insultos al rey en el parlamento vasco, el miserable fin del ingeniero Ryan a manos de sus alcaudones... pero lo que más ha podido alentar a los golpistas es la destrucción consciente de sus mitos por parte del nuevo régimen, el derribo de estatuas del Caudillo y el abandono de cualquier acto oficial en su memoria, acaparada por las fuerzas de la ultraderecha que se han encargado de mantener vivos los ritos fascistas, los uniformes negros, las manos enguantadas, los pendones en ristre como adargas, remedos de patéticas amenazas contra los triunfos de la democracia, tan creíbles y aterrantes que hubo que aprovechar lo oscuro de la noche para desmontar el gigantesco emblema falangista de la fachada de la antigua Secretaría General del Movimiento, trataba así el gobierno de evitar las manifestaciones, reyertas y forcejeos que en otros lugares se sucedieron a la hora de descabalgar la imagen de Franco de sus jumentos de piedra, alcalde hubo que decidió construir un aparcamiento subterráneo en la plaza mayor del pueblo a fin de pretextar el envío de la escultura de turno a cualquier almacén o vertedero del extrarradio, también rechazaron las modificaciones de la bandera y el escudo nacionales, de los que voló el águila imperial, mientras proliferaban ikurriñas, senyeras y toda clase de enseñas cantonales, pero eso son anécdotas, por importantes o relevantes que nos parezcan, lo que de verdad duele a los militares, por lo que se han dejado arrastrar a la insubordinación y al crimen, es su pérdida de protagonismo personal en los asuntos del gobierno, su dilución en la sociedad se corresponde con la creciente inutilidad de sus servicios, sólo la pasión del poder les anima, añoran un mundo previsible, un universo sin riesgos en el que el único y verdadero peligro que pueda cernirse sobre la población sea el proveniente de los propios milicos, quisieran mandar sobre un país perfecto, ordenado, disciplinado, un lugar donde todo funcionara según lo previamente establecido, sin estridencias, sin turbulencias, sin disidencias, en cambio nada marcha como es debido en este paisito nuestro, ni la Administración ni los servicios de seguridad, ni las empresas ni el tráfico, lo único que funciona a gusto de la mayoría es El Corte Inglés, en sus tiendas te devuelven el dinero si te arrepientes de lo que has comprado, ni siquiera Harrod's puede parangonarse, lo demás está manga por hombro, si el prometido cambio socialista es que España funcione, me pregunto yo cómo ha de hacerlo después del destrozo que estos mamelucos están provocando.

Resulta agobiante la falta de noticias aunque espero que lo único que les quede a los rebeldes es terminar de negociar las condiciones de su rendición, estamos cansados, ellos más aún que nosotros, hambrientos, nosotros probablemente más que ellos, los cuerpos llenos de agujetas, la mente embotada, el aburrimiento se apodera del entero esqueleto, asciende por las venas como una hiedra cuajada de maleza y tallos retorcidos, sustituyendo al miedo, venciéndolo, casi era preferible la tensión, el bombardeo de adrenalina producido en los primeros momentos del ataque, la sensación de que nos iban a matar sin saber por qué ni para qué, la sumisión al miedo, si no es por esa imagen de Gutiérrez Mellado forcejeando cuerpo a cuerpo con el del tricornio, los libros de historia no podrán tratarnos con indulgencia, somos unos cobardes los señores diputados, ni aun los que hicieron la guerra han mostrado ningún valor o gallardía pese a las condecoraciones que guarden en sus vitrinas, con la excepción de Carrillo y Suárez, que aguantaron el tipo sin zambullirse en los sótanos de su escaño, nos ocultamos como conejos en la madriguera y rodamos por tierra bajo el cañón humeante de las pistolas, recuerdo un grabado antiguo, en tintas ocres y papel poroso, que mostraba la entrada al trote del general Pavía en este mismo salón de plenos, los políticos de entonces parecían más avezados a la gresca, más dispuestos a la resistencia, el caso es que yo no soporto este deliberado no hacer nada, este dejarse abandonar en la espera, nerviosos como estamos no tanto ya por lo que ha de suceder, que lo intuimos, sino por podernos dar cuanto antes una ducha de agua caliente y enfundarnos entre sábanas limpias para descansar un par de horas, como si volviéramos de un vuelo transoceánico o de un inmenso festejo en la noche de San Silvestre.

Las autonomías acabaron con el ordeno y mando de los capitanes generales, cuando Josep Tarradellas llegó al aeropuerto del Prat en el avión que le traía del exilio, abrió las manos en cruz, todavía en lo alto de la escalerilla, y se ofreció a las multitudes que acudieron a recibirle como si fuera un pontífice o un bonzo, bendijo a quienes saludaban el retorno del presidente de la Generalitat y pronunció la jaculatoria durante tantos años meditada en las largas tardes del destierro, *ja sóc aquí,* como anunciando soy el que soy, en una simulación obscena de la vida de los profetas y la leyenda del Mesías, pero España le necesitaba, precisábamos cerrar las heridas de la desunión y el descontento, él fue útil para eso, habló con los generales, con el rey, con Madrid, solucionó Cataluña y hasta avisó de la necesidad de un golpe de timón si no queríamos que sucediera algo parecido a lo que hoy padecemos, quizá si hubiéramos tenido un Tarradellas en Euskadi... son contradicciones imposibles, ¿cómo imaginar un alma florentina en la cuna del jesuitismo?, por lo demás de nada valen los preteribles, las autonomías han sido las culpables de esta reacción de los uniformados, también los remilgos del presidente a la hora de hacer la reforma, su sumisión al antiguo aparato de seguridad del Estado, su compromiso con la burocracia del viejo régimen, su inseguridad respecto a la propia cultura democrática, todo eso le restó autoridad mientras el rey... ésa es la gran pregunta que todavía flota en medio de este silencio grumoso y asfixiante, ¿es un golpe en nombre suyo?, ¿puede ser tan suicida o tan tonto que haya decidido entregar el mando a los militares?, ¿no ha aprendido la lección del cuñado?, Constantino perdió para siempre el trono de Grecia por enfangarse en lodazales como éste, por eso no me valen las altisonantes palabras que a favor de la corona tratan de entonar algunos rehenes, por quien las pronunciaba mejor hubiera querido no haberlas escuchado, sería espantoso que esta minirrestauración acabe en un estrambote de la monarquía del 18 de julio, aunque él está ahí por Franco, con amnistía, con elecciones, con Constitución, con abdicación del padre y con todo lo que se quiera, fue Franco quien lo puso, sus ministros quienes redactaron las leyes ad hoc, sus obedientes procuradores en Cortes quienes las votaron y el ingente aparato propagandista del régimen quien se encargó de hacer las presentaciones en público, de modo que para Juan Carlos lo inteligente, si quiere lavar su pasado, no es apoyarse en los franquistas de otrora como ha venido haciendo, sino procurar ser el único de ellos que quede al frente de la formación, aunque vaya uno a saber en este trance lo que es inteligente para nadie.

Estamos a oscuras respecto a lo que sucede en el exterior, los transistores nos soplaron al oído el temprano festejo fallero que Milans del Bosch ha puesto en marcha en Valencia proclamando su particular *nit del foc,* pero luego no han llegado otras novedades hasta los escaños vecinos al mío, ignoramos si se ha convenido un pacto y cuáles serían las condiciones, veo al rufián que manda la tropa con cara de pocos amigos, entra y sale del hemiciclo con el gesto adusto y el sobrecejo ensimismado, le acompaña un marino repleto de antorchas en su bocamanga de pirata borrachín, no sé su graduación porque nunca he distinguido el significado de esas galanuras en las puñetas, todo son carreras, indecisiones, miradas, hay un frenesí en el aire que augura nuestra liberación, aunque no sé si predice un mejor futuro para este país.

Los militares siempre se han creído el ombligo del mundo y desde que murió el dictador no cesan de conspirar, de maquinar, de presionar, de amenazar, sean quienes sean los que estén detrás de la trama al final estarán todos, el ejército en pleno resistiéndose a las promesas que hicimos de construir un país como los demás, de eso se trataba, no había necesidad de otra cosa, ni por qué doblegar el espinazo ante las bayonetas ni por qué claudicar ante la izquierda, distraída con su entremés revolucionario, tampoco era necesario declararse socialdemócrata como hizo Adolfo tras las elecciones, es una estupidez que nadie quiera estar a la derecha de nadie, incluso hubo ministros de la dictadura que decían ser falangistas a fuer de socialistas, a don Epifanio siempre le ha sonado esa flauta, hasta un cavernícola cristiano y bien vestido como Alfonso Osorio, después de que el presidente le licenciara del gobierno fundó un partido que se denominaba Demócrata Progresista, ¡tiene gracia, porque él no es ni lo uno ni lo otro!, el capitalismo no goza de buena prensa en este país y la demagogia se abre paso con facilidad en el vocabulario de los dirigentes, la dictadura nos había acostumbrado a ello, hasta que vinieron las ocupaciones de fincas, las huelgas de jornaleros, los cortes de tráfico en las carreteras y pudimos leer sus pancartas, «la propiedad es un robo», «la tierra para quien la cultiva», la actitud desafiante y el verbo bronco de unos cuantos miles de campesinos bien organizados por un par de curillas fanáticos asustó incluso a los del PSOE, no fuera a organizarse un descaraje como el de Portugal, aunque eso no importaría a los militares, al fin y a la postre allí siguen mandando sus colegas, todavía no saben qué hacer en Lisboa para lograr devolverlos de una vez por todas a los cuarteles, está claro que ahora en Madrid tenemos un problema parecido por mucho que difieran las ideologías, cuando triunfa el militarismo éstas son secundarias. Me gusta Lisboa, recuerdo como si fuera ayer la excursión con Marta a Cascais, la visita que hicimos con los amigos de Democracia Futura a Villa Giralda, don Juan de Borbón recibió a aquel elenco de republicanos sin república en una habitación con mucha luz, hasta ella llegaba el olor a salazón del mar mezclado con la humedad de la arboleda del jardín, nos dio la mano uno a uno, eran tiempos en los que todavía aspiraba a coronarse como rey porque las relaciones con el hijo no debían de ir muy allá, luego nos invitó a acomodarnos como pudiéramos mientras él se arrellanó en un desvencijado sillón de cuero, la tapicería se había agrietado con los años y el brazo del sofá había estallado bajo la presión de la borra dejando ver una descomunal hendidura por la que se escapaba la lana a borbotones, pensé que era el trono adecuado para un rey que no lo tiene y nosotros los súbditos soñados de un monarca al que nadie obedece, ¿obedecerán hoy los rebeldes las órdenes de su hijo?, ¿sabremos quiénes han sido los

civiles que se apuntaron a la fiesta, los que no dan la
cara pero empujan la mano?, ahora andarán como
locos por borrarse a cualquier precio de las listas de
los conjurados, la guerra civil se organizó con des-
caro desde las portadas del *Abc* y este revival lo han
ido atizando *El Imparcial* y *El Alcázar,* los únicos
periódicos permitidos en los cuartos de banderas, el
18 de julio lo financiaron capitalistas como March y
los señores de la electricidad, algún padrino tendrán
estos sicofantes cuando se decidieron nada menos que
a sacar los tanques a la calle, por eso la clave está en
Juan Carlos, veremos si se porta como rey constitucional o como badulaque, comprobaremos cuántas
plumas se ha dejado en esta aventura y a qué patoso
va a adornar con ellas, podrá explicar también por
qué no ha escatimado críticas y objeciones a la gestión de su presidente, ponía por delante, faltaba más,
su cariño y respeto hacia él, pero luego daba pábulo
a las insinuaciones de sus enemigos excitando la li-
bido de poder de los socialistas, sugiriendo, callan-
do, asintiendo con el gesto, acerca de la necesidad
de un gobierno de salvación, de un gobierno de unidad, de un gobierno de concentración que ponga coto
a las autonomías, a la violencia, al desastre del terrorismo, Adolfo Suárez es bueno para lo que es bueno
pero pasó su tiempo, dicen que dijo, por lo menos puso cara de mus al escuchar palabras parecidas, y los
barones del partido, las jóvenes hienas, democristianos de arriba y democristianos de abajo, socialdemócratas de antes y socialdemócratas de ahora, liberales de la mano puesta y de los que no la tienden nunca
por si se la quitan, parecieron coincidir en lo mismo, se
tiene que ir, se acabó, no le queda fuelle, ni ganas, ni

ideas, ni equipo, ni credibilidad, ni nada, fue hábil
a la hora de destruir el empeño de las juventudes falangistas que él mismo había soliviantado, *la mirada clara y lejos y la frente levantada,* pero no para organizar la democracia, *voy por rutas imperiales caminando
hacia Dios,* a don Epifanio le encanta ese estribillo nazi, seguro que el Suárez adolescente se quedó ronco
de tanto entonarlo, traidor a la revolución nacionalsindicalista para sus antiguos camaradas, converso e
inexperto para los que se dedican a extender carnés
de demócrata, ¿cómo iba a mostrarse insensible ante
el encogimiento de hombros de un rey afásico cada
vez que le preguntaban por su pupilo?, aún le queda explicarnos su dimisión, es cierto, pero ¿qué mejor descripción de sus motivos que ese dedo en el
gatillo con el que el sargento de la primera fila nos
indica que guardemos silencio?, a Suárez le han perdido sus amigos y debilitado su incultura, si fuera
mejor lector habría aprendido algo de Maquiavelo,
todavía resuena en mis oídos el eco de su discurso de
renuncia, *las palabras parecen no ser suficientes y es preciso demostrar con los hechos lo que somos y lo que queremos,*
no lo escribió él, claro, pero responde bien a su personalidad porque nadie que no crea en las palabras
es un demócrata de corazón, las palabras nos redi-
men, nos acercan, nos devuelven a nuestra primige-
nia condición de seres humanos, en cualquier caso
tras los sucesos del año pasado era impensable que
el presidente resistiera, parecía como si ETA y la extrema derecha se hubieran puesto de acuerdo para
que el golpe tuviera lugar, nunca desde Atocha habíamos visto un recrudecimiento tan formidable de
la violencia fascista, renacida al amparo de eso que

ahora llaman el terrorismo antiterrorista, a cada asesinato de un guardia a manos de abertzales vascos respondían los fachas con ametrallamientos indiscriminados en cualquier lugar de Francia, el ambiente se hizo irrespirable, la presión de los socialistas en el Parlamento cada vez más aguda, con mociones de censura y confianza que Suárez ganaba a la hora del recuento de votos, en cambio salía derrotado ante la opinión pública frente al verbo proteico, por más que falaz, de un Felipe González empujado por el viento de la Historia, Felipe es alguien que no ha despreciado el poder de la palabra, por si fuera poco, Adolfo comenzó a ser malquisto para los líderes de nuestro partido, terminó envuelto en las maquinaciones y argucias internas, en el desistimiento de muchos, la arrogancia de no pocos, la traición de casi todos, mientras la prensa daba cuenta de la soledad terrible y acuciante de quien hasta entonces parecía tocado por la gracia divina, el héroe de la transición quedó reducido a cenizas por la humillación de los suyos y ahora culmina su era con un golpe de estado de los de manual, es la venganza del tiempo contra el tiempo, cuando los etarras hicieron saltar por los aires el automóvil de un presidente fascista, descorchamos el champán para celebrarlo, no paramos de reír ante la ineficacia de la policía política, el miedo que atenazó a la burocracia del régimen y el desconcierto de los militares, ahora son ellos otra vez los matarifes, guerrilla y pronunciamiento, he ahí las dos grandes aportaciones hispanas a la literatura bélica universal, es fácil escribir el guión de nuestra historia, basta saber dónde ponemos los españoles los paréntesis de libertad, pero se han acabado las existencias de cava

y, suceda lo que suceda, muchos no van a conformarse con que este país se apreste de nuevo a marcar el
paso, como los políticos no seamos capaces de salir
de este embrollo nos sacarán a todos a patadas, no
me molestaría lo más mínimo que lo hicieran si de
esa manera escapamos de nuestro encierro, aunque
sea a puntapiés.

Doce

Llegó al café media hora después de lo previsto y encontró a Ataúlfo Sánchez en la mesa de siempre, donde se solía reunir la tertulia cada vez más de tarde en tarde, Ruiz de Avellaneda decía tener dificultades para desplazarse, las piernas no le respondían y no quería abusar más de Rosita pidiéndole que le acompañara al paseo, mientras Sebastián Miranda, deglutido por su esposa en un constante kamasutra casero, no tenía tiempo para perderlo con los amigotes, prefería los diálogos cristianos que se celebraban en una parroquia de Carabanchel a los que le arrastraba Clotilde, allí se encontraban con sindicalistas, pequeños o medianos empresarios y algunos curitas jóvenes, discutían a la luz de la moral católica el texto constitucional que iba a someterse a referéndum, merendaban café con leche con pastas que les servían unas monjitas risueñas y aseadas, polemizaban sobre la doctrina social de la Iglesia y culminaban el encuentro con una vigilia piadosa y una donación en metálico para los indigentes del barrio. Primitivo Ansorena se sentó junto a Ataúlfo después de saludarle con el gesto, ambos de espaldas a la pared, semiescondidos tras una columna, anegados en el humo del local, aprisionados por el ruido.

—¿Has leído el periódico? —preguntó el industrial al tiempo que deslizaba un ejemplar sobre el mármol de la mesa.

No lo había hecho pero ya lo daban en la radio, el golpe de mano contra Suárez había fracasado, el gobierno había decidido llamarlo así porque no era un golpe de estado en toda regla sino una presión sobre el rey a fin de que cambiara el gabinete, hiciera un gobierno de unidad y aplazara el desastre de referéndum en el que iba a aprobarse una Constitución antiespañola y anticristiana, los jefes y oficiales responsables de la conspiración estaban detenidos, la trama desarticulada, el peligro conjurado, el poder fortalecido.

—¡Esto es una mierda! —estalló despectivo Ataúlfo después de que Ansorena echara un vistazo al diario—, no han desarticulado nada, han arrestado a cuatro mequetrefes que se creían muy listos, para dar un golpe hay que contar con los medios adecuados, ¡se lo dije!

Primitivo tomó aliento antes de responder, palpó el pasador de su corbata adornado con la insignia esmaltada de la Legión, se frotó las manos con parsimonia y acabó por decirlo.

—Espero que no te arrepientas...

¿Arrepentirse él?, ¡pero qué se había creído!, los arrepentidos tenían que ser los otros, se habían dejado pillar como ratones, esperaba que no se fueran de la lengua, a ver si después de contribuir con un millón de pesetas tendría también que dar la cara, y Ansorena, no te preocupes, no se chivarán y aunque lo hagan nada pasará, hay gente muy gorda en el ajo, empresarios del transporte, eléctricos, algún banquero, ya dices tú mismo que no han desarticulado nada, agarraron a los más pardillos pero verás como les sueltan pronto, son demasiado impulsivos, buenos hombres, corajudos pero con poco seso, muchos militares somos así, hizo una mueca a modo de sonrisa, como preguntando ¿no te gusta el chiste?, a la sombra unos meses y se acabó, en prisiones militares no se está mal y ser jefe del ejército tiene sus privilegios, estate tranquilo que nadie te va a molestar, no habrá más detenciones ni más indagaciones ni más nada, ¿crees que te habría metido en esta aventura sin garantizar toda la seguridad posible?, y Ataúlfo que no es eso lo que le preocupa sino el fracaso de la operación, porque para acabar con este régimen caduco que se nos echa encima yo estoy dispuesto a entregar todo lo que haga falta, fortuna, familia, horas de ocio, todo menos la vida, la última gota de nuestra sangre que demandáis en la jura de bandera ya no se lleva en absoluto, lo único que pido es que no se lo digas a los míos, mis hijos están de acuerdo pero tienen miedo, el negocio va fatal y si no se da la vuelta a la tortilla nos acabaremos hundiendo, los empresarios no podemos trabajar con un gobierno que para ganar las elecciones dice que sí a todo, a los sindicatos, a los comunistas, a los catalanes... si no eres de los suyos no te comes una rosca, te niegan subvenciones, te envían a los de Hacienda, ¡y si lo eres te meten un bombazo y encima se lo endosan a los nuestros!, apostilla irritado Primitivo mientras piensa que ya son demasiados los motivos para el cabreo, es un enojo institucional y patriótico, ¡claro que hay que entregar hasta la propia sangre si la patria te reclama!, él ya lo hizo, estuvo en Rusia, en la Legión, donde quiera que el deber le llamara, y es una indignación personal también, tomar las riendas del negocio el cabroncete del hijo de don

Eduardo y ponerle a él en la calle había sido todo uno, para acabar vendiéndolo además a un petimetre de mierda, por eso antes o después se tenían que enterar de lo que vale un peine esos niñatos que llegaban con ínfulas de saberlo todo, de arreglarlo todo, sin respetar la tradición, sin escuchar a sus mayores, sumiéndonos en la desunión y hundiéndonos en la demagogia, de modo que cuando le llamaron sus amigos de la policía y le comentaron el plan se sumó de inmediato, pensaban asaltar el palacio de la Moncloa aprovechando una reunión del gabinete, la operación era fácil, la vigilancia pequeña, había complicidades dentro, en veinte minutos estaría terminado el operativo, luego dimitía el gobierno y se organizaba otro con un militar a la cabeza, contaban con gente de importancia, escritores, empresarios, funcionarios, catedráticos, incluso algunos políticos de Alianza Popular, estaban convencidos de que cuando se supiera la noticia varios regimientos se sumarían a la asonada, necesitaban, eso sí, algún dinero, Ansorena se ofreció como recaudador y para mandar las tropas si era necesario, no lo era, muchas gracias, luego vino la reunión en la tienda de automóviles de Ataúlfo con otros dueños de empresitas que pudo reunir, no se trataba de millonariotes pero tenían pasta y se mostraron dispuestos a colaborar, los confabulados quedaron más que agradecidos tras la colecta, tendrían noticias de ellos, dijeron, pero no fue cierto y nunca más se supo hasta lo que ese mismo día contaba el periódico, yo tengo mis contactos, explicó Ansorena, me han dicho que este intento era una precipitación, más bien creo que ha sido un ensayo, ver hasta dónde la gente respondía y, ¡oye chico!, lo han hecho fenomenal, cantidad de generales, de jefes, sabían lo que se preparaba y no dijeron ni mu, otros informaron a los superiores y obtuvieron la callada por respuesta, ni un reproche, ni una admonición, o sea que medio ejército hervía en el cocido, incluso personal del CESID, aunque a ésos hay que tratarles a distancia, no se sabe nunca de qué lado están.

—Ya le dije que yo sólo estoy del lado de la legalidad, comandante —dijo Esteban Dorado cuando fue a visitarle a casa para informarle de la operación de la que el misterioso Enrique le había puesto al tanto, y puso cierto rentintín en la voz a la hora de recordarle su graduación—, no cuente nadie conmigo para nada de ese género, aunque reconozca que razones no faltan. Tampoco seré un delator.

Miguel Chaparro le escuchaba impertérrito en la habitación en penumbra, hasta ella subía el rumor sordo del tráfico de la calle y por las paredes se filtraba la voz de Lupe, que ensayaba la forma de apaciguar las discusiones y peleas entre los muchos hijos fruto de su matrimonio con el coronel. ¿Qué habría venido a buscar de nuevo el comandantucho de marras?, se preguntaba Dorado observándole con atención entre las tinieblas del cuarto, mirándole tan fijamente que parecía como si no sintiera esa oscuridad, ¿pretendía implicarle o tomarle el pelo?, ¡a él, que había sido su maestro en tantas cosas!, ¿suponía que le iba a descubrir pistas o que se iba a dejar enredar?, pues se la daría con queso, los conspirados tenían motivos para mostrar su descontento pero se habían equivocado al conchavarse con elementos de extrema derecha, matones de Fuerza Nueva y gentuza similar, cuando estaba en activo ya avisó de la inconveniencia de que la policía se mezclase con hampones, había expresado repetidas veces su desacuerdo sobre el uso de mercenarios y si en ocasiones lo permitió fue siempre en función de un bien mayor, era evidente que, tras la aprobación en el Parlamento del texto constitucional y durante la campaña previa a la consulta popular sobre el mismo, la extrema derecha había puesto en marcha un plan en el que desde el principio quiso involucrar a las fuerzas armadas, pero los ejércitos como el nuestro no se dejan utilizar, si tienen que tomar la iniciativa lo hacen por ellos mismos sin necesidad de otras consideraciones, o sea que no podía prestar su apoyo a la operación Galaxia, ¿no es como la llaman?, sí, por el nombre de la cafetería donde se reúnen sus organizadores, puntualizó el otro, aunque tampoco podía descalificar por completo a quienes decidieran sumarse a ella pues los militares estaban siendo los grandes perjudicados de la situación, por lo demás, concluyó abruptamente el diálogo, esté usted seguro de que informaré a mis superiores con la discreción debida, no daré nombres, ni siquiera el suyo. Y eso es lo que hizo efectivamente, explicó más tarde su jefe al comandante Chaparro, Dorado es muy listo, sabe cómo hacer las cosas, vino aquí y me explicó que el ambiente estaba tan enrarecido que era lógico que los cuartos de banderas se conmovieran pero a sus años él no se hallaba con ánimos de nada ni andaba para trotes semejantes, además siempre ha sido disciplinado, por lo que decidió en seguida poner el asunto en conocimiento del mando y se presentó a verme, si triunfa el golpe dirá que moralmente estaba con sus líderes y que pudiendo denunciarles no lo hizo, si no triunfa argumentará que él fue el primero en avisar de lo que sucedía, eso sí, ni una fecha, ni un lugar, ni un apellido, si no es por usted, comandante, no sabríamos lo que ahora sabemos, que los sediciosos se pasan las consignas a través de los editoriales de los diarios de ultraderecha, así lo hicieron para preparar la guerra civil, todo está inventado, esta noche habían previsto dar la orden final de ataque a través de un artículo en la prensa, pero se van a quedar con un palmo de narices.

—¡Lourdes!, vete a donde *El Imparcial* y llévate a Liborio, que andan secuestrando el periódico —Eduardo Cienfuegos Portanet atronó la redacción con sus voces, la chica se levantó de la silla como en un suspiro, emergió de entre un mar de mesas y teléfonos en el que el murmullo de las olas lo formaba el traqueteo de las máquinas de escribir, cuando vio tanta belleza erguirse frente a él Eduardo pensó que era como contemplar el nacimiento de Venus, Botticelli no lo hubiera descrito mejor.

Hacían acrósticos, explicó más tarde la chica, las primeras letras de cada editorial, o de algunas columnas, constituían palabras y frases completas, servían para comunicarse entre los miembros de la conspiración, esta noche pretendían pasar un mensaje decisivo, no nos han contado más, todo estaba lleno de guardias, militares también, acordonaron la zona e impidieron la salida de los ejemplares, un follón increíble, me alegro porque los cabrones de ese diario no son periodistas sino agitadores, si por ellos fuera, nos cerrarían a todos, Eduardo pensaba lo mismo, claro, pero ¿y la libertad de expresión?, lo que

nos distingue de ellos, lo que separa a los demócratas de los que no lo son, es que nosotros creemos en
la libertad para todos, ¿para ETA también?, interrumpió foto Liborio, también si no usan las pistolas, quiero decir, cualquiera puede pensar lo que le
dé la gana con tal de que no joda a los demás, pues
a mí no me parece lícito que haya manifestaciones a
favor del terrorismo, como cuando matan a etarras
y se forman festejos en su honor en algunas aldeas
vascas, insistió el fotógrafo, eso es apología del delito y se puede perseguir penalmente, terció Lourdes
ante el asombro de Eduardo, que se lanzó en tromba
a la polémica, ¿vosotros creéis que opinar es delinquir?, ¿decir que estás de acuerdo con que maten a
alguien es lo mismo que matarlo?, puede ser inducción, aclaró ella, no hemos traído la democracia para
cerrar periódicos, insistió él, empiezan con *El Imparcial* y siguen con los demás, la libertad de expresión es
básica, lo dijo con rotundidad aunque intuía que algo fallaba en su argumento, Lenin tenía claro que el
mejor agitador, el mejor organizador colectivo, eran
los diarios, ¿iban a permitir que los golpistas utilizaran las páginas de sus publicaciones para organizarse entre ellos?, eso no, bien secuestrado estaba *El
Imparcial,* sobre todo por no haber sido fiel a su nombre, por sectario, oportunista y traidor a una cabecera ilustre en la historia de España, por mal escrito
y mal confeccionado y por querer acabar con la transición a tiros, pero resultaba tan difícil de probar...
en su propia empresa habían tenido un caso reciente
de acrósticos, un redactor de medio pelo que drenaba
su inseguridad profesional mediante el cómodo expediente de afiliarse a un partido de extrema izquier-

da había utilizado la columna de opinión municipal de la que era responsable para declarar su amor a una novia secreta, cuando todo el mundo pensaba que estaba leyendo una crítica sobre el funcionamiento de la recogida de basuras en realidad lo que allí se proclamaba era D-U-L-C-E-T-E-A-M-O, el enamoradizo periodista fue despedido de manera fulminante, no se puede poner el periódico al servicio de intereses particulares ni es lícito abusar así de los lectores, fue la explicación, pero el autor, represaliado por traicionar tan abiertamente los postulados leninistas sobre la prensa al poner ésta al servicio de un sentimiento pequeño burgués como el amor, se jactó de que le expulsaban debido a su militancia política, aunque no le dolió tanto el despido como el cachondeo de sus compañeros, ignorantes para siempre de si «Dulce» era el nombre de la enamorada o más bien lo que él le transmitía era que le gustaba que ella fuera tan dulce, o que la amaba dulcemente, cuestión para siempre sepultada en el ingente archivo de casos sin resolver. Los criptogramas de *El Imparcial* eran igual de imprecisos pero más preocupantes, insistió Lourdes, hacían referencia a la honra de España y a la hora llegada, mientras en sus titulares se exaltaba la figura del jefe de la ultraderecha que ya se preparaba para hacer un llamamiento a la intervención militar aprovechando una reunión de la internacional fascista en Madrid, nada de esto es casualidad, ¡guapito de cara, a ver si nos enteramos!, y Eduardo, que tienes razón, pero a mí me preocupa que la policía se dedique a cerrar periódicos, aunque mucho más lo hacían las noticias que de un tiempo a esa parte llovían sobre su mesa, aquellas exalta-

das arengas de tantos jefes militares, las insubordi-
naciones frecuentes como la de ese general de la
Guardia Civil que llamó en público cerdo y masón,
mentiroso y traidor a Gutiérrez Mellado ante la pa-
sividad y el asombro de cientos de oficiales, si nos
descuidamos nos pasan a todos por la piedra, terminó por reconocer Cienfuegos Portanet mientras se
fijaba distraídamente en la entrepierna de Lourdes,
adivinando el blanco de sus bragas entre la apretada
carne de los muslos, eran pasadas las tres de la mañana y apenas habían cenado, podrían por lo menos
ir a tomar una copa, foto Liborio se excusó, me espera la parienta, y Eduardo y la chica acabaron reca-
lando en Boccaccio, una boîte de noche frecuentada
por putitas de lujo y jueces de la audiencia provin-
cial que era de los pocos locales abiertos hasta el
amanecer, sentados frente a un velador, embutidos
en la humareda del ambiente, pidieron un par de tó-
nicas con ginebra, exigiendo Eduardo que les abrie-
ran la botella de Gordon's en su presencia, Lourdes
explicó que la precaución no servía apenas, la bebi-
da podía estar de todos modos adulterada, usaban
mil trucos para hacerlo, inyectaban con jeringuillas
alcohol a granel o gin de garrafa y por eso había tantas intoxicaciones, cuando les hubieron servido levan-
taron los vasos y los chocaron con estrépito, ¡por la
democracia!, brindó Eduardo, ¡por nosotros!, apostilló Lourdes, y esbozó una sonrisa turbadora, ¿tenía
algún significado ese nosotros?, interrogó él en seguida, sí lo tenía, ¿no eran amigos?, Eduardo se puso
trascendente, la amistad es una rara avis difícil de
divisar, más difícil de cazar, imposible de domesti-
car, la amistad entre hombres y mujeres acaba siem-

pre en la cama y eso complica mucho las cosas, pero si encima de todo resulta que yo soy el jefe y tú la redactora no es que no quiera ser tu amigo, es que no puedo, a ella le hubiera gustado preguntarle por qué entonces podía mirarle como acostumbraba, buscando entre los pliegues de la falda el surco de sus ancas, babeando por dentro y aun por fuera, pero no lo hizo, se limitó a posar una mano sobre el muslo del hombre, oprimiéndolo suavemente mientras aspiró una bocanada de Marlboro Light, dejó que pasara un largo silencio y luego murmuró, yo en cambio quiero ser amiga tuya, Eduardo Cienfuegos sintió como si un rayo le recorriera del intestino hasta el ano e hizo inútiles esfuerzos por disimular la hipérbole bajo su bragueta mientras ella volvió al ataque, quiero demostrarte que no es preciso que nos acostemos para que nos queramos y sabré ser leal a ti aunque tú no me correspondas, eso es amistad, ¿o no?, Cienfuegos Portanet no supo qué contestar, se sintió como un animalito en una trampa, asediado por la intensa sexualidad que desprendía el cuerpo de Lourdes e impedido de pasar a la acción de acuerdo con las opiniones de la chica, ¿podía ser amigo de una mujer sin tirársela?, ¡vaya pregunta idiota!, pensó que la ginebra se le había subido a la cabeza, ya era evidente que estaba alcoholizado, aunque eso no explicaba el sentimiento de indefensión que padecía, no había sido un donjuán pero presumía de no haber desperdiciado ocasión en su vida para seducir a quien le gustara, no obstante la iniciativa le pertenecía ahora a ella y le turbaba la naturalidad con la que la mano de la joven se aproximaba a sus ingles al tiempo que le anunciaba que la cosa no pasaría de ahí, Lourdes parecía gozar con su azoramiento, luego abandonó la presión del muslo y le dijo exhibiendo una sonrisa malévola, ¿no podemos ser amigos si nos acostamos, o es que dejaremos de serlo cuando nos llegue el aburrimiento sexual?, claro que a lo mejor te da vergüenza del qué dirán en la redacción, luego miró el reloj, se escandalizó al saber la hora y le pidió que la acercara hasta su casa, las noches de Madrid se habían vuelto peligrosas, no quería hacer sola el camino de regreso.

—Oye, Primitivo —se amontonó más de lo esperado Ataúlfo Sánchez—, si yo acepté ayudaros es porque pienso que lleváis razón, pero también y sobre todo por nuestra amistad, eso es lo primero, son ya muchos años de conocerse y de jugar al dominó, podré tener mis defectos, no digo que no, pero fiel a los míos sí que lo soy, ha salido mal... pues ha salido mal, olvídate del dinero y si te preguntan sobre todo esto olvídate incluso de que existo, así entiendo yo que deben ser las cosas, no quiero que se repita lo de los autobusitos de marras, los que compraste a los comunistas y luego resultó que eran de cartón, ¿de qué van a ser si esos países no tienen de nada?, en aquella ocasión acepté dar la cara, me pusisteis de tapadera de vuestros mejunjes, firmé cuantos papeles hubo que firmar y luego me costó Dios y ayuda quitarme de encima al juez. Y Ansorena que no hay preocupación, ya te digo, aunque mira con la que me sale ahora el Ataúlfo de los cojones, como si él no se hubiera forrado en el negocio de los autocares, siempre pensé que para el gran día, para la hora de la verdad, no se podrá contar con los civiles, tiran la piedra y esconden la mano, ganamos la guerra porque los hombres luchaban por un modo de ser, por la su-

pervivencia de una idea, ¿cómo vamos, en cambio,
a vencer después de que los nuestros se han adoce-
nado?, España está llena de burgueses y de acomo-
daticios, sólo en el ejército queda honor y sólo el
ejército nos sacará de este agujero por el que el país
se despeña a gran velocidad, pero tú tranquilo, Ataúlfo, que nadie dirá nada, me ruegas que me olvide y
¡zas!, ya está olvidado todo, te doy las gracias y no te
pido más, aunque eso sí, piensa Ansorena para sus
adentros, el día que ganemos no te vas a comer una
rosca, son ya demasiados años viviendo del cuento sin
arriesgar un pijo, el que algo quiere algo le cuesta y
no sé por qué me da en el ala que este gasolinero lo
único que pretende es enriquecerse a base de que los
demás nos juguemos la piel por sus intereses.

Trece

Después de casi seis horas de viaje, el automóvil asomó por encima de un cerro y ante la vista de sus ocupantes se abrió un espectáculo de luz inimaginable, la ciudad, lejos de encaramarse sobre el monte, parecía suspendida de él, como si sus casas se descolgaran hacia la bahía rota por el rompeolas del puerto, reinando *bajo el cielo, sobre las aguas, intermedia en los aires,* Gerardo Anguita susurró entre labios la descripción de Málaga hecha en un poema de Aleixandre, a quien la Academia sueca había concedido un par de años antes el Nobel de Literatura en evidente homenaje a la España democrática, rescatando de paso para el gran público la maestría de un poeta tan secreto y metafísico que pudo burlar sin dificultades la ignorancia de los censores de la dictadura. El trayecto por carretera había sido tedioso, en medio de un clima despiadado y soportando el traqueteo invencible que el vehículo padecía debido al efecto combinado del mal estado del firme y lo ajustado de los amortiguadores, recorrer el paso de Despeñaperros les tomó más de cuarenta y cinco minutos durante los cuales tuvieron que respirar el humo y los residuos sólidos de un par de camiones cisterna de gran tonelaje que, según sus placas de matriculación, viajaban desde Centroeuropa y, según los rótulos que exhibían en las poderosas grupas de sus tanques, transportaban material inflamable de obvia peligrosidad, Anguita se mostró escandalizado por el estado de la primera ruta turística del país, para él era la demostración cierta de hasta qué punto los gobiernos de la transición, con la retahíla pretextada o el fundado motivo de que tenían que construir la democracia, habían descuidado la administración ordinaria de las cosas, de modo, dijo, que está claro lo que Felipe González promete con nuestro próximo eslogan electoral, el cambio es que España funcione, que los profesores enseñen, los alumnos aprendan, la policía detenga a los culpables, los jueces los condenen, los militares obedezcan y los ascensores no se estropeen, ni el aire acondicionado tampoco, apostilló Alberto, si los socialistas sois capaces de que el aire acondicionado funcione en España, gobernaréis durante mucho tiempo, pero antes necesitaréis ganar las elecciones, claro, y os quedan por lo menos cuatro años, los resultados de marzo no dejan lugar a dudas, tenemos Suárez para rato aun sin mayoría absoluta, es fácil gobernar apoyándose alternativamente en unos y otros, sí, argumentó Gerardo, sobre todo cuando no se cuidan peros a la hora de aceptar el apoyo de los comunistas para hacernos la pinza, pero ¿qué pinza ni qué ocho cuartos?, protestó Alberto, pedir el voto comunista a fin de resolver temas puntuales es tan lícito para tirios como para troyanos, mucho hablar de la inevitable unidad de la izquierda, como si se tratara de una hermandad revolucionaria, pero a los socialistas os cuesta reconocer el servicio que Carrillo ha hecho a este país, arriando la bandera republicana, aceptando la monarquía parlamentaria... y siendo presentado en público por el mismísimo Fraga Iribarne, rió Anguita, ¡el responsable de Paracuellos introducido en sociedad por el verdugo de Grimau!, estamos todos locos, ¿era eso malo?, preguntó Alberto, ¿había que avergonzarse de la reconciliación entre españoles?, una cosa es perdón y otra es olvido, puntualizó Gerardo, no habrá reconciliación verdadera si no se imparte justicia antes, el gobierno ha sido cicatero e inconsistente en materia de reparaciones, lo demostró con la amnistía que, por darla a cuentagotas, primero sacamos de la cárcel a unos poquitos, luego a todos los demás, perdió toda su efectividad política especialmente en lo que toca a la pacificación del País Vasco, lo está demostrando con los militares, a quienes permite toda clase de desvaríos y excesos, incapaz de imponer su autoridad en los cuartos de banderas, soportando declaraciones infamantes y actitudes chulescas que no son reprimidas ni desautorizadas, y lo seguirá haciendo con los curas, tan hábiles que pueden presumir de ser los únicos verdaderamente capaces de influir en el articulado final de la Constitución, si no se aceptan sus matices sobre Dios y el catolicismo, aquí no llega la democracia ni en mil años.

Mientras discutían, el coche comenzó el descenso hacia la ciudad, iluminada por los rayos dorados que reflejaba el sol de poniente sobre la Alcazaba, Anguita encendió por enésima vez el puro habano que había comenzado a la altura de Granada, ¡cada vez hacen peores tabacos estos cubanos!, exclamó, no se dan cuenta de la mala imagen que eso presta a la revolución, y Llorés recostó resignadamente la cabeza dispuesto a comportarse como buen fumador pasivo, habían decidido aprovechar las vacaciones de Na-

vidad para visitar a don Epifanio en su casita mar-
bellí, Alberto apenas se reponía aún de su ruptura
con Marta, que se encontraba en Italia, lejos del ruido producido en el Madrid político por su separación matrimonial, a Gerardo, que continuaba des-
granando sus aburrimientos de fin de semana en la
casa de la sierra, se le ocurrió que aquella excursión
serviría para aliviar el ánimo de los dos y también
para alegrarle un poco la vida a don Epifanio, cada
vez más recluido en su intimidad, reconvertido en
un anciano hosco y gruñón, debido no sólo a sus cre-
cientes dificultades para caminar sino, y de forma
muy evidente, a su disentimiento exagerado y con-
tradictorio respecto a la realidad española que le había
tocado vivir en los últimos años de su vida. Aunque
los gobiernos del final del franquismo habían querido salir cínicamente al paso de las extendidas acusaciones de corrupción y malversación limitando el
disfrute de los automóviles de propiedad oficial y
permutando su conocida matriculación como PMM
(Parque Móvil Ministerios) por placas de uso común,
decidieron emprender el viaje en el coche ministerial
adjudicado a Alberto, utilizando también los servicios de su chófer, un hombre casi maduro, silencioso
y taciturno, que se había desempeñado como auriga
de un buen puñado de gobernantes y subsecretarios,
y en quien Llorés, fuera del gobierno desde que op-
tara por su condición de diputado, tenía depositada
confianza infinita, por lo que podían hablar sin temor a delaciones, chivatazos ni maledicencias. Al no
tener que conducir ninguno de los dos, la pesadumbre del viaje se les hizo más llevadera, permitiéndo-
se mil y un acalorados debates sobre las cuestiones

más diversas, Gerardo apreciaba desde el fondo de
su corazón a Alberto y era correspondido en el afecto,
habían pasado juntos jornadas interminables redactando informes y trabajos para don Epifanio en los
momentos postreros de la dictadura, cuando el anciano falangista se esforzaba en buscar los meandros
de la legalidad franquista por los que poder colar un
cambio que permitiera algún desahogo en la atosi-
gada convivencia de los españoles de la época, habían
vivido juntos infinidad de avatares, los encuentros y
desencuentros con Marta, las celebraciones y oculta-
ciones de la pequeña célula revolucionaria a la que
ella y Anguita pertenecieron en la universidad, distintos y sonrojantes episodios derivados de la todavía reprimida homosexualidad de Gerardo y no pocas emociones políticas y confesiones personales que
les conducían sin remedio a constatar una enorme distancia entre sus identidades y orígenes intelectuales y
sus concretos objetivos políticos, pero también les permitían sentirse ligados por el testimonio de la experiencia común y por la inevitable impresión de que sus
opciones y opiniones acerca del poder se dirigían hacia un mismo fin por caminos distantes, aunque no tan
distintos como pudiera presumirse.

Habían dejado atrás la hermosa aglomera-
ción urbana malagueña y el automóvil discurría ahora con lentitud entre las multitudes de turistas, los
anuncios de neón de los hoteles y la invasión de ten-
deretes ocasionales que poblaban la estrecha carretera de la costa, convertida durante kilómetros en una
calle bullanguera repleta de semáforos y pasos de cebra por los que atravesaban miles de jubilados europeos, su andar cansino contrastaba con el porte de-

safiante de las jóvenes rubias del norte de Europa que, desde hacía casi dos décadas, se habían hecho cargo de las playas españolas trastocando los hábitos, los gustos y las costumbres, la estética y la ética de aquellos otrora pueblitos de pescadores convertidos ya en auténticas capitales del ocio internacional.

—A esto lo llaman Sodoma y de gorra, porque dicen que no hace falta pagar para fornicar —dijo socarronamente don Epifanio después de recibirles a pie de coche y servirles un par de güisquis en la terraza de su chalet—. Ha cambiado mucho la costa, se hace grandísimo dinero con la construcción, pero yo me resisto a vender el terreno, esta casa ha sido todo mi sueño durante mis mejores años, ya se deshará de ella Alberto si quiere, cuando la herede...

No se veían desde antes del verano, pues don Epifanio optó por no regresar a Madrid tras las vacaciones y se quedó a vivir en el sur, no como una decisión tomada sino fruto de tal improvisación que en realidad, les explicó Rosita, cada día pensaban en volver al siguiente, pero luego se les hacía cuesta arriba la idea, allí vivían bien, la jubilación les alcanzaba para los gastos comunes, no salían mucho por culpa de las dificultades motoras de Epifanio, que se podía permitir sólo pequeños paseítos por la parcela y alguna excursión a media tarde para tomarse un café en el Salduba, el hombre se entretenía en discutir con el jardinero y pergeñar unos folios de recuerdos que habrían de servirle más adelante para redactar sus memorias si Dios le daba salud y lucidez suficientes.

Hacía una noche hermosa, la mar y el cielo estaban en calma, no soplaba una brizna de brisa y podían distinguir la multitud de estrellas titilantes sobre sus cabezas pese al exceso de luces urbanas que poblaban el área. Acomodado en un butacón de mimbre del porche, abandonado momentáneamente por sus anfitriones y su compañero de viaje, Alberto Llorés aspiró el aire aguanoso y templado que le envolvía y se dejó llevar por el rumor de las olas que llegaba hasta la torre mezclado con el del tráfico rodado, recordaba los estíos allí vividos cuando Marbella apenas era una aldea venida a más gracias a los veraneantes que se acercaban desde Madrid decididos a rebasar la línea de Fuengirola o Torremolinos, huyendo del hacinamiento, para sentar sus reales en parajes más desérticos, entonces no solían construirse playas artificiales, no en lugares sin importancia como aquél, las arenas locales eran plomizas, pedregosas, como de suburbio capitalino, no se paseaban por ellas, luciendo sus bronceados, las impresionantes hembras del norte ni había establecimientos de comida rápida, ni discotecas, ni nada parecido, a cambio comían espetos de sardinas recién pescadas, asadas delante de sus narices en las pequeñas fogatas que los marineros del pueblo organizaban sobre la tierra gris, y recibían por las tardes la visita a domicilio de la estraperlista, una mujer madura, fornida de cuerpo y arrugada de cara, que hacía el trayecto de Gibraltar a Málaga cargando con un capacho de la compra repleto de bienes de contrabando, desde combinaciones de nylon hasta chicle Bazooka, pasando por ginebra Gordon's, medias de cristal, sábanas de raso, conjuntos de orlón, y hasta vajillas de un cristal misterioso e irrompible, cuyo nombre era casi de ciencia ficción, representativo del futurismo convincente que anunciaba su indestructible materia: Duralex.

—Todo cambia, panta rei —murmuró don Epifanio cuando su ahijado le hizo partícipe de tales recuerdos—, yo, a mis años, estoy también en plena transformación, fíjate hasta qué punto que la próxima vez igual voto al PSOE.

Gerardo Anguita agradeció el comentario como si de un cumplido personal se tratara y trató de justificarlo con el argumento de que los socialistas eran la única esperanza para la normalización del país, no tenían que avergonzarse de nada porque no tenían pasado, a pesar de ser un partido con cien años de existencia, el pasado lo soportaban otros que se habían presentado a los primeros comicios democráticos con las siglas históricas del socialismo en una inconcebible división de esfuerzos que no sirvió sino para dejar al descubierto sus pequeñas maquinaciones y maldades, hasta que don Epifanio le atajó irónico, incluso un punto impertinente, no Anguita, si yo llego a elegirles a ustedes es porque pienso que, cada día más, son como nosotros, en muchas cosas se parecen como un huevo a otro huevo a lo que quisimos hacer y no pudimos, la culpa fue de Franco, o de la guerra, de nadie en particular y de todos en general, ¿a quién le importa ahora de quién fue la culpa?, cuando éramos jóvenes el fascismo parecía lo moderno, la *avant-garde,* si no querías afiliarte a las izquierdas marxistas, eso en un país católico como éste suponía una línea de división absoluta, imposible de cruzar para muchos, pero tras la guerra mundial y el bloqueo que nos decretaron las democracias comprendimos que casi todo se había acabado, fue la testarudez de Franco, desde luego, pero también la ambición de su corte la que ayudó a mantenerle tanto

tiempo en el machito, ¿creíamos en él?, bueno, a ratos sí, sabíamos sobre todo que su persona, su imagen, su mito en definitiva, servían para mantener la
calma en un país de nervios como el nuestro, no de-
seábamos más enfrentamientos, ustedes no imaginan de veras lo horrorosas que fueron la guerra civil
y la posguerra, la cantidad de venganzas, asesinatos,
robos y vejaciones que se produjeron al albur de
ideologías que proclamaban con empaque la frater-
nidad, la paz y el progreso, el miedo a la guerra nos
paralizó durante décadas, Anguita, fíjese si no en
Alberto, su padre fue un muerto en vida, una víctima fatal e irrecuperable de las diferencias entre españoles, ¿alguien le ha compensado por eso?, Alberto está hoy en el poder porque es ahijado mío, no
porque su progenitor se dejara los sesos luchando en
las trincheras, porque yo le ayudé en los estudios, le
prohijé en la carrera y le protegí de las intrigas de
mis colegas, no niego sus muchos méritos, pero igual
podrían haberle llevado a triunfar en la otra orilla,
Alberto está en el poder porque nació en el poder, y
aun así le acusaban de comunista, de alborotador,
de rebelde, sólo porque casó con una hermosa chiquilla italiana partidaria, al menos de boquilla, del
amor libre y la libertad sindical, así de sencilla es la
cosa, así de triste, aunque ahora él es quien se dedica a acusar de izquierdosos a los demás, desde que
se trata de un hombre divorciado que pasa sus horas
entre la nostalgia imposible y el futuro improbable
de su existencia, ¿tan desesperado me ves?, interrumpió Alberto el monólogo al tiempo que trataba de
hacerse el ofendido, ¿tan vulgar te parezco?, todos somos vulgares, querido, y no te veo desesperado sino

aturdido, te he puesto de ejemplo no para herirte sino para explicar a Gerardo, para explicarte a ti, que
la política es un enorme recipiente lleno de vasos
comunicantes, a través de ellos circulan corrientes de
distinta naturaleza y densidad que acaban por con-
taminar las más puras de las aguas que se viertan, y
nosotros, nosotros tres sin ir más lejos, sólo somos
pequeños pececillos que pugnamos sin tregua para
que no nos devore el grande, al tiempo que no paramos mientes en pegarle dentelladas al primero que
se nos eche a nuestra cara de besugos, Anguita quiso protestar por las comparaciones entre socialismo
y falangismo, a lo mejor era verdad que perseguían
fines similares, la justicia social y todo eso, ¿qué
partido político no predica la bondad, la libertad, la
felicidad y la igualdad?, pero mientras los socialistas
habían renunciado al marxismo —de manera for-
mal ese mismo año, arrostrando una polémica interna que llevó a dimitir a Felipe González para luego
ser reelegido como líder del PSOE— los falangistas
no hicieron nunca lo propio con el fascismo, éramos
fascistas sólo hasta ahí, por moda, porque se llevaba
en Europa, porque nos ayudaron en la guerra, terció
don Epifanio, no es verdad que luego lo hayamos sido
en nuestro comportamiento ni en nuestra doctrina,
contra lo que dicen todos esos historiadores americanos que se dedican ahora a contar nuestra vida
como les parece, el factor católico suponía y supone
en España una auténtica barrera para cualquier genuino totalitarismo que no sea el clerical, nazis y fascistas comportaban un ingrediente pagano difícil de
asimilar por nosotros, pero siempre hemos defendi-
do algún tipo de régimen social, quizás algún día

comprueben que eso de la democracia orgánica no era un engaño absoluto, respondía a un intento genuino de renovación del liberalismo, para nosotros el nacionalsindicalismo constituía un ensueño revolucionario que acabó siendo desfigurado, manipulado y utilizado en su propio provecho por Franco y los militares, el Caudillo nunca fue un falangista auténtico, por mucho que se vistiera de azul mahón, fue un líder necesario que sirvió para lo que sirvió, ¿y la violencia?, interrogó Alberto, ¿no defendían la violencia los jóvenes de las centurias de choque?, ¿no se dedicaban a purgar con ricino a sus adversarios políticos, a amedrentar a los homosexuales, a denunciar a los tibios con el régimen?, fue culpa del ambiente de la época, explicó su mentor, sucedió antes e inmediatamente después de la guerra, luego eso quedó en un recurso retórico más que otra cosa, sin embargo no todo era tan lineal como don Epifanio pretendía explicar, las bandas de ultraderecha seguían reivindicando el nombre de José Antonio y su filiación falangista, excesos, oportunismo, desviaciones, insistía Ruiz de Avellaneda, también Adolfo Suárez había jurado los Principios del Movimiento Nacional, se había puesto la camisa azul y habría lucido en el pecho la Gran Cruz de la Orden del Yugo y las Flechas, sin embargo nadie ponía ahora en duda sus condiciones de converso como líder de las libertades, hasta había osado declarar que su partido era de centro izquierda, socialdemócrata o lo que fuera, no estamos tan lejos, Gerardo, se lo aseguro, los falangistas teníamos muchas cosas malas pero alguna buena guardan nuestros herederos y es que abominamos de las castas, la nobleza, el capitalismo salvaje y la sumisión a Washington, lo que no me explico, en cambio, es la obsesión de estos amigos míos por mantenerse en el poder, su falta de percepción, se ha cerrado un ciclo histórico y es preciso un relevo generacional, eso lo ven los más ciegos, a Suárez comienzan a hacerle la vida imposible los suyos, hay mucho democratacristiano emboscado, mucho señorito y mucho liberal de labios afuera, el presidente está preso del aparato estatal, la policía, los militares... la burocracia de siempre le presiona al máximo, ha hecho lo que tenía que hacer pero mejor sería que pensara en el retiro porque si no acabarán masacrándole los mismos que le auparon, es lo que dice Pío Cabanillas, ¡un listo este Pío!, ministro con Franco, ministro con la democracia, tampoco ha habido tantos así, ese coñón afirma que en este mundo hay amigos, enemigos, y compañeros de partido, los de la misma cuña son los peores, ¡si lo sabré yo!, Anguita no estaba interesado en el debate, no quería desilusionar a don Epifanio abriendo una interminable discusión sobre temas respecto a los que nunca se pondrían de acuerdo, le llamó la atención la insistencia que ponía el anciano en defender un futuro que ni le pertenecía ni había hecho nada por que sucediera, sin renegar de un pasado del que se sentía plenamente responsable y que había supuesto el más firme de los obstáculos en la consecución de ese porvenir ahora tan jaleado, al fin y al cabo, comentó, la transición la vienen haciendo los franquistas, lo curioso es que la mayoría de ellos no se reconocen como tales, mientras que usted, Epifanio, no tiene empacho en reivindicar su historia para terminar rebasándonos luego a todos por la izquierda, Alberto protestó, ni él era franquista ni lo eran muchos de los que se habían afiliado al partido del centro, simplemente no creían en las soluciones colectivistas, no aceptaban las nacionalizaciones ni la propiedad pública de los bienes de producción, todo eso eran recetas viejas que nada resolvían, abominaban del estatismo que tanto habían padecido bajo la dictadura y deseaban construir una democracia normal, una España europea, homologable con las naciones vecinas del continente, en vez de España una, grande y libre, España diversa, mediana, y democrática, ¿cómo diversa?, ¿qué era eso de diversa?, ¿había quien se creyera en serio lo de las autonomías?, cuestionó don Epifanio, sólo han sido una mala respuesta a las aspiraciones de vascos y catalanes, el ejército no hubiera permitido nunca una solución federal, atajó Anguita, de eso ya hemos hablado otras veces, ni yo defiendo semejante cosa, objetó Ruiz de Avellaneda, pero Tarradellas tiene razón cuando asegura que no se puede comparar Barcelona con Murcia, por mucho que los murcianos se sientan ofendidos.

Gerardo Anguita y Alberto Llorés asistieron a la agonía del año 1979 entre discusiones peripatéticas por la playa y duelos dialécticos con don Epifanio, que se empeñaba muchas tardes en acompañarles a sus paseos a orillas del mar, pese a lo doloroso y difícil que se había vuelto para él ejercitar las piernas. Mantenían interminables diálogos políticos, conversaciones sin rumbo ni destino determinados que el diputado Anguita consideraba importantes a la hora de definir estrategias y objetivos, no hay nada como acostarse con el enemigo para conocer sus debilidades, pensaba, renuente a aceptar sin matices el cariño que le inspiraba el anciano y el respeto que le merecían sus opiniones, mientras Alberto Llorés, sorprendido al descubrir en su madurez temprana una relación y un apego a su padrino político que nunca experimentó en la adolescencia, consciente de que había abominado tanto y durante tanto tiempo de Ruiz de Avellaneda, había despotricado de su suficiencia complaciente, de su acomodada instalación en los corredores del poder, de su flatulencia de prócer un punto inconformista, capaz de obedecer y de resistirse a un tiempo en nombre de una lealtad que nadie podía discutirle, comenzó a interrogarse cómo era posible haber llegado a odiar en silencio y de tal modo a aquel símbolo de su infancia, venerado y adulado por su familia, para acabar convirtiéndose, como había hecho, en su más fiel reflejo, ¿qué diferencia había, si no, entre la inspección sinuosa que don Epifanio solía hacer de la oficina ministerial que regentaba diez años antes, dejándose admirar por los chupatintas que le rodeaban, con la ampulosidad de gesto con que el propio Alberto respondía ahora a las preguntas de los periodistas en las acolchadas dependencias del Congreso?, escuchando a don Epi explicaciones y argumentaciones sobre el recuerdo de un tiempo que Alberto aborrecía, tanto más porque entonaba el eco de su propia historia personal, no había podido dejar de estremecerse cuando le oyó eso de que estaba hoy en el poder porque había nacido en el poder, y no le incomodaba tanto la descripción del pasado como la constatación de un presente que hasta ese mismo instante no se le había hecho tan visible y obvio: finalmente, había llegado al poder, ejercía responsabilidades, dictaba las vidas de sus semejantes, o al menos ellos así lo percibían. Desde aquella conversación al comienzo de las vacaciones, el flamante diputado de la Unión de Centro Democrático no dejaba de darle vueltas al peculiar hecho de que sus vidas se hubieran transformado tanto en tan poco tiempo, se sentía como el protagonista de *La metamorfosis* de Kafka, convertido en gigantesco insecto, criatura amenazante, ante la vista de los demás, transmutado por el ejercicio de un dominio que él no apreciaba pero todos le atribuían y que, sin duda, incluso contra su propia voluntad, iba minando sus convicciones e ideales, sometidos a la ética weberiana de los hombres responsables, estaba en el poder porque había nacido en él, como todos, como don Epi, que había disfrutado del coche oficial durante su entera larga vida, como Anguita, convertido en prohombre de una patria a la que prometía nada menos que modernizar desde el partido de la oposición, como Ramón su primo, sobrevenido magnate de los negocios y todavía influyente analista en la prensa norteamericana, como Marta, que ejercitaba su capacidad de dominación lejos del lecho conyugal abandonado en nombre de la libertad y del destino individual de cada uno, todos procedían de la misma cuna de privilegiados y cultos ciudadanos, todos habían tenido alternativas y opciones en su vida, ¿de qué tendría él que arrepentirse que no debieran hacerlo los demás?

—Arrepentirte de nada, eso nunca —le confortó fraternalmente Gerardo en una de las caminatas playeras—, sólo se arrepiente uno de lo que no ha hecho. Pero deberías preguntarte qué pinta un demócrata como tú sirviendo de falso testigo a estos tocahuevos del centro, desde que llegaron lo único que tratan es de salvar los muebles del antiguo régimen, porque tú no creerás que la transición la están haciendo los franquistas, ellos sólo están encargados de la demolición, la transición democrática, la modernización de España, necesita sangre joven, ideas nuevas, y nada de lo que avergonzarse. Lo dicho, que España funcione.

Catorce

José Manuel Rupérez puso su despacho de asentador en la plaza de Legazpi, después de cerrar las dependencias de Vallecas en donde su padre había ejercido toda la vida, explicó a la familia su decisión con la cantinela del renovarse o morir, pero en realidad quería huir de las calles que le habían visto crecer y en las que comenzó trapicheando costo cuando apenas contaba quince años, porque aunque su viejo tenía dinero no se lo daba para vicios y a las chorvas les gustaban los trajes a la última y las motos de gran cilindrada, lo mismo que los chicos se morían por el olor a gasolina y el estallido como de traca de los cócteles molotov, era un flipe total ver arder las sedes de los rojos consumiéndose en aquel infierno temprano y merecido, vaya subidón, pero había llegado la hora de borrar su bien ganada fama de macarra y hamponcete a sueldo de la pasma si quería presentar una cara respetable del negocio, las cosas se habían vuelto diferentes, todo estaba más profesionalizado, ya no se podía ir por el mundo a base de corromper concejales ni de triquiñuelas políticas, la izquierda, que gobernaba en el ayuntamiento, estaba siendo comprensiva y prudente con los pequeños monopolios protegidos del antiguo régimen, pero no pasaba ni una irregularidad a no ser que la hiciera alguien de los suyos, o sea que Rupé-

rez se compró un par de corbatas, cambió de peinado, dejó que le creciera como al desgaire una barba
sutil sobre las cicatrices de acné que poblaban sus
mejillas, se caló unas gafas de ligero tono ahumado,
renovó la pequeña maloliente flotilla de furgonetas
destinadas a transportar el género e incluso cambió
la razón social de la empresa, lo de ser asentador a
secas había quedado anticuado, en adelante debería
buscar sus proveedores en el lugar de origen, ayudarles a comprender los inminentes buenos efectos
de la indudable y próxima entrada en el Mercado Común, las subvenciones lloverían como maná del cielo, sería fácil hacerse ricos y, como consecuencia de
semejante expectativa, comunicó a sus contactos policiales y a sus compinches de la banda su decisión
de apartarse por completo y para siempre de la acción directa, o sea que no contaran más con él a la
hora de repartir gresca, andaba cerca de la treintena,
tenía un negocio próspero y respetable, un padre jubilado de quien cuidar y una novia virgen y guapa
que le había apartado del puterío, con la que pensaba casarse y fundar una familia, estaba fatigado de
algaradas, ya no le quedaba resuello ni ganas de nuevas peripecias, ¡que le dejaran en paz!

Todos nos sentimos cansados, todos envejece-
mos, pero no por eso podemos hurtarnos a la realidad, argumentó Fernández Trigo aquel lunes de enero
en que se descolgó frente a su mesa para hablarle
nuevamente de política, ya me ves, también yo me
he aposentado, soy dueño de mi propia compañía
de seguridad, entre el acoso terrorista y la inseguridad ciudadana me va de cine, la policía no da abasto
con las escoltas, los privados nos tenemos que encar-

gar de proteger a muchos cargos políticos y empresarios, nuestra tarea no para ahí, debemos aconsejar,
ayudar, modernizar, ésa es la palabra, esbozó un gesto
de entusiasmo por haberla encontrado, ahora todo
es electrónico y racional, ¿de qué vale un guardaespaldas si no somos capaces de montar un servicio de
contravigilancia?, las empresas, sobre todo las gor-
das, no reparan en gastos, sus ejecutivos están ami-
lanados con tanto secuestro, ni rechistan cuando co-
locas alarmas y cámaras de televisión en sus oficinas
o en sus casas, incluso en las de recreo, sólo quieren
coches blindados, cuanto más caros y pesados, mejor, les encanta cualquier servicio extra que ofrezcas,
un dineral a ganar, tío, un dineral, Centeno y los antiguos compañeros colaboran, ¿que alguien denuncia
amenazas o es requerido por los recaudadores del
impuesto revolucionario?, pues llega el inspector de
turno y les dice comprenderá usted que la policía
no puede hacerlo todo, pero si quiere le recomiendo
alguna casa especializada con profesionales educados en el extranjero, técnicos en contraespionaje, ingenieros, psicólogos, abogados, y toda la tecnología
imaginable, la gente nos contrata sin rechistar, en
las comisarías hacen todo el trabajo de marketing, son
nuestros vendedores y piden poca comisión, Centeno se mueve por amistad, comisión ninguna, sólo he
tenido que darle trabajo de secretaria a su mujer, todo un cante, tío, tan negra y tan rebuena, pero trabaja
de buten, me alegro de que te vaya bien, Cachorro,
comentó Rupérez, no me llames así, protestó el otro,
no es que me avergüence pero ahora quiero guardar
las formas, comprendo, dijo el asentador, también tú
has dejado las trincheras como dices, y el policía pues

verás, uno no se retira nunca del todo, algún encar-
guito especial hay que hacer de vez en cuando, ése
es por cierto el motivo de mi visita, no te preocupes,
no voy a pedirte que vuelvas a la calle ni que orga-
nices a tu gente, sólo necesito dinero, ¿sabes?, no yo,
el Estado, te lo devolverán por cualquier sitio, menos
impuestos, adquisiciones a granel para un ministerio... lo que sea, hace falta financiar a los comandos
y cada día se pone más difícil, los políticos utilizan
los fondos reservados para pagar sobresueldos a los
ministros y es preciso buscar en otras partes, los grandes empresarios siempre están dispuestos a colaborar
con los militares pero cuando les mientas la policía
es otra cosa, no se fían, nos tratan como si fuéramos
ladrones con placa, o sea que no sueltan mosca y por
eso he venido, por los buenos tiempos, a ver si me
puedes ayudar, no sea que de otra forma alguien mande al carajo tu licencia o se empeñe en reconocerte
en cualquier foto de prensa en medio de un belén de
los de antes, hay cosas que todavía no han prescrito.

Le estaban chantajeando, resultaba tan evidente como innecesario, porque él se hallaba dispuesto a echar una mano sin necesidad de que le extor-
sionaran, me das asco, Cachorro, le espetó, creí que
éramos amigos, no hay que presionarme, a hostias no
me pienso liar más pero si tengo que pagar, lo haré,
no estoy hablando de hostias sino de metralletas,
aclaró el antiguo policía mientras encendía su tercer
pitillo desde que hubiera comenzado la entrevista,
la cosa es más grave e importante que nunca, vamos
por los etarras en serio, vamos por ellos, a cazarlos
como a conejos en sus madrigueras, ¿estaba el gobierno detrás de la operación? inquirió el otro, el go-

bierno está en todo y no está en nada pero nos dejará hacer porque no puede soportar más la tenaza del ejército, los terroristas andan matando militares a esgalla y con la ley en la mano no hay forma de acabar con esos hijos de puta, ¡en la guerra como en la guerra! Trigo tampoco pensaba mojarse personalmente en la acción, sólo tenía que articular el operativo de unos pocos comandos como siempre había hecho, darles pasta e instrucciones, si les cogían estarían protegidos sólo hasta un punto, nadie podría acusar a las autoridades de aquel montaje, contaba con buenos voluntarios, gente recia, de ataque, ¿te acuerdas del portugués?, está cada día más activo, con ganas de farra, lo mismo que Malamoco, el italiano de la cicatriz, pero me gustaría que me prestaras a ese tartaja que tienes a la puerta, es fuerte, leal y no piensa mucho, ¿se refería a Arsenio?, ¡imposible!, era como su sombra, lo llevaba a todas partes por si a alguien se le ocurría gastarle una mala pasada, serán sólo unos días, porfió el ex inspector, no puedo ensamblar el equipo sólo a base de guiris, no conocen nuestro terreno ni el de los gabachos, detrás de la frontera contamos con algunos OAS, el viejo Ejército Secreto de Argelia, tíos bragados, seguros y baratos, han vivido en Alicante y hablan castellano, tienen las tripas llenas de odio, matan por gusto antes que por el salario, pero yo, dijo Lobo, estoy retirado y no quiero que mi gente se involucre, ¡mira, chaval, no me jodas!, Fernández Trigo soltó un puñetazo sobre la mesa de recién estrenado hombre de negocios tras la que se parapetaba su interlocutor, ya te he dicho cantidad de veces que uno se retira de estas cosas sólo cuando le dejan, no cuando quiere, ¡vamos, que uno no se retira jamás!, a no ser que otros lo decidan por él dándole un tiro en la sien.

Tuve que hablarle así aunque no me gusta, no es mi estilo, pero al final es el único lenguaje que entiende la canalla, se explicó horas más tarde el ex inspector Trigo ante el individuo de escasa estatura y cara de póker que le citó en el restaurante, aunque iba vestido de paisano no podía desmentir su condición de militar, se les nota a la legua, pensó, los soldaditos están todos cortados por el mismo patrón, ni aunque se disfrazaran de lagarteranas serían capaces de engañar al mayor de los idiotas, el comandante Chaparro, ajeno e indiferente a las meditaciones de su invitado y apenas interesado por los métodos que empleara o dejara de emplear para cumplir su trabajo, se limitó a deslizar sobre la mesa un sobre repleto de billetes en moneda extranjera al que adjuntó una nota en la que había anotado un número, si tienen problemas en la frontera que marquen ese teléfono, usted ya sabe de quién es, pero en Francia no podremos ayudarles, dijo con su voz de aluminio, definitivamente no le gustaban las pintas de rufián del antiguo policía, más que eso, el interfecto le inspiraba una repugnancia absoluta, sus modales viscosos, el olor pestilente de sus ropas, la suciedad de la dentadura ajada por la nicotina, que exhibía cuando sonreía con un aire que pretendía ser ingenuo pero no dejaba de ser maligno, todo le disgustaba de aquel hombre al que siempre había visto envuelto en una espesa niebla de tabaco, ensayando de manera obsesiva el modo de producir anillos de humo y consumiendo en el empeño cigarrillo tras cigarrillo, pero el comisario Centeno había sido tajante, mire usted, si es preciso pasar a la acción sin que se sepa de dónde viene la orden, el mejor sigue siendo Fernández Trigo, es mala persona por naturaleza y, al tiempo, todo un profesional, no se irá de la lengua salvo que le torturen, yo le tengo controlado, mi mujer trabaja como secretaria suya, no puede despistarse lo más mínimo sin que nos enteremos, Chaparro decidió que no encontraría mejor opción, a mí no me consulte esas cosas, le dijo el ministro cuando fue a presentarle el plan, estamos en un Estado de Derecho y el gobierno no ha de verse involucrado en nada oscuro, no le he oído, no le he recibido, no le he visto, no le conozco, pero usted sabe, comandante, que si no acabamos con ETA, ella acabará con todos nosotros, opere como crea conveniente para el mejor servicio a España.

Cinco días después de la entrevista entre Lobo y Cachorro, José del Divino Amor Pereira, Maurizio Malamoco y Arsenio el cachas —¿cuál es tu apellido?, le preguntaron, y él, apellido no tengo, me dicen Incluscro pero no lo uso porque entonces se vería que soy hijo de puta— amontonaban sus cuerpos voluminosos en un desvencijado turismo matrícula de Bilbao camino de Francia, habían decidido que pasarían la frontera por Behovia, donde estaban avisados los carabineros y comprados los gendarmes para que no detuvieran ni inspeccionaran el vehículo, aunque las armas se las dio, una vez estuvieron en el otro lado, el cuarto integrante del grupo, un antiguo paracaidista francés a punto de cumplir la cincuentena que apareció vestido para la caza, con el pelo rubio cortado al dos, gafas oscuras y un tatuaje en el brazo izquierdo, comieron en una tasca casi desierta

en Biriatou, donde no hicieron por pasar desaperci-
bidos, a la hora del café el francés sacó un carboncillo
del bolsillo de su guerrera y dibujó toscamente un
pequeño plano sobre el tablero de mármol en el que
se tambaleaban las copas de Pernod y un par de ce-
niceros repletos de colillas, estableció claramente los
puntos que identificaban las salidas y entradas de Hendaya por carretera, el lugar donde debían realizar el
ataque y aquel otro donde contarían con un coche de
apoyo por si algo no previsto sucedía, las metralletas
las había probado personalmente esa misma mañana,
eran de fabricación checa, con el número de registro
borrado, podían tirarlas al río después de la refriega,
luego sacó una granada de mano y la puso en medio
de la mesa para admiración de los reunidos, que la
contemplaron con reverente actitud, me llevo ésta por
si nos topamos con resistencia pero no creo que haga falta usarla, acabó borrando el bosquejo con un
pañuelo sucio y deshilachado, momento que aprovechó Arsenio para sustituir el polvillo gris metálico
del lápiz por un par de blancas hileras de cocaína que
después sorbió avorazado.

   Emplearon más de media hora en el trayecto,
que hicieron por caminos secundarios en el mismo
automóvil que les había transportado desde Madrid,
ni José del Divino Amor ni Arsenio el hideputa conocían el paraje, de una belleza bucólica singular, ambos elogiaron lo apropiado del terreno para la lucha
clandestina gracias a la multitud de caseríos, lo in-
trincado de los itinerarios y la combinación de barran-
cos y colinas que permitían la ocultación, todo eso
era verdad, asintió el paraca, pero había que contar con
la eficacia de la gendarmería y la especial manera de

ser de la población, integrada por gente mucho más vecina al sentir de los separatistas vascos que al de los españolistas, es por culpa de la guerra civil, añadió, aquí siguen creyendo que todo lo que llega de Madrid huele a Franco, y también una forma de purgar sus vergüenzas, les parece muy bien la independencia de Bilbao pero ellos prefieren seguir mamando de la teta de París, los franceses ya se sabe... ¿no era francés él?, tartamudeó Arsenio, no te confundas chico, yo soy francés de Argelia, *pied noir,* pies negros, ahora es casi como decir pies para qué os quiero porque nos llueven golpes de todas partes, callaron por completo al entrar en Hendaya y Arsenio reclamó en su interior la ayuda del Cielo al tiempo que se persignaba con premura, parecía avergonzado de hacerlo ante los demás, sentía ardores en la sien y el pene inflado y tierno como una mazorca de maíz, pero comprobó que era capaz de controlar lo agitado de la respiración que se le escapaba por su pecho de jaquetón fornido, el inconfundible tacto del gatillo, en el arma oculta bajo la cazadora, le infundía una maravillosa seguridad en sí mismo, sensación que ya había experimentado en ocasiones similares y que en aquel momento no estaba dispuesto a perder por nada del mundo.

Aparcaron el coche frente a la puerta principal del bar, en la acera opuesta a la del establecimiento, comenzaba a caer un chirimiri espeso y pegajoso y observaron con dificultad, durante apenas un minuto, el panorama que se divisaba tras los cristales del coche y los del escaparate, era un recinto relativamente amplio presidido por un *comptoir* alargado, como había descrito de antemano el francés, una de-

cena de coquetas mesas, con sus correspondientes si-
llas, se esparcían en desorden, debía de haber una
veintena de personas allí dentro, el que parecía ser
el dueño del local departía con un grupo de tres hombres al fondo de la barra, el resto de los presentes se
distribuía por los veladores y otro jugaba distraídamente al billar de luces situado cerca de la entrada,
los cuatro justicieros se calaron unos pasamontañas
de lana y enfundaron las manos en guantes de piel
antes de empuñar las metralletas, saltaron del vehículo al unísono mientras el viejo paracaidista les recordaba por última vez las instrucciones, tenían
que contar hasta cien con igual ritmo y sin agitarse,
ése era el tiempo máximo que podía durar la acción,
luego... vuelta hacia el coche, pasara lo que pasara, él
conduciría en la fuga, cuando José del Divino Amor
Pereira se vio a sí mismo chapoteando ligeramente
en la pertinaz agua de lluvia que regaba el asfalto de
la calle, le vino a las mientes la escena de seis años
atrás en su añorada Lisboa, se sintió humillado ante
la chusma de los nuevos demócratas la noche en que
le bajaron los calzones a punta de fusil, desde entonces no había cesado de vengarse de tan cruel destino
haciendo lo único que había sabido hacer siempre,
lo mismo que se disponía ahora a consumar, darle
gusto al gatillo y vomitar el rencor de su existencia
sobre la masa informe de cuantos él entendía que le
habían jodido bien aun si jamás se hubieran visto
antes, demócratas o rojos, comunistas o etarras, igual
daba, ganó el primero de todos la puerta de la cer-
vecería, sentía en la nuca el resoplido lúgubre de Arsenio, empujó la cancela de cristal con la mano izquierda mientras en la diestra blandía el arma como

si fuera una enorme y mortífera batuta con la que se disponía a atacar la obertura del concierto, *allegro tremolo,* pensó Malamoco, que había cantado de pequeño en el coro de la iglesia, *molto sostenutto,* el ruido formidable les impedía percibir incluso las detonaciones, parecía como si el mundo entero se compusiera de un grande e inigualable estruendo en medio del que se desplomaban las sombras ocres de los parroquianos, alguno hizo ademán inútil de echar mano a la pipa antes de que las balas rompedoras estallaran en su pecho, cuarenta y uno, cuarenta y dos, cuarenta y tres, a Arsenio el cachas el tiempo se le hacía interminable y cruel, como si los segundos fueran de agua pesada, no estaba seguro de poder finalizar el conteo y, cuando la sangre comenzó a salpicarle las zapatillas blancas de deporte, cerró los ojos para inspirar mejor el olor de su impiedad, entonces pudo distinguir los diferentes sonidos que hasta ese momento habían inundado el ambiente como si se trataran de un solo y descomunal trueno, percibió el tintineo de las campanillas del billar eléctrico, por alguna razón atorado bajo el peso del hombre que hacía unos instantes desgranaba su abulia dándole a la máquina, comprendió el alarido de quienes purgaban su dolor, la alarma de los que avisaban de la agresión, el estupor paralizante de los miedosos, y se sintió como un enviado de Dios sobre la tierra, un exterminador obeso y tartamudo —al fin y al cabo, más tartajeaban las pistolas—, el mundo de los justos tendría un día que recompensarles por aquello, *allons, vite!,* gritó el gabacho a la de cien, retrocedieron entonces los cuatro, apresurados, camino de su huida, dejaron a la espalda una melaza de gritos doloridos e insultos impotentes que emergía de los cuerpos tendidos sobre el suelo, hediendo a humanidad y a vino agrio, y emprendieron la fuga sin mirar hacia atrás.

Cuando el teléfono sonó pasada la media noche, el inspector Centeno hallábase entregado a los tiernos manejos de Delfina Ngó, Caobita para los antiguos clientes, que se empeñaba en absorber con fuerza el decaído falo de su esposo, más parecía un pellejo que un músculo, pensaba la negra mientras fingía como si tan pequeño adminículo se bastara para llenarle la boca de placeres y jugos, acariciaba el miembro del hombre que le había devuelto la dignidad de hembra con pasión idéntica a la que le hubiera producido devorar una verga adolescente, Ismael era su protector, su rey y su dueño, lo seguiría siendo hasta el final de sus vidas aun si para hacerle feliz tuviera que interpretar la más difícil de las comedias de forma permanente, Centeno descolgó el auricular entre la bruma de sentimientos encontrados que las buenas mañas de Delfina lograban producirle, al otro lado del aparato oyó la voz del comisario de fronteras de Irún, un viejo conocido que se mostraba abrumado por la situación que estaba viviendo, a media tarde habían detenido a unos individuos que se habían saltado el control aduanero de los franceses, andaban indocumentados, tanto ellos como el coche en el que viajaban y que parecía robado, aseguraban que trabajaban para la policía española aunque se mostraban incapaces de identificar a uno solo de sus eventuales jefes, se resistían como gatos acosados ante la sola idea de que pudieran ser devueltos a Francia, cosa que los gendarmes solicitaban con reiterada urgencia y ademanes no muy amistosos, les ha-

bían investigado hasta en el fondo de sus ánimas, buscaron en lo profundo de sus culos, entre el cerumen
de las orejas, husmearon las cavidades de sus narices
y los más recónditos pliegues de sus cuerpos, a Centeno le excitó vagamente la descripción del registro
hecha por su colega y Caoba notó como si de pronto
se completaran las cavidades de su boca, estaban limpios, nada de nada, sólo encontraron un papel con
un número de teléfono al que los individuos, la mayoría extranjeros, insistían en llamar, él se había tomado la libertad y el trabajo de investigar a quién
pertenecía, cuando finalmente supo que se trataba
de su antiguo compañero Ismael Centeno decidió, antes que nada, ponerlo en conocimiento del señor director general que se mostró absolutamente explíci-
to en sus instrucciones, si es el teléfono de Centeno
llámele y haga lo que le diga, sobre todo no le dis-
cuta, de modo que lamentaba molestarle a tan altas
horas, no quería explicaciones de ninguna clase, ya
entendía de qué iba el asunto porque ese mismo día
se había producido un atentado en un bar de Hendaya, o sea que sólo pretendía saber si los retenía en la
prevención o les dejaba ir, y Centeno, a punto ahora
de venirse abajo en su virilidad por culpa del mequetrefe este, suéltalos cuanto antes y mejor no te metas en líos, no los has visto, no los has detenido, es-
caparon de ti como de los franceses, quema el papel
con el dichoso teléfono y olvídate de que existo, no
existo yo, no existes tú, no existen esos desgraciados
que, por lo que cuentas, van por ahí como si fueran
las Naciones Unidas del crimen, y no te preocupes,
has hecho bien en llamarme, ninguna molestia, colgó en el preciso instante en que un liquidito grumo-

so y transparente emergía de sus atributos de hombre en busca del paladar de la mujer, mientras ésta se esforzaba en saborear el escaso e insípido néctar, el comisario Centeno le acarició el bajo pubis en un gesto de compasión hacia sí mismo y le dijo a su compañera al tiempo que apagaba la luz de la mesilla:

—Delfina, recuérdame que mañana me acerque a Telefónica, tenemos que cambiar nuestro número de teléfono, lo conoce demasiada gente.

Quince

Siempre habíamos creído que era un Estado fuerte, imponente, dominador de las voluntades de los ciudadanos, de sus sueños y su destino, en el colegio cantábamos la gloria del imperio y se nos llenaban nuestros ojos infantiles con imágenes del Caudillo, ora a caballo, ora a pie, entre un ondear de banderas rojigualdas, empresas guerreras agitadas por el viento y engalanadas picas que enfatizaban su poder, tardamos mucho tiempo en darnos cuenta de que aquella faz de hombre maduro y joven, semiondulado el pelo que enaltecía la prominente calva, respondía más que nada al instinto de conservación de fotógrafos o pintores, o a su indiscutible deseo de adular al jefe mejorando los rasgos de su anatomía, pero era también fiel reflejo de la voluntad común de los vencedores, querían verse como siempre se habían imaginado, esbeltos y arrogantes, portadores de eternos valores de enjundia universal, defensores de un pasado glorioso y un futuro añorado, forjadores de una España nueva en la que el Estado nacional lo era todo, lo resumía todo, lo abarcaba todo. De ahí nuestra decepción y nuestra sorpresa cuando pudimos abrir las gavetas de las mesas oficiales, descerrajar las cajas fuertes, husmear los archivos, investigar las cuentas, y descubrimos la precariedad de aquel inmenso tinglado, nuestros temores de adolescentes díscolos se habían proyectado sobre la ferocidad de un aparato represivo que ocultaba su ineficacia en la arbitrariedad y su inhumanidad en los requisitos burocráticos, nuestras pesadillas nocturnas presagiaban la intempestiva llegada de la policía antes de la primera luz del alba porque le concedían el privilegio del saber, que es el más grande privilegio de todos cuantos disfrutan los poderosos, pero los matones de la bofia ejercían sólo la crueldad de los ignorantes, sus registros estaban plagados de errores, mendacidades, invenciones y desvaríos, destinados a complacer la impaciencia de los jefes antes que a establecer rigurosamente los datos de la realidad, luchaban no tanto contra ésta como por la supervivencia de sus pequeños privilegios, gabelas y bufandas que los superiores distribuían de forma caprichosa. Cuando tuvimos que enfrentarnos a la insidia terrorista con las armas de la democracia fuimos víctimas de un nuevo y extraño sentimiento de orfandad, conscientes de nuestro inconmensurable desamparo frente a la violencia, nunca creí que podría llegar a lamentarme por la falta de aptitud en el uso de la fuerza, pienso que por razones similares muchos dieron por bueno el espejismo de la capacidad profesional de la Guardia Civil, de la que habla por sí misma esta situación que padecemos, el caso es que al margen de si hacíamos o no las preguntas correctas, nuestras balbucientes respuestas estaban todas equivocadas, por eso vinieron los intentos a la francesa, la repetición del modelo marsellés que tan buenos resultados había dado a De Gaulle al precio de perpetuar la alianza entre el poder político y las mafias del Mediterráneo, pero nos salió el tiro por la culata, lo único que esos genios de

contrainteligencia han sido capaces de desarrollar es
un entramado de pequeños intereses podridos que
funciona como oficina de empleo para hamponcillos
de guardarropía y rufianetes por horas.

No ha sido ésta mi primera vez en presentir
la muerte ni, quizá, la ocasión en la que más se haya
aproximado, la noche en que asesinaron a Yolanda
González el aire olía a azufre en los arrabales de Madrid, los gases emanados por el detritus de los ver-
tederos se confundían en la atmósfera con la polución
verdosa producida por un par de chimeneas indus-
triales, la capital yacía aletargada, debido a los efectos de los numerosos venenos que nos veíamos obligados a respirar sus habitantes, cuando una patrulla
descubrió el cuerpo acribillado de la chica entre la
niebla maloliente y los macilentos escombros que
guarnecían el arcén de una carretera secundaria, uno
de los guardias que presenció el macabro hallazgo
pensó que aquel tufo amargo que le impregnaba el
cuerpo, apoderándose de él y penetrando su anatomía con tal rudeza y decisión que amenazaba con
convertirse en parte de su personalidad, se debía no
tanto a las fermentaciones pútridas que lo producían
como al aliento de los demonios que habían propi-
ciado la mano del asesino, al que habrían escoltado
en la acción y transportado quizá hasta el lugar del
crimen después de reconocerlo en vuelo rasante y
rápido, tal y como hemos visto en el cine que los
diablos acostumbran a hacer para atemorizar a sus
víctimas antes de acabar con ellas, ya sabemos que el
horror a la muerte es castigo más cruel que la muerte misma, así se lo dijo el mencionado agente al oficial de turno que prometió informar con diligencia

a la superioridad, haciendo después caso omiso de semejante presunción porque ya había encontrado bajo la desmadejada desnudez de la joven una nota que describía los siguientes objetivos del asesino. Me reí aparatosamente, únicamente para ocultar mi nerviosismo, cuando el Comisario General de Información interrumpió mis pesadillas de soltero sobrevenido e inconforme con una llamada telefónica en la que me informaba de que mi nombre se encontraba entre los primeros de la siniestra lista, tuve que tragarme las carcajadas para hacer un comentario inevitable, ¿nos enfrentamos a un *serial killer?*, no jodas, comisario, y el otro, desconcertado y feliz por mi reacción, que no sólo era posible eso sino que un agente había osado interpretar el caso como fruto de alguna intervención diabólica, esos matarifes suelen tener obsesiones religiosas y lo mismo se creen Dios que el Anticristo, seguí yo con las bromas, si quieres llamamos a un amigo mío cura para que ayude en la investigación pero tú y yo sabemos, comisario, que aquí no hay más diablo que el que llevamos dentro, a esa muchacha la han matado los de Atocha, los de Montejurra, los de tantos otros sitios, son gente nuestra, carajo, aunque no nos queramos enterar, los pagamos nosotros, los inventamos nosotros, los entrenamos nosotros, pero además de nuestros son tontos y son vagos, ¡total, unos chapuzas!, pues será como dices, asumió el policía, pero eso no quita que en el dichoso papel estén tu nombre, apellidos y dirección, he enviado un coche a tu domicilio para protegerte, no estaría de más que te mudaras de casa, si el satanás de turno te tiene localizado puede presentarse ahí en cualquier momento, cuando colgó el teléfono me sentí como un beduino perdido en el desierto y experimenté una indefensión similar a la del día en que Marta me abandonó, quedé así enrollado entre las sábanas revueltas por la pesadilla, disfrutando morbosamente con la invasión de soledad que mi cuerpo experimentaba, apenas podía imaginar la cara de Yolanda por lo que jugaba a inventar sus rasgos, a describir virtualmente su fisonomía, era alguien a quien no había visto jamás, en aquel momento ni siquiera conocía su nombre, sin embargo me sentí tan íntimamente unido a ella que me pareció haber comenzado a entablar sutilmente una conversación entre ambos allí donde quisiera que estuviera su espíritu, entendí que se trataba de una mujer joven y que no nos hallábamos ante un crimen sexual sino político, eso lo tenía claro la policía, los numerosos mensajes y pistas dejados junto al cuerpo también lo proclamaban y la ristra de víctimas eventuales era casi una prueba irrefutable, se componía exclusivamente de gentes de la política que de alguna u otra forma nos habíamos significado en el pasado reciente, me interesó por lo mismo la imaginativa atribución del asesinato a una intervención demoníaca, años atrás Jaime Alvear le había contado a Marta el origen de su vocación sacerdotal, las razones por las que un joven tan esbelto e inteligente como él, que podía ser lo mismo un efebo que un tenorio y que gozaba de una agudeza y una finura de espíritu poco comunes, había elegido profesar como clérigo y escoger una vida de renuncias antiguas que terminaría por alejarle de la búsqueda de la felicidad, he visto al maligno y me he enfrentado a él, fue toda su explicación, Marta corrió en mi búsqueda para darme

la noticia, los españoles *sonno tutti pazzi,* pero no se
burló, admiraba la condición heroica de su amigo,
la fidelidad a su propio comportamiento, sólo añadió un comentario al que entonces no di mayor importancia, si Jaime ha vencido al diablo es porque él
mismo es un ángel, su olor le delata. También lo
hace el de mi compañero de banca, la extrema tensión a la que estamos sometidos le ha debido multiplicar los gases interiores y lo prolongado del encierro ha terminado sin duda por aflojarle el control de
los esfínteres, de modo que me encuentro inmerso en
un ambiente deleznable por muchas razones, el miedo ha hecho que nos olvidáramos del hambre pero
ha multiplicado en cambio nuestra sudoración, el
frío de la madrugada me sorprendió con el cuerpo
encogido, asediado de hedores, me siento lejano y
solitario en este bosque de venerables cabezas que
llenan el aire de carraspeos, estornudos y sonoros bos-
tezos y, contra lo que me gustaría contar en mis memorias, la primera impresión que percibí tras el despertar de una leve cabezada durante la que soñé con
ángeles y demonios no fue de conmiseración por mi
país sino de desprecio, alguien tendrá que venir algún día a devolvernos el orgullo de ser lo que somos,
de nacer donde nacimos y vivir donde hemos elegido hacerlo, a mí tampoco me gusta España, cuanto
menos lo hace, más la aborrezco, para nada participo
de esas frases joseantonianas que nos invitan a amarla por sus defectos, la confusión entre la patria y el
Estado es lo que nos lleva a situaciones como ésta, a
mayor fervor nacionalista, más grande es la decrepitud administrativa, queríamos un país fuerte, moderno y organizado, pero sólo tenemos una partida de

bribones aficionados al ambiente de las alcantarillas que no hacen sino proteger sus fantasmas, defender sus pequeñas prerrogativas y sus regalías de mierda, mientras invocan los espíritus en una especie de ritual en el que todo vale, el asesinato, la extorsión, el robo, con tal de purificar nuestro destino, ¿será verdad que la única manera de vencer la muerte sea con la muerte misma?

Los españoles no están preparados para la democracia, proclamaba el dictador, comentaban sus escribas, lamentaban incluso sus opositores, ahora se encargarán de demostrar que ésa era una profecía autocumplida, desterremos cualquier temor de entre nosotros, demandaba Adolfo Suárez, sólo es preciso tenerle miedo al miedo, y los columnistas sicarios se volcaron en elogios ante la frase del gran líder de la transición, alguien capaz de incorporar los hábitos y formas de la política americana a la naciente formación de nuestro nuevo Estado, ¡pues a esto nos ha llevado!, a una noche de asombros y lamentos en la que tenemos que dirimir si nos liamos otra vez a tiros entre los españoles o nos rendimos los más débiles ante la evidencia de la fuerza. En mi caso son demasiadas rendiciones. ¡Tantos meses después y aún mana la herida! Seremos amigos, los mejores del mundo, me dijo mientras sus cabezas desaparecían lentamente bajo el rellano de la escalera, como si se hundieran en el tiempo, devorados sus cuerpos por el peso de mi existencia, iluminados apenas por la bujía de la cabina, adiós Alberto, adiós papá, las lágrimas anegaron mi alma y por un momento se me ocurrió alargar la mano, arengándoles a que la asieran para evitar ser deglutidos por el hueco trufado

de cables grasientos y poleas antiguas, quería decirle intentémoslo de nuevo, descubramos qué es lo que
no funciona, perdonemos nuestras culpas, aunque ya
ella me había reconvenido que eso de la culpa es
muy católico, no es culpa de nadie, *bambino,* ni nada hay que absolver, es sólo cuestión de supervivencia. El ascensor se desplomaba a ritmo de procesión
por un túnel que a mí me parecía sin salida, nunca
hasta entonces había experimentado semejantes sentimientos de rabia y odio, nunca como ese día he
sentido tanta compasión de mí mismo, tan gran de-
solación, tamaña perplejidad, ¿era el precio de mi
triunfo en la política?, ¿la factura de mi dedicación
a los demás?, yo la amaba como se ama en los libros de caballerías, en las novelas rosas, en la angustia poética, con la pasión posesiva y brutal de quien
todo lo quiere porque todo lo entrega, la amaba como sé que no amaré de nuevo, sin fisuras ni sospechas, sin dudas, sin preguntas, pura exaltación de
lo mejor de mí mismo, la que corresponde a una vida formada de certezas, decisiones, proyectos, horizontes, la amaba como a la libertad que habíamos
traído a España, sin contar las horas ni los días, supo-
niendo que ése era el ambiente natural de nuestras vidas, el caldo de cultivo de nuestra peripecia,
la amaba sin principio ni fin, como me habían enseñado a hacerlo las lecturas de mi adolescencia, los
versos de Lope y de Quevedo, los de Miguel Her-
nández, traídos tantas veces a hurtadillas desde las
librerías de París porque no podíamos leer, ni escribir, ni ver cine a gusto, no podíamos besarnos ni
tocarnos en público, casi no podíamos mirarnos unos
a otros los españoles, habíamos sido educados en la

obediencia y la incomunicación, hasta que Marta me descubrió la fuerza de su rabia tan alegre, introdujo el riesgo, la interrogación y la aventura en mi universo de cautelas infinitas, mientras jugaba a cambiar el mundo transformó mi modo de ser, me devolvió la duda, la sospecha sobre mí mismo y la abominación final por el entorno en el que había crecido y fui adoctrinado. Hace frío en este mediodía de nuestra liberación, observo los rostros sonrientes de los diputados, imposible ocultar la impaciencia que les acucia después de tantas horas de miedo y vacilaciones, al tiempo que nos concentraban a algunos en los pasillos he visto cómo los rebeldes escabullían sus cuerpos por las ventanas, tocados aún con sus gorras de campaña, sin soltar el arma si no era para entregarla a un compañero, salvando la distancia hasta la calle con un simple saltito, ¡es tan corto el camino hacia la libertad cuando nadie lo obstruye!, ¡tan difícil de franquear, en cambio, frente a la brutalidad ajena!, oigo cuchicheos a mis espaldas sobre la existencia de un pacto probable con los golpistas, promesas de lenidad o condescendencia en las que no creo y argumentaciones respecto a que sólo los poderosos pueden ser clementes, espero que, cuando todo esto acabe definitivamente, vuelvan las gentes a sus casas y reflexionen sobre lo sucedido, no caigan en la trampa de su propia debilidad, no imaginen que la justicia es venganza y no permitan a los delincuentes continuar con sus crímenes por el hecho de haber sido laureados en mil guerras. La historia de España está plagada de lecciones que nunca aprenderemos, la República indultó a Sanjurjo de su asonada del 10 de agosto y la dictadura emanada de la nueva rebelión, que él quiso encabezar, lo exaltó como héroe, ¿por qué la humanidad venera siempre a los asesinos de uniforme?, ahora el horizonte se vuelve confuso e inquietante, no sé si hemos vivido un paripé o un drama, tampoco cuál ha de ser la respuesta institucional, de qué manera el rey podrá justificar que sus leales se hayan sublevado en su nombre y si veremos o no ajusticiado a algún conmilitón como escarmiento, a la postre, ¿qué más me da?, mi vida se diluye desde hace tiempo en la tristeza del hastío, la improbable ilusión por mi trabajo, la ausencia de todo empeño noble, me siento como un náufrago que lucha por sobrevivir sin otra motivación que la de poder explicar, algún día, que fui capaz de salvar el pellejo cuando nadie me lo demandaba, aunque anhelo más la palma del martirio que aquella con que honran al valiente. Los sucesos de anoche marcan el descomunal fracaso de una leyenda política, ésta es una catástrofe sin paliativos, *blast syndrome, unmitigated disaster,* y el frío interior que me hiela los huesos parece fruto de la nostalgia que me acucia, ¿para quién trabajo si no es para mi descendencia?, pese a que lo vea de tarde en tarde, convertido en padre pasajero, incapaz de ayudar a mi hijo en el albor de la edad madura... sin ser ejemplo ni modelo de nada, reducido a una referencia distante y pública... algunos reportajes en televisión, un par de discursos, las fotos de los actos oficiales... he sacrificado mi estabilidad emocional y sentimental por los deberes con la sociedad, pero tengo mis buenas razones porque estamos construyendo la democracia, ¿no era eso lo que querías, Martita?, hemos renunciado a todo por la libertad de los demás, sin vida privada, sin descanso, con la sola obsesión de ser comunes y corrientes, de no tener que correr cada mañana delante de los guardias en la universitaria, no rendir el espinazo ante el que manda, no avergonzarse por cruzar las fronteras con un pasaporte español, no padecer los temores nocturnos a las visitas de la bofia ni aceptar sin resistencia las arbitrarias manías de los furrieles que nos ordenan, soñábamos con un país basado en la cultura, el respeto, y la libertad, con un Estado fuerte para todos, o sea que abatimos banderas, destruimos ilusiones, moderamos nuestro entusiasmo por la utopía, sacrificándolo todo en el altar de lo posible, quizás un día seremos vilipendiados a causa de tantas transigencias, pero era el precio a pagar por la derrota histórica que este pueblo padece desde que nació, y también una recompensa hermosa para nuestros mayores y para nosotros mismos, ni tuvieron ni tuvimos que apostatar de los orígenes para adentrarnos en la búsqueda de nuevos horizontes. Demasiado bello para ser verdad. ¡Tantas veces me lo repetía Marta! No hay reforma posible sin ruptura. Por eso Mayo del 68 fue una verdadera revolución, porque hubo para el mundo un antes y un después de aquella fecha, como habrá para España un antes y un después de estos sucesos del 23 de febrero de 1981 (asumir el pasado no significa venerarlo), si los militares se han atrevido a dar el golpe es porque saben que se encuentran frente a un Estado inerme y melindroso, rehén de sus propias mentiras, de su pecado original que mancilla sin redención posible el alma encogida de este país de pandereta.

Dieciséis

Lo primero que vio fue la sonrisa panorámica de Delfina franqueándole el paso y en seguida pensó que si no fuera negra resultaría muy guapa, pero las negras no le atraían, olían como si hubieran sido condenadas a una maldición, respondió con una mueca al saludo de la mujer, había tomado por costumbre visitar al jubilado policía en su casa, es el lugar más discreto y seguro, le confirmó el propio Centeno, aquí nadie te ve, nadie te graba, hay buen güisqui y una camarera de lujo, Achile Samporio acudía puntual a la cita de cada mes, siempre llevaba algún chisme en la mochila a cambio de las treinta mil pesetas que recibía de los escasos fondos de reptiles todavía administrados por el ex comisario, le habían dicho que cualquier cosa podría resultar útil, una frase, un encuentro ocasional, una cara conocida, nos alertan de la existencia de novedades imprevistas que es preciso relacionar, interpretar, analizar, antes de llegar a las conclusiones adecuadas, pero esta vez no se trataba de casualidad alguna sino de un hecho concreto que Samporio se veía en la obligación de poner en su conocimiento, habida cuenta de la turbación que a él mismo le había producido y que no dudaba sería similar a la que provocaría en su interlocutor.

—Ernesto Franco está aquí, por lo visto se aloja en casa de Marta, son viejos conocidos.

¿Y qué tenía eso que ver con él?, preguntó Centeno con una total indiferencia que desmentía los aprensivos pronósticos de Achile, estaba jubilado y ya no trabajaba para los servicios como antes, sólo quería saber del golpe que preparaban en España los militares pero no estaba interesado en líos con el extranjero, seguramente el italiano andaría huyendo, le buscarían por la bomba de la estación de Bolonia, los neofascistas se habían pasado, comentó mientras adoptaba una actitud que quería ser respetable, le caía bien Achile, no era un matoncillo cualquiera, ochenta muertos son muchos muertos de una vez incluso para un país como Italia, con democracia estable, bueno lo de estable es un decir, un meneo como ése no lo resistiríamos nosotros, ni como ése ni de ninguna otra forma porque esto se está yendo al garete a toda aceleración, la cosa es, puntualizó el otro, que Ernesto debe venir con algún encargo concreto, busca a un tal Cipriano, todo lo sé por comentarios de Marta que he cazado al vuelo, se trata de un antiguo camarada de cuando ella era comunista, nunca me hablaste de Marta, le reprendió el comisario, nunca me dijiste qué hacía, el otro explica que ella está fuera de todo, había sido la única que le ayudó en la universidad, le consiguió un trabajo en la empresa de Ramón Llorés que le permitía vivir con decencia y pagarse el último año de carrera, Achile quería ser leal a sus leales de modo que nunca haría nada que perjudicara a la chica, ahora se decidía a romper los votos de silencio porque el asunto le olía a chamusquina, conocía bien a Ernesto Franco, fue él quien le reclutó, un hombre sin escrúpulos, créame, un profesional de lo suyo, puntualizó Centeno, por eso me preocupa, contraatacó Samporio, pensé que debía usted estar al tanto, al fin y al cabo era su enlace, a Centeno no le gustó el comentario, él no había sido en su vida enlace de nadie, Ernesto Franco era sólo un oficial de la policía que servía en la contrainteligencia de su país, lo mismo organizaba tramas que las desarticulaba y en su día mantuvieron relaciones porque las armas y los pistoleros de extrema derecha hacían frecuentes viajes de ida y vuelta entre Milán y Barcelona, entre Roma y Madrid, por eso tuvo que encargarse de darles cobijo a él y a Maurizio Malamoco, de todas maneras reconoció que le intrigaba por qué el italiano no se había puesto en contacto con ellos, porque quien le interesa es el Cipriano ese, explicó ingenuamente Achile, ¿de qué le serviríamos los demás?, Ismael Centeno apagó el cigarrillo aplastándolo contra una pirámide de ceniza que desbordaba el platillo del café, se palpó los anteojos y asintió con el gesto, ¿de qué le servían ellos?, a lo mejor, a lo peor, Delfina sabía algo y se lo ocultaba, ¿habría vuelto a ver al sindicalista?, le maravillaba que con el dinero del retiro y los extras que les procuraba el comandante Chaparro pudiera la negra mantener la casa, vestir tan elegante como lo hacía y ahorrar dinero para pasar los veranos en Benidorm o pagarse alguna escapadita a París, ¿habría vuelto a hacer la calle?, quizá usaba el teléfono, ahora se llevaba eso, conocía fulanillas que se sacaban un buen pico a base de escuchar y responder obscenidades mientras planchaban los calzoncillos del marido o le daban el biberón al niño, pero Delfina no era de esa calaña, además ambos pasaban la mayor parte del tiempo juntos, aunque ¿quién sabe?, a lo mejor Sansegundo le llama a horas fijas en días determinados y le pide que le mee en la boca y le insulte o le grite, ella entonces coge una jarra de agua y la vierte despacio sobre un vaso delante del auricular, glo, glo, glo, glo, mientras le llama hijoputa, cabrón de mierda, picha raída o lindezas de ese porte a ver si el otro se corre de una vez a base de improperios, ¡vaya imaginación!, uno no sale de su asombro en estos menesteres, el otro día los periódicos publicaban que habían encontrado a un parlamentario británico estrangulado con una media y vestido de mujer, lo de vestido era un decir, había regado con su estrecha verga unas carísimas braguitas de encaje, Christian Dior se forraría si hiciera prendas especiales para travestidos, también Trigo me ha dado el queo de un columnista político que, entre editorial y editorial, se muere por colocarse unas tetas postizas y que le ensarten por el culo con un consolador, vaya gente rara, Delfina no es capaz de hacer nada parecido ni por dinero, ha sido puta pero guarda su dignidad, aunque lo de Cipriano, ¿quién sabe?, empezó saliendo con él para vigilarle y terminó tomándole cariño, por supuesto que seguirán pagándole los soviéticos, lo bueno de ser espía es precisamente lo malo del oficio, se trata de un empleo del que no te echan nunca te pongas como te pongas, salvo si te matan, ¿para qué quiere verle Ernesto Franco?, muy sencillo, le quiero ver para venderle información, ¿a Cipriano?, ¡no me digas!, rió Ramón Llorés mientras tomaban el desayuno en casa de Marta, ¿con qué te la iba a pagar?, él no, los rusos, ¿no sabíais que cobra de ellos?, a Marta se le cayó la cuchara de la mano cuando oyó semejante aserto, ¿cómo podía decir una cosa así?, apenas le conocía, tú eres la que no me conoce a mí, Martita, contestó su amigo de la infancia, y desplegó de pronto sobre la mesa unas credenciales que le identificaban como oficial de *carabinieri*, nunca os lo hubiera dicho si no supiera que ahora estáis limpios, Ramón Llorés no parecía muy sorprendido pero Marta no salía de su asombro, ¿nos espiaste, Ernesto?, el gesto de la chica denotaba una mezcla de irritación y espanto, no mucho, de veras, no mucho, nunca delaté a nadie, sólo me serví de Sansegundo puntualmente como uno de mis contactos, ahora le necesito para tema más serio, en Italia la mafia está preparando un auténtico golpe de estado en connivencia con sectores de la democracia cristiana, algunos socialistas y empresarios de fuste, los rusos deberían poder hacer algo, todavía tienen peso en nuestro partido comunista, mis conexiones con el KGB se han cegado, pensé por eso en Cipriano, ¿cómo sabía él que seguía en activo?, porque lo sé, respondió escueto, y Ramón entendió que no mentía, de acuerdo, les pondrían en relación, no sería difícil aunque hacía meses que nada sabían de él, pero ¿qué verosimilitud tenía la historia del golpe en Italia?, parece rocambolesco, Pertini es un buen presidente, está muy seguro de lo que hace, apostilló Marta.

—¿Qué pensaríais si os dijera que es en España y no en mi país donde se va a producir?, ¿si contara que los capitanes generales se andan reuniendo para complotar, saben que el rey dice frases ambiguas cuando le preguntan por Suárez, sin duda le gustaría prescindir de él, mientras hay cientos, miles de millones de pesetas disponibles para financiar lo que se llama una vuelta a la normalidad, un golpe de timón, y que incluso los socialistas estarían dispuestos a apoyarlo?

—Diría que suena creíble pero que no es verdad —Marta reconoció en la voz de Ramón su antiguo aplomo—, por lo menos no en lo que respecta a la izquierda, en el PSOE hay una fracción siempre dispuesta a transigir y cooperar con el generalote de turno, lo llaman el legado largocaballerista, quizá algunos puedan entrever una oportunidad si se forma un gobierno de concentración, pero de ahí a suponer que apoyarían un golpe... y aunque lo hicieran, la España de hoy es más moderna que todo eso, no se aguantaría.

—Deberíais aprender de Italia, Luigi Barzini dice que los *maccheroni* creemos que todas las ideologías son igual de buenas o de malas porque ninguna funciona, un buen italiano puede ser de todos los partidos a la vez y no ser de ninguno en realidad, hasta nuestro comunismo es un comunismo de travestis.

—A tanta ambigüedad Andreotti lo llama *finezza* —terció de nuevo la chica.

—*Eccolo!, finezza, gli italiani abbiamo finezza.*

—Tanta como a los españoles nos falta —concluyó Ramón.

¿Le creían?, ¿no le creían?, había aparecido en sus vidas siempre de la forma más insospechada en el momento más inoportuno, gracias a los avales que Marta le extendiera ante los demás le recibieron en su grupo a puerta abierta, se entregaron a él seducidos por su aire misterioso y elegante que le hacía parecer un moderno Petronio de izquierdas, primero creyeron que pertenecía a los Grupos Proletarios

Armados, luego a Lotta Continua, después al PC, era como si anduviera siempre huyendo de los fascistas o persiguiéndoles por toda la faz de la tierra, y ahora resultaba que se trataba de un vulgar polizonte dedicado a tareas de información.

Cipriano Sansegundo ocupaba un despacho en la sede del sindicato, ubicada en un barrio castizo de clase media, era una estancia tan lúgubre como su ocupante, casi sin amueblar, repleta de papeles y libros amontonados sobre un suelo de terrazo en el que una renqueante radiocasete entonaba de continuo canciones de los Beatles, cuando Ramón entró le ofreció asiento en una silla que podría haber servido de cadalso o potro para torturas de tan enhiesta e incómoda que resultaba, le sirvió café y subió el volumen de la música a fin de que nadie más pudiera oírles, manías de la clandestinidad.

—Pues si es un policía ¿por qué coño le voy a ver? —se resistió con rotundidad cuando el otro le explicó el motivo de la visita.

—Según él trabajas para los rusos y tiene información que darte. Asegura que fuiste su contacto.

No lo dijo en tono cortante pero Sansegundo no esperaba, desde luego, una explicación así de directa, procuró evitar ruborizarse antes de asentir tímidamente a media voz, de verdad no es lo que piensas, me limito a recibir de vez en cuando cantidades de dinero que van para el partido, la democracia es cara y nos tenemos que financiar, los bancos nos niegan el crédito, tampoco tenemos empresas ni amigos ricos salvo un par de despistados, mi cuenta corriente es un pequeño vaciadero de los soviéticos, me encargan trabajos para Aeroflot que no necesito hacer, es poca pasta, lo importante llega en maletas o por valija diplomática de algún país del Este, Ramón le hizo un gesto invitándole a guardar silencio, no necesitaba aclaración alguna, sólo quería saber si estaba dispuesto a entrevistarse con Ernesto en casa de Marta, no le quería interrogar, más bien pretendía contar él algo, siendo así no había motivo para desairarle aunque no comprendía por qué el italiano no se había dirigido a él directamente cuando era tan fácil encontrarle, Ramón le justificó añadiendo que quería evitar que alguien le viera, pasaba el día encerrado en el piso leyendo periódicos y absorto en la televisión, nunca utilizaba el teléfono ni tampoco recibía llamadas o visitas, operaba con suma prudencia y prefería continuar al amparo de la chica, eran amigos de la infancia, Sansegundo no argumentó más y quedaron citados para la semana siguiente, si es que para esa fecha seguimos vivos, comentó con sorna, ¿qué quería decir?, le interrogó Ramón Llorés, ¿no conocía los rumores de golpe?, eran vox populi, por eso el partido, igual que los socialistas y otros demócratas de siempre, demandaba un gobierno de coalición, de salvación si tú quieres, a mí no me gusta el palabro porque suena a facha, hay que parar los pies a los milicos, arriba pondremos un independiente de prestigio, Areilza o así, algunos están tan asustados que piensan que podría presidir el gabinete un general, ¡vaya chunga!, nos hemos jugado el culo para traer la democracia y yo no quiero otro caudillito. Nadie lo quería, pero la fragilidad de Suárez era tanta y su ineficacia tan probada, resumió Ramón, que todos especulaban sobre su incierto futuro, ETA no paraba de matar militares y secuestrar empresarios, en sólo dos meses a la vuelta del verano los terroristas habían asesinado a ocho personas, una cada quince días, entre ellas varios dirigentes del partido en el gobierno que, por otra parte, se desangraba en peleas intestinas, disputándole al presidente los democristianos el liderazgo del poder, criticándole el rey, acosándole los socialistas en el Congreso, donde tenía que comparecer una y otra vez para solicitar la confianza o para resistirse a la censura mientras no hacía sino cambios y retoques en su equipo, había emprendido varias remodelaciones del gabinete en menos de año y medio, quitaba a los liberales, los ponía, defenestraba a los cristianos, los amnistiaba, hasta que terminó por lanzar su gran mensaje de progreso cuando anunció que por fin presentaría en Cortes un proyecto de ley de divorcio que llegaba debajo del brazo de Fernández Ordóñez, el acabose, la impaciencia crece en los cuartos de banderas, piensan que la patria y la moral están amenazadas, la economía se despeña por un abismo de proporciones desconocidas, la política exterior se enreda en la maraña tercermundista, Yaser Arafat visita Madrid pistola al cinto mientras España envía una representación a la Conferencia de Países no Alineados, esas cosas, Cipriano, son papanatismos de converso, pues en ese punto valdría lo del porquero de Agamenón, atajó el otro, si Suárez hace lo correcto, ¡viva Suárez!

—No, no, ¡viva Suárez, no!, es inútil querer ser un país democrático como los demás, como el resto de los europeos, y jugar a kamikaze de la geoestrategia, es ridículo, es infantil, tanto como suponer que un cuartelazo tiene alguna perspectiva de triunfo.

Cipriano se sorprendió de la vehemencia con la que se expresaba su antiguo líder, antes no pensabas así, le dijo, tampoco yo sabía que te andaban pagando los rusos para hacer la revolución, le reprendió el otro secamente, está visto que los tiempos cambian y nosotros debemos cambiar con los tiempos, aunque hubiera querido decirle a gritos muchas cosas más, Cipriano, porque abusaste de mí en silencio cuando acudí a ti como a un amigo, te aprovechaste de todos nosotros, de nuestra juventud y nuestras ganas de mejorar las cosas, pero no vale la pena enredarse en estas discusiones, en cuanto a Suárez, dijo finalmente en alta voz, obviando referirse a nada más, lo que sucede es que no controla nada, está solo y como no rectifique le van a dar una inmensa patada en nuestro culo.

De regreso a la oficina tras su conversación con Sansegundo, Ramón Llorés se encontró con que Ciro O'Malley le aguardaba en la antesala hurgándose la nariz en busca de alguna sequedad susceptible de ser lanzada al espacio exterior por sus hábiles dedos, había acudido allí porque tenía algo urgente que comunicarle y aunque la secretaria pretendió desanimarle respecto a la posibilidad de verle prefirió esperar, habida cuenta de la importancia de las noticias que portaba, el mequetrefe del presidente había dimitido, lo sabía de buena tinta aunque no se haría público hasta el día siguiente, lo que sucede, espetó con sus aires de príncipe persa trasplantado a las islas británicas, es que los ortodoxos del franquismo no le perdonan la traición, disolvió el Movimiento y alentó el suicidio del régimen, mientras que los ortodoxos de la democracia no le perdonamos sus veleidades de izquierdista barato que le han llevado

a hacer feos a la OTAN y enfangarse en la demagogia populista, ni siquiera se atrevió a reconocer al
Estado de Israel, los financieros lo odian, los intelectuales le desprecian, los monárquicos desconfiamos y
los republicanos os mofáis, o sea que no le faltan razones para marcharse aunque no me han dicho cuáles aduce, seguro que tiene miedo cuando lo que más
se precisa hoy es el coraje, un independiente es lo
que demanda esta hora de confusión múltiple, el único capaz de jugar un papel digno, de hacerse respetar
por los militares, el único que sería aceptado por el
monarca, por los comunistas, por los gobiernos extranjeros y por la opinión pública es Motrico, crée-
me, Ramón Llorés, no te estoy vendiendo ninguna
burra, si vas a escribir sobre esto en el *Herald* ò en el
Christian Monitor me gustaría que lanzaras la idea antes de que nos endiñen un pazguato como sucesor,
para eso he venido y no hablo en nombre mío sólo,
como puedes imaginar, pues gracias por la noticia y
por la confianza que me muestras pero tú sabes, Ciro, que apenas colaboro ya en la prensa, los negocios
me absorben, o sea que tu ruego es imposible y en
realidad, piensa para sus adentros mientras aventa
a toda prisa al intruso, lo que me absorbe es la prudencia, la responsabilidad (las nuevas definiciones
que usamos para nombrar el miedo y justificar el
cansancio), me traen el notición de la renuncia del
presidente y mi reacción primera es que es mejor no
decir, no opinar, no comprometerse, quizás porque
ya preveía que se marcharía, o porque mi entrevista
con Cipriano es más importante para mí que cien mil
dimisiones juntas, hemos visto demasiadas cosas, demasiadas ambigüedades y abdicaciones para dejar-

me impresionar por ésta, ¿se va Suárez?, ¡pues que se vaya!, algunos creíamos que se había ido hace tiempo, lo único que hemos conseguido al final ha sido un gran acomodamiento en el que ya no distinguimos a los buenos de los malos, gentes ambiciosas y petulantes aspiran a liderar la situación en nombre del pueblo mientras que tipos como Ernesto acaban por denunciarse a sí mismos como miembros del servicio secreto y amigos como Cipriano perecen en las fauces de la corrupción para pagarse un par de putas, ¡encima revisten sus motivos de toda clase de autojustificaciones para convencerse de que lo único que hacen son servicios a la causa!, de modo que todos, yo el primero, podemos ufanarnos con sobrada razón de haber progresado en nuestras vidas a costa de las de los demás, a estas alturas he llegado a la conclusión de que la única verdad, si la verdad existe, reside en la cuenta de resultados de mi empresa.

—La verdad no es necesariamente siempre la mejor solución, eso es lo único que he aprendido después de tantos años de carrera, a veces una mentira a tiempo es lo mejor que le puede suceder a todo el mundo.

Ernesto Franco apuró su taza de café reconociendo para sus adentros que Marta sabía hacerlo como las buenas italianas, era café-café, para usar el léxico de Madrid, no ese torrefacto inmundo que acostumbraban a servir en los bares capitalinos, ante sus ojos se hallaba un hombre confuso, la madurez no le había prestado ningún brillo nuevo a Cipriano Sansegundo que se comportaba ahora con ademanes huidizos, sabedor de que su antiguo prestigio de luchador por las libertades no le servía de nada en esa circunstancia, no comprendía muy bien por qué había aceptado aquella entrevista, en un tiempo trabajó para Ernesto, fue su contacto, pero eso se había acabado y nunca más se hubiera echado a la cara al italiano de no habérselo pedido Ramón, a Ramón le quería, le admiraba pese a la deriva de niño rico que había tenido siempre, o tal vez quizás por eso mismo, para él había sido una liberación final poder reconocer ante los amigos sus contactos con el KGB, ¡caray, dicho así sonaba de lo más rimbombante!, no había hecho sino fabricar unas cuantas facturas falsas para tapar el dinero negro que fluía hacia el partido, de paso tú te quedabas una comisioncita para tus gastos, le apuntó el otro, igual que hacías con lo mío, ¿qué de malo había en ello?, nada malo, ni él iba a recriminárselo, estaba allí por motivos diferentes aunque relacionados, quería mostrarle unas fotos, y extendió de inmediato sobre la mesita de diseño una docena de instantáneas en blanco y negro cuya contemplación hizo subir hasta extremos insospechados el rubor de las mejillas de Cipriano, allí estaban las pruebas de su desvarío, Delfina inclinada como una pantera sobre la excitada anatomía del hombre, sus líquidos fluían derramando chorros de necesidad que él libaba con gesto desazonado, lejos del éxtasis del amor, en otra instantánea asomaba un intento de escatologías mayores de cuya consumación no había quedado prueba suficiente, pero sí la había de aquella noche en que aceptó el juego de vestirse de corista, las manos y los pies atados, mientras Caobita le azotaba suavemente los testículos con un junco extraviado de cualquier churrería del barrio, le preguntó al italiano cómo era posible que él tuviera aquellos documentos, los servicios secretos nos intercambiamos este tipo de cosas, respondió el otro, ¿por lo demás, tú sabes quién es Delfina?, una puta de la Prosperidad, asumió desabridamente Sansegundo, y la esposa de un policía, añadió el otro, ¿qué crees que te hará si se entera de esto?, ¿qué te harían en el sindicato, en el partido, si las fotos llegan a una revista?, o sea, murmuró él, que vienes a chantajearme, de ninguna manera, venía a hacerle un favor, aunque los favores son siempre mutuos, tú tienes un problema y yo tengo otro que se llama exactamente igual, comandante Chaparro, ¡vamos, que tenemos un problema en común!, de modo que la solución puede y debe ser común, lo de los rusos es un rollo que he tenido que utilizar para despistar a nuestros amigos, y para joderme a mí de paso, protestó Cipriano, para joderle no, para ayudarle, para revestir de nobles motivos públicos lo que no era sino un acto de defensa personal.

—¿Contra ese Chaparro?, no lo conozco.

—Lo conocerás algún día, en cualquier caso él te conoce a ti, es uno de los jefes de operaciones del CESID, los negativos de esas fotos están en un archivo que guarda en el chalecito de su familia en la colonia de los músicos, junto a Arturo Soria, a mí me interesa que se destruya por razones que no vienen a cuento, a los dos nos interesa, tú organízame un fuego y se acabó, no nos hemos visto, ¿eh?, Marta y Ramón no nos van a delatar, te aprecian, nunca dirían o harían nada que te perjudicara, ésta es una historia con final feliz, la furcia podrá seguir meándote el ombligo si te peta, su decrépito comisario no se enterará, tampoco tus compañeros, nadie sabrá que fuiste uno de los chupatintas que diseñaron los escondites secretos para los que colaboraron con ETA, todo eso está en los protocolos que vas a eliminar, luego progresarás en el sindicato y yo ascenderé en los *carabinieri,* así de fácil, camarada Lorenzo, ¿no era ése tu nombre de guerra en la clandestinidad?

Cuando Cipriano abandonó el piso no sabía qué era más grande si su miedo o su vergüenza, se cuestionaba qué le preocupaba en mayor grado, si que trascendiera su peculiar amor por Delfina o que averiguaran el favor que había hecho hacía años a un par de albañiles comunistas dedicados a construir zulos y escondrijos para ocultar a los militantes cuando la policía registrara sus casas, pero, en cualquier caso, dijo al despedirse, se lo tenía que pensar, que no lo hiciera mucho, le aconsejó Ernesto, tanto en Italia como en España las cosas se estaban poniendo feas, convenía suprimir aquellos documentos cuanto antes, luego el italiano marcó un teléfono y escuchó al otro lado de la línea la voz del comandante Chaparro, el militar le preguntó escuetamente por el encuentro, *tutto fatto,* gritó triunfal, se lo ha tragado, vas a tener un fuego más grande que el del infierno, espero que no ardas tú también en él.

Diecisiete

A Mirandita le sorprendió el primer dolor un día de enero, era como si las tripas le crujieran, lo mismito que un terremoto o una explosión interna, así le había contado su hijo Carlos que murió Carrero Blanco, hechas picadillo las vísceras aunque por fuera apenas nadie notara nada, se sorprendió de que le viniera a la memoria el atentado porque él no había sido víctima de ningún hecho violento, todo lo contrario, después de casarse con Clotilde su vida había transcurrido en una plácida jubilación desde la que observaba con asombro y desasosiego la crecida del desorden en la España democrática, la culpa es de los reaccionarios y los meapilas le había dicho su mujer, por Dios, Cloti no utilices ese vocabulario, te degradas, y ella que lo siente, debe ser el contagio de los círculos obreros, los sindicalistas son mal hablados incluso entre los cristianos de base, piensan que así se ven más revolucionarios. Los médicos se habían mostrado incapaces de determinar la enfermedad que aquejaba a Sebastián, los análisis de sangre denotaban una hecatombe general de su organismo cuya decrepitud habría comenzado por los pulmones, tiene usted una neumonía, diagnosticaron en un principio, pero luego su capacidad motora disminuyó progresivamente y amenazaba con la parálisis si no se encontraba un pronto remedio, las digestiones le producían dolores de parto por lo que apenas comía, tratando así de evitar el penoso trance, como consecuencia de lo cual había adelgazado de forma desmesurada, los trajes se le descolgaban sobre los omoplatos denunciando la extrema decrepitud de su anatomía, hasta carecía de fuerzas para mantener la boca cerrada por tiempo razonable, de modo que después de cualquiera de sus fuertes accesos de tos era frecuente verle con el labio inferior desprendido sin remedio, buscando la saliva el cuenco de las manos porque Clotilde le había puesto pena a la vida si las babas chorreaban la alfombra o el tapete de la mesa camilla, hay mucho de psicológico en los síntomas que padece tu padre, le había dicho a Carlos Miranda el tercero de sus compañeros que le visitó en el lecho del dolor, está tan enfermo sólo porque quiere estarlo o porque tiene miedo a estarlo, lo único serio que aprecio en las radiografías es un pequeño infiltrado pulmonar, parece muy mal paciente y eso agrava la sintomatología, convendría que visitara a un psiquiatra, la Sampedro se desesperaba con la situación y sentía tambalearse su fe católica habida cuenta de la inutilidad de los miles de plegarias en que invocaba la sanación del cónyuge, incluso protagonizó algún conato de discusión con el hijastro, ¿para eso servía tener un médico en la familia?, ¿cómo era posible que no dieran con el mal que aquejaba a su progenitor?, porque los médicos no sabemos nada de nada, contestó él entre abrumado y despectivo, somos curanderos con título, la ventaja es que cobramos menos a los pacientes aunque a veces les engañemos más, un curandero no se atreve a clavarle un bisturí a nadie que vaya a consultarle. Pese al escepticismo mordaz que exhibía ante su madrastra, Carlitos Miranda se encerraba día y noche en la biblioteca del hospital, consultaba mil y una fichas, repasaba expedientes clínicos, escudriñaba archivos y revolvía informes a la busca de una pista, algún indicio que le encaminara hacia la solución del caso, una neumonía por sí sola no podía devenir en el cataclismo celular que amenazaba a su padre, entonces será una neumonía atípica, le sugirió un colega, por eso no responde al tratamiento, otro aventuró que probablemente era de etiología alérgica, mientras el psicólogo que, contra la opinión de Clotilde y por imposición del vástago, sometió al enfermo a duras sesiones de autoanálisis comprobó que el derrumbamiento físico había sido compensado por un notable aumento de la lucidez mental de Mirandita y que su ostensible miedo a la muerte, si bien era la causa de los feroces insomnios que padecía, no se hallaba en el origen de la enfermedad, antes bien constituía la inevitable consecuencia de la misma, saltaba a la vista cuán decaído andaba de hechuras debido, sin ningún género de dudas, a causas anatómicas pero no psicosomáticas, al contrario, su espíritu parecía haber despertado de un letargo casi vital, como alertado por la amenaza redundante de un fin cercano. A Sebastián Miranda le aterraba la idea de afrontar una temprana muerte después de haber encontrado la felicidad en su matrimonio, parecía una traición a su esposa abandonarla tan prematuramente y a destiempo, y una claudicación ante sí mismo el mostrarse tan incapaz de luchar contra el tormento que sufría, Clotilde Sampedro, por su parte, se vio obligada a abandonar la mayoría de sus actividades político-apostólicas a fin de liberar tiempo para dedicarlo al enfermo y Carlitos continuó pasando sus noches de guardia en la clínica, sumergido entre gruesos volúmenes en cuyas páginas aspiraba a encontrar la respuesta a tantas interrogantes sobre las características y tratamiento del insidioso mal que aquejaba al autor de sus días, vivían los tres en un mundo clausurado cuyo hermetismo únicamente lograban vulnerar las visitas de los ya múltiples galenos más interesados en investigar al paciente que en curarlo, cosa que Carlos les echaba repetidamente en cara al tiempo que les recordaba el juramento hipocrático e imploraba su ayuda en tonos melodramáticos, ¡es mi padre y se está muriendo!, lo peor, replicaron, era que no tenía por qué morirse de inmediato, le esperaban largos meses, quizá años, quién sabía si décadas, de progresivo y terrible deterioro que terminarían por convertir a Sebastián Miranda en un cadáver viviente, un zombi para la experimentación y el estudio, si no tuviera tanto miedo, apostilló una joven recién incorporada al equipo médico, podría colaborar un poco más en su recuperación, es importante levantarle el ánimo, necesita tomar vitaminas y que otros le ayudemos a despejar presagios y premoniciones sobre su próximo futuro, pero todo eso son pamplinas, Enriqueta, terminó por explicar Carlos a su amiga mientras apuraban las copas en un bar de Rosales, empiezo a pensar que le han envenenado, aunque no sé quién ni de qué forma, ni cuál ha de ser su objetivo, mi padre es un don nadie, un fracasado, pero jamás hizo daño alguno, últimamente se le veía radiante, había recuperado la fe en sí mismo y en los demás, hasta se mostraba autocrítico, no

sé... tenía menos caspa, incluso creo que nos habíamos reconciliado, ahora en cambio pasa las horas
acurrucado frente a la mesa camilla, balbuciendo mal-
diciones y babeando sin control mientras reclama
de continuo que le compren revistas pornográficas o
eróticas, aprecia mucho el *Interviú,* supongo que ya
no se le empina y se contenta con mirar las estampas,
aunque a lo mejor lo hace para excitarse y cortejar a
Clotilde, está todavía de buen ver, no creo que ella
se conforme con andar de miranda... Se avergonzó
del chiste fácil sobre su propio apellido mientras la
chica exhaló sobre su cara una bocanada de humo al
tiempo que enarbolaba el cigarrillo con la mano
izquierda, adoptó una expresión de *femme fatale* que
no le cuadraba, él pensó que Enriqueta había cambiado, ya no era tan intenso el fulgor marino de sus
ojos, quizá porque las lentillas amortiguaban su reflejo, había engordado un poco, de todas partes menos de la que debo que son las tetas, comentó jocosa
de sí misma, en cambio fíjate qué cartucheras tengo, añadió mientras se pasaba intencionadamente
las manos por unas nalgas que se habían vuelto desafiantes y en nada recordaban a la escurrida delga-
dez de antaño, parezco un cowboy o un militar, seguía
siendo tan cáustica y mordaz como cuando se conocieron, ahora trabajaba en un estudio de diseño,
había terminado la carrera pero la arquitectura no le
gustaba, durante un tiempo se había interesado por
el postmodernismo, creyó que era una filosofía del
derribo y eso le parecía bien, leyó a Derrida, a Lyo-
tard, que acababa de publicar *La condición postmoder-
na,* sin embargo no terminaba de verlo claro, ya se
hablaba de todo aquello como de ideas débiles, las

ideas débiles son siempre producidas por pensadores débiles, me parece que seré siempre una marxista irredenta.

—Como yo —contestó Carlos—, como todos nosotros.

Le sorprendió el valor de la palabra, siendo tan común, tan utilizada, tan cotidiana, nosotros, eso era, había un nosotros y un ellos, estaban los nuestros y los ajenos, siempre había sido así para todo el mundo, aunque íbamos de perdedores por la vida los importantes éramos nosotros, nos identificábamos en bloque, compartíamos ilusiones, ocio y esfuerzo, nos amábamos —algunos hasta la extenuación—, nos animábamos en los momentos de desaliento, nos ayudábamos en la adversidad, éramos cómplices de una fantasía posible y perdurable, habíamos recuperado incluso el entusiasmo de los socialistas utópicos a los que veíamos reencarnados en el movimiento beatnik o entre los hippies desembarcados en Ibiza, exóticos habitantes de un oasis de libertinaje sexual en medio de la represión de la dictadura, pusimos claveles de paz en los fusiles de la primavera portuguesa después de haber lapidado a los guaruras del poder en la de París, gritábamos haced el amor, el amor, el amor, y no la guerra, pero también la guerra, Carlitos, o nos partirán la cara a hostias, lo que pasa es que a mí me pilla muy mayor, si no fuera porque son tan pequeñas se me habrían caído las tetas lo mismo que lo han hecho esas mínimas bolsas de abajo de mis ojos, no tengo fuerzas para levantar una piedra y lanzarla contra nadie, hasta me faltan para buscar nuevos ligues, fíjate si andaré deprimida que ya ni novios quiero, nosotros... ¿quiénes somos nosotros,

Carlitos?, ¿quiénes éramos?, ¿dónde estamos ahora que
no hacemos nada por disparar contra quienes nos ata-
can?, mientras presumíamos de nuestra transición,
de la reconciliación entre españoles, ellos se forta-
lecieron y a nosotros nos han ido desarmando, una
forma como otra cualquiera de darnos por el culo, la
revolución portuguesa está desactivada, los militares
ganan en Argelia, en Salvador, en Pakistán, Reagan
es peor que cualquier militar y acaba de triunfar en
los Estados Unidos, la ola de neoliberalismo invade
incluso las costas de China, en Italia los fascistas se
rearman hasta los dientes, o sea que apenas nos queda Nicaragua, a sus comandantes se lo van a hacer
pasar de la puñeta, Manuel Dorado, mi Manuelito,
quiere irse allí para ayudar, le convenció Lucho el
chileno, los dos andan deseando pegar tiros y no saben dónde, quiero decir tiros de las dos clases, los de
arriba y los de abajo de la hebilla del cinturón, las
nicas son guapas, grandísimas hembras, luego está
la locura de Jomeini, los camaradas se empeñan en
apoyarle pero no es más que un cura como los otros,
peor que un cura, el único que parece consciente del
peligro chiita es Sadam Husein, ¡caray, vaya tabarra
geopolítica te estoy dando, tío!, tú preocupado por la
salud de tu padre y yo de monserga, los padres im-
portan mucho aunque yo al mío nunca le quise, es
más, le odié, ahora que está bajo tierra soy consciente de cuánto daño me hizo en la vida, pero el mío es
un caso especial.

Se miraron con curiosidad, hablaban y hablaban pero nunca acabarían por decirse lo que verdaderamente hubieran deseado confesar, su desasosiego por el reencuentro después de las coincidencias

efímeras de hacía tantos años, su lúcida convicción de que nunca se habían amado sólo porque nunca habían querido hacerlo, la memoria de Enriqueta era un destello fugaz en la vida de Carlos, una chica fácil, casi ninfómana, le habían dicho, es fea pero folla como Dios, y a los que se las daban de psiquia- trillas de ocasión les oyó que iba de roja por la vida sólo para vengarse de su viejo el militar, ahora la te- nía delante de él, apurando un cuba libre al sol del invierno madrileño sobre la meseta de Rosales des- de la que se divisaba un paisaje industrial lleno de humos que luchaba apenas por abrirse paso entre los restos de la llanura manchega, a su izquierda se di- fuminaban los perfiles del Madrid del sur, el de la inmigración y el desarraigo, sus lindes comenzaban a confundirse con las de los poblancones del cintu- rón de la capital, aquellas inmensas moles de ladrillo y concreto eran las fortalezas de la izquierda, la au- téntica reserva espiritual de la revolución, bromea- ron, pensó que no era fea, sus rasgos no respondían a los cánones de belleza establecidos pero de su fi- gura emanaba una sensualidad peculiar que subli- maba su perfil otorgándole un considerable poder de seducción, le resultaban apetecibles sus labios peque- ños, como un ojal abierto a destiempo y con prisas allí donde debía estar la boca, le interesó su cuerpo, acodado sobre el velador del bar, las piernas abiertas en arco como si cabalgara, presionando el bajo vien- tre las costuras de unos ajustados pantalones vaque- ros que la hacían parecer más joven, pero desechó la idea de hacerle cualquier proposición. Se habían cru- zado por azar en los pasillos del hospital, en medio de la agonía del general de infantería Bienvenido Zabalza Osés, medalla militar por su comportamiento en Garabitas, nos trató a toda su familia como al enemigo, explicó ella, mi padre también está muy mal, comentó él, está claro que nos vamos haciendo mayores, durante la semana larga que duró el estertor del general Zabalza, Carlos y Enriqueta purgaron mutuamente sentimientos y confidencias como si de dos viejos amigos íntimos se trataran, así supo él que la camarada Cristina había desaparecido para siempre, borrada de los archivos del recuerdo, para dar paso a una joven profesional preocupada por los movimientos feministas pero apartada de forma definitiva de la acción política.

—Bueno, definitivamente, no, depende de lo que venga. La historia se está volviendo cada vez más dura y Manuel más y más violento, más y más cobarde también, no habla de otra cosa que de poner bombas pero con ETA no se atreve y con el GRAPO no quiere, desconfía, conoce bien el GRAPO Manuelito, algunos dicen que lo organizó su padre, ése sí es un padre *heavy metal,* total que está dispuesto a irse a Centroamérica, en cuanto a mí ya no temo ni siquiera la ira del Fernández Trigo, anduvo persiguiéndome por media geografía española, si me encuentra lo va a tener fácil, estoy cansada de tanta trashumancia.

Por lo demás, ¿quién iba a querer envenenar a Sebastián Miranda?, seguro que se trataba de un virus desconocido, descubrirían la vacuna, el antídoto o lo que fuera, ¿por qué no le enviaba a Cuba?, en la isla había buenos médicos, la sanidad y las escuelas eran lo mejor que había hecho Fidel, ¿qué tal pedir ayuda a Eduardo Cienfuegos?, podría poner a investigar a la redacción... preguntando se averiguan cosas que no se descubren en el laboratorio, cuando los periodistas publican los políticos se tornan nerviosos y allegan medios, dinero, todo eso.

—A la gente ahora sólo le interesa la política... y el terrorismo, claro, que es una forma de política al fin y al cabo, un reportaje sobre un virus desconocido no atraería la atención de nadie salvo que se declarara una epidemia y los ciudadanos murieran desangrados en la calle o algo así, un caso aislado sigue siendo un caso aislado aunque sea el tuyo, comprendo lo que estás pasando, ya verás como antes o después acertaréis con el diagnóstico, los pocos reporteros que tengo los he puesto a seguir la pista de los barones de UCD, los democristianos quieren cargarse a Suárez, hablan de contactos con militares para formar un gobierno de salvación, tu padre es democristiano, ¿no?, nunca me gustaron, nada personal, aunque siempre hay excepciones, espero muy de veras que se mejore.

Carlos Miranda apreció las explicaciones de Eduardo Cienfuegos, había acudido a él por no dejar puerta sin llamada, también por atender las recomendaciones de Enriqueta, hacerle caso, seguir sus instrucciones era una forma de comenzar a amarse en silencio, además se sentía responsable del destino de su progenitor, Sebastián era su única familia y había sido un buen padre incluso en los momentos duros, cuando sus veleidades de juventud les llevaron al enfrentamiento, siempre estuvo a su lado echándole más coraje del que aparentaba, nunca había sido un facha al uso sino un colaboracionista templado, como lo fueron todos los españoles, ¿quién no colabora en cuarenta años de dictadura?, los ultras se quejaban de traición y quizá no les faltaban argumentos porque desde luego Franco no quería la democracia, si la hubiera querido la habría puesto, pero tampoco podemos decir que nuestros mayores hayan sido unos matachines, fueron lo que fueron, chicos de derechas a los que les tocó pegar tiros, el caso es que estoy desesperado, ¡mira si habré visto enfermos y fiambres en mi vida, y no me acostumbro, en cambio, a verle sufrir!, tú podrías... y Alberto que hará cuanto esté en su mano aunque el gobierno tiene cosas más urgentes, pero pidiéndoselo él no hay cuido, sólo pretendo que se aclare si hay otros casos similares, por experiencia sé que el ministerio los oculta muchas veces para no alarmar a la población, eso era antes de la democracia, responde el diputado Llorés, cuando confundían las epidemias de cólera con un incremento de las cagaleras veraniegas, las diarreas del momento son más que nada políticas y a las de verdad las llamamos por su nombre, tenme al corriente de la salud de don Sebastián, te avisaré si averiguo algo interesante, ¡y a ver cuándo nos vemos, hombre!, ahora que estoy soltero puedo escaparme sin la escolta.

En el Ministerio de Sanidad habían recibido algunas notificaciones respecto a pacientes aquejados por infecciones anónimas de etiología desconocida, no se apreciaba una incidencia especial ni en el número de afectados ni en la distribución geográfica de los mismos, no se estaba realizando seguimiento alguno de los casos, que presentaban patologías dispares, tampoco percibió alarma alguna ante la situación, además Alberto sabía por don Epifanio que

Mirandita era un aprensivo de mucho cuidado y él siempre le había visto tan jipato que supuso que todo lo que pasaba es que se le habían acentuado los achaques, Carlitos exageraba, uno siempre exagera en cuestiones de familia, en cualquier caso avisaría a don Epi del arrechucho, una llamada telefónica del viejo siempre serviría para levantar los ánimos, pero no era el ánimo lo que tenía decaído Sebastián sino el entero aparato digestivo y la máquina de respirar, durante las noches tenía que levantarse a orinar con más frecuencia de la habitual, no por culpa de la próstata sino debido a la presión que las tripas ejercían sobre la vejiga, al descargarse le trepidaban las entrañas como si se le diluyera el intestino, entonces prorrumpía en una sinfonía de ardores expresados y sonidos aleatorios cuya frecuencia cada vez mayor había terminado por proporcionar a la casa un ambiente de fetidez contra el que Clotilde luchó con gallardía durante algunas semanas hasta que comprobó lo inútil de su batalla, cuanto más oreaba y perfumaba las tapicerías y alfombras tanto más Mirandita se venía de patas abajo sin precaución ninguna, no había pañal ni apósito que remediara el hecho, lo que me pasa Cloti es que a mí me han asesinado, será una confusión, no lo discuto, irían a por otro... esas cosas suceden, cuando me muera no quiero que me incineréis por mucho que se lleve ahora, las pocas cosas que tengo a ti te las dejo, tú las necesitas más que Carlitos, y Clotilde que no diga tonterías, en esa casa no se va a morir nadie, ¿qué iba a hacer ella si no, con tanto fuego en el cuerpo?, te vas a poner bien en seguida y nos iremos al sur, aceptaremos la invitación de don Epifanio, ¿sabes quiénes han llamado hoy? Ansorena y Ataúlfo, vaya amigotes sinvergüenzas que tienes, son unos reaccionarios de mucho cuidado pero resultan buena gente, tú cúrate y ponte a tono que necesito marcha una noche de éstas, tan mal me acostumbraste que no sé pasarme sin tus arrechuchos, pero Sebastián Miranda no hizo caso de las tiernas palabras de su mujer porque ya ni se acordaba de en qué fecha antes del dolor disfrutó por última vez en la vida de la sensación casi sobrenatural que produce una erección.

Dieciocho

Les despertó la luz fría del atardecer filtrándose por la ventana, disimulada tras unas cortinas de jarapa, poco antes de que el teléfono repiqueteara insistente en la habitación de al lado, Lourdes desentumeció los huesos estirándose con entusiasmo, deja que suene, dijo, no será nadie importante, un ligue ya olvidado, mi madre desde el pueblo o el casero reclamando el pago del recibo, cualquier cosa, pegó un respingo al levantarse de la cama, hacía frío en la habitación apenas caldeada por una estufa eléctrica portátil, la piel de la muchacha se erizó por un minuto, resaltaban los pelillos oscuros de sus piernas sobre la carne lechosa, el poblado contorno del pubis, las pilosidades de las axilas que hacían juego con aquella sombra mínima que coronaba el labio superior, no era una mujer grande pero su anatomía inspiraba una sensación de poder y autosuficiencia afianzada por sus soberbias nalgas, severas defensoras del canal de su grupa, y por las tímidas corvas de sus dos columnas, era de espaldas firmes, hombros rotundos, brazos musculados, poseía un pecho perfecto, sus pezones redondos y oscuros, circundados de suaves púas negruzcas, abotonaban la medida exuberancia de sus senos, desafiantes y altivos como los de una maga cretense, todo su cuerpo rendía tributo a la pujanza de la naturaleza, una exhibición no deseada del desvarío de la carne, Eduardo lamentó la tardanza en haberlo comprendido mientras calculaba las consecuencias previsibles de su decisión, no meter la polla donde se tiene la olla, había seguido con testarudez esa regla de oro, pero desde la conversación en Boccaccio sus miradas se buscaron por todas las esquinas, encontrándose entre las multitudes, avizorándose en medio de los sueños, desnudándose en público, violándose, interrogándose, hasta el excelso descubrimiento de aquella tarde de febrero, ahora ella le pediría un ascenso o ser seleccionada para cubrir las noticias más señeras, se permitiría opiniones o actitudes ante los demás redactores que acabarían por situarle en un compromiso, su vida profesional se vería entremezclada de anhelos y ardores personales, ofuscándole el juicio y condicionando sus opciones, pero viéndola ante él desnuda y sonriente, nimbada por la luz desvaída del ocaso, divertida al observar cómo se acariciaba distraídamente el pene, pensó que todo daba igual si era capaz de volver a poseerla y se descubrió indefenso ante un deseo apasionado e incontrolable, en nada parecido a cuanto había experimentado hasta entonces, el teléfono volvió a sonar sacándoles a ambos de su incipiente éxtasis, si repite es mi madre, comentó Lourdes, vuelvo en un instante, y desapareció entre las brumas del ambiente, hundiéndose en el abismo del apartamento camino del cuarto contiguo, cuando regresó vio a Eduardo delante del espejo calculando el perfil de su barriga, le abrazó tiernamente por detrás, deslizó zalameramente su lengua por el interior de la oreja y le dijo:

—No era mi madre sino el ogro Artemio, algo grave pasa en el Congreso, en el periódico están reclutando a todo el mundo, empezando por ti, aunque nadie sabe dónde encontrarte, me voy a la redacción. Se vistieron deprisa mirándose a la cara y resistieron la rabia por no poder volver a amarse, pasados algunos minutos Eduardo Cienfuegos marcó el número directo de Artemio Henares, ¡la Guardia Civil ha entrado a tiros en las Cortes!, te he buscado por todas partes, ¿dónde carajo andas?, bueno, me importa un bledo, ¡vente cagando leches al diario!, y Eduardo que se pone en marcha ipso facto, pero da la casualidad de que está cerca del Parlamento o sea que intentará pasarse por allí a ver si averigua algo, ¿le puede enviar a foto Liborio?, no puede porque está en el interior del edificio, cubría la sesión de investidura cuando empezó el berenjenal, no saben nada de lo que pasa dentro aunque por la radio se oyeron disparos, hay imágenes de televisión que te ponen los pelos de punta, después de colgar el teléfono Eduardo se entretuvo apenas un minuto para investigar de nuevo la lengua de Lourdes y los secretos rincones de su cordillera, luego salió a grandes zancadas de casa de la chica, un pisito de dos habitaciones situado a las espaldas de la plaza de Santa Ana, y se encaminó hacia el lugar de los hechos, a la altura de la Carrera de San Jerónimo tropezó con un pelotón de policías que avanzaba marcialmente hacia el salón del Prado, pocos metros más allá un cordón de seguridad le cerró el paso, los viandantes que andaban por la calle se movían desconcertados, preguntándose unos a otros el motivo de tanto trajín, algunos comentaban incrédulos que habían dado un golpe de estado y al conocer la noticia corrían con gran aspaviento hacia las bocas del metro, los encargados de las tiendas contiguas comenzaron a echar el cierre, ganándole unos minutos a la hora establecida, Eduardo mostró sus credenciales a un teniente de los antidisturbios que le franqueó el acceso, en el Palace se están concentrando las autoridades, comentó, al tiempo que le sugería diera un pequeño rodeo si quería ganar la puerta del hotel, corriendo a buen ritmo, resoplando sin ningún remilgo, se desplomó calle abajo dejando el edificio del Ateneo a su izquierda, si es un golpe militar los de ahí dentro las van a pasar putas, pensó, en pocos minutos se plantó ante la puerta del albergue, entró sin mayores dificultades, en el vestíbulo había un pequeño gentío entre el que sobresalían numerosos uniformes, reconoció la cara de algunos reporteros de la competencia, tres o cuatro políticos de segunda fila y un buen número de burócratas de esos que aparecen en todos los actos oficiales sin que nadie sepa nunca ni cómo se llaman ni qué hacen allí salvo dejarse ver delante de sus jefes, se daban palmaditas en la espalda, fumaban nerviosos, merodeaban en busca de un teléfono sin ocupar, agotaban las existencias de la barra, entraban y salían de ninguna parte, hasta hubo alguien, cuya cara no volvería a recordar jamás, que le puso en antecedentes de los hechos, estaban en plena votación de investidura de Calvo Sotelo como presidente sustituto de Suárez, los diputados eran llamados en alta voz para expresar síes y noes verbalmente, en medio del rito apareció un civilón, pistola en mano, seguido de otros que comenzaron a disparar, los congresistas rodaron por el suelo mientras las balas silbaban sobre sus cabezas, había algunos heridos leves entre quienes asistían en la tribuna de invita-

dos, de momento no se sabía más sino que esperaban a la autoridad militar competente. Algo parecido a ésta comenzaba a acudir al hotel, repleto ya
de corresponsales extranjeros, cámaras de televisión,
chismosos y advenedizos, Eduardo se sorprendió de
la cantidad y la calidad de ciudadanos considerados
aptos para lucir las estrellas de teniente general y de
la acumulación de entorchados que podía producirse en semejantes circunstancias, los miembros de la
Junta de Jefes de Estado Mayor se hallaban reunidos en su sede madrileña tratando de establecer las
coordenadas tácticas, presumían que las estratégicas
no eran de su competencia, mientras que los mandos
policiales imaginaban en una suite de lujo la mejor
manera de atacar el edificio del Congreso y reducir a los secuestradores, cada rato se hacía más difícil deambular por entre los congregados en los pasillos, el suelo se hallaba alfombrado de curiosos, los
cuerpos acurrucados sobre las escaleras, apoyados en
la pared, escuchaban los transistores y colgaban sus
miradas de las pocas pantallas de televisión asequibles, de pronto, erreteúve-e dejó de emitir imágenes
de la asonada, puso una carta de ajuste, un cartón de
disculpen las molestias y comenzó a retransmitir
música de Albinoni, ¡la radio dice que tropas de ar-
tillería han entrado en Prado del Rey!, chilló alguien
entre la multitud, otro coreó el nerviosismo con una
noticia todavía más resonante, ¡Milans del Bosch ha
sacado los tanques a las calles de Valencia y decre-
tado el estado de guerra!, el estupor comenzó a mez-
clarse con el miedo en las caras de los presentes y
entonces Eduardo decidió que su sitio estaba en la
redacción del diario, se dispuso a salir a la calle de

nuevo abriéndose paso como fuera entre la muchedumbre vocinglera y apesadumbrada, junto al portal del hotel la circulación se hizo del todo espesa,
los que pretendían entrar impedían moverse a quienes pugnaban por abandonar el recinto, el vestíbulo
parecía el ring en el que se libraba un pugilato sin
árbitros, en medio del forcejeo su cara se dio de bruces con un rostro conocido bañado en sudor, expelía
un aliento como de gambas al ajillo, ¡joder, Liborio,
hueles que apestas!, ¿no estabas en el Congreso?, y
Liborio que sí estaba pero los rebeldes han echado a
los periodistas y a los invitados, también han evacua-
do a los que se lesionaron, en el fragor del tiroteo los
cristales de la cúpula fueron a estrellarse contra sus
cabezas, nada serio, rasguños, cortes, aunque la sangre es muy escandalosa, ¿tienes fotos, Liborio?, sa-
carlas sí las saqué pero no pude burlar la vigilancia,
un cabo seboso y antipático me echó mano a los
huevos obligándome a sacar los carretes del calzonci-
llo, por poco no me capa, con las prisas por obedecer
me arañé en un testículo, escuece cantidad. Tarda-
ron más de media hora en encontrar un taxi que les
condujera hasta el periódico, la noche se había echado sobre la ciudad como si quisiera ocultarla del
oprobio que padecía, el tránsito era escaso, ocasional, atravesaron decenas de calles desiertas envueltas en una neblina friolenta, apenas iluminada por
las farolas de luz gris que orlaban la oscuridad madrileña, el aire se mascaba húmedo y sabía a tristeza, contra lo que imaginaban, en el diario no encontraron ningún dispositivo especial de seguridad, el
conserje había echado las cancelas del viejo portalón,
receloso de los pequeños grupos de personas que se

habían reunido frente a la sede, estamos esperando que los militares se presenten en cualquier momento, comentó mientras les facilitaba el acceso, el director ha dicho que no entre ni salga nadie ajeno a la casa, y en terminando de dar su parte de guerra levantó un pico de la americana para dejar ver al desgaire el revólver sujeto al cinto, Cienfuegos subió las escaleras de tres en tres y entró jadeando en el despacho del ogro Henares seguido a corta distancia de Liborio, había una enorme confusión allí dentro, Lourdes hablaba por teléfono y tomaba notas mientras otros dos redactores discutían acaloradamente en una esquina de la habitación, menos mal que llegas, comentó Artemio, estamos desbordados, ¡los de *Le Monde* dicen que okay, no colgarán y se mantienen a la escucha!, gritó Lourdes con voz triunfal mientras aparentaba mostrarse sorprendida por la presencia de Cienfuegos, ¡hombre, por fin ha aparecido el hombre invisible!, te hemos buscado por todas partes, pues no me busques mucho por si al final me encuentras, siguió él con el juego, la situación es la siguiente, explicó el ogro, las tropas ocupan Televisión Española más alguna pequeña emisora de radio, fuerzas del ejército se dirigen hacia los diferentes medios de comunicación, los blindados han tomado el centro de Valencia, hay toque de queda, una columna de la división acorazada que se dirigía hacia Zaragoza ha sido obligada a regresar a su acuartelamiento de El Goloso, el rey está parlamentando con los capitanes generales, rechaza la posibilidad de entregar el poder a la Junta de Jefes de Estado Mayor, ha montado un gobierno civil a base de subsecretarios, se va a poner en contacto con Milans para que ceje en el empeño pero necesita garantizarse antes la lealtad de los pilotos de cazabombarderos con base en Manises, nosotros tenemos líneas abiertas con Francia, Inglaterra, Estados Unidos e Italia, informamos al mundo en directo de lo que aquí sucede porque la solidaridad internacional es decisiva en estos momentos, hay diez reporteros nuestros en el Palace y otros diez por las calles, todos los corresponsales enviarán crónica en menos de una hora, la radio transmite desde los aledaños de las Cortes, están protegidas por dos cordones policiales, uno es de los golpistas, el otro lo componen fuerzas leales, tenemos todo a punto para sacar una edición pero apenas han llegado los del taller, estamos avisándoles como podemos, no hay distribución, los kioscos cierran, todo el mundo se va a casa, ¡ya me dirán a mí cómo coño se vende un puto periódico en una ciudad fantasma!, hasta que Lourdes le pasa el auricular a Eduardo, Alejandra le quiere dar un recado al redactor jefe más guapo y apuesto de toda la humanidad, cualquier día te como a besos, rico, ¡carajo, Alejandra, déjate de leches, la situación es seria!, y tanto, te reclama todo el personal, Carmen que los niños están bien y que ha decidido marchar con ellos a la sierra por mayor seguridad, comprende que no te puedas poner, Enriqueta ha dejado un número, también Marta, una italiana muy preocupada por su marido que está en el Congreso, ¡sólo te llaman chicas, guapo!, por último un tal Carlitos, su padre se está muriendo y él no puede seguir en directo las noticias, todos quieren que te pongas en contacto con ellos si hay novedades, ¿y de los oficiales, del gobierno, de los que supuestamente siguen mandando en este país?, inquiere a voces Eduardo,

¿de ésos no telefonea nadie ni a mí, ni al ogro, ni al director?, sí, un tal Laína, ¡pues pásamelo cuando se pueda!, de repente se hace un silencio en torno suyo, todo el mundo abandona el despacho salvo Artemio, como si quisieran darles la oportunidad de hablar a solas, el ogro Henares se derrumba frente al sofá contiguo al suyo, ¡son unas cuantas cosas las que hemos vivido entre estas paredes!, exclama, se han muerto unos pocos papas y hemos visto cambiar al régimen, también yo he echado un par de casquetes, ¿con gente de la casa?, le interroga Eduardo, ¡no!, de ninguna manera, ya sabes lo de la olla y la polla aunque a mí en el fondo me parece una ridiculez, hay que meterla donde se pueda, más ahora que no sabemos dónde nos van a meter a nosotros.

—Artemio, ¿tú crees que esta vez ganarán los malos?

—Creo que ya han ganado, pase lo que pase han de salirse con la suya, ¿supones que de ésta vamos a escapar limpios de polvo y paja?, han transcurrido demasiadas horas sin una reacción auténtica, sólo parecemos defender la democracia los medios de comunicación, la radio, el par de periódicos que hemos publicado o tratamos de publicar ediciones... pero ¿qué hacen los demás?, ¿dónde están los sindicatos movilizando al pueblo?, ¿por qué calla la voz de la Iglesia, tan aguerrida cuando le tocan sus intereses?, no veo a las masas protestar por esta agresión ni escucho los discursos de los líderes que no están secuestrados, los alcaldes, los concejales, los prebostes de provincias... nadie quiere pronunciarse antes de tiempo, por prudencia, explican, por respeto a la voluntad del rey, por miedo, ¡coño!, por el puñetero miedo que nos han inculcado durante generaciones, es el miedo lo que mueve al mundo, el miedo y la fuerza de quienes se atreven a combatirlo.

—Nos queda el apoyo del extranjero, de los de fuera...

—¡Y una mierda! ¿Has visto la declaración del general Haig?, para Estados Unidos lo que aquí sucede se trata sólo de un asunto interno, no tardarán ni un minuto en reconocer a la junta militar que se forme, lo han hecho en Argentina, en Chile, lo hicieron en Brasil...

—Por eso aquí no hay otra solución que echarse a la calle —Manuel Dorado terminó de acordonarse los zapatos deportivos—, o nos defendemos nosotros o no nos defenderá nadie, no sé cuántos seremos pero un poquito de guerra sí que vamos a dar, ya está bien de huir, ¿quieren jarana?, pues la tendrán, aunque me parece bien que no vengas, por lo menos estarás segura, espera al Cipriano a ver si te cuenta de qué vale lo del compromiso histórico en momentos así, a los del sindicato no hay quien los mueva si no es por pasta.

Ella le despidió con un beso en la mejilla que el otro pareció recibir como una ofensa, Manuel se había presentado de improviso en casa de Enriqueta, como acostumbraba casi siempre que algo grave sucedía, parecía que quisiera decirle no te preocupes de nada, estoy aquí para protegerte, cuidar de tu vida, defenderte de Fernández Trigo, de cualquier otro hijo de puta que pretenda hacerte daño, pero la mujer no se preocupaba, sólo quería pensar, saber qué era lo más adecuado, por eso cuando Cipriano telefoneó y le pidió el favor no lo dudó ni un instante,

Sansegundo era un hombre maduro, tenía la cabeza sobre los hombros, a la hora de la acción había que seguir sus instrucciones y no salir apresuradamente a darse de leches con el primero en cruzarse como sugería Manuelito, luego intentó contactar con Eduardo, Marta ni pensarlo y Ramón tampoco, por jodido y por andar con ella, no encontré a nadie, o sea que sólo somos tú y yo, Cipri, me pediste que llamara a los amigos pero aquí estamos los dos, nos bastamos y nos sobramos, contesta él, aunque necesitaríamos un coche, ¿qué tal Jaime?, seguro que está motorizado, lo estaba, acudiría a lo de Enriqueta en un santiamén, hubiera querido abrir las puertas de la iglesia para organizar plegarias por la democracia, sin embargo la orden del párroco había sido tajante y clausuraron el templo a piedra y lodo, Cipriano le explicó la situación a Enriqueta, la consigna del sindicato era esperar hasta saber el destino de los rehenes pero él conocía ciertas informaciones útiles sobre la trastienda del complot, le constaba la existencia de un piso clandestino, un chalet de los servicios de contraespionaje donde se hallaba gran cantidad de documentos que incriminaban a muchos militantes, si los rebeldes se hacían con aquel archivo podrían montar la represión con contundencia y rapidez, era preciso neutralizarlo, hacerlo desaparecer antes de que el pronunciamiento triunfara, aquella misma noche resultaba el momento ideal, todo el mundo andaba pendiente de las Cortes y del Palace, no habría vigilancia, sería como coser y cantar. Jaime llegó media hora más tarde, ¡parecía mentira lo pequeño y asequible que se volvía Madrid sin coches!, discutieron brevemente el plan y nadie puso objeciones, en momentos como aquél había que dejarse de teorías y pasar a los hechos, conduciría el cura, tendrían que aprovisionarse de unas cuantas latas de gasolina, sabían de una estación donde sindicalistas amigos les venderían cualquier cantidad sin ningún problema, luego forzarían una entrada de la casa, rociarían bien todo y prenderían la mecha, podría hacerse en menos de hora y media. Era tan poco el tráfico que prescindieron de obedecer las luces rojas de los semáforos, si éste es el último día de la libertad disfrutemos también de un poco de libertinaje, bromearon, había pasado sobradamente la medianoche y la ciudad se desvanecía en torno suyo, los pocos viandantes cruzaban la calzada como exhalaciones, mirando furtivamente a un lado y al otro, asegurándose de que nadie vigilaba todavía su derecho a circular, la calle seguía siendo de todos igual que el aire que respiraban, aunque éste se había vuelto grumoso y expelía un inconfundible hedor a azufre que se colaba por las ventanillas del vehículo, la radio había anunciado que en breves minutos comparecería el rey para dar un mensaje a la nación pero el monarca se hacía esperar, sin duda lo tiene más duro de lo que presumía, masculló Cipriano, conviene apresurarse. La casa era un chalecito de dos plantas, su fachada de construcción barata mostraba las heridas del tiempo, dejando ver aquí y allá desportillados y grietas que confirmaban la escasa atención que había merecido en los últimos años, la circundaba una verja diminuta y un jardilín cuyas plantas renegridas por la contaminación daban escolta a un castaño de indias y a una inmensa acacia, Cipriano había oído decir que el CESID con-

trolaba diversos inmuebles de ese género, los utilizaba
para entrevistas secretas y actividades personales del
gobierno o del rey, en el partido se aseguraba que
el primer encuentro entre Suárez y Carrillo se había
celebrado en un edificio similar, supongo que debería estar mejor tenido que éste, pensó, me temo que
ande plagadito de ratas, las ventanas del piso bajo se
hallaban protegidas por unas persianas de hierro oxidado, a Enriqueta le sorprendió que un local que
guardaba documentos tan trascendentes tuviera tan
endebles medidas de seguridad pero no le dio mayor importancia, sabía por propia experiencia hasta
qué punto tenían alma de chusqueros los militares
españoles, la sofisticación no iba con ellos, en la parte trasera del patio encontraron una puerta de cristal y aluminio que Cipriano forzó con facilidad y
sin estrépito, ¡paso franco!, musitó, no digas esa palabra ni de coña, le recriminó Enriqueta, con la ayuda
de una linterna se internaron sigilosamente, atravesaron la cocina antes de adentrarse por un pasillito
de distribución, en seguida dieron con un despacho
atiborrado de muebles destartalados y un tanto horteras, alineados junto a la pared descubrieron tres
grandes armarios archivadores sobre los que vertieron precipitadamente la bencina antes de regarla
con profusión por suelo y paredes, para este menester tendría que haber entrado Jaime, rió la chica,
utiliza el hisopo como nadie, saltaron la tapia cuando ya alumbraban las primeras llamas en el inmueble que, en muy pocos minutos, comenzó a arder
literalmente por los cuatro costados, Enriqueta sintió cierta amargura interna, media vida en la clandestinidad antifranquista no le había deparado una

oportunidad similar a aquélla y convertirse en delincuente en plena democracia le produjo un desasosiego peculiar, por muy justificado que estuviera lo que habían hecho, Cipriano en cambio resollaba de alegría, disfrutaba para sus adentros con la convicción de que el problema de las fotos quedaba más que zanjado mientras se prometía a sí mismo reformar sus costumbres sexuales a fin de no volverse a ver en tranco semejante, y Jaime, aferrado al volante del automóvil, se comportaba como el verdadero ángel justiciero que siempre había llevado dentro, habían hecho lo adecuado, por primera vez desde que tenía uso de razón su vida comenzaba a cobrar sentido, a orientarse hacia un fin, le preocupaba que el fuego adquiriera tales dimensiones que contagiara a las casas vecinas, pero frente a ese riesgo valoraba el infinito triunfo de hacer germinar los primeros brotes de la resistencia, no era tiempo para la duda, había elegido la vida contemplativa pero en adelante sabría cómo utilizar la espada flamígera porque, impostó la voz y dijo su última frase bien alto para que los otros la oyeran, la fe sin obras está muerta.

Diecinueve

A las nueve de la noche aquel hombre inmenso, que no arrojaría menos de ciento veinte kilos de peso en canal, reclinó su humanidad enferma sobre la banca de una tasca de moda del barrio de Chamberí, Achile Samporio le vio llegar rodeado de un séquito variopinto en el que pudo adivinar la faz granulosa de Lobo y el gesto bobalicón de Arsenio el tartamudo, ambos le hicieron un guiño cuando entraron, antes de tomar asiento junto a la ballena humana, sus acompañantes eran todos hombres, casi todos maduros, vestían como muñecos de cartoné, con trajes recién planchados y camisas lustrosas sobre las que lucían corbatas imposibles, a veces sujetas por prendedores bañados en oro que hacían juego con las mancuernas de los puños de las camisas, olían a brillantina y a colonias vulgares, hablaban en voz alta y reían mucho pero Achile no podía entender muy bien de qué iba la conversación, en parte porque no la oía nítidamente y en parte porque parecían expresarse en claves discretas, otorgando segundos sentidos a palabras que el italiano difícilmente podía discernir, la gigantesca mole vestía un traje cruzado príncipe de Gales, lucía un bigotillo dieciocho de julio bajo el que mascullaba un habano apagado, respondía al nombre de Juan y todos le trataban con respeto, incoando su apelativo con un ceremonioso don y concediéndole una autoridad que él ejercía sin miramientos, el grupo se fue ampliando conforme pasaban los minutos hasta llegar a convertirse en bastante numeroso, quince o veinte personas, la conversación se animó mientras daban razón de las frascas de tinto con que acompañaron el pata negra y los huevos estrellados, la inicial prudencia de las palabras dio paso a las fanfarronadas y a los chistes, parecían ser presa de una gran excitación, comentaban con acaloramiento y vehemencia los acontecimientos del día, no se mostraban apesadumbrados sino todo lo contrario, de pronto el de más edad levantó su vaso y brindó porque en España volviera a amanecer, los pocos clientes que aparte de ellos quedaban en el bar se removieron nerviosos en sus taburetes y reclamaron la cuenta con urgencia, la soledad de Achile, apalancado en un rincón detrás de un vaso de fino, se hizo tan evidente entonces que Lobo no tuvo otro remedio que hacerle una seña para que se les uniera.

—¡Los italianos son siempre bienvenidos!, hicisteis una gran labor en Montejurra —dijo don Juan a manera de saludo cuando hicieron las presentaciones.

Achile se acomodó como pudo entre Rupérez y el personaje que poco antes había hecho el brindis por España, mi nombre es Primitivo, le dijo el hombre estrechándole la mano, ¿qué celebraban?, preguntó con fingida ingenuidad Samporio, no celebraban nada, sólo estaban a la espera del próximo desenlace, ¿o es que no se había enterado de lo que sucedía en las Cortes?, éste es un grupo respetable, susurró Primitivo en su oído, en él hay ministros del próximo gobierno, un gabinete de unidad, como tantos esperaban, el general Armada se encarga de gestionarlo, los artilleros no fallan en eso, alguien llegó con noticias frescas de la Carrera de San Jerónimo, el alto mando y los rebeldes estaban parlamentando, llegarían a un acuerdo, ¡retornaba la España con honra!, otro indicó que en Valladolid, en Sevilla, los capitanes generales habían abierto la bodega y dado rienda suelta al champán, ¡ejército al poder!, aunque a un gobernador militar se le había ido la mano y ya cantaba el carrasclás con la gorra vuelta del revés y dos señoritas topolino de la buena sociedad sentadas sobre sus piernas, el embajador en París festejaba los sucesos, mientras tanto, con sus comensales de aquella noche que, asombrados por la audacia patriótica del encargado de negocios, apenas protestaron y dieron buena cuenta del Mouton Rostchild reservado para ocasiones memorables, en muchas otras legaciones diplomáticas se aprestaban a organizar cuchipandas pero la mayoría no lo había hecho aún por mor de la diferencia horaria, ¿y las embajadas extranjeras en España?, de ésas no sabemos nada salvo que en Portugal un invitado a un cóctel ha pedido asilo político, ¡así no tendrá que pasar el Tajo a nado!, comentó cáusticamente don Juan, todos rieron, lo mismo que cuando se supo que el presidente catalán había telefoneado al rey para informarse por la situación en el Congreso, tranquilo, Jordi, que es la Guardia Civil, le habría contestado, a veces los Borbones tienen destellos, ¿verdad?, y se regocijaron estruendosamente con los rumores de que unos cuantos abertzales vascos habían agarrado el camino de Francia mientras su portavoz en Cortes remaba con denuedo para salvar el breve trayec-

to marítimo entre Ondarribia y Hendaya, ¡estos gu-
daris en cuanto husmean el peligro se mean por la
pata abajo!, Primitivo Ansorena mostró con gran
aparato su satisfacción por lo acertado del sarcasmo
y sus carcajadas merecieron ser coreadas por los presentes. Como la conversación subiera de tono y me-
nudearan las idas y venidas de correveidiles que traían
y llevaban mensajes, pasaban notitas, instrumenta-
ban recados y reclamaban de continuo poder utilizar
el teléfono de la barra, el tabernero optó por echar la
cancela a media altura, era una forma suave de cerrar el establecimiento, no vaya a suceder que el golpe fracase y luego nos tomen cuentas, ¿fracasar?, ¡imposible!, se resistió Primitivo Ansorena, ¡pero si ya
hemos ganado!, palmeó Ataúlfo Sánchez, ¡sin pegar
apenas tiros!, sentenció el voluminoso don Juan, las
cosas habían sucedido como estaba previsto, los planes habían funcionado a la perfección, sólo había que
aguardar un poco, escuchar qué decía el rey por la
tele y acudir mañana a donde les dijeran, Lobo confirmó que mantenía un grupo de acción acuartelado
en el cobertizo de casa de sus padres, uno nace para lo que nace y estaba visto que no podría quitarse
nunca de encima esos trabajitos, don Juan garanti-
zó que los del sindicato vertical estaban listos para
cualquier eventualidad, los del Transporte eran los
mejores, leales, broncos, aguerridos, pero no sería necesario servirse de ellos, mejor decirles que guarden
la calma y que la bronca la monten los rojos, como
acostumbran.

   ¡Vosotros, fascistas, sois los terroristas!, Manuel Dorado levantó el puño izquierdo con irritación
frente a la mirada despectiva y desafiante de los otros,

ambos grupos se habían encontrado como de casualidad en plena calle, medio desperdigados por la acción de la policía que acordonaba los aledaños del Congreso, podría imaginarse que la coincidencia había sido fortuita pero ellos sabían que se buscaban, se habían estado procurando desde siempre, ansiosos no tanto de medir sus fuerzas como de exhibir cada quien la suya, frente a la dialéctica de los puños y las pistolas, la afirmación revolucionaria, frente al matonismo gangsteril, la exigencia de la praxis, ¡rojos a Moscú, ejército al poder!, llovieron unas pocas piedras, vergonzantemente recogidas de los jardincillos de una plaza aledaña, ¡fascismo no, democracia sí!, luego vino el fragor de palos y cadenas, el brillo de una navaja en el cuerpo a cuerpo, la explosión de ira, de resentimiento, el ejercicio de la legítima defensa, en medio del fragor de la pelea Lucho el chileno, inseparable de Manuel en tanta escaramuza, tropezó con la acera y cayó de bruces sobre los baldosines de cemento, cuando se levantó tenía la cara más achatada que de costumbre y una enorme mancha de sangre ocultaba su expresión de dolor, ¡no hay que rajarse, Lucho!, no lo harían pero convenía darse prisa y acabar con aquello antes de que llegara la pasma, las botas de los antidisturbios sonaban presurosas al final de la avenida, tardarían pocos minutos en llegar y la chusma de ultras huía hacia arriba, en dirección a Sol, ¡vamos por ellos, que se nos escapan!, Lucho se apoya en el brazo de Dorado para distinguir el camino, detrás el cojo Sigüenza arrastra su pie chungo ayudándose ágilmente con las muletas, ¿has visto cómo usa Julianito los bastones a la hora de pegar?, lo vi cuando algo veía, contesta Lucho mientras avanza casi a tientas, luego se palpa la ropa, su pistola siempre está allí dispuesta, con la que está cayendo la vamos a necesitar, pero guárdala ahora, susurra Manuel al ver el relumbrón del arma en la mano del chileno, es tan difícil para él avanzar por culpa de las magulladuras y de la bruma sanguinolenta delante de su vista que, a la altura de Sol, el cojo Sigüenza ya les ha dado alcance lo mismo que una decena más de la cuadrilla, de la policía no se ven ahora ni los rabos, también los fachas han desaparecido, devorados por las sombras de la noche, desvanecidos en los portales, sumergidos en las alcantarillas, la plaza es un coso desierto, ¿ésa era la jornada de acción que tanto prometía?, ¿ésa la resistencia popular contra el cuartelazo fascista?, mejor te llevo al hospital, Lucho, a que te curen el destrozo y te limpien la herida, y entonces el cojo se cabrea hasta el infinito, ¿dónde hay un ultra al que abrirle la cabeza?, nadie conoce la verdadera historia de Julianito Sigüenza, lisiado desde la infancia cuando el suelo del autobús en que viajaba se le abrió bajo sus pies, nadie comprende que ese marginal que duerme en el metro, predica a Bakunin, fuma marihuana y apenas se lava es un revolucionario de los que no quedan, le mueve la rabia más que las teorías, su protesta es universal, cósmica, justificada, si no hubiera sido por la corrupción capitalista, la hedionda depravación de la dictadura y las desviaciones del socialismo real, su pierna no sería hoy un guiñapo siniestro, un péndulo de huesos y cartílagos truncados, tampoco poseería esa fuerza formidable que desarrolló en los bíceps para poder erguirse apuntalado, logró una complexión mejor que si se hubiera suscrito al método Charles Atlas y puede competir sin demérito con el torso de gimnasta de Manuel Dorado, ¿dónde hay un facha para cagarme en Dios?, las farolas de la Puerta del Sol alumbran el desconcierto y la soledad de Julianito el cojo, ¿dónde un milico para reventarle el alma?, y la emprende a golpes con uno de los fanales, tulipa y bujía estallan en mil añicos haciendo saltar las chispas del alumbrado público, las mismas centellas que años atrás salían de los pies de aquel hombre incipiente cuando trataba de detener el paso irrefrenable del autobús y las tachuelas de sus talones raspaban el pedernal de los adoquines produciendo una orgía de irritantes fuegos artificiales, mejor déjalo ya, Julianito, le calma Manuel Dorado mientras los compañeros se dispersan, no vayan esta noche a detenerte por gamberro cuando tú a lo que aspiras es a encabezar la resistencia, pero el cojo Sigüenza está encelado y golpea sin cesar con sus bastones contra la polución de la noche madrileña.

Está bien ser prevenidos pero no debemos caer en provocaciones, sentencia ante los comensales la masa deforme que atiende por el muy español apelativo de don Juan, nada de algaradas ni de motines, con el gobierno detenido y los principales líderes políticos bajo custodia, la victoria es nuestra, el rey tendrá que aceptar los hechos consumados entre otras cosas porque él los propició, restauraremos la monarquía del 18 de julio, la misma que le dio la legitimidad, la única que garantiza la paz de los españoles y la decencia de los políticos, habrá un gobierno civil presidido por un militar y a ustedes, a vosotros, mis queridos amigos, sólo puedo agradeceros el apoyo prestado, el económico ha sido muy significativo, pero es el sostén moral el que más apreciamos, ¡a ver, que suban la televisión cuando aparezca Juan Carlos!, desde que murió el almirante no hemos hecho sino batirnos en retirada, ya era hora de que el champán corriera entre los nuestros, champán todavía no, pero tintorro se ha vertido en demasía, Achile Samporio teme que falte poco para que todos se pongan a cantar *Asturias, patria querida,* nadie le ha preguntado aún por qué está allí, nadie lo hará nunca porque a todo el mundo le parece algo natural, Centeno le llamó esa misma noche y le dijo acércate a Casa Paco, te enteras de quién cena, de qué dicen y qué hacen, mañana me lo cuentas pase lo que pase esta noche en el Parlamento, y no te vayas a creer que no hay paisanos metidos en la conspiración, Achile piensa que si ésa es la trama civil del golpe está claro que perderán los insurgentes, en Italia contaban con la mafia y un par de dignidades católicas, cosa seria, a pesar de ello no pudieron con el sistema, sólo la CIA puede si se lo propone, el caso es que el rey no sale ni a la de tres por la pantalla, aunque en la radio lo anuncian cada poco, esto se está poniendo raro, eso mismo dice Francisco Laína, director de la Seguridad del Estado, al otro lado de la línea del teléfono cuando conversa con Eduardo Cienfuegos, se conocen de los toros, en San Isidro son vecinos de abono, Laína es un castizo, un hombre de la noche, y profesa total lealtad a Suárez, lo veo más que raro, muchacho, porque aunque el golpe lo tienen ya perdido continúa en su poder toda la clase política, ¿qué te parece si asaltamos el Congreso?, podemos llamar a los GEO, a los hombres de Harrelson, a los zapadores, Eduardo Cienfuegos titubea, ¿le está pidiendo su opinión o simplemente le está avisando de algo que va a suceder?, al final se le ocurre una respuesta astuta, a mí lo único que me parece bien o mal es lo que va a publicar el periódico mañana y que cada palo aguante su vela, luego le pide a Alejandra que le ponga con Ramón Llorés, todo bajo control, le dice, pero a estos cenutrios se les está pasando por las mientes atacar el edificio o poco menos, como se descuiden organizarán una masacre, finalizada la tragicomedia nos despeñaremos en el drama, si sé algo te llamaré, ¿vas a escribir para el *Monitor*?, y Ramón que eso quiere pero se lo tiene que pensar, no enviará nada hasta que sepa el contenido del mensaje real, en cuanto a Marta, ya que le pregunta, está bien, se ha mudado con el niño a casa de una amiga por si todo empeora, él sigue en la oficina al pie del cañón, como siempre, pero no es como siempre porque, por primera vez en mucho tiempo, piensa que la única forma de resistir es dialogar y el único camino de la protesta está en la prensa y no en la calle, para Ramón Llorés la asonada resulta un error más que una ofensa, destruirá la credibilidad internacional del país, perjudicará las inversiones, retraerá el comercio exterior, debilitará la economía, total para acabar donde solíamos porque es rigurosamente imposible que triunfe un cuartelazo así en la Europa del siglo XX, podrá irse el rey, podrá haber un tiempo de turbación, podrá correr la sangre y multiplicarse el exilio, pero Franco está irremisiblemente muerto y enterrado bajo las siete llaves que reclamábamos para el sepulcro del Cid, no hay resistencia popular porque la resistencia no es necesaria, todo lo que hoy

sucede en el palacio de las Cortes es un cómico aspaviento, España se adentra a paso ligero en la modernidad, su ejército era el último reducto de la
nostalgia franquista y está a punto de perder su postrer batalla, por más errores que se hayan cometido,
por más ingenuidades, torpezas y dudas que puedan
apuntarse en el haber de Suárez, hay que reconocer
que ha conducido al país con gesto firme por el camino de la nueva Constitución, la más democrática y
avanzada de cuantas ha disfrutado nunca, por eso no
es un optimismo exagerado predecir que, sea cual
fuere el desenlace final de este episodio, las bases del
nuevo sistema se verán reforzadas por la adhesión
ciudadana, puso punto final a la crónica con un rictus de escepticismo en el gesto, revisó una vez más
la versión en inglés y estampó la firma, Thomas Llores, luego pidió línea con América y se dispuso a dic-
tar, no sin cruzar los dedos confiando en que Juan
Carlos no destruyera con su próxima alocución pronósticos tan optimistas como los que auguraba, cuando terminó de hacerlo abandonó la sede de su compañía de export-import camino del Palace, le parecía
que el hotel estaba ligado a la historia de España
tanto o más que cualquiera de los edificios del Estado, en él pernoctó la noche en que volaron a Carrero, había mantenido decenas de entrevistas bajo la
cúpula acristalada de su rotonda, conspirado en el
bar, ligado en los lavabos, la clase media alta se ca-
saba en el Palace, que era también el lugar preferido
para las convenciones de empresa, las primeras comu-
niones y la cena del día de Reyes, el Palace pertenecía a la cartografía de la transición política y era parte
inextricable de la orografía madrileña, el privilegio

de su ubicación frente al palacio de las Cortes lo había convertido en indispensable referencia de la clase dirigente, alojamiento de congresistas provincianos,
residencia de visitantes extranjeros y lugar predilec-
to para la tertulia, un local con el que se encontraba
tan familiarizado que nunca pudo suponer que le
vetarían la entrada, sin embargo la guardia que pro-
tegía el edificio se mostraba inflexible en su prohi-
bición, pese a las numerosas acreditaciones de prensa extranjera que portaba consigo y que exhibía en
un alarde inútil de prepotencia, hasta que la voz de
O'Malley, del otro lado del cordón de seguridad, le
sacó del aprieto, déjelo pasar oficial, yo respondo,
¿quién era el cursi para responder de nadie?, pero si
le facilitaba el acceso no protestaría, el otro le recibió con una sonrisa triunfal mientras se rascaba in-
dolentemente la oreja izquierda, bienvenido al país
de las maravillas, dijo guiñándole un ojo, algún día
tendría que averiguar si O'Malley era maricón, ya no
hay tanta histeria por aquí, le informó, Milans del
Bosch se ha rendido, ha retirado su declaración de
guerra, don Juan Carlos le amenazó con bombardear si
continuaba en el empeño, ¿ves para lo que vale un
rey en ocasiones como ésta?, un rey es insustituible,
a un presidente de la República se lo pueden fundir
en un santiamén, es un cerdo Milans, un traidor, un
mal monárquico, bisabuelo masón y abuelo colaboracionista con Primo de Rivera, pero éste es el peor
de toda la familia, Motrico está muy contristado, a
él no se le habría ido la situación de las manos, se
veía venir después de la brutal ofensiva terrorista, el
colmo fueron el abucheo y los intentos de agresión
de los de Herri Batasuna contra Juan Carlos en Guer-

nica, el Estado perdió toda su dignidad cuando ya
no le quedaba un gramo de eficacia, no sé cuál será la
salida de este embrollo pero estoy seguro de que finalmente habrá que dar un golpe de timón, reconducir
las autonomías, entrar en la OTAN, en la Comuni-
dad Europea, ¡hasta Grecia nos lleva ventaja en eso!,
en circunstancias así Motrico, como Fraga, siempre
está disponible, ¿vas a escribir en el *Monitor?*, pon
eso y verás que no te equivocas ni un ápice aunque,
claro, lo que manda en estas ocasiones es la palabra
real.

Lo único importante ahora es saber lo que dice el rey, comenta don Epifanio a doña Rosita, pero
me malicio que nos acostaremos sin saberlo, ya es más
de la una, hasta que por fin la pantalla se ilumina
y aparece el monarca vestido de militar, él solo, frente
a un tapiz orlado por el histórico escudo de los Borbones de España, un león rampante, unas barras y la
flor de lis, ninguna alusión constitucional en el escenario, ¡subid la televisión a ver si nos enteramos!,
reclama en Casa Paco ese don Juan que desdice de la
esbeltez del prototipo, el sudor le chorrea la calva
antes de desparramarse por sus kilos de forma irre-
gular, ya sabe de la rendición de las tropas en Valencia, comienza a comprender que todo está perdido,
Lourdes se apresta a tomar notas siguiendo órdenes
del ogro Henares, Eduardo la mira con lascivia y el
comisario Ismael Centeno se deja hacer arrumacos por
su esposa, no te preocupes, pichina mía, le dice Caoba mientras rebusca en su entrepierna, los militares
no van a ganar y seguiréis mandando los policías,
las mujeres sólo son objetos sexuales para los españoles, por mucha democracia, mucha progresía y mu-

cha transición que le echen, ¡continúan siendo unos machistas de tomo y lomo!, se lamenta Marta con su amiga a la espera de escuchar la buena nueva sobre el final de la asonada, de modo que me voy de este país, me abro, ni Ramón, ni Alberto, ni la madre que les parió a todos, hubo un día en que pensé que me gustaba vivir aquí pero después de lo de esta noche prefiero emigrar a Marruecos, Juan Carlos de Borbón y Borbón lee mientras tanto muy despacio y con voz nasal un texto calculado, bien medido en su brevedad, declara que el país está bajo su mando y el del gobierno de civiles que él mismo organizó, los reyes están para eso, sentencia Ciro O'Malley cuando alguien le señala que esa decisión se ha tomado al margen de cualquier precepto constitucional, un rey tiene la obligación de improvisar lo que haga falta, el monarca confirma urbi et orbe la lealtad de todas las capitanías generales, pide serenidad y confianza y encarga a la Junta de Jefes de Estado Mayor que tome las medidas necesarias para mantener el orden y la legalidad, es una forma indirecta de instar a las tropas atrincheradas en el Congreso a que liberen sus rehenes y depongan su actitud, cuando termina de hablar ya no queda nadie en Casa Paco, los de la brillantina marchan en desbandada abandonando a su suerte a un amasijo humano de ciento veinte kilos cuyo peso aumenta con la derrota, Primitivo Ansorena se maldice por haber confiado de nuevo en los mismos y tranquiliza a Ataúlfo Sánchez, nadie sabrá que tú has contribuido, nadie sabrá cómo se financió esto, y Ataúlfo que no está preocupado, pero que ya no piensa sufragar ni una aventurita más de los milicos, Jaime Alvear regurgita por el triunfo de la democracia en brazos de su antigua amante, la única que ha tenido en vida, la única que le ha transportado al éxtasis, Sebastián Miranda, que agoniza presa de un mal desconocido, pide a Clotilde Sampedro que le enjugue los sudores de parto que padece, y el comandante Miguel Chaparro, militar de carrera adscrito a la jefatura de operaciones del servicio de inteligencia, comenta con el último retén de guardia de los bomberos de la capital la suerte que ha tenido por no encontrarse en casa cuando estalló el incendio, mientras contempla melancólico y un punto ensimismado las pavesas de lo que había sido su domicilio. Hasta que el frío aire del norte se levanta, aventando las cenizas de las últimas pruebas sobre el origen de la confabulación.

Veinte

Apenas recuerdo la angustia vivida, me asombra de qué forma tan fácil olvidamos en pocos meses los malos tragos de nuestra existencia, convencidos de que la felicidad se construye a momentos, los escogemos para coleccionarlos en el archivo de la memoria, a fin de presumir que siempre fuimos dichosos, que merece la pena vivir lo que vivimos aun si padecemos a ratos la calderoniana abominación por haber venido al mundo. El retrato de Marta me devuelve esa sonrisa probable de nuestros mejores días, en aquella época la armonía se agotaba en su propio proyecto, no nos exigíamos pruebas sobre su cadencia o ritmo ni acuñábamos un registro de errores que nos permitiera dudar de nuestro entusiasmo, hoy me ha escrito desde Italia, recuperando la costumbre cada vez más en desuso de utilizar el correo como método de relacionarse, para amarse o para despedirse no hay nada comparable a una carta, me dice que se ha reconciliado con su país e imagina que allí ha de encontrar un futuro mejor para nuestro hijo, espero que eso no le aparte demasiado de mí, me emocioné al toparme con ambos en la gran manifestación con la que Madrid se vengó de la noche de Tejero, aunque son ya muchas las veces que he participado en actos semejantes nunca había visto tanta gente reunida en la calle, nunca la veré de nuevo, más de un millón de personas bien contadas (no a base de utilizar los métodos demagógicos y simplistas del franquismo, que multiplicaba las muestras de adhesión como Cristo los panes y los peces) abarrotábamos el centro histórico en nuestro caminar hacia el lugar de los hechos, manos entrelazadas, puños en alto, risas y lágrimas de emoción, voces de juventud, revueltas en una zambra inenarrable, Albertito se abrochó a la cintura de su madre, que reposaba la cabeza en mi hombro permitiéndome gozar con los mínimos temblores de su escote, recorrimos en cerca de dos horas la distancia hasta la gran escalinata de las Cortes frente a la que los leones de bronce vigilaban formales el frenesí del pueblo, por unos instantes me sentí congeniar con el espíritu de esta ciudad, tan acostumbrada a manifestarse que lo hace indistintamente a favor y en contra de las más variopintas de las causas, impresionaba ver cómo gritaban eufóricos vivas a la libertad miles de parroquianos que años antes habían aguardado turno durante horas, soportando estoicamente los rigores del clima y el paso del reloj, para poder rendir su último tributo al Caudillo, depositado en un ataúd de cantos redondeados al que la coña popular en seguida motejó de lata de sardinas, ignoraban adrede la magnitud del pez embalsamado en su interior, pero ninguna remembranza ni consideración de ese tipo hacía desmerecer el alucinante espectáculo de la gente, jóvenes y viejos, hombres y mujeres, niños y mayores, de todas las clases, todas las creencias e ideologías, clamando contra el abuso de los uniformados, empujándolos con su griterío solemne hacia los límites de los cuarteles, acantonándoles en los fortines, avergonzándoles en público por la villanía y la vejación a que nos habían sometido. Comentaristas y oradores de la más diversa laya expresan hoy su nada sincera convicción de que el pronunciamiento fue sólo de unos pocos, según tan benévola hipótesis la gran parte del ejército permaneció leal a la corona... a la corona quizá, no a los españoles, capaces de enorgullecernos de la mayoría de edad de un rey que ha legitimado su poder precisamente porque no ha querido usurparlo, y ésa me parece pequeña vanidad para una nación que se dice soberana. De todas formas en el día de la apoteosis nada debía empañar, nada lo hizo, el ánimo exultante de quienes se creían con toda propiedad legítimos vencedores frente a la imposición del miedo, los mismos parajes que días atrás habían sido escenario de la catarsis militar soportaban el júbilo incontenible de las gentes que se regalaban aplausos y caricias por doquier en un permanente intercambio de efusiones, inmediatamente detrás de la cabeza del desfile, en las primeras filas, se agolpaba la burguesía del barrio de Salamanca, abrigos de piel, camisas de viyela y americanas de *tweed* apretujadas bajo los paraguas que pretendían protegerles del formidable aguacero que descargó esa noche sobre Madrid (después de varios meses de una sequía atroz que cuarteó los sembrados y amenazó con restricciones de abastecimiento), a medida que avanzaba la inmensa cola, el cortejo ganaba en colorido aunque descendía la calidad de los paños y los manifestantes aparentaban una menor capacidad de compra como si, incluso en el día de la democracia, las gentes se hubieran puesto de acuerdo para ordenarse en castas, al final de la comitiva eran ya muchas las familias que acudían al completo, los niños colgando del cuello de sus padres, sin duda porque no tenían con quién dejarlos en sus casas, oficinistas, funcionarios y estudiantes competían con obreros del metal y trabajadores del extrarradio a la hora de hacerse cruces por ver a antiguos franquistas codeándose con marxistas recalcitrantes a los que ellos mismos habían enviado a las prisiones de la dictadura, allí estaban la derecha y la izquierda, los carceleros y los presos, los vencedores y los vencidos, arropados todos juntos por una gran pancarta en defensa de la Constitución, escuchando cómo un grupo de adolescentes entonaba su particular eslogan, *Tejero al agujero, con Franco y con Carrero,* mientras Felipe González pugnaba por resaltar su ya grande notoriedad y emergía de entre la multitud abrazado a un megáfono para clamar a gritos por la democracia, una locutora de la televisión pública, reconvertida de forma inopinada en musa de la situación, se subió al estrado para leer una declaración de fidelidad constitucional y rechazo de la violencia, pensé entonces que era hermoso contemplar tanta unidad entre los españoles, pero algo esencial debía haber cambiado en este mundo cuando las fuerzas sociales hurtaban el protagonismo de sus líderes para regalárselo a los periodistas.

Mientras ovacionábamos hasta quedarnos roncos las muestras de solidaridad y firmeza, en las cloacas del poder se gestaba una teoría de claudicaciones que acabará por exonerar a buena parte de los culpables de aquel intento fratricida, han pasado varios meses y todavía andamos a vueltas sobre la fecha y forma de celebración del juicio contra los sediciosos, al mismo tiempo logran filtrar declaraciones a los periódicos protestando por su inocencia y rechazando cualquier responsabilidad, si no lo hubiéramos vivido en nuestras propias carnes, si no existieran las grabaciones de vídeo, las fotografías, las intervenciones telefónicas, los testimonios apabullantes de aquel desvarío burlesco, millones de testigos no bastarían para convencer a los jueces de que la asonada fue un intento criminal de usurpación del poder y no un monstruo engendrado por el sueño de la sinrazón. Marta opina que a esos malabarismos, ese hacer la vista gorda y esa ductilidad en las decisiones, los italianos los llaman *finezza,* equivale al posibilismo que yo predico pero a lo grande, no seré pues quien reniegue de ello aunque don Epifanio, que acudió a la gran demostración popular lo mismo que otros muchos miles de franquistas reconvertidos, teme que esa inmensa concentración en apoyo del régimen produzca el espejismo de que el país estará siempre dispuesto a resistirse frente a la conspiración de los necios, cuando la verdad histórica es que se comienza gritando ¡viva la Pepa! para acabar dando vítores a las cadenas y mueras a la libertad. Desde la llamada al orden de don Juan Carlos a los dirigentes políticos en el mismo día de su rescate, ¡hay que tener cuidado con las autonomías y los nacionalismos!, hemos entrado en una etapa de normalización democrática, menester atribuido en el próximo futuro a una izquierda oportunista y sagaz cuyo trabajo habían suplantado hasta ahora, en gran medida, los herederos de la dictadura, ya se sabe lo que la palabra normalización encubre, es una forma amable de asumir retrocesos, y quizá sea la única de poner punto final a la fractura civil entre los defensores de la España profunda y los ilustrados que sueñan con edificar nada menos que una democracia avanzada. Lo mejor fue que, al día siguiente del golpe, los militares experimentaron el sonrojo de serlo, percibían tal bochorno social en torno suyo que apenas osaban salir a la calle, los únicos uniformes que humillaban las aceras eran los de los cobradores de autobús y los marcialmente exhibidos por los porteros de los hoteles de lujo, pero el paso del tiempo ha ido embraveciendo a esta soldadesca, que se ha encargado de hacer circular la especie de que todo fue organizado por el rey. ¡Ya sabía yo que muchos acabaríamos monárquicos a nuestro pesar!, la prueba del nueve de que Juan Carlos no estaba involucrado es que la rebelión triunfó en un principio, en esa instancia podría haber hecho cuanto hubiera querido, remodelar el gobierno —¿no constituyó uno la noche de autos a base de medianías civiles, fundándose en su exclusivo prestigio personal?—, suspender garantías, cualquier cosa... le ofrecían todo el poder y lo rechazó, no por bondad innata ni por un asalto arrebatado de sentimientos filantrópicos, sino por la convicción fundada de que el único basamento firme para su corona reside en el ejercicio de la democracia, pero es cabreante que rebeldes y constitucionalistas acabemos citándole como única referencia, sólo lograremos que crezca su autoridad a medida que limite el ejercicio de sus privilegios.

En medio de ese debate nos vienen a sorprender las multitudinarias rogativas, las procesiones y sahumerios que con frecuencia se organizan contra el insidioso mal que se ha colado de rondón en nuestros hogares, de nuevo es la ignorancia, la falta de información o de imaginación acerca de un desenlace previsible, lo que genera ese sentimiento de angustia e inseguridad que nos abruma, incapaces los científicos de dar respuesta a las interrogaciones sobre el origen de la calamidad, carentes de un diagnóstico sobre su evolución y perspectivas de futuro, el pueblo llano drena el terror y purga la desesperación a base de plegarias que los cielos no acaban de atender, debí haber hecho mayor caso en su día de las denuncias que hizo Carlos Miranda cuando acudió a mí, tan atribulado como estaba por la enigmática dolencia que apenaba a su padre, desde que en mayo de este año terrible muriera un niño con síntomas parejos a los padecidos por don Sebastián comencé a pensar que la esclerosis dérmica de su cuerpo, la tumefacción de su hígado y la extrema y visible flacidez de sus músculos son de igual o similar etiología a la malaventura que hoy se extiende como una plaga por todo el país, miles de personas sucumben a diario a ese envenenamiento misterioso y letal que evoca las tinieblas de un castigo divino, contamos por decenas los muertos, quizá sumen ya varios cientos los cadáveres, amén de que son muchas más las víctimas que padecen la desgracia de no expirar, consumiéndose en una perdurable agonía sin retorno, amarrados a la silla de ruedas, enganchados a la botella de oxígeno, desamparados en su patética y sorpresiva decrepitud. Creíamos haber desterrado la muerte de nuestro horizonte colectivo, resolviéndola en la única e inevitable peripecia individual que a todos iguala, cuando asistimos al desencadenamiento de esta verdadera epidemia, emuladora de las grandes pestes

del medioevo y de las hambrunas del siglo, la parca
se cierne sobre los españoles como si el diablo herido de la intolerancia quisiera vengarse de la pírrica
victoria que habíamos cosechado contra él, los médicos especulan acerca de la raíz de semejante estra-
go al que ya apellidan con el notable eufemismo de
síndrome tóxico, unos sugieren que podría ser la distribución de aceite lubricante para máquinas como
alimento apto para el consumo humano, otros aven-
turan que su génesis estaría en la utilización en nuestros campos de pesticidas experimentales y, como la
primera baja registrada lo fue en Torrejón de Ardoz,
población vecina a una base militar de los americanos, no falta quien señale que todo se debe a la ra-
diactividad de las cabezas nucleares allí depositadas.
Huérfano de toda explicación plausible, el gobierno
se escuda tras esperpénticas y balbucientes declaraciones, al ministro de Sanidad no se le ocurre asegurar mejor cosa que el desastre está originado por un
bichito tan diminuto que en cuanto caiga al suelo se
mata, el nuevo presidente encoge sus elevados hombros, ¡yo no he sido el causante, bastante trabajo tengo con someter si puedo a los golpistas!, ofreciendo
todos los flancos posibles a la inquina de la oposición,
las estadísticas nos hablan de que el mal se extiende con preferencia entre las clases bajas y desfavo-
recidas, son muchos los establecimientos religiosos
afectados por sus secuelas, que afligen también a las
familias piadosas más que a ningún otro gremio,
sin duda se debe a la estrecha relación que mantienen de ordinario con parroquias y conventos, pero no
existe fe religiosa capaz de confortar nuestras conciencias, zarandeadas a diario por las imágenes que

la prensa publica de escuálidos cuerpos, descarnados y macilentos, consumidos por dentro y mutilados por fuera, en los que sólo los ojos, desfondados de tanto mirarse en el desamparo, atestiguan la permanencia de un hálito de vida.

Salgo cada noche del Congreso de los Diputados con el ánimo encogido, como si pesara sobre mí el fracaso histórico de una generación, no sé cuánto durará esta tregua entre las fuerzas del mal y las del progreso, pienso si no acabaremos necesitando un Jaime Alvear que haga uso de sus mañas sobrenaturales para desalojar de sus cubiles a los demonios familiares del tardofranquismo, sólo la frescura de la imagen de Marta y el incipiente gesto varonil de nuestro hijo, iconos de un pasado quizá irrecuperable, me hablan desde el barniz de la fotografía de un horizonte sin más flagelos ni incertidumbres que las propias de nuestra existencia, pero ésa me parece una meta lejana e inalcanzable, nuestras vidas han descrito un formidable bucle devolviéndonos al comienzo de un camino que creíamos haber recorrido con esfuerzo y tesón, y hoy se nos muestra de nuevo ante nosotros, virgen de pisadas, sin huella que remedar ni epítome que resuma estos diez años perdidos, dos lustros de luchas, imaginación e ilusiones devueltos al baúl de los recuerdos como si nos hubiéramos transmutado en una Penélope colectiva, deshaciendo al ocaso lo que durante las vigilias tejimos trabajosamente entre todos. Supongo que tanto pesimismo responde únicamente a mi profunda soledad de macho abandonado, si por mí fuera no respondería al teléfono, no rasgaría el correo ni atendería las solicitaciones de mis electores, convencidos de que esto funciona como en Inglaterra, deseosos de tener su diputado al que demandar, reclamar y examinar si llega el caso, desconocedores de que en este país —¿en todos los países?— los rimbombantes y pomposos representantes del pueblo lo somos más bien del aparato que controla los partidos, esos burócratas de mierda administran nuestros escaños como si les pertenecieran desde el día de la creación. Son tantas cosas las que me invitan a apartarme de la acción política que al final pienso que sólo la vanidad me mantiene en ella, los socialistas machacan al pretencioso centro liberal, en el que milito, con sus constantes acusaciones de corrupción y despilfarro, no digo yo que no haya más de un listo capaz de forrarse la faltriquera embolsándose dinero de la empresa pública o de la Seguridad Social, pero la verdadera corrupción de nuestros días, la que socava los cimientos de la democracia, es ese formidable impulso que nos ata al poder por el poder, determinando actitudes, aniquilando emociones, impidiendo cualquier expresión de nuestro propio y libre albedrío. Si Marta regresara, si admitiera su error y condonara los míos, quizá tendría fuerzas para sublevarme contra mis propias decisiones, pero la huida o el exilio son la peor de las salidas, es preciso permanecer, quedarse, resistirse a la fuga, como siempre hicimos frente a la presión del oscurantismo que asoló el país durante décadas, únicamente así seremos capaces de confrontar el militarismo insolente y senil que hoy nos provoca.

Siento mi vida disolverse en la perplejidad, será que las pastillas comienzan a lograr su efecto, a los pocos minutos de administradas hacen que me adivine a mí mismo como desvaído, mi cuerpo se difumina entre las sábanas confundiéndose con las sombras de la habitación y el pensamiento se desliza sobre un tobogán de angustias, me asaltó por un momento la tentación de multiplicar la dosis, nunca he sufrido pulsiones suicidas ni tengo la más mínima intención de abandonarme a nada semejante, sólo me movía la curiosidad, la muerte forma parte de la manera de ser de este pueblo y merece la pena que intentemos establecer con ella una relación más placentera, menos dramática que la que me enseñaron en la infancia, amarla es la única forma de vencerla, hubiera preferido comprender eso antes de ahora pero nunca es demasiado tarde para nada. Ya me dice Ramón —no le guardo rencor, ¿por qué habría de hacerlo?— que lo mejor de que se acaben las cosas es que puedes comenzar otras nuevas, es normal que la gente se resista a su fin si piensa que el fin existe, que no hay un *ritornello* —algo me queda aún de Italia— provocado o casual que permite que avancemos en círculos hacia el cumplimiento de nuestros propios deseos, la vida es una espiral de triunfos y fracasos y no ese abismo insondable en el que ahora me precipita el sueño, por cierto, habría que darle un Premio Nobel de Química a quien inventó el válium. Dentro de otros diez años Albertito estará en edad de votar, para entonces la tremenda historia de fuego y renuncias que nos ha tocado vivir formará parte de los planes de estudio del bachillerato, habremos terminado de dar garrote a las últimas sombras del franquismo, llámese el León de Fuengirola o la autoridad militar competente, mmmm... el terrorismo cejará en su empeño y las víctimas del aceite letal acabarán por ser indemnizadas, ya sabemos que éste es un Estado de Derecho, mmmm... Martita está preciosa en la fotografía, buenas noches, ¡guapísima!, tendrás que terminar por admitirme que reflexiones tan agudas como éstas entran de lleno en la definición italiana de *finezza*. Los españoles acabaremos aprendiendo.

Puerto Morales (México), diciembre de 2002
Madrid, enero de 2003

Nota del autor

Este libro es una novela, pertenece al género de ficción y como tal debe ser leído, aunque trate de una época reciente de la historia de España y de hechos cuyos protagonistas, en muchos casos, siguen siendo personajes activos del país.

Para la descripción del ambiente de los años que aquí se cuentan y de algunos caracteres me he servido de mi propia memoria personal, ayudado por una extensa documentación literaria, a cuyos autores quiero hacer justicia.

En la recreación del pensamiento de Franco y de anécdotas de su vida he manejado numerosos libros, recortes de periódicos y documentos de la época. Entre ellos, cabe destacar los discursos del propio Caudillo y muchas de sus palabras y opiniones recogidas en las memorias del general Franco Salgado Araújo. Las biografías del dictador consultadas preferentemente han sido las de Paul Preston, Philipe Nourry y Juan Pablo Fusi, así como la de Ramón Garriga sobre su hermano Nicolás. Algunas de las expresiones o situaciones se inspiran en las memorias del que fue su médico, Vicente Gil *(Cuarenta años junto a Franco)*, y en las opiniones de políticos y gobernantes publicadas en el libro *Franco visto por sus ministros*. Las obras de los periodistas José Oneto *(Cien días en la muerte de Franco)* y Germán López Arias *(Franco, la última batalla)* me ayudaron a reconstruir el ambiente de los días finales del Generalísimo que, por otra parte, viví como profesional en la subdirección del periódico *Informaciones,* de Madrid. También fueron útiles los recuerdos del general Kindelán y los libros de Pilar Franco *(Cinco años después)* y de J. Cristóbal Martínez Bordiú *(Cara y Cruz).*

En lo que se refiere a los primeros gobiernos de la transición y el golpe de estado del 23-F me he servido, igualmente, de abundante documentación de prensa y de algunos libros interesantes. Merece la pena destacar la *Memoria de la Transición,* redactada por un extenso equipo de escritores y periodistas, publicada por *El País* y editada en forma de libro por Taurus en 1996. También citaré *El enigma del «Elefante»,* de Joaquín Prieto y José Luis Barbería, *El Golpe,* de Julio Busquets, Miguel Ángel Aguilar e Ignacio Puche, *La trama civil del golpe,* de Juan Pla, *Los últimos días de un presidente,* de José Oneto, *Jaque al rey* y *Las vísperas del 23-F,* de Julio Merino y Santiago Segura, este último abogado del general Milans del Bosch, quien prologó la primera parte de la obra, y las memorias del general Armada que editó Planeta bajo el título *Al servicio de la corona.* Diversos libros de recuerdos y recolecciones de artículos de Manuel Fraga Iribarne, los más de ellos publicados también por Planeta, me han proporcionado materiales valiosos.

A todos les debo gratitud pues, desde sus muy diferentes puntos de vista, me ayudaron a comprender una vez más hasta qué punto la realidad va siempre mucho más allá de donde alcanza la imaginación.

Este libro
se terminó de imprimir
en los Talleres Gráficos
de Mateu Cromo, S. A.
Pinto, Madrid (España)
en el mes de mayo de 2003

NUNCA UNA NOVELA
HA TENIDO A TODO UN PAÍS
COMO PROTAGONISTA